Schijnvertoon

LOES DEN HOLLANDER

Schijnvertoon

DE CRIME COMPAGNIE
CRÈME DE LA CRIME

Omslagontwerp: Margo Togni
Boekverzorging: Michiel Niesen, ZetProducties, Haarlem
Foto omslag: © Laura Ranftler, Trevillion
Auteursfoto: © Wim van der Vlugt

ISBN 978 94 6109 605 0

Meer informatie over De Crime Compagnie op www.crimecompagnie.nl

Er bestaat geen gerechtigheid, er bestaan alleen grenzen.

– *Albert Camus*

1

Het is een bloedmooie vrouw, er is niets aan haar waar een man niet naar zou willen kijken. Ze beweegt zich soepel, de manier waarop ze loopt is achteloos en tegelijk zelfverzekerd. De paardenstaart op haar achterhoofd deint mee met elke stap die ze zet. Ze heeft mooi haar, ze zou het los moeten laten hangen. Het wordt ook tijd dat ze de dode punten even laat knippen. Hij kan zijn ogen niet van haar perfecte billen af houden.

Klopt het, kijkt ze naar hem? Hij weet zeker dat ze glimlacht als ze de kamer verlaat.

'Zit niet zo naar de kont van die meid te staren,' sist Berts vader. 'Je bent hier voor je moeder, schenk eens wat meer aandacht aan háár.'

'Laat die jongen toch kijken,' fluistert zijn moeder. 'Hij is een gezonde vent.' Haar stem is nog steeds niet op volle sterkte.

Bert voelt dat hij opgewonden raakt.

Zijn moeder glimlacht. 'Ze is mooi.'

'Veel te mooi voor een sloeber als hij,' stelt zijn vader vast.

Soms zou Bert zijn verwekker een optater willen geven die zijn kaak breekt.

'Ik ga naar beneden, ik moet roken,' meldt zijn vader. Hij kijkt op zijn horloge. 'We vertrekken om kwart over zeven, geen minuut later.'

'Heb je nog iets gehoord?' wil zijn moeder weten.

Nu zou hij kunnen vragen wat ze bedoelt, maar hij wil het lieve mens niet lastigvallen met zijn irritatie. Ze meent het goed en ze is nu ziek. Een buikoperatie valt nooit mee, laat hij blij zijn dat het alleen een cyste bleek te zijn en geen tumor. Hij moet er niet aan denken dat zijn moeder nooit meer zou thuiskomen en hij alleen met zijn vader zou achterblijven. ‘Ik heb niets gehoord na het laatste telefoongesprek,’ zegt hij.

‘Ook niet van de advocaat?’

‘Ook niet van de advocaat. Die heeft gezegd dat het wel even kon duren voor hij iets kon laten weten.’

Zijn moeder zucht. ‘Ik mis de kinderen. Je vader mist ze ook.’

Bert zwijgt.

Ze grijpt zijn hand vast. ‘Ik zou het zo fijn vinden als je een nieuwe vriendin kreeg.’

Hij staart naar de deur. Er komt iemand aan. De voetstappen passeren en de deur blijft dicht. Geen aantrekkelijk lijf, geen dansende paardenstaart.

Hij moet iets verzinnen om met die vrouw in contact te komen.

‘Het is bijna vijf over zeven,’ waarschuwt zijn moeder.

2

‘Waarom ben je nog niet naar huis? Je moest toch tot zes uur werken?’

Sharon hoort de veroordeling die is verpakt in de vraag. Het is haar al een paar keer opgevallen dat Lisa snibbig en geïrriteerd op haar aanwezigheid reageerde, zeker als ze na haar diensttijd nog in het kantoor rondhing. ‘Ik moet nog een paar statussen bijwerken, kwestie van te lang gekletst met een paar patiënten.’

Lisa kijkt haar meewarig aan. ‘Dat zal wel.’

‘Heb jij er moeite mee dat ik ervoor kies mijn werk goed af te maken, Lisa?’

‘Nee hoor, ik hou alleen niet van uitslovers.’

Er zijn stemmen op de gang, Sharon spitst haar oren. Is Vigo erbij?

De deur vliegt open. Vigo loopt voorop, breed lachend. Zijn gezicht betrekt als hij Sharon ziet zitten.

‘Wil je nog patiënten zien?’ vraagt Lisa. ‘Ik loop met je mee.’

‘Alleen mijn operatiepatiënten die terug zijn van de IC,’ hoort Sharon Vigo zeggen, terwijl hij de gang op loopt. Ze wil ergens anders naar kijken, maar haar ogen moeten zijn mooie lijf zien.

Waarom betrok zijn gezicht?

Ze wil weten waarom hij gisteravond niet is gekomen. Het is al vaker gebeurd dat hij niet komt opdagen, maar dan stuurt hij een whatsappje of spreekt een bericht in op haar mobiel. Het heeft altijd te maken met de thuissituatie, meestal een kind dat onverwacht ziek is en zijn vrouw die een afspraak heeft, dan moet hij thuisblijven. Later maakt hij dat altijd goed.

Sharon moet een paar keer slikken als ze dit denkt.

Ze kan beter snel weggaan en ervoor zorgen dat ze hem niet tegen het lijf loopt als ze de afdeling verlaat. Misschien voelt hij zich door haar gecontroleerd en zint hem dat niet. Ze wil niet dat hij zoiets denkt, maar ze kan hem nu niet aanspreken, want dat valt op. Lisa zal meteen in de gaten hebben dat hun gesprek niet over het werk gaat en als die eenmaal onraad ruikt... Sharon huivert bij het idee dat haar teamleider erachter komt dat Vigo en zij iets met elkaar hebben. Als dat gebeurt, weet morgen het hele ziekenhuis het. En als het hele ziekenhuis het weet, kun je erop wachten dat iemand Vigo's vrouw inlicht. En dat is te vroeg, de kinderen zijn nog te jong om een scheiding te kunnen verwerken. Hij wil pas scheiden als zijn dochter en zijn zoon naar de middelbare school gaan, dan valt er volgens hem iets uit te leggen. De jongste is nu zes, dat betekent nog zes jaar wachten en genoegen nemen met gestolen uren en geheime gevoelens. Niemand weet iets van deze affaire, ook Sharons beste vriendin Zita en zelfs haar zus Megan niet.

Ze logt uit en grijpt snel haar tas. De gang is leeg, ze rent naar de deur. Als ze in de lift staat drukt ze haar handen tegen haar borstkas totdat haar hartslag bedaart. Het elastiek van haar paardenstaart zit te strak, ze maakt haar haren los en schudt ze langs haar hoofd.

Zal ze een briefje onder zijn ruitenwisser doen? Ze denkt aan de manier waarop hij keek toen hij haar zag zitten. Beter van niet. Ze gaat gewoon naar huis, misschien komt hij naar haar toe. Het is heel goed mogelijk dat hij zo keek om juist niet de schijn te wekken dat hij blij was haar nog even te zien. Waarom lukt het niet dit te geloven?

Ze hoort haar mobiel en graait in haar tas. Vigo? Haar keel is droog.

Het is verdomme haar zus. Met een woest gebaar schakelt ze het geluid uit.

3

Twee kilo afgevallen. Annebeth houdt haar adem in. Ziet ze het goed? Het klopt, de wijzers van de weegschaal blijven nadrukkelijk op het getal 76 staan. Het is natuurlijk nog maar een begin, er moet nog zestien kilo verdwijnen, maar de kop is eraf.

Ze zingt als ze onder de douche staat en als ze zich afdroogt verbeeldt ze zich dat ze iets voelt wat op het begin van een taille lijkt. Het is gelukt, juicht ze in gedachten. Eindelijk! Het kan, ze kan het, ze wil het zo graag. En als ze eenmaal weer zestig kilo weegt zal ze ervoor zorgen dat ze nooit meer een gram aankomt. Absoluut nooit meer.

Ze zou het aan iemand willen vertellen en geprezen willen worden. Maar aan wie? Haar vriendinnen met wie ze één keer per maand samen eet praten alleen over afvallen, maar doen niets wat daarmee te maken heeft. Ze kan erop rekenen dat ze te horen krijgt dat die twee kilo er volgende week weer aan zitten, als ze hun maandelijkse etentje hebben gehad. Hoe vertelt ze aan die twee dat ze voorlopig afhaakt en misschien wel nooit meer meedoet, tenzij ze op die avonden gezond gaan eten? Gezond eten, wat een term. Dat klinkt schraal, daar krijg je acuut honger van.

Haar stiefmoeder spoort haar iedere keer als ze haar ziet aan om iets aan haar gewicht te doen. Zal ze die bellen? Ze belt haar nooit om iets persoonlijks uit te wisselen, alleen om afspraken te maken waar niet aan te ontkomen valt als je familie van elkaar bent geworden. Hoe zou ze reageren? Haar eigen moeder zou trots zijn en haar stimuleren. Maar ze zou ook iets zeggen in de trant van dat het voor haar niets uitmaakt, als Annebeth zich maar goed voelt. Terwijl ze haar haren droog föhnt, verlangt ze heftig naar haar moeder.

Als ze de badkamer uit komt, hoort ze de telefoon overgaan. De stem van haar oudste eetclubvriendin begint direct te ratelen. Waarom heeft Annebeth nog steeds niet gebeld? Ze had eergisteren toch een blind date? Hoe ging dat? Was het wat?

Annebeth haalt diep adem. 'Of het wat was? Kind, het was een ontzettend stuk, een reus van bijna twee meter. Ik kon onder zijn oksels door lopen.'

'Heb je seks gehad?' De vraag klinkt opgewonden.

'"Seks" klinkt te veel als enkelvoud. Denk maar rustig in meervoud.'

'Echt waar? Dat heb jij weer, waarom heb ik dat nooit? Als ze mij zien, zijn ze alweer bijna weg. Dus hij viel wel op een stevige vrouw?'

'We hebben het niet over mijn omvang gehad. We hebben samen gegeten en lekker gekletst en toen is hij met me meegegaan.'

'Ga je hem vaker zien? Denk je dat hij nog een keer belt?'

'Ik zie het wel, je weet het toch nooit met die kerels?'

'Breek me de bek niet open. Maar dit heb je binnen. Ik ben jaloers op je, ik sla tegenwoordig bijna iedere dag de hand aan mezelf. Nou ja, daar is ook niets mis mee, toch? Ik zie je zondag. Ik heb een nieuw pastarecept.'

'Ik ben twee kilo afgevallen,' zegt Annebeth.

'Nou, die zitten er volgende week maandag wel weer aan. *Love you.*'

Voordat Annebeth nog iets kan zeggen is het gesprek voorbij. Ik bel zaterdag af, neemt ze zich voor.

Er ligt nog een zak pinda's in de kast, maar die gaat ze beslist niet openmaken. Die gaat ze weggooien, nu! Ze grijpt de zak en zet haar voet op het pedaal van de afvalbak. Nu snel eten klaarmaken. Ze schrijft iedere dag op wat ze mag eten en snoepen of snacken is taboe. Dat houdt ze al een week vol en het resultaat mag er zijn. Er komt een dag dat ze werkelijk met een blind date in bed belandt en de hele nacht sterretjes ziet. Ze probeert niet te denken aan het gezicht van de man met wie ze een paar dagen geleden had afgesproken, vooral niet aan de manier waarop hij haar bekeek. Ze zouden ergens gaan eten, maar dat is er niet van gekomen. Hij zei direct nadat ze zich aan elkaar hadden voorgesteld dat ze zijn type niet was en vertrok. Toch heeft ze zich daarna niet vergrepen aan junkfood en zoetigheid. Dat is winst, daar kan ze trots op zijn. Kerels die alleen naar het uiterlijk kijken, kunnen de boom in. Die zijn het niet waard om ook nog maar een seconde aan terug te denken.

Waarom huilt ze dan opeens?

4

'Je moet nu gaan, jongen,' zegt zijn moeder. 'Je kent je vader, als hij zegt dat hij kwart over zeven vertrekt, wacht hij niet tot zestien over zeven. Je hebt nog maar drie minuten.'

'Dat red ik dus niet,' zegt Bert. 'Ik ga wel met de bus, mam. Eigenlijk ga ik zelfs liever met de bus, dat lijkt me een stuk prettiger dan me in allerlei bochten te moeten wringen om mijn vader gunstig te stemmen.'

Zijn moeder trekt hem naar zich toe. 'Hij meent het niet zo kwaad, hij kan gewoon niet accepteren dat je een ander type man bent dan hij is.'

'Dat is juist iets waar ik mateloos trots op ben,' zegt Bert. Hij wacht af wat ze nu gaat zeggen.

'Ik had je Joris willen noemen, naar mijn grootvader,' mijmert zijn moeder. 'Ik was dol op hem. Maar ja, je grootvader van je vaders kant was nog niet vernoemd, dus...'

'Dus gaf jij maar weer toe. En er is nog steeds niets veranderd.'

'Wij zijn allebei geen vechters, lieverd.'

'Daar ga ik verandering in aanbrengen,' zegt Bert.

'Bedoel je wat je houding ten opzichte van Tanja betreft?'

'Ook. Ik wil verandering over de hele linie. Genoeg gepikt, genoeg gezwegen, genoeg getwijfeld. Ik ga het anders doen.'

'Jongen toch. Kijk je wel uit?'

Bert omhelst haar. 'Zorg jij er maar voor dat je overmorgen echt naar huis mag. En maak je geen zorgen, ik poets, ik kook, ik was en strijk net zo goed als jij.'

'Dat weet ik, maar ik hoop toch dat je snel weer een vrouw

vindt. Je moet verder met je leven. Wat zal ik blij zijn als jullie huis wordt verkocht en je van die hypotheek verlost bent. Je bent eigenlijk veel te goed voor Tanja, het slaat nergens op dat jij het hele bedrag iedere maand betaalt. Ze heeft toch een baan?'

Bert drukt nog een kus op haar voorhoofd. 'Ik doe het niet voor Tanja, mam, maar voor de kinderen. Mijn kleine meisjes kunnen er niets aan doen dat hun moeder het nodig vond op stel en sprong hun vader op straat te zetten. Als het huis verkocht is moet ik alleen alimentatie voor de kinderen betalen en dat zal ik met liefde doen. Maar jij moet je daar geen zorgen over maken.'

'Je had je handen thuis moeten houden,' moppert zijn moeder.

'Dat klopt,' lukt het hem te zeggen.

Hij zwaait nog een keer voordat hij de deur achter zich sluit. Zou die mooie verpleegster er nog zijn? Boven een van de andere deuren brandt een lamp. Hij voelt in zijn binnenzak of er een pen in zit. Yes! Nu ergens een stukje papier scoren. Hij loopt langs het kantoor van de verpleging en speurt met zijn ogen langs de tafels. Daar ligt iets wat op een blocnote lijkt. Zal hij…? Er is niemand in het kantoor. Kan hij zomaar…? Waarom niet? Hij was toch van plan om zijn leven te veranderen? Laat dit de eerste stap zijn.

Er komt een groep witte jassen aan. De mooie verpleegster is er niet bij. Een vrouw vraagt of ze iets voor hem kan doen. De rest van het gezelschap verdwijnt in het kantoor. Hij haalt het dichtgevouwen vel papier tevoorschijn. 'Ik weet niet of… Hoe zal ik het zeggen? Nou ja, er werkt hier een verpleegster met een paardenstaart. Ze is lang en slank en ze heeft…'

'Ik weet wie u bedoelt. Ze is net naar huis.'

'O, oké.' Hij reikt haar het briefje aan. 'Zou u dit in haar postvak willen leggen? Of heeft ze geen postvak?'

'We hebben er allemaal een,' antwoordt de vrouw en ze grijnst.

Bert aarzelt.

'Geef het maar, ik zal ervoor zorgen dat ze het krijgt. Kan ik verder nog iets voor u doen?'

'Nee, dank u voor de moeite.' Hij draait zich om en loopt snel in de richting van de lift.

Als hij buiten komt, giet het. Hij laat zich heerlijk natregenen.

5

Ze kan vanavond naar de film gaan, dat doet ze vaker als er niets bijzonders op de televisie komt. Sharon zoekt de website van de bioscoop op en bekijkt welke films er draaien. *Safe Haven*, daar vertelde een van haar collega's iets over tijdens de koffie. Dat was die dikke Annebeth, zou die weleens een vrijer hebben? Dit soort gedachten heeft ze altijd als ze ergens de smoor over in heeft. Ze weet dat het niet aardig is om op deze manier te denken aan een collega die te dik is, maar op wie als mens niets aan te merken valt.

Ze is gespannen en de tranen zitten hoog. Waarom gaf Vigo geen enkel geruststellend signaal af? Hij negeerde haar. Was dat alleen om geen argwaan te wekken? Ze is veel te afhankelijk van deze man, dat weet ze goed. Ze neemt genoegen met een geheime positie en gaat al bijna een jaar akkoord met een relatie die een ranzig tintje heeft. De laatste maanden komt het woord 'ranzig' steeds vaker in haar op en dat neemt ze zichzelf kwalijk. Wat Vigo en zij samen hebben is goed en oprecht. Hij houdt van haar, dat weet ze zeker. Hij vindt haar mooi, dat zegt hij iedere keer als ze samen zijn.

Hoe zou zijn vrouw eruitzien? Dat had ze kunnen weten als ze een halfjaar geleden naar het personeelsfeest was gegaan dat werd gegeven omdat het ziekenhuis vijfentwintig jaar bestond. Sharon was aanvankelijk van plan geweest om te gaan en zich te vermaken met de collega's en ze fantaseerde er zelfs over om een van de coassistenten te versieren en Vigo jaloers te maken. Maar ze was bang dat hij haar dan direct zou dumpen en ze besloot uiteindelijk niet te verschijnen. Later hoorde ze op de afdeling enthousiaste verhalen over een steengoede band, een geweldig buffet en allerlei gesmoes en geknuffel tussen personeelsleden die niet officieel bij elkaar hoorden. Iemand zei dat Vigo het pand had verlaten met Lisa, maar dat gelooft ze niet. Ze is ervan overtuigd dat hij gewoon even samen met haar collega buiten was gaan roken. Dat roken is het enige wat niet leuk is aan hem. Maar ze zegt er nooit iets over.

Zou zijn vrouw ook roken?

Ze checkt voor de tiende keer in een halfuur of ze een voicemailbericht of een whatsappje heeft. Niets. Ze heeft opeens ontzettend veel zin om hem een bericht te sturen.

Ze vraagt een hoekplaats als ze een kaartje koopt en loopt meteen door naar de zaal. Het is niet druk, maar wie gaat er ook op maandagavond naar de bioscoop? Zij dus, en nog een handjevol andere mensen. Ze telt tien personen, van wie er vier alleen zijn. Een jongen en een meisje die drie rijen voor haar zitten kunnen niet van elkaar afblijven. Het licht mag uit, zou ze willen roepen.

Ze wil nergens meer aan denken en zich concentreren op de film. Ze heeft zich voorgenomen om pas als ze weer thuis is te bekijken of ze een antwoord heeft op het whatsappje dat ze aan Vigo heeft gestuurd. Het was een kort bericht, niet meer dan zes woorden: *Wat is er aan de hand?* Ze heeft het berichtje verstuurd met de telefoon die ze daarvoor speciaal heeft aangeschaft en alleen gebruikt om berichten aan Vigo te sturen. Altijd anoniem, zodat zijn vrouw nooit te weten kan komen met wie Vigo omgaat, mocht ze erin slagen de berichten te lezen.

De film begint. Nu niet meer aan Vigo denken en zeker niet aan die vrouw.

Dit kan echt niet, deze gedachte moet ze direct loslaten. Toch denkt ze het opnieuw, en nog een keer. En nog een keer.

De aftiteling is begonnen, de andere bezoekers staan op en

trekken hun jas aan. Ze tuurt naar het scherm. Allemaal onbekende namen, die ze direct weer zal vergeten. Toch probeert ze zich op de rijen witte letters te concentreren, zodat die ene zin verdwijnt. Maar de woorden laten zich niet uit haar gedachten verdrijven. Sharon knijpt haar ogen dicht. Misschien helpt dat om niet te hoeven denken dat de vrouw van Vigo zou moeten worden opgeruimd.

Waar ging de film die ze net gezien heeft eigenlijk over?

Er staat iemand naast haar die iets zegt. Ze kijkt om zich heen. De zaal is leeg en de persoon maakt een uitnodigend gebaar. Ze gaan nu echt sluiten, is de boodschap. Hoelang zit ze hier al? Ze loopt snel naar buiten en rent naar de parkeerplaats. Ze heeft het gevoel dat iedereen die in de bioscoop werkt haar staat na te kijken.

Als ze thuis is, grijpt ze haar mobiel en scrolt naar Berichten. Geen berichten.

Ze is nu twee dagen vrij en dat weet Vigo. Morgenavond staat hij waarschijnlijk gewoon voor haar neus.

6

Annebeth merkt dat ze onrustig is. Ze heeft languit op de bank naar *De Wereld Draait Door* liggen kijken, maar het boeide haar vandaag niet. Ze bladert door de televisiegids en ziet dat er een spannende film komt op Nederland 1. Ze heeft trek in iets, vooral in iets wat fout is.

Waar is dat artikel gebleven met al die interviews van vrouwen die tips gaven over afvallen? Op de glazen plaat onder de salontafel liggen stapels tijdschriften, het wordt nu eens tijd dat ze alles opruimt. Ze pakt de eerste stapel en slingert de bladen die ze niet moet hebben op de bank. Het tijdschrift zit er niet tussen. De tweede stapel levert ook niets op, ze gooit wat ze niet kan gebruiken nu op de grond. Ze merkt dat ze driftig is en hoort haar maag borrelen. Waar is dat nummer toch gebleven? Waarom kan ze nooit direct iets vinden als ze het nodig heeft? Ze moet tips, tips, tips! Ze heeft hulp nodig, ze kan dit niet alleen.

Opeens ziet ze het gezicht van Anneke voor zich toen ze voor de laatste keer bij haar vader was. De welwillende grijns leek zoals gewoonlijk op de lippen van haar stiefmoeder geplakt te zijn. 'Heb je weleens van Weight Watchers gehoord?' vroeg ze. 'Dat schijnt toch nog altijd de beste manier te zijn om af te vallen. Angela Groothuizen heeft het ook gedaan, je weet niet wat je ziet, die lijkt tien jaar jonger. Ik heb foto's gezien van toen je twintig was. Kind, ik herkende je nauwelijks.'

Ze had alles kunnen zeggen, behalve 'kind'. Annebeth is opgestaan en weggelopen.

Opeens herinnert ze zich een tip uit het artikel dat ze niet kan vinden. Zoek foto's op uit de tijd dat je nog slank was en zet die overal in je huis op strategische plaatsen, was het advies van iemand die ook veel te dik was geweest. Ze herinnert zich nog een tip. Plak een foto van een vette man of vrouw die je intens lelijk vindt op de koelkast.

Iemand zou dus een foto van haar moeten maken.

De kamer is een bende, ze ziet spinnenwebben in de hoeken van het plafond, er liggen dode vliegen op de vensterbank.

De trek in hartigheid is niet meer te harden. Annebeth loopt naar de keuken, vist de zak pinda's uit de afvalbak en scheurt hem open. Ze bedenkt dat ze waarschijnlijk nog niet bewust genoeg afscheid heeft genomen van verkeerde calorieën en dat moet nu maar gaan gebeuren. Dit is de laatste keer dat ik pinda's eet, spreekt ze met zichzelf af. Ik koop ze niet meer, ik koop niets meer wat slecht voor me is. De afgelopen week was oefenen, morgen begin ik echt.

Er moet ook nog ergens een zak chips liggen.

7

Bert wil er niet aan denken en hij denkt aan niets anders. Zou de vrouw met de paardenstaart het briefje al hebben gevonden? Hij had beter moeten opletten, dan had hij haar naam op het naambordje kunnen lezen. Nu is het allemaal wel erg anoniem. Misschien had hij beter voluit met *Bert* kunnen ondertekenen in plaats van de schuchtere *B*, die ook nog duidelijk liet zien dat zijn hand bibberde toen hij hem opschreef. Maar hij wilde zich toch niet al te veel blootgeven. Als ze niet reageert, weet ze zeker niet wie hij is, tenzij de verpleegster die het briefje aannam in de gaten had dat hij de zoon was van patiënte Van Meulwijk. Het heeft geen nut zich daar druk om te maken, probeert hij zichzelf voortdurend gerust te stellen. Hij kan er het beste van uitgaan dat ze niet belt en een mooie droom blijft die nooit uitkomt. Dat is ook goed, want dromen zijn meestal leuker dan de werkelijkheid.

Hij herinnert zich opeens dat hij wekenlang droomde over Tanja en dat het hem in die dromen lukte de man te zijn die haar interesse wekte en door wie ze zich liet veroveren. Later besefte hij dat Tanja hem had veroverd. Ze plaagde hem daar in het begin weleens mee. Later werd het een verwijt.

Hij had een andere relatie gewild. Rustiger, aardiger, meer rekening houdend met elkaar. Hij had zelf daadkrachtiger willen zijn en het had allemaal wel wat minder flexibel gekund. Hij had zijn ogen niet moeten sluiten voor de heks in Tanja, hij had haar veel directer moeten aanspreken op haar gedrag.

Hij had moeten ingrijpen.

Er rennen twee kinderen langs het etalageraam van zijn zaak en hij loopt snel naar de deur. Hij weet zeker dat het zijn dochters waren. Is Tanja in de buurt? Zijn ogen zoeken, waar zijn ze gebleven? Zijn adem stokt als hij ze recht in de uitgestrekte armen van een man ziet lopen.

Wat is dit? Bert spert zijn ogen open. Dit kan niet waar zijn! Ziet hij het goed? Hoelang is dit al aan de gang?

Hij wil zijn dochters roepen, maar er komt alleen een kermend geluid uit zijn keel. Een vrouw die net langsloopt kijkt hem aan met een nieuwsgierige blik in haar ogen. Hij wendt zijn hoofd af.

Ze zijn weg. Waar is Tanja mee bezig? Heeft ze nog niet genoeg schade aangericht? Het verlangen naar zijn dochters doet vandaag erger pijn dan ooit. Hij wil ze zien, ze moeten in zijn armen terechtkomen en door hém geknuffeld worden. Als dat takkewijf nog langer probeert ze van hem weg te houden, maakt hij haar af. Eigenlijk had hij dat al de eerste keer dat zij naar hem uithaalde moeten doen. En die vent met wie ze loopt te pronken gaat er ook achter komen dat dit een brug te ver is.

Hij kijkt in een van de spiegels en deinst terug voor het gezicht dat hij ziet. Maar hij schrikt nog meer door de gedachte die in hem opkomt.

8

Zou hij op haar uitgekeken zijn? Maar daar zou ze dan toch iets van hebben moeten merken? Toen hij vorige week bij haar was hebben ze de hele avond in bed gelegen en wilde hij niet naar huis. Sharon moest hem er heel nadrukkelijk op wijzen dat hij ernstig in de problemen zou komen als hij veel te laat thuiskwam en toen ze bij de voordeur stonden nam hij haar nog een keer snel en heftig.

Er moet iets gebeurd zijn waardoor hij niet reageert. Sharon probeert iets te bedenken wat ze vandaag kan gaan doen. Misschien heeft Zita zin om mee te gaan naar de stad. Als ze haar vriendin belt, krijgt ze de voicemail. Ze spreekt geen boodschap in. Dan maar in haar eentje naar de stad. Misschien kan ze het moedeloze gevoel dat haar beheerst verdrijven door iets voor zichzelf te kopen. Kleren. Schoenen. Een mooie tas. Ook al is dat troostkopen, het is altijd nog beter dan troosteten, want daarmee loop je de kans dat je er binnen de kortste keren niet meer uitziet.

'Ik word gek als ik dat lijf van je zie lopen,' fluistert Vigo weleens als het lukt iets tegen haar te zeggen zonder dat iemand het in de gaten heeft. In die Amerikaanse televisieserie over een team specialisten in een groot ziekenhuis duiken dokters regelmatig met iemand een kamertje in en komen dan na een uurtje met verhitte gezichten weer tevoorschijn. Maar dat heeft niets te maken met de realiteit.

Ze checkt voor de zoveelste keer of ze berichten heeft. Misschien is het juist een gunstig teken dat hij niets van zich laat horen en is de kans dat hij haar onverwacht gaat verrassen daardoor groter. Als hij nu een bericht zou sturen dat het voorbij is, om welke reden dan ook, zou ze niets meer hebben om naar uit te kijken. Ze weet dat ze zich te afhankelijk opstelt en dat staat haar allerminst aan. Hoe komt het toch dat ze altijd verzeild raakt in een relatie die geen toekomst heeft? Ze weet dat ze genoeg te bieden heeft en toch lukt het niet de interesse te wekken van een man die vrij is. Zita heeft lange tijd met hetzelfde probleem gekampt en is in therapie gegaan. Daar leerde ze de rollen om te draaien, dus niet af te wachten wie naar háár keek maar zelf te kiezen. Dat leverde al snel een leuke vriend op, die door iedereen juichend werd binnengehaald. Na een halfjaar verbrak ze de relatie. Ze vond hem te saai en te voorspelbaar.

Therapie helpt dus ook niet.

Sharon borstelt haar lange, dikke haar en vertrekt haar gezicht als ze op klitten stuit. Ze maakt een vlecht, draait die een paar keer tot er een knot ontstaat en zet hem vast aan de onderkant van haar achterhoofd. Soms knippen vrouwen hun haar kort als ze hun leven willen veranderen. Zou zij dat doen als Vigo het toch laat afweten? Ze sluit haar ogen en probeert zich voor te stellen hoe ze eruit zou zien met een kort kapsel. Ze opent ze weer snel en besluit dat ze zichzelf inderdaad eens lekker gaat verwennen. Ze begint met schoenen, en ze heeft ook zin in nieuwe kleren. Haar haar afknippen kan altijd nog.

Er komt een bericht binnen op haar mobiel. Haar vingers trillen als ze de display bekijkt.

9

Het geluid van de wekker verscheurt een prachtige droom, die ze direct als ze haar ogen opent kwijt is. Ze zou nog uren kunnen slapen, maar de vieze smaak in haar mond schreeuwt om water en tandpasta. Annebeth sleept zichzelf naar de badkamer en zet de kraan van de douche open. Ze overweegt serieus zich ziek te melden.

Ze heeft vannacht twee keer boven de toiletpot gehangen, maar zonder resultaat. Haar maag zit nog steeds te vol met verkeerd eten. Dit is mijn straf, denkt ze. Helemaal een kwestie van eigen schuld.

Ze loert naar de weegschaal. Alleen 's avonds wegen, heeft ze met zichzelf afgesproken. Grote kans dat de zonde van gisteravond gevolgen heeft. Dat is geen opwekkende gedachte en ze neemt zich voor vandaag weer gewoon de lijst af te werken en niet te zondigen. Ze zou echt terug naar bed willen, ze heeft veel te kort geslapen. Ze meldt zich nooit ziek, ze was zelfs de enige die afgelopen winter gewoon kwam werken toen de griep om zich heen sloeg en de ene na de andere collega thuisbleef. Iedereen haakt nu en dan even af, waarom zij niet? Toch maar eerst douchen, het water zal nu wel lekker heet zijn. Als ze zich tien minuten later staat af te drogen bedenkt ze dat een dagje onverwacht thuis zijn ook betekent dat ze zich gaat vervelen en verveling verhoogt het risico op drang om te gaan snaaien. Ze constateert dat ze echt een probleem heeft en vraagt zich af of de suggestie van haar stiefmoeder toch een overweging waard is. Als je lid wordt van een Weight Watchers-club, krijg je begeleiding en word je gestimuleerd. Een mentaal steuntje in de rug is nooit weg. Maar iedereen weet dan wat ze weegt en dat is nu juist iets wat ze graag voor zichzelf wil houden of waarover ze liegt. Dat doen haar vriendinnen ook en niemand betwijfelt elkaars uitspraken. Hoe zouden haar vriendinnen reageren als het haar werkelijk lukt die achttien kilo kwijt te raken?

Een collega die avonddienst heeft, is ziek gemeld. Lisa vraagt of iemand genegen is tot tien uur te werken en om vier uur terug te komen. Er worden vanochtend drie patiënten ontslagen en er staan pas morgen nieuwe opnames gepland. De dagploeg kan het volgens Lisa wel met een persoon minder redden. Het is even stil na haar vraag. Annebeth bedenkt dat ze dan nog een paar uur kan slapen. Haar ogen prikken, ze is nog steeds niet goed wakker.

Ze steekt haar hand op.

Het is tien uur en iedereen gaat aan de koffie. Annebeth wordt weer misselijk van de geur die rond de koffiekar hangt. Ze haalt diep adem, met open mond.

'Misselijk?' vraagt een van haar collega's.

Ze knikt.

'Ochtendmisselijkheid?' Er lachen een paar mensen.

Annebeth voelt dat ze bloost. De collega kijkt haar aan met een ongelovige blik in haar ogen. Annebeth draait zich om en loopt naar het kantoor. 'Ik ga,' zegt ze tegen Lisa, die net naar buiten komt.

Ze zal nog even haar postvak nakijken, hoewel ze niet verwacht dat ze daar iets vindt, omdat ze het gisteren heeft leeggemaakt.

Er ligt een dichtgevouwen vel papier. Ze pakt het op en vouwt het open.

Hallo, sorry dat ik je op deze manier benader. Ik zag je lopen en ik zou je willen leren kennen. Heb goede bedoelingen. Wil je met me uit eten? B.

Ze leest het bericht nog een keer en draait het papier om. Geen naam, geen afzender. Helemaal onderaan staat een mobiel nummer.

Ze heeft het gevoel dat er iemand naar haar staat te kijken en draait zich om. Er is niemand.

Ze stopt het vel papier snel in haar tas.

10

'Ik vind het een goed idee,' zegt zijn moeder. 'Je bent hier welkom, dat weet je, het maakt ons niet uit hoelang je hier blijft wonen. Maar waarom zou je niet gebruikmaken van dit aanbod?'

Bert heeft haar net verteld dat Tineke Daalmeyer, een van zijn vaste klanten, hem vanmiddag een voorstel heeft gedaan. Deze vrouw komt al jaren in de zaak en hun gesprekken zijn vaak heel vertrouwelijk. Hij weet hoe haar scheiding is verlopen en zij is ervan op de hoogte dat Tanja de meisjes bij hem probeert weg te houden. Ze kwam vanmiddag vertellen dat haar zus, die in Portugal woont, terminaal ziek is en dat ze voor haar wil zorgen. Maar ze heeft sinds anderhalf jaar in haar tuin een huisje in gebruik als bed & breakfast en ze wil de inkomsten die daaruit voortkomen niet missen. Ze heeft aan Bert gevraagd of hij tot zij terugkomt in haar huis zou willen wonen en de B&B verzorgen.

Het is een prettig idee om voorlopig een eigen stek te hebben. Bert weet dat hij zijn moeder niet in de weg zit, maar hij begint steeds meer genoeg te krijgen van de sarcastische opmerkingen van zijn vader. Gisteren zei die nog dat hij er toch niet aan moest denken om op zijn negenendertigste nog bij zijn ouders te wonen, zonder enige kans op een eigen huis. Hij voegde eraan toe dat Tanja het toch veel slimmer had aangepakt. Ze zaten aan tafel en Bert had bijna zijn bord naar zijn vaders hoofd geslingerd. Hij is snel opgestaan en weggegaan. In zijn stamkroeg heeft hij eerst drie porties bitterballen naar binnen gewerkt, daarna zijn biljartmaten gebeld en ze bijna gesommeerd om te komen. Ze zijn tot sluitingstijd gebleven, broederlijk naar buiten gerold en door de kroegbaas naar huis gebracht.

Ja, hij wil hier wel weg, maar hij ziet een beetje op tegen de verplichting van de bed & breakfast. 'Ik weet niet hoeveel werk dat precies is,' legt hij aan zijn moeder uit. 'Stel je voor dat mijn advocaat erin slaagt een nieuwe voorlopige omgangsregeling te treffen, dan wil ik wel tijd hebben om mijn meisjes te zien.'

'Maak je niet bezorgd, ik help je,' zegt zijn moeder. 'Als jij gewoon de ontbijten voor je rekening neemt, kun je op mij rekenen voor de schoonmaak. Ik doe het graag voor je.'

'Dat kan niet, mam, je bent pas geopereerd en je mag de komende weken niet tillen en niet bukken.'

'Ach, dat valt allemaal wel mee.'

'Dat valt helemaal niet mee, ik wil niet dat je je voor mij forceert. Ik moet maar gewoon zien hoe ver ik kom en ik kan altijd nog tijdelijk iemand inhuren voor de schoonmaak.'

'Dus je doet het?'

'Ja, ik denk dat ik het doe.'

Er zit een gedachte in zijn hoofd die hij liever zou negeren. Stel je voor dat de vrouw met de paardenstaart toch nog reageert. Hij had niet verwacht dat ze de volgende dag al direct iets van zich zou laten horen en ook niet de dag erna. Het is morgen een week geleden dat hij het briefje in haar postvak liet stoppen en hij heeft zichzelf een week gegeven om succes te boeken. Het is natuurlijk heel goed mogelijk dat ze een relatie heeft en het bericht irritant vindt. Maar stel je voor dat ze belt, dat ze een afspraak maken en dat het klikt. Dan kan hij toch beter ergens wonen waar hij haar ontvangen kan?

'Wanneer gaat die Tineke vertrekken?' wil zijn moeder weten.

'Over vier dagen.'

'Dat is snel. Wat heb je afgesproken?'

'Dat ik haar uiterlijk morgen bel.'

'Bel haar nu maar.'

11

Sharon kan het niet laten om ieder halfuur haar geheime telefoon te checken, ook al weet ze dat Vigo niet zal reageren op het vinnige antwoord dat ze gaf nadat ze zijn bericht gelezen had. Ze zou dat bericht willen wissen, maar tot nu toe is het haar niet gelukt deze simpele handeling uit te voeren. Ze zou er nooit meer naar willen kijken, maar ze benut elke mogelijkheid om te lezen wat er staat.

Mijn vrouw weet het. Het voelt niet goed om nu nog met je verder te gaan. V.

'Wat vind je bij mij wat je niet vindt bij je vrouw?' vraagt ze vaak en graag. Zijn antwoord is iedere keer verrukkelijk om te horen.

'Seks, want daar doet zij sinds de geboorte van ons tweede kind niet meer aan. En aandacht, want die van haar is alleen nog op de kinderen gericht. Dus alles wat een man nodig heeft.'

Ze heeft, als ze eerlijk is tegen zichzelf, vaak gedacht dat ze dit een mager antwoord vindt van iemand die geneeskunde heeft gestudeerd en zich heeft gespecialiseerd tot chirurg. Maar ze heeft het nooit in haar hoofd gehaald iets dergelijks tegen hem te zeggen. Kritische opmerkingen en aandringen op meer en vaker zijn onuitgesproken taboes.

Zijn vrouw weet het. So what? Ze heeft toch al heel lang geen interesse meer in hem getoond? Dan zal ze toch begrijpen dat hij op zoek gaat naar een ander?

Het voelt niet goed om nu nog met je verder te gaan. Probeert hij haar met die woorden uit te leggen dat illegaliteit de voorwaarde was?

Al sinds ze het bericht kreeg, heeft ze het gevoel dat haar luchtpijp ergens door wordt geblokkeerd. Ze is voortdurend duizelig en kan niet warm worden. Toen ze zich ziek meldde zei de collega die de melding aannam dat ze erg ziek klonk. Het zal wel niet lang duren voordat haar teamleider belt om te informeren hoe het met haar gaat. Het verzuimbeleid is tegenwoordig strak en zakelijk, je moet je verantwoorden voor je afwezigheid. Misschien kan ze het beste binnenkort gewoon weer gaan werken. Ze zal Vigo toch ooit weer tegen het lijf lopen en ze zal niets kunnen laten merken van wat er met haar gebeurt. Dit is de prijs die ze moet betalen voor de stompzinnige voorwaarden waarmee ze akkoord is gegaan. Had ze dat maar nooit gedaan, had ze tenminste maar één persoon in vertrouwen genomen, bijvoorbeeld haar zus Megan. Maar juist Megan zou dit hebben afgekeurd, juist Megan zou haar erop hebben gewezen dat ze zich liet gebruiken en dat deze verhouding geen toekomst had. Megan zou zich een dergelijke liefde nooit laten overkomen, daar is ze te trots en te onafhankelijk voor. Sharon krimpt in elkaar als ze dit denkt. Zij is zelf niet trots en niet onafhankelijk genoeg geweest, ze heeft zich als een blind paard aan de liefde vastgeklampt. Aan liefde die blijkbaar gebaseerd was op leugens.

Zijn vrouw weet het. Die heeft natuurlijk eisen gesteld en hem geconfronteerd met zijn verantwoordelijkheden als vader.

Dat mens moet vernietigd worden.

De gedachte overvalt Sharon. Zoiets dacht ze ook al in de bioscoop. Is ze gek aan het worden? Ook goed, wat haar betreft. Gek worden betekent niet toerekeningsvatbaar, dus niet verantwoordelijk voor wat je doet. Gek worden is zo gek nog niet.

Op welke manier zou ze die heks te grazen kunnen nemen?

12

Het is vandaag vijf dagen geleden dat ze het briefje in haar postvak vond en ze is weer een kilo afgevallen. Dat is niet vreemd als je bedenkt dat ze al die dagen nauwelijks een hap door haar keel heeft gekregen. Annebeth vindt het niet normaal dat ze op deze manier reageert. Eigenlijk weet ze zeker dat iemand probeert haar in de maling te nemen, al zou ze niet weten wie. Misschien een van de nieuwe jonge leerlingen, die zo brutaal zijn en alles zeggen wat in ze opkomt. Die meiden hebben al een paar stevige aanvaringen gehad met de teamleider en de gediplomeerde collega's hebben allemaal de opdracht gekregen om onwenselijk gedrag van de dames te melden. Die drie stevenen volgens Annebeth rechtstreeks op een onvoldoende beoordeling af. Een van hen maakt soms toespelingen op Annebeths omvang, maar dat doet ze dan met een stralende lach en onder het mom van een grapje. Zou zij dat briefje in haar postvak hebben gestopt? Wie kan het anders gedaan hebben?

Ik zag je lopen en ik zou je willen leren kennen.

Waarom zou iemand die haar heeft zien lopen haar willen leren kennen? Zelfs nu er al drie kilo af is kan een blinde nog zien dat ze te zwaar is. Ze ziet er gewoon niet uit, waarom zou iemand haar dan willen leren kennen?

Het is onbegrijpelijk dat ze door dit briefje zo uit balans is. Ze heeft al een paar keer op het punt gestaan het mobiele nummer te bellen, maar ze durft het niet.

Heb goede bedoelingen.

Waarom moet dat vermeld worden? Is het iemand die eruitziet

als een seriemoordenaar? Of is hij zo afschrikwekkend lelijk dat iedereen die hem ziet direct kwade bedoelingen vermoedt? Toch vindt ze dat zinnetje ook wel vertederend. Misschien is hij gewoon verlegen, dat kan toch ook het geval zijn?

Wil je met me uit eten?

Liever niet, meneer. Hij heeft haar zien lopen en dus heeft hij gezien hoe vet ze is. Zou hij denken dat eten het enige is wat haar interesseert? Zou hij zelf ook moddervet zijn en door geen enkele vrouw serieus worden genomen? Wil hij haar soms meenemen naar zo'n tent waar ze alleen junkfood hebben, dat je zelf bij de balie moet afhalen?

Is het wel een hij?

Er is gebak en beschuit met muisjes. 'Ik ben jarig geweest,' vertelt Lisa, 'en dokter Van Driel is voor de eerste keer vader geworden.'

Annebeth kijkt alleen naar het gebak. 'Hartelijk gefeliciteerd,' zegt ze. 'Sorry, maar ik bedank. Ik ben serieus begonnen met afvallen.'

'Lukt het al?'

'Drie kilo in nog geen twee weken, maar dat zie je natuurlijk nog niet.'

'Het lukt dus. Goed van je, en heel knap dat je gebak weigert en gewoon zegt waarom. Dat helpt, volgens mij, bekendmaken dat je op dieet bent. Dat geeft steun.'

Dit was ook een van de tips in het artikel dat ze niet kon vinden, herinnert Annebeth zich. Aan iedereen die je kent vertellen dat je aan het afvallen bent en begrip vragen, desnoods eisen. Mensen erop aanspreken als ze proberen je te verleiden, respect afdwingen voor waar je mee bezig bent. Ze besluit dat ze haar vriendinnen gaat afbellen. Het maandelijkse eetfestijn laat ze voorlopig aan zich voorbijgaan en als ze haar dat kwalijk nemen is het jammer.

De kersverse vader komt binnen en wordt door iedereen gekust. Annebeth is blij dat er een bel gaat en ze haar beurt kan ontlopen.

Het was druk op de afdeling, maar daardoor is de dag wel weer omgevlogen. Als ze zich heeft omgekleed voelt de vrije avond die voor haar ligt opeens aan als een bedreiging. Ik ben te veel alleen, denkt ze. Ik leef als een mol.

Het is heerlijk weer, ze heeft zin om buiten te zijn.

'Volgens mij is de lente al begonnen,' zegt iemand naast haar als ze haar fiets naar buiten rijdt. Het is een van de brutale leerlingen. Nu de andere twee niet in de buurt zijn lijkt ze een ander meisje. 'Ik ga een grote omweg maken naar huis,' roept ze terwijl ze wegfietst.

Dat kan ik ook doen, denkt Annebeth. Ik neem de route door het park en als ik ergens een lege bank vind ga ik die B bellen. Het besluit is er opeens, ze was dit de hele dag totaal niet van plan. Het zal wel door de lente komen.

In de verte blaffen honden, maar die zijn niet echt in de buurt. Ze wil rustig kunnen praten en goed kunnen horen wat hij zegt. Als er tenminste iemand opneemt, als het nummer echt bestaat. Ze houdt er nog steeds rekening mee dat ze ergens in wordt geluisd.

Ze houdt haar adem in als ze het nummer intoetst. Is dit verstandig? Maar wat heeft ze te verliezen?

Ik zag je lopen en ik zou je willen leren kennen.

Het kan niet kloppen.

Het nummer bestaat, er is een belsignaal. Misschien krijgt ze de voicemail, dan kan ze in ieder geval een naam horen, een stem.

Er wordt opgenomen. 'Met Bert van Meulwijk.'

Die achternaam kent ze ergens van.

13

Het is een prachtig huis, hij voelt zich er direct op zijn gemak. Bert laat zich rondleiden en luistert naar de informatie die hij krijgt.

Tineke zegt dat het allemaal misschien ingewikkeld lijkt, maar echt wel meevalt. Ze blijkt iemand te hebben gevonden die de schoonmaak van het huisje op zich wil nemen, zodat Bert alleen verantwoordelijk wordt voor de boekingen, de afrekeningen en de ontbijten. En natuurlijk voor het woonhuis, maar dat is te overzien. Hij voelt zich opgelucht.

Het huisje dat dienstdoet als bed & breakfast is ruimer dan hij had verwacht. Het is mooi ingericht en als Tineke vertelt dat gasten regelmatig terugkomen, kan hij zich dat voorstellen.

Ze heeft een aparte mobiele telefoon voor de boekingen, die moet hij steeds bij zich houden. Ze gebruikt een digitale agenda en laat hem zien hoe het werkt. De gasten moeten contant betalen als ze arriveren. Ze kunnen tegen extra betaling gebruikmaken van de jacuzzi die aan de zijkant naast het terras staat.

Ze toont de lijst met de ontbijten die ze serveert en benadrukt dat hij zich gewoon kan houden aan de tijd die ze voor iedereen aanhoudt: tussen halfacht en halfnegen. Als gasten willen uitslapen, zet ze het blad in de gang. 'Dan lopen ze het risico dat de eitjes koud zijn en moeten ze zelf water koken voor thee,' besluit ze. 'Je redt het wel, hè?'

'Natuurlijk. Hoe gaat het nu met je zus?'

Haar gezicht betrekt. 'Slecht. Ik zal blij zijn als ik er ben en voor haar kan zorgen. Ik kan nog niet geloven dat ik haar ga verliezen, ze is mijn enige zus.'

Bert probeert een opwekkend antwoord te bedenken, maar er komt niets in hem op. 'Hou je wel contact? Bel me gerust als je even wilt praten.'

'Dat doe ik. Dank je.'

Hij is net de straat uit als hij zijn mobiele telefoon hoort. Hij drukt op de enterknop en noemt zijn naam. Stilte. 'Hallo? Met wie spreek ik?'

'O, hallo. Je spreekt met Annebeth Smid. Ik eh... ik vond een briefje in mijn postvak met dit mobiele nummer.'

Hij klemt zijn handen om het stuur. Het kan niet waar zijn!

14

Lisa heeft gebeld met de vraag of Sharon in staat is twee nachtdiensten te doen. Dat is een goed plan, dan loopt ze minder kans om Vigo tegen te komen. Ze zal toch weer aan het werk moeten en misschien moet ze eens gaan nadenken over overplaatsing naar een andere afdeling. Naar Neurologie, bijvoorbeeld. Daar lopen geen aantrekkelijke chirurgen rond en die afdeling ligt ook nog eens aan de andere kant van het ziekenhuis. Maar dat betekent dat ze voor hem vlucht en waarom zou zíj degene zijn die wegloopt? Zíj heeft toch geen dubbelspel gespeeld? Zíj heeft toch de boel niet belazerd?

Als ze aan de boodschap denkt die ze ontving, wordt ze ter plekke weer razend. Hij heeft niet alleen gelogen over zijn intenties, hij heeft zijn unieke relatie met Sharon verkwanseld. Ontkend.

Verwoest.

Hij verdient het om zelf verwoest te worden.

De woede zit aan haar vastgeklonken en ze torst hem met zich mee. Dat voelt niet goed, ze zou hem willen afwerpen. Zou het helpen als ze er toch met iemand over praat? Niet met Megan, die kan zich niet voldoende in haar verplaatsen. Met Zita dan? Die is twee dagen geleden teruggekomen van vakantie en ze hebben afgesproken elkaar snel weer te zien. Zita kan goed luisteren, maar kan Sharon erop rekenen dat ze haar steunt, begrijpt, geruststelt? Ze heeft geruststelling nodig, ze heeft iemand nodig die de dingen kan zeggen die haar fantasieën over vernietigende acties laten wegvloeien. Daar wil ze vanaf, maar dat lukt niet. Zou ze met haar moeder moeten praten? Maar dan komen ze zeker terecht op wat haar vader heeft gedaan en gaat het de hele avond over zijn bedrog en over zijn tweede leg. Sharon weet nu al dat ze het dan alleen maar over de krenking van haar moeder zullen hebben. Wie er ook iets te weten mag komen over haar relatie met Vigo, niet haar moeder.

Ze heeft al schoenen, een spijkerbroek en een veel te duur jasje gekocht. Toch wil ze nog meer kopen. Veel meer. Het wordt ook eens tijd dat ze een fatsoenlijke maaltijd binnenkrijgt. Hoe laat is het? Halfzes. Het is vandaag koopavond, dus als ze nu vertrekt kan ze eerst ergens een hapje eten en daarna losgaan. Dat is een aantrekkelijke gedachte, die ervoor zorgt dat ze zich opeens veel beter voelt. Zal ze Zita bellen en vragen of ze meegaat? Ze grijpt haar mobiel. Terwijl ze bezig is Zita's naam in te toetsen, hoort ze de bel. Rond deze tijd komen er vaak collectanten langs en daar heeft ze even geen zin in.

Op Zita's nummer krijgt ze de voicemail. Ze spreekt niets in.

Er wordt opnieuw gebeld. 'Jij je zin,' zegt ze zuchtend. Ze pakt haar portemonnee en loopt naar de voordeur.

Vigo heeft twee flessen wijn bij zich en biedt haar die aan. 'Wit voor jou, rood voor mij.' Zijn ogen smeken, zijn mond probeert te glimlachen. Hij lijkt kleiner geworden te zijn.

Sharon heeft het gevoel dat ze door haar knieën zakt. Armen om haar heen, lippen in haar hals, op haar wang, op haar mond.

Hij ruikt zo heerlijk.

15

Annebeth weet weer waar ze de naam van kent, er was een patiënte die Van Meulwijk heette.

'Dat is mijn moeder,' legt Bert uit.

Dus Bert van Meulwijk heeft haar zien lopen en is toen niet gillend op de vlucht geslagen. 'Ze lag ruim een week bij ons,' zegt Annebeth en ze bedenkt direct dat hij dat natuurlijk ook wel weet.

Er valt een stilte.

Help, denkt Annebeth.

'Vreemd, hè?' Bert probeert het opnieuw. 'Ik had er eerlijk gezegd niet meer op gerekend dat je zou bellen.'

'Ik moest er echt even over nadenken,' legt ze uit. 'Ik dacht eerst dat iemand een geintje wilde uithalen met dat briefje.'

'Waarom zou iemand dat doen?'

'Ach... ik ben een van de weinige verpleegkundigen van onze afdeling die geen vriend heeft en er lopen een paar nieuwe leerlingen rond die overal de draak mee steken.'

'Het was geen geintje. Ik vond het dom van mezelf dat ik niet op je naambordje had gelet, daarom heb ik geen naam op het briefje kunnen zetten.'

'Nu maak je me toch nieuwsgierig hoe het je dan is gelukt om het in mijn postvak te krijgen.' Annebeth merkt dat ze dit gesprek leuk begint te vinden.

'Ik heb een collega van je aangesproken, je beschreven en gevraagd of ze het briefje in je postvak wilde stoppen. Ze leek het wel leuk te vinden.'

Hij heeft haar beschreven, wat heeft hij gezegd? Hallo, er loopt hier een zwaargewicht rond van ongeveer een meter zestig met kort blond haar en een vriendelijk gezicht? Mensen zeggen vaak tegen haar dat ze zo'n vriendelijk gezicht heeft en dan heeft ze de indruk dat ze zich opgelucht voelen omdat ze iets aardigs over haar uiterlijk kunnen melden.

'Ben je er nog?' vraagt Bert.

'Ja.'

'Zullen we een afspraak maken? Misschien ergens eens koffie drinken? Kom je weleens in Grand Café Lion? Dat ligt in het centrum.'

'Ik ken Lion.'

'Wat denk je van zondag om een uur of vier?'

'Zondag ben ik vrij, dus dan kan ik. Goed. Om vier uur bij Lion.'

'Ik ga aan de leestafel zitten, als het mogelijk is bij het raam.'

'Dan vind ik je wel,' zegt Annebeth. Ze bedenkt dat hij weet hoe ze eruitziet, maar ze wil het nu liever niet over haar uiterlijk hebben. Wat moet ze aantrekken? Wat heeft ze in de kast hangen waarmee ze voor de dag kan komen? Ik ga iets kopen, besluit ze. Iets zwarts, dat maakt slanker. Met een rood accent, dat staat me goed.

'Tot zondag dan,' zegt Bert. 'Ik verheug me erop.'

'Tot zondag.' Moet zij nu ook zeggen dat ze ernaar uitkijkt?

Hij heeft de verbinding al verbroken. Grote kans dat hij alweer spijt heeft van zijn uitnodiging.

16

Hij kan nauwelijks geloven dat hij een afspraak heeft met Annebeth Smid, de vrouw met het mooie haar en de prachtige kont. Bert weet niet zeker of zijn perceptie nog helemaal klopt, hij heeft het gevoel dat hij elke keer als hij aan haar denkt iets aan haar verschijning toevoegt. Maar wat maakt het uit? Ze heeft gebeld, ze heet Annebeth Smid en ze wil hem ontmoeten. Hij heeft direct na hun gesprek haar mobiele nummer opgeslagen en kent het al uit zijn hoofd. Dat is wel een beetje puberaal gedrag, maar het voelt goed. Het is heel lang geleden dat de vlinders in zijn buik zaten, dat was in de tijd dat hij Tanja net had leren kennen. Hij denkt niet graag terug aan die tijd, maar toch doet hij het nu en de herinnering maakt hem weemoedig. Het was, ondanks wat er later gebeurde, een goede tijd. Ze hadden veel plezier samen, ze genoten van elkaars gezelschap en ze vreeën de stoeptegels uit het trottoir. Verliefdheid bleek ongekende energie op te leveren, Bert werd er een beetje manisch van. Zijn moeder was verrukt van Tanja, zijn vader voorspelde dat Bert deze vrouw nooit zou kunnen houden. Zou hij door die opmerking zo'n haast hebben gemaakt met trouwen en kinderen krijgen? Maar Tanja was toch de stimulerende partij? Ze was de dertig al gepasseerd en wilde een gezin. Ze vroeg hem op een zaterdagmiddag, toen ze hem ophaalde uit de zaak, totaal onverwacht ten huwelijk. Hij kon maar één woord uitbrengen: 'Ja.' Het aanzoek was leuk en toch ook weer niet. Hij zei tegen zijn ouders dat hij haar ten huwelijk had gevraagd. Onbegrijpelijk dat hij nu aan Tanja denkt, het monster dat zijn kinderen van hem weghoudt. De heks zonder kont.

Zijn moeder zei een paar dagen geleden tegen hem dat het er volgens haar altijd al in had gezeten dat Tanja en hij niet getrouwd zouden blijven, omdat ze zo verschillend zijn. 'Jij bent veel warmer, veel aardiger, veel socialer,' zei ze. 'Je kwam veel bij haar tekort.'

Dat weet hij zelf ook, maar zijn kinderen maakten een hoop goed. Als hij aan die twee blonde koppies denkt en aan die vier helblauwe ogen, zitten de tranen direct hoog. Vanaf het moment dat hij voor de eerste keer vader werd, is hij emotioneler geworden.

Zijn advocaat heeft een rapport gestuurd dat door de advocaat van Tanja is opgesteld. Ze wil niet dat de kinderen hun vader bezoeken, omdat ze ervan overtuigd is dat hij de meisjes fysiek mishandelt. Ze kwamen de laatste twee keren dat ze bij hem waren geweest terug met blauwe plekken op hun armen en benen. Dat liegt ze, heeft Bert tegen de advocaat gezegd. Hij begrijpt niet dat een moeder zulke aantijgingen zonder meer kan droppen en als reden kan gebruiken om de kinderen bij zich te houden. Hij wil dat ze met bewijzen komt, met foto's of met getuigenverklaringen. Toen hij getuigenverklaringen ter sprake bracht zei de advocaat dat ze die scheen te kunnen overleggen. Dat had Bert kunnen weten, hij had in de gaten kunnen hebben dat het Tanja zou lukken om andere mensen zover te krijgen dat ze haar steunen. Haar moeder zal vooraan in de rij staan en haar twee zussen volgen. En vlak die akelige vriendin van haar niet uit, die Leslie. De pot van de eeuw, het zou hem niet verbazen als ze het met elkaar doen.

Hij kan beter ophouden met zich druk maken over Tanja en zijn advocaat het verweer laten opstellen. Moeders schijnen altijd sterk te staan als er problemen ontstaan met de bezoekregeling, maar hij gaat niet lijdzaam afwachten wat ze nog meer van plan is. Hij gaat ervoor zorgen dat hij zijn dochters weer kan zien en zijn ex kan erop rekenen dat hij zich door haar niet zal laten dwarsbomen. Dit soort gedachten heeft hij nodig om zichzelf gerust te stellen, want als hij eraan denkt dat hij het contact met de meisjes zou kunnen verliezen, wordt hij bang.

Een afspraak met een mooie vrouw is welkom. Misschien leidt het nergens toe, maar de opwinding vooraf is al veel waard.

Annebeth Smid. Leuke naam. Nog twee dagen en dan ontmoet hij haar. Hij zal ruim op tijd bij de leestafel in Grand Café Lion zitten en hoeft zich niet druk te maken over de vraag hoe ze eruitziet. Het enige waar hij zich druk over kan maken is de vraag of hij zelf niet tegenvalt.

Ze zal toch wel van kinderen houden?

17

Sharon moet van heel ver komen, ze ligt ergens op de bodem van een eindeloos diepe put. Haar benen voelen aan alsof er kilo's lood aan hangen, haar armen zijn nauwelijks op te tillen. Wat is er met haar gebeurd? Het is halfzeven, maar is het ochtend of avond? Ze moet de nachtdienst in, maar wanneer?

Nu is het licht. Als ze uit bed stapt, lukt het haar net op tijd zich vast te grijpen aan de vensterbank. Ze gaat weer op het bed zitten en probeert te bedenken wat er aan de hand kan zijn. Het is opeens halftien, maar wat voor dag is het? Ze strompelt naar het toilet en daarna zet ze de kraan van de douche open. Ze blijft wankel op haar benen staan en zoekt overal waar ze loopt steun. Als ze beneden komt, ziet ze overal kleren liggen.

Vigo was hier, nu weet ze het weer. Hij stond zomaar voor de deur, met een fles witte en een fles rode wijn. Hij zei van alles waar ze blij van werd, maar wat hij precies zei is nog duister. Er is maar één zin blijven hangen, de zin waar ze nooit op had gerekend.

'Ik wil weg bij mijn vrouw.'

Maar je kinderen dan, had ze willen vragen. Hoe zit het met je voornemen die niet te verlaten voordat ze op de middelbare school zitten? En waarom zei je eerst dat het niet goed was om verder te gaan?

Ze weet nu weer dat hij haar geen enkele ruimte gaf om vragen te stellen, dat ze alleen hebben gedronken en heftig gevreeën. Ze is bang dat de buren haar hebben gehoord. Toch is er voor haar gevoel een aantal uren uit haar brein verdwenen.

Hoe is het mogelijk dat ze zo diep heeft geslapen? En hoe komt het dat ze niet meer weet hoe ze in bed is gekomen en hoe laat het toen was? Kwam het door te veel alcohol? Het is haar nog nooit overkomen dat ze een black-out had na drank. Het voelt niet goed.

Hij is vertrokken zonder dat ze het in de gaten had, maar of hij de hele nacht bij haar is gebleven weet ze niet. Het is mogelijk, maar ze is uren kwijt. Het maakt ook niets uit, hij wil weg bij zijn vrouw en de kinderen zijn blijkbaar geen issue meer. Dat telt. Ze zullen officieel een stel zijn, iedereen zal het mogen weten. Misschien kan ze dan toch beter overplaatsing aanvragen, ze denkt ook wel dat dit van haar verwacht zal worden. Het maakt allemaal niet uit, want ze krijgt de man van wie ze houdt helemaal voor zichzelf. Het is niet te geloven.

Ze zou zich nu heel blij moeten voelen.

Hij heeft niet meer gebeld en ook geen berichtjes gestuurd. Misschien praat hij vanavond met zijn vrouw. Zou hij weten dat zij de nachtdienst in moet? Ze had hem een sleutel moeten geven.

Haar lichaam is nog steeds niet goed wakker, ze zal vannacht veel koffie nodig hebben om overeind te blijven. De collega's die avonddienst hebben gehad zijn druk met elkaar in gesprek. Er heerst een opgewonden stemming in het kantoor, welk sensationeel nieuws zou er zijn? Er gaat een bel. Een van de collega's loopt het kantoor uit.

'Je hebt het dus nog niet gehoord van Vigo Hulscher?' vraagt de collega die achterblijft.

Sharons hart slaat drie slagen over. 'Wat moet ik gehoord hebben?' Ze heeft een kurkdroge keel.

'Zijn vrouw is opgestapt na een ruzie waarbij de politie moest ingrijpen.'

Sharon gaat snel zitten.

'Zijn vrouw schijnt gebeld te hebben, omdat ze zich bedreigd voelde. Had jij dat gedacht van Vigo Hulscher? Die is altijd zo aardig en attent en rustig. Onbegrijpelijk, toch?'

'Inderdaad, onbegrijpelijk,' lukt het Sharon te antwoorden. 'En vooral heftig voor hun kinderen.'

'Vigo Hulscher heeft geen kinderen,' zegt haar collega.

18

Annebeth heeft een zwarte lange rok van een soepel vallende stof met elastiek in de taille gekocht. Daaroverheen draagt ze een zwart shirt en een lang zwart vest. De rode sjaal die ze losjes om haar hals heeft gedrapeerd heeft dezelfde kleur als de laarsjes die ze voor deze gelegenheid ook heeft aangeschaft. Ze bekijkt zichzelf in de grote passpiegel in een hoek van haar slaapkamer, waar altijd een groot badlaken overheen hangt. Ze is drieënhalve kilo afgevallen en het lijkt of je dat toch een beetje kunt zien. Onvoorstelbaar dat het nu opeens lukt, na alle mislukte pogingen en de meest uiteenlopende soorten diëten. Nou ja, hoe onvoorstelbaar is het dat je afvalt als je alles waar je dik van wordt consequent niet meer eet en je beperkt tot drie keer per dag een caloriearme maaltijd en liters water? Je hoeft geen hogere dieetleer te hebben gestudeerd om dat te begrijpen.

Het voelt goed aan dat het eindelijk lukt. Het is kicken, ook al reageerden haar eetvriendinnen tamelijk geïrriteerd toen ze opbelde en aankondigde dat ze voorlopig niet meedeed met de maandelijkse etentjes, omdat ze serieus aan het afvallen is. Ze begrijpt hun irritatie wel, voor haar dikke vriendinnen moet dit een soort confrontatie zijn met hun eigen onmacht. Ze zou het jammer vinden als ze hen hierdoor verliest, maar als dat een prijs is die ze moet betalen, betaalt ze die. Ze wil zichzelf weer durven bekijken en ze wil dat anderen weer naar haar kijken zonder hun wenkbrauwen op te trekken. Ze wil er weer uitzien zoals ze was toen ze Pelle ontmoette en voordat ze Benja kregen. Niet aan denken, niet doen. Dat is voorbij, alleen het heden telt nu.

Ze hangt het badlaken weer over de spiegel en loopt naar de woonkamer. Het is pas twee uur, ze heeft zich te vroeg aangekleed. Normaal gesproken zou ze nu voor de televisie gaan hangen met een zak nootjes of iets anders waarop te kauwen valt. De behoefte daaraan is beslist nog niet voorbij. Ze betrapt zichzelf er vooral in de supermarkt op dat ze de neiging heeft de schappen op te zoeken waar de chips en de noten liggen. Ze verlangt op de meest onmogelijke tijden zomaar naar hartigheid om zich mee vol te proppen. Soms denkt ze midden in een gesprek met een patiënt aan het geluid van krakende chips tussen haar tanden. Zou dat ooit overgaan?

Ze kijkt naar het weer, het is in ieder geval droog. Hoelang zou ze erover doen om naar Grand Café Lion te lopen? Slecht idee om zo'n tocht te maken op nieuwe laarsjes. Ze ergert zich een beetje aan haar eigen nervositeit en spreekt zichzelf bestraffend toe. Dit is gewoon een eerste ontmoeting met een man die blijkbaar in haar geïnteresseerd is. Hij vindt het dus geen bezwaar dat ze een onaantrekkelijk lichaam heeft en dat betekent waarschijnlijk dat hij zelf ook geen beauty is. Ze kan zich maar beter voorbereiden op een kennismaking met iemand die ze hard voorbij zou lopen als ze hem toevallig tegenkwam. Eigenlijk is het te triest voor woorden wat er nu gebeurt. Twee mensen bereiden zich voor op een eerste ontmoeting die ongetwijfeld ook de laatste zal zijn. Want misschien is het voor deze Bert van Meulwijk geen bezwaar hoe zij eruitziet, maar voor haar is een onaantrekkelijke man onbespreekbaar. Soms ziet ze in het winkelcentrum waar ze boodschappen doet van die stellen lopen aan wie duidelijk te zien is dat hun uiterlijk niet hun hoogste prioriteit is. Ze wil geen deel zijn van zo'n stel, ook niet nu ze nog lang niet op het juiste gewicht is. Zelfs niet als ze haar streefgewicht nooit haalt. Ze is liever alleen.

'Ik heb foto's gezien van toen je twintig was. Kind, ik herkende je nauwelijks.' Stiefma moet haar mond houden. Toen Annebeth twintig was, had het leven haar nog niet te grazen genomen. Dit

schiet niet op. Ze moet hier weg, ze stapt gewoon in haar auto en gaat een eind rijden. Of zal ze de fiets nemen? Maar dan loopt ze het risico dat ze bezweet raakt. Ook al is ze ervan overtuigd dat de ontmoeting met Bert van Meulwijk nergens toe zal leiden, ze wil in ieder geval niet als een soort stinkdier verschijnen. Er zijn grenzen.

Het kwam goed uit dat ze in een file terechtkwam omdat er een rijbaan was afgesloten en ze ook nog moest tanken. Toen ze bij de pomp stond floot er iemand naar haar. De grijns op haar gezicht wil niet meer weggaan.

Als ze Grand Café Lion binnenkomt, heeft ze opeens knikkende knieën. Bij de leestafel zit een man. Hij is niet dik en niet lelijk, maakt niet de indruk dat hij een IQ van hooguit tachtig heeft en ziet er niet uit als een gevaarlijke gek. Hij kijkt even op van het tijdschrift dat hij zit te lezen en glimlacht naar haar. Daarna richt hij zijn blik weer op de pagina die voor hem ligt. Dit is hem dus niet.

Annebeth gaat zitten en bestelt een zwarte koffie zonder koekje.

19

Natuurlijk had hij kunnen weten dat ze niet zou komen. Bert begrijpt goed dat geen enkele vrouw happig zal zijn op een ontmoeting naar aanleiding van een onbeholpen briefje, en zeker niet een vrouw die zo mooi is als Annebeth Smid. Maar waarom heeft ze dan gebeld en de afspraak gemaakt?

Hij doet of hij het tijdschrift leest dat voor hem op tafel ligt, maar lezen zal niet lukken zolang zijn gedachten alle kanten op vliegen. Het zou hem niet verbazen als die Annebeth eerst eens is gaan rondvragen of iemand de zoon van mevrouw Van Meulwijk heeft gezien toen ze op de afdeling was opgenomen en zo ja, hoe die man eruitzag. Hij kan onmogelijk een verpletterende indruk hebben gemaakt, het is zelfs goed mogelijk dat niemand zich iets van zijn aanwezigheid herinnert. Wie zal er uitkijken naar een man die in staat is geen enkel beeld achter te laten? Zijn grijzemuisgehalte zal bepalend zijn voor de vraag van wel of niet komen opdagen in Lion.

Niet, dus.

De vrouw die bij hem aan de leestafel is komen zitten, schuift een beetje op haar stoel. Zou ze hier ook met iemand hebben afgesproken? Ze kijkt steeds naar de deur.

Ze heeft een aardig gezicht. Vriendelijk, zacht. Mooie mond ook, volle lippen. Hij houdt van zulke monden, maar niet van een lichaam zoals eronder zit. Ze is te dik, al is ze goed gekleed. Leuk, die rode sjaal, en toen ze binnenkwam zag hij dat ze ook rode laarsjes draagt. Hij heeft oog voor dergelijke details. Misschien komt dat omdat hij in de kapsalon bijna de hele dag tussen vrouwen zit. Dan hoor en zie je het een en ander voorbijkomen. Jammer dat deze vrouw zo zwaar is. Ze neemt geen koekje bij de koffie, wie weet is ze bezig met afvallen. Bert kan een glimlach niet onderdrukken als hij aan een van zijn biljartmaten denkt, die helemaal lyrisch kan worden als er eens een stevig gebouwde vrouw met grote borsten in de kroeg zit.

Hij zou nu hier moeten zijn, dan kon hij zich lekker uitleven.

Het is bijna halfvijf en ze is dus echt niet gekomen. Hij kan haar bellen en vragen of er iets is gebeurd. Ze kan ziek zijn geworden, of ergens in een file terecht zijn gekomen. Maar een file op zondag? Kan echt wel, houdt hij zichzelf voor, bijvoorbeeld door een aanrijding. Maar ze heeft zijn nummer, dan zou ze toch hebben gebeld?

Ze kan wel dood zijn. Nu moet hij ophouden, dit wordt te bizar. Ze is er niet, ze komt niet, het feest is voorbij voordat het is begonnen. Jammer dan. Dag Annebeth Smid, je was de moeite van het proberen waard. Toch steekt het dat ze niet is gekomen.

Hij wenkt de serveerster en zegt dat hij wil afrekenen. Als hij opstaat, spreekt de dikke vrouw hem aan. 'Neem me niet kwalijk, maar ben jij toevallig Bert van Meulwijk?'

Kent hij haar ergens van? Heeft hij haar eerder ontmoet? Waar dan? Is het iemand uit de tijd dat hij samen was met Tanja? Er gaat geen enkel lichtje branden. Ze vroeg hem iets, hij moet haar niet zo schaapachtig blijven aankijken. 'Sorry, ik probeer even te bedenken waar ik jou van zou moeten kennen. Het klopt, ik ben Bert van Meulwijk, en wie ben jij?'

'Ik ben Annebeth Smid,' zegt de vrouw.

Hoelang duurt deze tenenkrommende stilte nu al? Bert wil iets zeggen, maar wat? Dit is niet de vrouw die hij in het ziekenhuis heeft gezien, niet de vrouw die hij hier verwachtte. Maar wie is dit dan wel? En hoe is zijn briefje bij haar terechtgekomen?

'Je had een briefje in mijn postvak laten stoppen, weet je nog wel?' zegt de vrouw. Ze probeert te glimlachen, maar haar ogen doen niet mee. Die stralen iets uit waar hij liever niet naar kijkt.

Hoe redt hij zich hieruit? Hij kan toch moeilijk tegen dit aardige meisje zeggen dat hij hier een stoot van een meid met een paardenstaart verwachtte? Het is hem duidelijk dat het briefje in een verkeerd postvak is terechtgekomen. Heeft de verpleegkundige die hij aansprak en die tegen hem zei dat ze wist wie hij bedoelde gewoon een fout gemaakt? Heeft ze niet goed gekeken waar ze het briefje in stopte? Of heeft ze het met opzet in het verkeerde postvak gedaan? Allemaal loze vragen. Hij zit hier nu met een vrouw met wie hij niets kan en niets wil. Dit moet hij zo snel mogelijk afhandelen. 'Het is een vergissing, sorry.' Hij doet een stap naar achteren en draait zich om. 'Sorry,' herhaalt hij.

'Jammer,' zegt de vrouw.

20

Sharons collega die ook nachtdienst heeft raakt geïrriteerd als Sharon voor de derde keer niet reageert op een bel. 'Ik kan het beter alleen doen vannacht,' moppert ze. 'Waar zit jij met je gedachten? Wat is er aan de hand? Ben je ziek? Dit schiet niet op, ga anders maar naar huis. Ik wil het nachthoofd wel bellen.'

Sharon zou inderdaad het liefst naar huis gaan, maar ze zou nog liever Vigo bellen en van hem eisen dat hij haar komt ophalen. Ze wil weten of het waar is dat hij geen kinderen heeft en waarom hij dat dan altijd tegen haar heeft gezegd. Ze voelt zich enorm in de maling genomen en wil uitleg.

Haar collega heeft gelijk, ze kan beter naar huis gaan. Thuis kan ze Vigo bellen of mailen, er is nu niemand meer die hem kan betrappen.

'Ik heb het nachthoofd gebeld.' Haar collega stoot haar aan. 'Ze vindt het goed dat je vertrekt. Ben je met de auto? Kun je zelf rijden? Moet ik iemand bellen om je te laten ophalen? Je ziet eruit als een geest.'

Sharon zegt dat ze op eigen gelegenheid thuis kan komen. 'Het is maar tien minuten met de auto, ik kan wel rijden.'

'Zal ik tegen Lisa zeggen dat je morgennacht ook niet kunt werken?'

'Graag. Ik dacht dat ik al voldoende was opgeknapt, maar ik red het nog niet.'

'Kan ik nog iets voor je doen?' Deze collega is een aardige meid, ze meent echt wat ze zegt. Maar Sharon wil nu alleen nog maar ergens naartoe waar ze met niemand hoeft te praten, behalve als het Vigo is.

Zou hij thuis zijn? Is hij alleen? Het is natuurlijk goed mogelijk dat er vrienden in huis zijn, of familie. Hij zal zich nu niet prettig voelen. Maar als ze hem belt, kan ze zomaar iemand anders aan de lijn krijgen. Hij zal het niet fijn vinden als ze dat doet. Niemand kent haar. Of heeft hij zijn familie en vrienden inmiddels verteld dat hij gek is op háár?

Ze moet niet zo doordraven, denkt ze als ze in de auto stapt. Nu opletten wat ze doet en veilig thuis zien te komen.

Heeft hij tegen zijn vrouw gezegd dat hij een ander had voor wie hij koos? Sharon heeft niets aan hem gemerkt wat op stress wees of op een ander soort opwinding. Hij was ontspannen, gretig en dominant, dus niet anders dan anders. Ze wilde niet te snel drinken, maar hij drong enorm aan. Dronk hij zelf eigenlijk wel? Ze loopt naar de afvalbak in de keuken en tuurt in de zak. Er zitten geen lege flessen in. Ze probeert zich te herinneren wat ze met die flessen heeft gedaan. Liggen ze soms al in de zwarte bak die buiten staat? Toch vreemd dat ze het idee heeft dat ze een paar uur mist van de avond en nacht dat Vigo bij haar was. Als ze eerlijk is tegen zichzelf moet ze zelfs toegeven dat het meer uren zijn. Ze weet nog dat hij voor de deur stond om een uur of zes. Ze herinnert zich dat ze schrok toen ze hem zag staan, dat haar benen slap werden, dat hij wijn bij zich had en dat hij zei dat hij niet zonder haar kon. Hij raakte haar voortdurend aan en zijn vingers maakten haar gek. Ze moest hem vragen haar hard te nemen en hij deed haar pijn. Toen moest ze zeggen dat pijn lekker was. Hij goot het wijnglas leeg in haar keel en daarna werd ze slaperig. Hoe laat was dat? Ze heeft niet op de klok gekeken, maar het zal niet later zijn geweest dan een uur of halfacht. Is ze toen al in slaap gevallen? Heeft Vigo haar in bed gelegd? Is er nog iets gebeurd wat ze niet weet? Ze huivert. Hij zal toch geen seks met haar hebben gehad terwijl ze al sliep? Natuurlijk niet, weerlegt ze die mogelijkheid direct. Vigo zou nooit iets dergelijks met haar doen. Ze waren allebei moe en ze hadden niet zo snel achter elkaar die wijn moeten opdrinken. Hij heeft haar waarschijnlijk mee naar boven genomen en is samen met haar in bed geploft. Zo moet het gegaan zijn. De lege flessen liggen in de zwarte bak en het maakt niet uit wie ze erin heeft gegooid. Een black-out is niet meer dan een zwart gat in je geheugen. Niet echt belangrijk. Het is veel belangrijker dat Vigo vanaf nu vrij is en ze legaal samen kunnen zijn.

Sharon hangt boven de zwarte bak en tuurt naar de bodem. De afvalzak die daar ligt heeft ze er zelf eergisteren in gegooid. Ze ziet geen lege wijnflessen.

Ze sluit de deur van de keuken en controleert het slot van de voordeur. Het is kwart voor zes, ze kan beter gaan slapen. Haar ogen vallen bijna dicht, ze heeft het gevoel dat ze vanaf het moment dat ze gisterochtend haar ogen opende niet echt wakker is geworden. Als ze niet beter wist zou ze denken dat ze gedrogeerd is geweest.

De klok in de woonkamer slaat zes keer. Sharon zit op de trap en leunt tegen de wand. Gedrogeerd, zou dat zijn wat er is gebeurd?

'Hij heeft iets in mijn wijn gedaan,' zegt ze tegen de trap. Ze schudt verbijsterd haar hoofd. Zoiets mag ze niet denken, niet van Vigo. Maar ze moet wel met hem praten, hij moet haar geruststellen.

Eerst slapen.

Heeft ze de deuren wel op slot gedaan?

21

Annebeth rijdt doelloos rond, ze weet niet waar ze is en het kan haar ook niet schelen. Ze had erop gerekend dat deze ontmoeting nergens toe zou leiden, maar dat kwam omdat ze een buitengewoon onaantrekkelijke man verwachtte in wie ze zelf niets zou zien. Toen ze aan de leestafel zat keek ze steeds stiekem naar de man met het tijdschrift en betrapte ze zichzelf erop dat ze hoopte dat Bert van Meulwijk niet zou komen opdagen en ze met de leuke man tegenover haar in gesprek zou raken. Pas toen hij van plan bleek te zijn op te stappen kwam het idee in haar op dat hij Bert zou kunnen zijn en dat hij toen hij haar zag misschien had besloten dat hij toch liever geen contact met haar wilde hebben. Dat idee bracht haar ertoe gewoon te vragen wie hij was. En toen zei hij sorry. Het was een vergissing. Wat was dan de vergissing? Zij? Hoe? Hij had haar toch zien lopen, ze was toen nog dikker dan nu, maar hij wilde haar leren kennen.

Ze voelt zich niet alleen afgewezen, ze voelt zich onbeschrijflijk in de maling genomen. Zou ze soms de inzet geweest zijn van een weddenschap? Toen ze een paar weken geleden met haar eetvriendinnen een pilsje dronk nadat ze eerst uitgebreid hadden gedineerd en daarna naar de film waren geweest, beweerden die allebei dat een van de mannen die aan het biljarten waren steeds naar haar keek. Annebeth weigerde zelf naar het biljart te kijken. Als ze dat wél gedaan had, zou ze dan hebben gezien dat hij Bert van Meulwijk was?

'Zou die dikkerd met dat vriendelijke gezicht weleens een vrijer hebben?'

'Nee man, ken jij iemand die daarop zou willen kruipen?'

'Die durft nergens op in te gaan met dat lijf.'

'Wedden van wel?'

'Goed, wedden. Voor een kratje bier.'

Maar hoe kwam dat briefje dan in haar postvak op de afdeling waar ze werkt terecht?

Haar hele lijf doet pijn, het lijkt of ze een ontzettend pak slaag heeft gehad.

De klap doet haar verstijven van schrik en ze staat direct boven op haar rem. Nog geen dertig meter voor haar zijn twee auto's op elkaar gebotst. De bestuurders stappen direct uit en in de achterste auto blijken ook twee kinderen te zitten. Ze lijken niets te mankeren. Van alle kanten komen mensen tevoorschijn, er worden gesprekken gevoerd met mobiele telefoons. Annebeth stapt ook uit en ze loopt op de man af die naast de auto staat die is aangereden. Zijn voorhoofd bloedt. Een vrouw heeft een verbandtrommel bij zich en begint het bloed weg te vegen.

'Ik remde voor een kat,' zegt de man.

'Misschien kunt u beter even gaan liggen,' zegt de vrouw van de verbandtrommel.

'Hebt u ergens pijn?' vraagt Annebeth.

'Mijn nek,' zegt de man.

'Dan niet gaan liggen. Is er al een ambulance gebeld?'

'Bent u soms dokter?' wil de vrouw van de verbandtrommel weten. Ze bekijkt Annebeth van top tot teen.

'Ambulance en politie zijn onderweg,' roept iemand achter hen.

'Leunt u maar op mij,' zegt Annebeth tegen de gewonde man.

'Massa genoeg om op te steunen,' sneert de vrouw van de verbandtrommel.

'Sorry, sorry,' blijft de gewonde man maar zeggen.

'Stil!' gebiedt Annebeth. Ik moet niet zo schreeuwen, denkt ze.

In de verte naderen sirenes.

De gewonde man heeft eerst een kraag om gekregen, is daarna rechtop tegen een brancard gezet en vervolgens horizontaal afgevoerd. De politie noteert verklaringen van getuigen. De bestuurder van de achterste auto en de kinderen worden ook meegenomen door een ambulance.

Annebeth loopt terug en constateert dat ze nog even niet kan vertrekken, omdat de auto's die bij de aanrijding betrokken waren de doorgang blokkeren. Er loopt een meisje langs met een zak patat in haar hand. De mayonaise die erbovenop ligt ziet er goddelijk lekker uit. Annebeth ontdekt dat haar auto vrijwel voor een snackbar staat.

Massa genoeg om op te steunen.

Haar maag knort.

Als ze eindelijk verder kan rijden realiseert ze zich dat ze het echt heeft gedaan, ze heeft niet toegegeven aan de drang zich vol te vreten, ondanks de speekselvloed in haar mond en het treiterige gerommel van haar maag. Deze overwinning geeft haar vleugels. Nu de rest goed aanpakken, om te beginnen de omgang met kerels. Voorlopig maakt ze met geen enkele man meer een afspraak, in ieder geval niet voordat ze zestig kilo weegt. Ze heeft er vijf jaar over gedaan om achttien kilo aan te komen, ze trekt een jaar uit om ze kwijt te raken. Dit wordt háár jaar.

En die Bert van Meulwijk zoekt het maar uit met zijn domme briefjes.

22

Het stel dat gisteren is aangekomen heeft gevraagd of ze het ontbijt om zeven uur zouden kunnen krijgen. Bert heeft toegestemd en nu staat hij nog half slapend eieren te koken en croissantjes te bakken. Ook al heeft Tineke hem op het hart gedrukt dat hij beter geen uitzonderingen kan maken, omdat dan voor hij het wist het einde zoek zou zijn, hij kon deze aardige mensen niet teleurstellen. Het is een stel van middelbare leeftijd en ze maken geen geheim van het feit dat ze verliefd zijn. Bert heeft de hele avond aan ze gedacht en hij betrapte zichzelf erop dat hij jaloers op ze was. Er is nog iets waarop hij zichzelf bijna iedere dag wel een keer betrapt en dat is de neiging om Annebeth Smid nog een keer te bellen en haar zijn verontschuldigingen aan te bieden. Het is hem duidelijk geworden dat er sprake moet zijn geweest van een vergissing. De verpleegkundige die zijn briefje aannam had het natuurlijk druk en heeft niet goed opgelet in welk postvak ze het stopte. Zoiets kan iedereen gebeuren, het is alleen vervelend dat er zo'n ongemakkelijke situatie uit kan ontstaan.

Hij kan de blik in Annebeths ogen toen ze 'Jammer' zei niet van zich af zetten. Ze was niet alleen geschrokken, ze was gekwetst. Bert is niet van kwetsen en zeker niet van vrouwen kwetsen. Dat doen vrouwen zelf wel. Nu niet meteen gaan generaliseren, berispt hij zichzelf. Tanja is een uitzondering, die staat niet model voor alle vrouwen. Tanja heeft een hoog heksengehalte en dat had hij kunnen weten als hij beter had opgelet en kritischer was geweest. Als hij zich niet alles had laten aanleunen, als hij niet was blindgevaren op haar meningen en oordelen. Als hij meer zelfrespect had gehad.

Als hij eerder had teruggeslagen.

Hij wil liever niet aan zijn ex denken en ook niet aan die vent die zich een plaats in het leven van zijn dochters schijnt te willen toe-eigenen, want vooral dan komt hij ook bij het verlangen naar zijn dochters terecht. Zijn advocaat heeft hem de verklaringen laten lezen die de advocaat van Tanja tot nu toe heeft verzameld en die dreigen aan te tonen dat hij een gevaar is voor zijn kinderen. Bert las voorbeelden van onbeheerst schreeuwen, hardhandig corrigeren van zijn dochters, weglopen als er ruzie ontstond en niet ingaan op pogingen om iets uit te praten. Alles is zwaar overdreven en dat hardhandig corrigeren klopt totaal niet. Hij heeft zijn kinderen nog nooit pijn gedaan en absoluut ook nog nooit een blauwe plek bezorgd. Als Tanja haar familie en vrienden zover heeft gekregen dat ze daar uitspraken over doen betekent dit dat iedereen met haar mee liegt, of haar blind gelooft. Als je maar vaak genoeg beweert dat de kinderen sporen van mishandeling vertonen, denkt iedereen waarschijnlijk dat ze het zelf ook hebben gezien. In een van de laatste zinnen van de samenvatting stond dat de meisjes bang zijn voor Bert. Die woorden hebben er verschrikkelijk in gehakt.

Hij weet niet wat hij moet doen en heeft weinig aan zijn advocaat. Die blijft maar aandringen op verklaringen van zijn familie en vrienden die het tegendeel kunnen bewijzen. Maar als Anna en Emily bij hem waren, zagen ze alleen zijn ouders. Hij weet zeker dat Tanja als hij aankomt met verklaringen van zijn moeder gaat beweren dat hij er natuurlijk voor zorgde dat de kinderen kleding met lange mouwen droegen, zodat er niets te zien was. Van zijn vader hoeft hij geen enkele medewerking te verwachten, dat is hem wel duidelijk. Hij voelt zich machteloos en betrapt zichzelf regelmatig op de wens dat zijn ex snel een dodelijk ongeluk krijgt. Een paar dagen geleden was er weer een man in het nieuws die zelfmoord had gepleegd en zijn kinderen had meegenomen in de dood. Dat is afschuwelijk, daar zou Bert nooit toe in staat zijn. Maar hij kan zich de uitzichtloze wanhoop goed voorstellen.

Hij beseft meer dan ooit dat hij geen echte vrienden heeft. Met zijn biljartmaten kan hij de wereld doornemen, maar dat gaat altijd gepaard met een alcoholroes en ze hebben het over iedereen, behalve over zichzelf. Met zijn moeder kan hij overal over praten, maar de situatie met zijn kinderen doet haar veel verdriet. Hij probeert haar dus te sparen in plaats van iets te delen. Zijn vader komt voor geen enkele vorm van gesprek in aanmerking, omdat praten met deze man voor Bert al zolang hij zich kan herinneren betekent dat er kritiek over hem wordt uitgestort. Misschien zou zijn vader iets van trots of waardering hebben kunnen laten doorschemeren als Bert ook elektricien was geworden en het bedrijf had overgenomen.

De gesprekken die hij met klanten voert gaan beslist ergens over, maar dan wel over wat al die vrouwen meemaken en wat hén raakt. Hij is goed ingevoerd in vrouwenproblematiek, van zwangerschap tot overgang, van vlinders in de buik tot relatiebreuk. Als zijn klanten vragen hoe het met de kinderen is en of hij het redt in zijn eentje zegt hij altijd dat alles uitstekend gaat. Alleen met Tineke Daalmeyer bespreekt hij meer, maar die is nu onbereikbaar. Soms laat hij weleens iets los tegen Lucy, maar ze kunnen het nooit echt rustig over iets hebben, omdat er vaak klanten in de zaak zijn. En privé hebben ze geen contact met elkaar.

Hij zou eens een avond met iemand willen praten over alles wat er in het laatste jaar is gebeurd. Hoe zou de vrouw met de paardenstaart heten? Dat had hij aan Annebeth Smid kunnen vragen.

23

Sharon controleert nog een keer of de batterij van haar mobiel wel voldoende is opgeladen. Ze begrijpt niet waarom ze nog steeds geen bericht van Vigo heeft gekregen. Al was het maar een kort whatsappje waaruit bleek dat hij aan haar denkt.

Zou hij zijn aangehouden door de politie? Als zijn vrouw hulp moest inroepen, is er waarschijnlijk iets ernstigs aan de hand geweest. Zou hij haar geslagen hebben? Dat gelooft Sharon niet. Vigo mag dan een man zijn met heftige emoties, hij is een beschaafd mens. Geweld past niet bij hem, tenzij er sprake is van seks. Ze denkt aan de laatste keer dat ze in bed lagen. Toen ging het er heel heftig aan toe, zelfs een beetje ruw. Maar het was lekker. Pijn kan heel lekker zijn.

Ze is weer aan het werk gegaan, omdat Lisa vroeg of ze alsjeblieft kon komen werken. Er heerst een of ander griepvirus op de afdeling en er zijn veel collega's ziek. Door de collega's die wel overeind zijn gebleven wordt veel over Vigo gefluisterd. Het is bedekte kritiek, waaruit blijkt dat het besluit van zijn vrouw weleens met zijn gedrag te maken kan hebben. Als Sharon aan de collega die dit zegt vraagt wat ze daarmee bedoelt, is een schampere glimlach het antwoord. Zouden ze op de afdeling toch iets weten van hun relatie? Zouden ze háár als schuldige zien voor deze scheiding? Het moet niet gekker worden. Sharon merkt dat ze er steeds meer behoefte aan krijgt om met iemand over Vigo te praten. Desnoods vertelt ze alleen iets over de relatie en laat ze zich niet uit over wie hij is. Het gaat erom dat ze haar gevoel voor hem legaal kan maken, dat ze het toont, dat het bestaat. Hoelang zou het duren voordat hij weer langskomt?

Vigo heeft na de onverkwikkelijke afloop van zijn huwelijk nog niet gewerkt. Hij is ziek gemeld en het lijkt nog wel een tijdje te kunnen duren voordat hij weer verschijnt. Sharon vraagt zich af of ze hem een kaart kan sturen. Gewoon, als collega. Een kaart met een algemene boodschap die voor hem toch een persoonlijk tintje heeft. *Sterkte, ik denk aan je.*

'Telefoon voor je,' meldt haar collega Annebeth.

Sharons hart gaat opeens stevig tekeer. Zou Vigo… Nee, natuurlijk niet. Hij zal het echt niet in zijn hoofd halen haar op de afdeling te bellen. Ze moet een paar keer diep ademhalen voordat het lukt haar naam te zeggen.

'Met Megan, ken je me nog?' De stem van haar zus klinkt opgewekt.

'Natuurlijk ken ik je nog, maar jij belt mij net zo weinig als ik jou.'

'Geen wedstrijd vandaag, zusje. Ik heb je hulp nodig. Ben je zaterdag vrij?'

'Ja.'

'Dan wil ik met je op stap om een jurk te kopen en schoenen.'

'Een júrk?'

Megan zucht diep. 'Je hoort het goed, een jurk. Iets met een jasje, het moet geschikt zijn voor een officieel feest.'

'Welk feest?'

'Ik heb een vriend.'

'Een vriend? Sinds wanneer? Waarom weet ik dat niet?'

'Sinds drie maanden. Ik heb het niet meteen aan iedereen verteld, omdat ik eerst zeker wilde weten of het wat werd. Mama weet het ook pas sinds een paar dagen. Hij is internist en werkt in jouw ziekenhuis. Gescheiden, vader van een drieling van twintig. Dochters. Hij wil dat ik meega naar de bruiloft van zijn broer. Hoe vind je die?'

‘Jij in een jurk, nooit gedacht dat we het zouden beleven.’ Sharon wil dat de pijn in haar borstkas verdwijnt.

‘Zal ik je om een uur of twaalf komen halen? Dan gaan we eerst lunchen. Jij kent vast wel een paar zaken die geschikt zijn.’

‘Je ziet zo bleek, gaat het goed met je?’

Sharon kijkt op en ziet Annebeth voor zich staan. Er is iets met die vrouw, maar wat? ‘Ja, het gaat wel,’ mompelt ze.

‘Kan ik iets voor je doen?’

Doen? Wat doen? Als je goed kijkt zie je dat die dikke Annebeth best een aardig gezicht heeft. Mooie ogen. Mooie mond ook. ‘Er is iets met je, maar ik weet niet precies wát,’ zegt ze.

‘Misschien zie je dat ik vier kilo ben afgevallen.’

Sharon wil iets aardigs zeggen. ‘Zullen we straks ergens samen koffie drinken?’ is het eerste wat in haar opkomt.

24

Het is nog nooit gebeurd dat een van haar collega's haar uitnodigde om na werktijd samen iets te ondernemen. Annebeth weet dat er groepjes zijn die regelmatig samen uitgaan en dat verschillende collega's bij elkaar thuis komen. Er is ook een groepje dat na werktijd regelmatig een café in duikt, maar als ze dat afspreken lijkt het of ze niet in de gaten hebben dat zij er ook is. Ze moet lachen als ze bedenkt dat het toch opmerkelijk is om iemand met háár omvang over het hoofd te zien.

Ze heeft het gevoel dat ze de kritieke fase achter de rug heeft en het nu alleen nog maar een kwestie is van volhouden. Toen ze nog in opleiding was vertelde de diëtiste die dieetleer gaf eens dat de behoefte aan suiker verdwijnt als je die niet meer gebruikt en het begint erop te lijken dat dit nu het geval is. Ze kan tegenwoordig slagroomsoezen, moorkoppen en alles wat nog meer op gebak lijkt bekijken zonder te gaan kwijlen. Het is een heerlijke gewaarwording dat de drang om zo snel mogelijk iets dergelijks naar binnen te proppen is verdwenen. En het was een feest om een paar dagen geleden te ontdekken dat ze misselijk werd van de vette geur van patat. Haar broeken beginnen ruim te zitten en ze denkt dat ze binnenkort naar de linnenkamer moet om een kleinere maat uniform te vragen. Collega's beginnen aan haar te vragen wat er met haar aan de hand is en nu heeft Sharon Janssens haar zowaar uitgenodigd om ergens koffie te gaan drinken.

Zal die Bert van Meulwijk nog steeds zeggen dat het een vergissing is als hij haar toevallig eens tegenkomt tegen de tijd dat ze weer zestig kilo weegt? Stop! Ze zou niet meer aan Bert van Meulwijk denken.

Het is al tien over vier en ze staat nog steeds op Sharon te wachten. Zou haar collega de uitnodiging vergeten zijn? Er bekruipt haar een vervelend gevoel.

Iemand raakt haar arm aan. Het is Sharon. Haar ogen zijn gezwollen en ze ziet eruit of ze elk moment opnieuw kan gaan huilen.

'Wat is er gebeurd?' vraagt Annebeth. Op hetzelfde moment realiseert ze zich dat ze nog nooit een persoonlijke vraag aan deze collega heeft gesteld. Eigenlijk aan niemand met wie ze samenwerkt.

Sharon snuit haar neus. 'Alle kerels zijn hufters,' gromt ze. 'Kom, we gaan. Ik heb zin in een stevige borrel. Mag jij drinken nu je aan het lijnen bent? Je bent toch bezig met afvallen? Of is het er zomaar vanaf gegaan?'

'Ik ben er serieus mee bezig,' zegt Annebeth. 'En ik drink alleen zwarte koffie en water zonder bubbels. Maar ik zit er niet mee als jij lekker aan de alcohol gaat.'

'Jij hebt mooie ogen, Annebeth, en ook een heel mooie mond.' Sharon rukt het elastiekje van haar paardenstaart naar beneden en haalt haar vingers door haar lange haar.

'Jij hebt mooi haar,' zegt Annebeth. Ze meent het. Ze zou ook wel van dat lange, dikke haar willen hebben.

'Ik ben van plan het kort te laten knippen.'

'Echt waar? Waarom?'

'Ik ben toe aan verandering.'

Annebeth grinnikt. 'Ik ook.' Ze voelt zich licht.

'Hoor ik jouw telefoon of die van mij?' vraagt Sharon. Ze houdt haar tas tegen haar oor. 'Dus niet die van mij. We hebben blijkbaar dezelfde beltoon.'

Annebeth maakt haar tas open en haalt haar mobieltje tevoorschijn. Het nummer op de display komt haar vaag bekend voor. 'Laat ze maar iets inspreken,' besluit ze.

‘Dan mis je misschien heel leuk nieuws.’

Annebeth schuift het mobieltje weer in het zijvak van haar tas. ‘Ik verwacht geen leuk nieuws. Ken ik de kerel die je een hufter vindt?’

‘Ik weet zelf niet eens wie hij is,’ zegt Sharon.

25

Misschien heeft hij toch de verkeerde advocaat genomen. Had hij beter voor een vrouw kunnen kiezen? Het verhaal dat Mr. Dinant Dubois afsteekt klinkt alsof hij het al talloze keren heeft verteld en het hem een beetje begint te vervelen. Natuurlijk kun je ervoor kiezen om te gaan procederen, als je van mening bent dat jou als ouder onrecht wordt aangedaan. Natuurlijk behoren beide partijen die een echtscheidingsconvenant ondertekenen zich aan de gemaakte afspraken te houden. Maar als dat niet gebeurt, moet je er vooral als man niet op rekenen dat een rechter zomaar achter je gaat staan. Die zal aandringen op manieren om er samen uit te komen en daarbij valt te denken aan het inschakelen van een mediator of een psycholoog. Maar dergelijke interventies kosten geld en Bert kan ervan uitgaan dat hij de kosten zelf moet betalen. Het zal een lange weg worden en Mr. Dubois is er niet van overtuigd dat Bert er iets mee opschiet. Hij heeft de indruk dat Tanja zeer strijdbaar is en ook dat ze nog lang niet is uitgevochten. Ook al komt hij in opstand tegen wat ze over hem zegt, hij staat alleen.

'Maar het convenant dat we hebben gesloten is toch rechtsgeldig?' protesteert Bert.

De advocaat rangschikt de papieren die voor hem op tafel liggen. 'Weet u, het familierecht valt niet onder het strafrecht. Als dat zo zou zijn, was het mogelijk om het niet nakomen van afspraken door de rechter te laten sanctioneren. Dat kan dus niet, het blijft een kwestie van overeenstemming bereiken.'

'Met mijn ex valt niets te bereiken,' zegt Bert.

Mr. Dubois staat op. 'Ik denk dat u gelijk hebt. De tijd is er even niet rijp voor, ik zou u willen aanraden een jaar te wachten en dan opnieuw te proberen in contact te komen, bij voorkeur met steun van een mediator.'

Bert staat ook op en geeft hem een hand. 'Ik kom er wel uit,' mompelt hij.

Hij heeft Lucy beloofd niet te lang weg te blijven en nu heeft hij spijt van deze belofte. Hij zou linea recta naar zijn oude huis willen gaan om Tanja helemaal in elkaar te beuken. Ze moet aan haar haren door het pand worden gesleurd, haar kop moet tegen elke stoelpoot, muur of traptrede die ze tegenkomen stuiteren. Ze moet onherkenbaar zijn als hij klaar is met haar.

Bert sluit zijn ogen en haalt diep adem. En dan? Dan ziet hij Emily en Anna dus helemaal nooit meer. Toch helpt de moordfantasie hem om rustiger te worden. Misschien moet hij zijn ex voorlopig minstens één keer per dag in gedachten te grazen nemen en bloed laten vloeien. Zou ergens in zijn onderbewustzijn een drang zitten om te vernietigen? Is dat de reden dat hij Tanja haar gang liet gaan? Sloeg hij daarom nooit terug als ze hem aanviel? Was hij bang voor zijn eigen agressie?

'Er gaat niets van jou uit,' zei ze op de avond toen ze hem duidelijk maakte dat hij diende te vertrekken. 'Jij laat alles over je heen komen, je vecht nergens voor. Wat moet er van de kinderen terechtkomen met jou als vader?'

Toen kwam dat waas voor zijn ogen en raakte zijn vuist haar neus.

Een van zijn biljartmaten maakte er nog niet lang geleden een hilarisch verhaal van. Hij had een artikel gelezen over een blijf-van-mijn-lijfhuis voor mannen. Voor mánnen! Zijn maat riep schaterend dat hij de krullen uit zijn broek lachte. Bert probeerde een paar keer het gespreksonderwerp een andere kant op te sturen, maar de mannen amuseerden zich te veel met het uitbeelden van zielige kerels die in elkaar doken om te voorkomen dat ze gemept zouden worden.

'Wijs mij het wijf aan dat me probeert af te tuigen,' riepen ze allemaal. 'Ze zal het geen tweede keer in haar hoofd halen.'

Dat dacht hij ook nadat Tanja hem voor de eerste keer een klap recht in zijn gezicht gaf. Hij schrok en greep haar handen vast, om te voorkomen dat ze opnieuw uithaalde. 'Beheers je,' zei hij rustig en hij hield haar net zo lang vast tot ze weer op een normale manier ademhaalde. Hij meende dat het een vergissing van haar was en dat ze het niet een tweede keer in haar hoofd zou halen. Het gebeurde pas na zeven maanden opnieuw en hij werd er weer door verrast. Daarna herhaalden haar onbeheerste uitvallen tegen hem zich als hij haar ontzettend irriteerde, en dat was steeds vaker het geval. Hij bleef pogingen doen haar af te weren en rustig te maken. Achteraf schaamde hij zich voor zijn eigen tolerante gedrag. Nu is hij de schaamte voorbij.

Hij hield als kind al niet van vechten en ontliep ruzie en strijd. Als hij steun zocht bij zijn ouders, gebood zijn vader hem zich te verdedigen, zoals echte kerels doen. Zijn moeder suste de grimmige sfeer die dan altijd ontstond en als Bert zich later beklaagde over de harde manier waarop zijn vader hem aanpakte, probeerde ze hem gerust te stellen en zei ze dat papa het niet kwaad meende. 'Jij lijkt qua karakter meer op mij,' legde zijn moeder hem vaak uit. 'Je vader houdt echt wel van je, hij weet alleen niet goed op welke manier hij dat moet laten zien.'

Vandaag krijgt Bert bij de herinnering aan die woorden opeens een vieze smaak in zijn mond.

De vrouw die voor hem loopt is veel te dik, hij ergert zich aan haar slakkengang en passeert haar. Ze glimlacht vriendelijk naar hem en hij heeft direct spijt van zijn onaardige gedachten. Als hij verder loopt, denkt hij opeens aan Annebeth Smid. Hij kan de gekwetste blik in haar ogen niet vergeten.

Misschien verdwijnt zijn schuldgevoel als hij haar belt en nog een keer uitnodigt om samen koffie te drinken. Dan kan hij haar uitleggen dat het niet meer was dan een misverstand en niets met haar te maken had. Maar zou ze wel op zo'n uitnodiging ingaan? Nu genoeg gepiekerd, gewoon bellen. Hij grijpt zijn mobiel en zoekt haar nummer op.

Niet gaan stamelen, gewoon rustig praten.

26

Ze zijn het eerste café in gedoken dat ze tegenkwamen en Sharon is al aan haar derde glas wijn begonnen. Misschien moet ze straks de auto laten staan en een taxi nemen of Annebeth vragen om haar naar huis te brengen.

'Hoelang ben je al samen met deze man?' wil Annebeth weten.

'Hoelang al? Eens even kijken, al bijna een jaar.'

'Al bijna een jaar? Allemachtig zeg, hoe hou je het vol om dat geheim te houden?'

'Ik moet wel, op bekendmaking staat een grote straf.'

'Bedoel je dat hij het dan uitmaakt?'

'Tot nu toe dreigde hij daarmee. Hij zei steeds dat zijn kinderen eerst naar de middelbare school moesten gaan, omdat hij ze dan pas duidelijk zou kunnen maken wat er aan de hand was.'

'Wanneer is dat?'

'Ik ben erachter gekomen dat hij helemaal geen kinderen heeft.'

'Hè? Waarom heeft hij dat dan gezegd?'

'Dat zal ik aan hem moeten vragen als ik hem zie.'

'Heeft hij een time-out voorgesteld?'

'Zoiets. Hij is volgens mij in de war en moet even afstand nemen.'

'Dat klinkt begripvol, maar je zei toch dat je hem een hufter vond?'

Sharon drinkt haar glas leeg. 'Ik vind hem van alles door elkaar. Een hufter, een klootzak, een loser, een narcist, een lafaard en toch ook een lieverd, een stuk, de liefde van mijn leven. Hij is een slachtoffer van zijn eigen gevoel.'

'Dat begrijp ik niet,' zegt Annebeth. 'Waarom is hij het slachtoffer? Ben jij dat niet? Jij hebt nu het nakijken en moet maar afwachten of hij terugkomt.'

Opeens wil Sharon weg. Wat doet ze hier? Dacht ze nu werkelijk dat aan die dikke Annebeth iets viel uit te leggen? Die is waarschijnlijk nog maagd. 'Je begrijpt het niet,' snauwt ze.

'Wat begrijp ik niet?'

'Hoe het werkt met liefde.'

'Dat begrijp ik heel goed. Je denkt toch niet dat ik nog nooit...'

'Heb je dan een vriend? Of een man?'

'Niet meer. Ik ben getrouwd geweest.'

Sharon heeft een paar seconden geen tekst.

'Ik ben ruim vijf jaar geleden gescheiden,' zegt Annebeth.

'En wat is er in die vijf jaar verder gebeurd?'

'Ik ben in die tijd achttien kilo gegroeid. O nee, het zijn er nog maar veertien.'

'Heeft die scheiding er dan zo erg in gehakt?'

'Niet alleen die scheiding. Maar we hadden het over jou. Wat ga je nu doen? Kun je hem bereiken? Is het verstandig om hem te benaderen of denk je dat je moet wachten tot hij weer tevoorschijn komt?' Annebeth kijkt Sharon aan met een peinzende blik in haar ogen. 'Misschien is zijn vrouw erachter gekomen dat hij iets met jou heeft.'

'Ja, en? Iedereen zal natuurlijk tegen me zeggen dat ik beter had moeten opletten en ervoor had moeten zorgen dat ik niet verslingerd raakte aan een getrouwde man. Ze hebben nog gelijk ook. Laat ik er nu maar over ophouden, ik moet naar huis,' beslist ze. 'Maar ik kan niet rijden.'

'Ik wil je wel thuisbrengen,' biedt Annebeth aan.

'Sorry dat ik zo veel over mezelf heb gepraat,' verontschuldigt Sharon zich. 'Het zit me allemaal erg hoog, begrijp je wel? Ik word zo moe van die geheimhouding en van dat wachten. En van die leugens. Hij liegt tegen me en ik haat het als mensen tegen me liegen. Wat moet ik met een vent die dat doet? Houdt hij daarmee op als we eenmaal echt samen zijn? Wat denk jij?'

'Ik weet het niet, Sharon. Ik ken hem niet en ik heb geen idee van zijn bedoelingen.'

'Je kent hem wel,' zegt Sharon. Ze schrikt van haar eigen woorden.

'Ken ik hem? Wie is hij dan?'

'Laat maar, misschien vertel ik het je een andere keer. Ik heb nu te snel te veel gedronken.'

Het lijkt wel of ze haar mobiel hoort. Ze graait in haar tas en merkt dat ze sneller ademhaalt.

Laat het hem zijn, smeekt ze in gedachten. Laat het hem alsjeblieft zijn.

Het is Megan, ziet ze op de display. Ze wil met niemand praten die Vigo niet is. 'Die belt later maar terug,' zegt ze tegen Annebeth.

Haar collega glimlacht. 'Laat hem maar zwoegen,' adviseert ze.

Ik ga hem vanavond bellen, besluit Sharon. Wat kan mij het schelen of hij dat op prijs stelt? Ik laat me niet zomaar aan de kant schuiven, ik wil knokken voor die man, desnoods met die man. Hij is nu vrij, hij kan openlijk voor zijn gevoel uitkomen. Hij heeft alleen een duwtje nodig. Ze raakt Annebeths arm even aan. 'Laten we dit vaker doen,' stelt ze voor. 'Ik vond het fijn om met je te praten.'

27

Annebeth heeft een voicemailbericht. Ze ontdekt het als ze voor een rood stoplicht staat en de berichten controleert.

'Hallo Annebeth, je spreekt met Bert van Meulwijk. Ik had je nummer opgeslagen, vandaar dat ik je kan bellen. Het spijt me dat onze ontmoeting zo raar verliep, daarom wil ik je nog een keer uitnodigen bij Lion om echt koffie te drinken. Dan kan ik je nog een keer goed uitleggen wat er volgens mij is gebeurd. Zou je me willen terugbellen? We kunnen ook ergens anders afspreken, als je dat liever wilt. Je zegt het maar. Nou, ik hoop dat ik iets van je hoor. Bye.'

Hij heeft een aardige stem, het is waarschijnlijk echt een aardige man. Hij neemt de moeite haar nog een keer te benaderen, dus waarom zou ze nu narrig gaan doen of verongelijkt? Ze kan het bericht opslaan, direct terugbellen of alles wissen. Ze toetst een 2 in en wacht.

Hij neemt vrij snel op, het stoplicht is net weer op groen gesprongen. Als ze haar naam zegt, reageert hij verrast en hij zegt dat hij niet had verwacht dat ze terug zou bellen. Zijn stem klinkt nu een beetje opgefokt, komt dat door háár? Stel je niet aan, denkt ze, wie zal er opgefokt worden van mij? Hij stelt komende zondagmiddag voor en vertelt dat hij een kapsalon heeft en van maandag tot zaterdag werkt, dus alleen op zondag kan afspreken. Annebeth denkt snel na. Ze wil niet gretig lijken en hoort zichzelf weer tegen Sharon zeggen dat ze hem moet laten zwoegen. Bert van Meulwijk mag dat wat haar betreft ook wel een beetje doen.

‘Ik kan niet eerder dan volgende week zondag,’ zegt ze zo achteloos mogelijk. Als ze thuiskomt, heeft ze al spijt van de afspraak.

Ze heeft een zalmgerecht gemaakt en nog een extra halve liter water gedronken. Toch is haar maag onrustig en fantaseert ze over foute snacks. Ze zou ergens een lekker glas witte wijn willen drinken en er een dubbele portie knapperige kaasstengels met zoetzure saus bij willen nemen. Hoe komt ze in hemelsnaam de avond zonder ongelukken door?

Als ze nog eens de stapel tijdschriften doorzoekt, vindt ze toch het nummer met de tips voor afvallen. Haar ogen vliegen langs de regels onder het kopje ‘Verleidingen weerstaan’. Natuurlijk, die tip zocht ze: vroeg naar bed gaan als je merkt dat je ’s avonds trek krijgt in verkeerd eten. Ze leest het artikel nog een keer en is vooral geïnteresseerd in de interviews met mensen die rigoureus moesten afvallen. Ze moet lachen om de woorden van een vrouw die twintig kilo te zwaar was en alle spiegels in huis had verwijderd. Toen ze het besluit had genomen om van al die kilo’s af te komen, kocht ze een grote passpiegel, kleedde zich helemaal uit en dwong haar ogen naar haar eigen dikke lijf te kijken. Vanaf toen moest ze van zichzelf iedere week naakt voor de spiegel gaan staan en zich ervan overtuigen dat ze nog lang niet klaar was. Maar het hielp. Ze zag haar taille terugkomen, haar buik platter worden en haar gezicht weer op haar gaan lijken.

Annebeth denkt aan de spiegel in haar slaapkamer waar een badlaken overheen hangt. Ooit was geen enkele spiegel haar vijand, die tijd wil ze terug. Maar ze weet dat ze dan niet alleen van haar fysieke overgewicht af moet komen. Dan zal ze zich ook moeten losmaken van de psychische ballast die ze met zich meetorst.

Ze legt het tijdschrift terug op de stapel, sluit de voordeur af en doet de lichten uit. Als ze nu maar niet gaat dromen van een dikke buik.

28

'Ik heb een dochter die vrijgezel is,' meldt de vrouw die net met gewassen haren heeft plaatsgenomen in de stoel. 'Ze ziet er goed uit, maar valt steeds op foute mannen. Volgens mij moeten jullie eens een blind date hebben.'

Bert lacht. 'Dus u vindt mij een foute man?'

'Juist niet, hoe kom je erbij? Ik denk echt dat jullie uitstekend bij elkaar zouden passen. Of wil je geen andere vrouw?'

Ik wil mijn kinderen, zou hij willen zeggen, en daarna zie ik wel verder. Toch ontkomt hij niet aan het beeld van iemand met een mooi figuur, sprekende ogen en een paardenstaart. Iemand die dus niet Annebeth Smid heet.

Hij heeft sinds hij met Annebeth afsprak al allerlei manieren bedacht waarop hij de naam van die collega van haar te weten zou kunnen komen, maar hij heeft met zichzelf afgesproken dat hij Annebeth op geen enkele manier zal schofferen.

'Heb je je tong verloren?' vraagt de vrouw in de stoel.

Bert grijpt de schaar die hij al heeft klaargelegd. 'Nee hoor, ik dacht even na. Ik ben nog niet bezig met een andere vrouw, maar als ik zover ben geef ik een seintje. Alleen de punten eraf, toch?'

De vrouw knikt. 'Ze plukt die kerels steeds van een datingsite en ik blijf maar tegen haar zeggen dat je niet voorzichtig genoeg kunt zijn met mannen die je via zulke sites ontmoet. Ze kunnen je van alles wijsmaken, je weet echt nooit wie er precies schuilgaat achter een profiel. Ik ben toch meer van de normale ontmoeting in een café of via vrienden. Dan zie je direct wat je krijgt.'

'Daar zit wat in,' geeft Bert toe. Hij heeft geen zin in dit gesprek en probeert iets anders te bedenken om over te praten.

'Zie je je kinderen vaak?' wil de vrouw weten.

'Gelukkig wel,' zegt hij.

'Kinderen zijn altijd de dupe van een scheiding,' meldt de vrouw.

Nu zou ik kunnen uitschieten met de schaar, denkt Bert, en ervoor zorgen dat ze met een gemillimeterde kop naar huis moet. Ik kan de scherpe punt ook rechtstreeks in haar halsslagader boren. Hij klemt zijn vingers om de schaar. Wat is er toch met hem aan de hand? Dit soort gedachten past totaal niet bij hem.

'Niet te kort, hoor!' waarschuwt de vrouw in de stoel.

Lucy stoot hem aan. 'Telefoon voor je. Tanja.'

Bert schrikt. Hij heeft niet gehoord dat de telefoon ging en hij blijkt ook klaar te zijn met knippen.

'Zal ik haar even föhnen?' stelt Lucy voor.

Hij loopt met de telefoon naar het keukentje dat achter de zaak ligt en sluit de deur. Wat heeft ze te melden? Zou ze spijt hebben van haar acties en hem tegemoet willen komen? Hij merkt dat zijn handen trillen. 'Met Bert.' Kalm blijven, koel zelfs. Ervoor zorgen dat ze zich niet aan hem kan ergeren.

'Met mij. Wil jij ophouden met mij steeds anoniem te bellen en te zwijgen als ik opneem? Denk alsjeblieft niet dat je me bang kunt maken, daar moet je grotere jongens voor meebrengen. Dit is zo infantiel, Bert, en zo doorzichtig. Zoek hulp, laat je eens nakijken door een psycholoog of zo. Val mij in ieder geval niet lastig.'

'Waar heb jij het over?' vraagt Bert.

'Doe nou niet of je me niet begrijpt, zeg. Ik ben niet gediend van dit soort acties en als je er niet mee ophoudt, doe ik aangifte van stalking. Begrepen?'

'Ik weet echt niet waar je het over hebt, Tanja.'

'Stoppen, Bert, en wel onmiddellijk. En liegen kun je ook al niet, dat bibberige stemmetje van je verraadt je dus. Hoe heb ik toch ooit… Nou ja, laat ook maar, wie zal zich nooit eens vergissen? Nogmaals: ik ben er helemaal klaar mee en ik waarschuw je maar één keer.'

'Als je bedoelt dat je denkt dat ik jou telefonisch lastigval, vergis je je.' Zijn stem heeft weer volume, merkt hij. Zo gaat het beter, dit moet hij volhouden.

'Wie zou mij anders moeten lastigvallen? Kom op, Bert, je denkt toch niet dat ik jou niet doorheb? Dit gedrag past precies bij een onbetekenend, nietszeggend mannetje dat geen ruggengraat heeft, maar wel losse handjes. Ik meld dit ook aan mijn advocaat, weer een reden erbij om te voorkomen dat mijn kinderen aan jou worden overgeleverd.'

Bert laat de telefoon bijna vallen.

'Stoppen, Bert!'

Hij wil nog iets zeggen, maar ze heeft de verbinding verbroken. Bert smijt het toestel tegen een keukenkastje.

Hoe heeft hij ooit verliefd kunnen worden op dit secreet? Hoe is het mogelijk dat hij met haar in bed heeft gelegen, kinderen bij haar heeft verwekt, ervan is uitgegaan dat ze hun hele leven bij elkaar zouden blijven? Ze wordt blijkbaar door iemand gebeld die niet zegt wie hij is. Of zij, dat weet je natuurlijk nooit. Het zal wel iemand van haar werk zijn, ze zei toch zelf vaak dat je in een managementfunctie altijd vijanden hebt? Hij kan zich goed voorstellen dat er werknemers bestaan die manieren verzinnen om met haar af te rekenen.

Zou het wel kloppen wat ze beweert? Is het niet een truc om hem nog eens extra af te schilderen als een onbetrouwbare man die je uit de buurt van zijn kinderen moet houden? Is het niet gewoon een nieuw onderdeel van haar kruistocht tegen hem?

Ze zei 'mijn kinderen'.

Ze moet worden aangepakt. Gepakt, geknipt en geschoren.

Ze moet worden uitgeschakeld.

Hij bekijkt zijn gezicht in de spiegel die aan de binnenkant van het keukenkastje hangt. Zo kan ie wel weer, nu normaal nadenken.

Nu ophouden met hartgrondig hopen dat ze binnenkort morsdood is.

29

Sharon is al drie dagen over tijd en daar wordt ze een beetje nerveus van. Ze buitelt van de ene stemming in de andere en kan in één uur tijd onzeker, angstig, ongerust, nieuwsgierig, hoopvol, ontkennend, opgewonden en onverschillig zijn. Ze staat iedere avond te trillen van moeheid en heeft al na het avondeten het gevoel dat ze drie marathons heeft gelopen. En ze is ook een beetje vergeetachtig.

Ze zal toch niet...?

Stel je voor dat haar vermoeden klopt en dat ze zwanger is, wat doet ze dan? Grijpt ze in of laat ze het kind komen? En wanneer gaat ze het aan Vigo vertellen? Het schijnt nog een week of drie te duren voordat hij weer komt werken. Zou er dan al iets aan haar te zien zijn? Tot nu toe in ieder geval niet. Haar buik is even plat als altijd, ze is alleen voortdurend moe. Ze zou een test kunnen doen. Maar een test betekent toegeven dat haar vermoeden kan kloppen.

Voorlopig geen test.

Sinds ze na werktijd met Annebeth Smid koffie is gaan drinken, praten ze ook tijdens de dagen dat ze samen dienst hebben met elkaar. Ze merkt dat andere collega's naar hen kijken en Lisa vroeg een paar dagen geleden opeens of er iets gebeurd was waardoor ze met elkaar omgingen. Dat vond Sharon een vervelende vraag en dat heeft ze laten merken. Lisa moet niet denken dat ze iets met het privéleven van haar collega's te maken heeft, al is ze dan teamleider. Sharon weet goed dat ze weinig van haar kan hebben en dat dit te maken heeft met de vraag die ze zichzelf niet wil toestaan. Zodra haar gedachten ook maar dreigen af te dwalen in de richting van het personeelsfeest waar ze niet naartoe is gegaan en waar volgens de verhalen Vigo met Lisa naar buiten is gegaan en niet meer is teruggekomen, berispt ze zichzelf voor haar achterdocht en wantrouwen. Dat is al maanden geleden. Lisa Karsten speelt geen rol in zijn leven, dat weet ze zeker. Binnenkort ziet ze hem weer en dan laat ze het aan hem over om de draad weer op te pakken. Hij zal niet te snel met een nieuwe vrouw tevoorschijn willen komen, dat kan hij natuurlijk niet maken tegenover zijn familie en de familie van zijn vrouw. Maar Sharon heeft geduld. Ze wacht al bijna een jaar, en dat hield ze vol terwijl er geen uitzicht was op verandering. Nu wel. Toch zou ze willen weten waarom Vigo zelfs geen whatsappje heeft gestuurd, dat had hij toch gemakkelijk kunnen doen? Al waren het maar een paar woorden geweest, al had er alleen 'kus' gestaan. Zou hij blij zijn als blijkt dat ze werkelijk zwanger is?

Waarom heeft hij toch steeds gezegd dat hij kinderen had?

Lisa vraagt of ze haar voordat ze naar huis gaat even kan spreken. Sharon volgt haar naar de spreekkamer die naast de receptie ligt. Ze zal toch niet opnieuw vragen gaan stellen over haar vriendschap met Annebeth?

'Het valt me op dat je veel vergeet,' begint Lisa. 'Kan dit kloppen? Ik hoor ook dat het lijkt of het werk je de laatste tijd minder interesseert. Wat is er aan de hand, Sharon?'

Nu niet gaan huilen, zegt ze tegen zichzelf, maar het is al te laat. Ze is niet in staat de tranenvloed tegen te houden, ze wordt erdoor overspoeld.

Lisa reikt haar papieren zakdoekjes aan. 'Wat is er toch met je? Is er iets gebeurd wat je heeft aangegrepen? Ben je ziek? Wil je dat ik een afspraak voor je maak bij de bedrijfsarts? Of misschien bij bedrijfsmaatschappelijk werk?'

Er wordt op de deur geklopt. 'Ben je hier, Lisa?' hoort Sharon de collega die avonddienst heeft vragen. 'Vigo Hulscher heeft gebeld, of je terug wil bellen.'

Sharon kijkt de vrouw die tegenover haar zit strak aan. 'Het is privé,' zegt ze. 'En ik zal ervoor zorgen dat niemand er verder last van heeft.'

30

Natuurlijk is ze nog steeds te dik, maar het is nu toch duidelijk te zien dat ze is afgevallen. Ze weegt zes kilo minder dan vier weken geleden. Een week geleden is ze begonnen met hardlopen. Ze moet van zichzelf iedere dag trainen en de afstand steeds vergroten. Ze heeft haar stiefmoeder instructies gevraagd, omdat die al jaren hardloopt en dus weet hoe je zoiets aanpakt. Haar stiefmoeder reageerde enthousiast en stimulerend en dat leek gemeend. Ze nodigde Annebeth uit om ook eens met haar mee te gaan naar de sportschool, omdat ze daar speciale trainingen hebben voor mensen die willen afvallen. Volgens haar stiefmoeder moet je als je veel gewicht verliest zien te voorkomen dat je huid gaat lubberen en de oefeningen zijn daar vooral op gericht. Misschien moet ze Anneke toch meer kansen geven en eens een keer echt met haar praten. Maar ze zal haar altijd bij haar voornaam blijven noemen, en nooit 'mama' of iets in die geest. En ze gaat haar geen bloemen geven op Moederdag. Later belde haar vader opeens om te vertellen dat hij het geweldig vond dat ze zo goed bezig was. Ze ziet haar vader veel te weinig, daar moet ook verandering in komen.

Zes kilo eraf! Alle kleren beginnen te ruim te zitten, het wordt tijd om eens achter de naaimachine te kruipen of om iets nieuws te kopen. Zou Sharon Janssens met haar mee willen om te shoppen? Ze kan het beter aan háár vragen dan aan haar eetvriendinnen. Sinds ze hun eetavondje heeft afgezegd hebben die niets meer van zich laten horen. De volgende keer zouden ze bij Annebeth eten, maar ze hebben nog niets afgesproken. Annebeth wil ook niets afspreken, de verleiding om zich te buiten te gaan aan vet eten ligt nog te veel op de loer. Ook al wordt het minder, de behoefte aan een snack of een stuk zoetigheid duikt op de meest onverwachte momenten op, vooral als ze moe is of even niets te doen heeft. Ze heeft ontdekt dat ze die behoefte het beste kan bestrijden als ze zes keer per dag iets eet en ervoor zorgt dat ze steeds een flesje water bij de hand heeft. Ze weet ook dat het succes van deze exercitie afhangt van haar eigen wilskracht en doorzettingsvermogen. Dat zegt ze regelmatig tegen haar spiegelbeeld, dat haar minder tegenstaat dan in het begin. Maar het badlaken wordt nog steeds alleen van de spiegel af gehaald als ze van zichzelf naar haar naakte lijf moet kijken. Het is nu nog een lijf dat ze aan niemand zou willen laten zien, maar dat gaat veranderen.

'Heb je iets nodig voor een speciale gelegenheid?' informeert Sharon. Ze reageerde enthousiast toen Annebeth vroeg of ze met haar mee wilde gaan om nieuwe kleren te kopen en stelde voor al de volgende dag op stap te gaan.

'Nou, speciale gelegenheid... Ik ga binnenkort koffie drinken met een man, maar dat is niet spannend of zo.'

'Wat is het dan wel?'

'Het is een goedmakertje. Van hem. Ik heb nieuwe kleren nodig omdat alles te wijd wordt.'

Sharon bekijkt Annebeth van top tot teen. 'Ja, je ziet het nu goed. Loop je bij een diëtiste? Dat is volgens mij de beste manier om te voorkomen dat je een jojo-type wordt.'

'Dat gaat niet gebeuren, ik pak het op een verstandige manier aan. Zonder diëtiste, mét mijn gezonde verstand. Ik wil weer net zo slank worden als ik tot een jaar of vijf geleden was. Maar dat heb ik je volgens mij al verteld.'

'Je hebt alleen verteld dat je in vijf jaar tijd achttien kilo bent aangekomen, maar niet hoe dat kwam. Of toch, was dat niet doordat je ging scheiden?'

Annebeth wijst naar de overkant van de straat. 'Dat is volgens mij een leuke winkel, zullen we daar eens gaan kijken?'

Gelukkig stelt Sharon verder geen vragen meer.

Annebeth heeft zich voorgenomen om niet tussendoor steeds uit te rekenen wat het gaat kosten en te kopen wat ze mooi vindt. Het levert een grote volle tas nieuwe kleren op en veel waarderende woorden van Sharon. Die is opvallend druk, ze lijkt zelfs een beetje manisch. En verbeeldt Annebeth het zich of is haar collega werkelijk wat dikker geworden? Er is in ieder geval iets met haar aan de hand. Zou het iets te maken hebben met de man in haar leven die een time-out wilde?

'Je staart naar me,' zegt Sharon, als ze op een verwarmd terras koffie drinken.

'Doe ik dat? Neem me niet kwalijk. Ik heb het gevoel dat er iets met je is.' Ze ziet dat Sharon schrikt. 'O jee, is het iets ernstigs?'

Sharon buigt zich voorover en praat zo zacht dat Annebeth haar nauwelijks kan verstaan. 'Je mag er beslist met niemand over praten. Ik denk dat ik zwanger ben.'

Opeens is Annebeth terug in de tijd.

'Wat is er toch met je?' vroeg Pelle. 'Je bent zo afwezig, het lijkt of je de hele dag niet wakker wordt. Is er iets gebeurd wat ik moet weten?'

Ze raakte op een tedere manier zijn gezicht aan. 'Er is iets gebeurd wat jij weet en het is mogelijk dat dit consequenties heeft,' zei ze.

Hij keek verbaasd. 'U spreekt in raadselen, mevrouw.'

'Laat ik dan maar de verlossende woorden uitspreken, meneer.'

Ze lachten allebei.

'Ik denk dat ik zwanger ben,' zei Annebeth.

Er beweegt iets voor haar ogen, het zijn de handen van Sharon. 'Hallo daar, ben je er nog?'

Annebeth kijkt haar aan. 'Zwanger? Weet je dat zeker? Is het van de man die even een time-out wilde?'

'Ja, van wie anders? Ik heb nog geen test gedaan, maar ik denk dat het ook niet nodig is. Beloof je me dat je er met niemand over praat? Ook niet op de afdeling?'

'Je kunt me vertrouwen, ik zwijg. Maar hoe moet dat nou? Ga je het kind krijgen?'

'Zo ver heb ik nog niet gedacht. Ik weet het niet. Als hij er niets van wil weten... Ach, ik weet het natuurlijk wel. Het zal me nooit lukken me te laten aborteren. Maar hoe het verder moet kan ik ook niet bedenken. Weet je wat ik een paar minuten geleden opeens dacht? Ik dacht: misschien wil dit kindje wel gewoon geboren worden. Ik kan me alleen nog niet voorstellen dat er een levend wezentje in mijn buik zit.'

Annebeth wil haar gedachten bij dit gesprek houden, maar het lukt niet om de herinnering geen ruimte te geven. Ze móét denken aan de avond dat Pelle en zij naast elkaar op bed lagen en ze naar Annebeths buik keken, die niet langer plat was.

Ze greep zijn hand vast en legde hem op het meest bolle deel. 'Voel eens, ze trapt.'

'Hoe weet je dat het een meisje is?'

'Dat weet ik niet, dat wil ik,' zei ze.

'Zul je dan niet blij zijn met een jongen?'

'Natuurlijk wel. Morgen wil ik waarschijnlijk weer een jongen, dat wisselt per dag, soms zelfs per uur.'

Pelle kuste de plek waar hij net iets gevoeld had. 'Ik kan me nog niet voorstellen dat daar een levend wezentje in zit,' zei hij zacht.

Ze kan zijn lippen weer op haar buik voelen en heeft het gevoel dat ze stikt.

'Ik had toch een paar weken geleden niet gedacht dat jij de eerste zou zijn aan wie ik zoiets zou vertellen,' bekent Sharon. 'Ik was het ook niet van plan, het gebeurde gewoon. Je praat er echt met niemand over, hè? Hand erop.'

'Hand erop,' belooft Annebeth.

Ze heeft opeens hevige krampen in haar buik en ze vindt de gedachte die in haar opkomt verschrikkelijk. Zoiets mag ze niet denken. Ze moet haar collega deze zwangerschap gunnen en niet hopen dat ze snel een miskraam krijgt. Of liever nog een doodgeboren kind als ze bijna is uitgerekend.

'Spannend, hè?' zegt Sharon.

31

Vanaf het moment dat Bert wakker wordt, voelt hij zich gevloerd. Het was een hectische week, hij heeft zelfs aan Lucy moeten vragen of ze op haar vrije dag wilde komen werken. Vanaf donderdag zijn er nieuwe gasten in de bed & breakfast, aardige mensen die graag vroeg hun ontbijt willen en de rest van de dag door de omgeving toeren. Jammer dat ze niet uitslapen op zondag, hij was met veel genoegen van de vaste tijd afgeweken. Als hij het ontbijt bij het huisje in de tuin heeft afgeleverd twijfelt hij over wat hij zal doen. Het nog warme bed lonkt naar hem, maar hij zal toch eens moeten schoonmaken in het grote huis. Dat is er de afgelopen tijd een beetje bij ingeschoten, omdat hij de schoonmaak van zijn ouderlijk huis steeds prioriteit gaf. Zijn moeder herstelt gelukkig goed, ze kan dat binnenkort weer zelf doen. Hij heeft haar niet lastiggevallen met kritische opmerkingen over de zogenaamde onhandigheid van zijn vader, die hij overigens al minstens twee weken niet thuis heeft getroffen. Zijn moeder gaf geen uitleg over die afwezigheid, Bert had de indruk dat ze het wel prettig vond dat zijn vader niet thuis was als hij kwam.

Het wordt nu echt voorjaar, overal in de tuin staan tulpen en narcissen te bloeien en de meeste bomen zijn al voor het grootste deel groen. Bert snuift de frisse lucht op als hij met een beker koffie even uitrust op het terras. Wat woont Tineke hier heerlijk, wat zou hij ook graag weer vrijstaand willen wonen. Hij had verdomme moeten eisen dat Tanja hun huis verliet. Zíj had toch genoeg van hun huwelijk? Zíj wilde toch scheiden? Zou ze een ander hebben? Stel je voor dat ze Anna en Emily stimuleert een vreemde vent 'papa' te noemen. Er flitst een gezicht voor zijn ogen langs, hij verslikt zich prompt in een slok koffie.

Dit is een droom, waarschijnlijk. Iemand probeert hem telefonisch te bereiken. 'Ik neem niet op, ik lig net lekker even op de bank,' mompelt Bert. Hij wil nog een uurtje slapen, voordat hij vertrekt.

Hoe komt het dat het geluid zo echt lijkt? Hij schiet overeind en grijpt zijn mobiel. Hij wordt wel degelijk gebeld. Onbekend nummer, ziet hij op de display. 'Hallo?'

Als hij hoort wie het is, zit hij direct rechtop.

Ze komen tegelijk aan bij Grand Café Lion. Annebeth is op de fiets. Ze trekt haar jack uit en meldt dat het warmer is dan ze dacht.

'Het lijkt wel of je bent afgevallen,' zegt Bert.

Ze bloost.

O help, heeft hij iets verkeerds gezegd? 'Zit ik ernaast?' informeert hij.

Ze lacht. 'Helemaal niet, maar ik vind het leuk dat je het ziet. Er is zes kilo af.'

'Volg je een bepaald dieet?'

'Het gezondverstanddieet.' Ze straalt.

'Die lach staat je mooi,' zegt Bert.

Hij heeft het verhaal goed voorbereid en vertelt het losjes. Het komt erop neer dat hij, toen zijn moeder in het ziekenhuis lag en hij bij haar op bezoek was, een verpleegster zag lopen met rossig haar die met hem flirtte. Hij wilde haar uitnodigen om iets te gaan drinken, maar toen hij naar huis ging bleek ze al weg te zijn. Daarom schreef hij het briefje en vroeg aan de medewerkster die rondging met koffie en thee of ze het briefje in het postvak van de rossige verpleegster wilde leggen. Bert wil niet dat Annebeth erachter komt voor wie het briefje werkelijk bedoeld was. Hij kent haar niet goed genoeg om te kunnen inschatten wat ze met die informatie zal doen.

Annebeth schudt haar hoofd. 'Ik weet niet wie je bedoelt, ik heb geen rossige collega's.'

'Kan ze een uitzendkracht geweest zijn?'

'Ja, dat kan. Maar waarom de afdelingsassistent het briefje dan in mijn postvak heeft gedaan...'

Bert bekijkt haar. 'Misschien heeft ze niet geweten wat ze met dat briefje moest en besloot ze het lukraak ergens te droppen. Zo komen dus de misverstanden in de wereld.'

'Nou ja, het is gebeurd en ik vind het heel aardig van je dat je het toch wilde uitleggen.'

'Ik had de indruk dat je je gekwetst voelde, toen we elkaar hier voor de eerste keer troffen,' bekent Bert.

'Dat klopt.'

'Dan wil ik dat graag goedmaken. Wat mag je drinken van dat gezondverstanddieet?'

Jammer dat deze vrouw dik is, al ziet ze er beslist al beter uit dan toen hij haar voor de eerste keer ontmoette. Maar Bert valt nu eenmaal niet op dik, ook al heeft iemand een aardig gezicht, een mooie mond en een leuke stem. Ook al kan hij heel fijn met haar praten. Hij vertelt haar spontaan over het huis waar hij tijdelijk woont en hoe hij daar is terechtgekomen. Als ze vraagt of hij kinderen heeft raakt hij helemaal op dreef. Wat maakt het uit, denkt hij, het moet er allemaal even uit en na vandaag ziet hij haar toch nooit meer. Hij drinkt solidair ook zwarte koffie en spa blauw, hoewel hij ontzettend veel zin heeft in een pilsje. Ze raakt zijn hand aan en zegt dat ze dit waardeert. Hij trekt zijn hand niet terug.

Ze reageert verrast als hij op haar vraag welk beroep hij heeft antwoordt dat hij kapper is en een eigen zaak heeft in het centrum. Het zou haar niet verbaasd hebben als hij ook in de zorg zou werken, zegt ze.

De barman biedt een kaasplankje aan en Annebeth stimuleert Bert er lekker van te eten. Het valt hem op dat ze regelmatig op haar horloge kijkt.

Hij wil niet dat ze weggaat, hij zal zich prettiger voelen als ze in de buurt blijft. ‘Zal ik thuis een maaltijdsalade voor je maken?’ biedt hij aan.

Nu bloost ze weer.

Ze zal toch niet op hem vallen?

32

Sharons nieuwe spijkerbroek zit te strak en de rokken die ze past krijgt ze ook met moeite dicht. Ze heeft de hele dag trek in eten en dan vooral eten waar ze nog nooit een voorkeur voor heeft gehad. Vers witbrood met roomboter en pindakaas of van die goddelijke chocoladepasta, uitsmijters met kaas en spek, worstenbroodjes met curry en mayonaise, en ze kan ook niet van de Engelse drop afblijven. Nu nog een onbedwingbare trek in zoute haring en het plaatje klopt. Je hoort vaak dat zwangere vrouwen 's morgens wel een uur boven de toiletpot hangen en met grote moeite een droog beschuitje naar binnen krijgen, maar zij is natuurlijk weer eens de uitzondering die de regel bevestigt. Ze mag wel oppassen dat ze ook niet achttien kilo aankomt, zoals Annebeth Smid. Maar die was niet zwanger en die deed er vijf jaar over om dat te bereiken. Voor Sharon is dit een tijdelijk euvel, daar is ze stellig van overtuigd. Haar eetlust heeft een hormonale oorzaak en die verdwijnt als het kind eenmaal is gebaard.

Wat moet ze met een kind? De paniek vliegt haar regelmatig aan. Ze weet dat ze niet kan doorgaan met doen of er niets aan de hand is. Een zwangerschap duurt maar negen maanden en die zijn om voordat je het weet. Straks heeft ze een baby. Die moet kleertjes hebben, een wieg, een kinderwagen.

Een vader.

Waarom belde Vigo naar Lisa? Haar teamleider vertrok geen spier toen de collega op de deur klopte en zei dat ze Vigo terug moest bellen. Waar ging dat over? Het wordt nu echt tijd dat hij weet wat er aan de hand is. Maar moet ze niet eerst eens naar haar huisarts gaan, of naar een verloskundige? Ze had het niet aan Annebeth Smid moeten vertellen, wat kan die voor haar doen? Ze wordt doodmoe van alle gedachten die zich aandienen en weer verdwijnen, van alle stress, van alle onzekerheid. Van dat vlijmscherpe eenzaamheidsgevoel.

Als je tien weken zwanger bent, kun je voor een eerste controle naar een verloskundige gaan. Dan wordt er een echo gemaakt om vast te stellen hoelang je al zwanger bent en of het hartje klopt, om te controleren of het kindje op de goede plek zit en of er mogelijk sprake is van meer dan één embryo. Daar moet Sharon helemáál niet aan denken. Ze is nog geen tien weken zwanger en ze heeft zelfs nog geen test gedaan, al stond ze vorige week een paar keer op het punt er een te kopen. Maar waarom zou ze daar geld aan uitgeven als de symptomen overduidelijk zijn?

Hoe zal Vigo reageren? Hij komt volgende week weer werken en ze moet een manier bedenken om hem op de hoogte te stellen van wat er gaande is. Ze begrijpt dat hij niets meer van zich heeft laten horen. Ze kan zich zelfs een beetje voorstellen waarom hij zei dat hij kinderen had. Dat kwam natuurlijk door de wurggreep waar zijn vrouw hem in gegijzeld hield. Wie weet wat ze allemaal uit de kast haalde om hem te kunnen houden, wat ze allemaal verzon, hoe ze zich gedroeg. Misschien bedreigde ze hem wel en was ze van plan zijn carrière kapot te maken. Dat soort vrouwen bestaat. Als je moet samenleven met zo'n ongeleid projectiel, raak je in paniek. Zijn liefde voor Sharon mocht niet verloren gaan, maar hij moest Sharon op afstand houden zolang hij niet van die vrouw verlost was. Het is zo logisch, als je er beter over nadenkt. Zo aanvaardbaar. Het was geen echte leugen, het was een vlucht. Ze heeft het hem al vergeven.

33

Annebeth heeft geen moment geaarzeld toen Bert haar uitnodigde om mee te gaan naar het huis waar hij tijdelijk woont. De tijd is omgevlogen en het is al bijna donker als ze samen naar zijn auto lopen. Hij heeft beloofd dat hij haar later terug zal brengen naar de plek waar haar fiets staat en zelfs aangeboden daarna de fiets in de kofferbak te stoppen en haar naar huis te brengen. Het is een aardige man en vooral een aantrekkelijke man. Ze kijkt graag naar hem. Naar zijn gezicht, de manier waarop hij lacht. Naar zijn handen, als ze meepraten met zijn verhaal. Naar zijn lichaamstaal die signalen uitzendt waar ze blij van wordt. Hij vindt haar duidelijk ook leuk, alleen weet ze natuurlijk niet hóé leuk precies. Is ze alleen leuk om mee te praten en zien ze elkaar als hij haar heeft thuisgebracht nooit meer? Of...

Ze voelt zich goed in het zwarte jurkje met het groene jasje en de bijpassende groene laarsjes. De ketting met de gemêleerde groen-zwarte kralen past er perfect bij, ook al was hij belachelijk duur. Wat maakt het uit? Ze geeft sinds ze op dieet is veel minder geld uit aan voedsel en waar kan ze het dan beter aan besteden dan aan mooie kleren en sieraden? Ze grinnikt als ze denkt aan wat Sharon tegen haar zei toen ze na het shoppen samen koffie dronken en het onderwerp 'baby' nog niet was besproken. Ze zei dat ze de kleren maar veel moest dragen, voordat ze erin verzoop. Ze zei ook dat ze vrouwen kende die in hun kledingkasten verschillende garderobematen hadden hangen, zodat ze goed gekleed bleven in zowel magere als dikke tijden. Annebeth weet zeker dat er in haar kast geen verschillende maten gaan hangen als ze eenmaal op gewicht is. Dan doet ze alle grote maten in een zak voor het Leger des Heils en zorgt ze ervoor dat ze nooit meer zo vet wordt. En dan gaat ze ook weer broeken dragen. Strakke broeken in alle kleuren die ze mooi vindt.

Het corrigerend ondergoed dat ze draagt knelt een beetje. Ze probeert zo onopvallend mogelijk de randen van de slip naar beneden te trekken.

Bert vraagt of ze er bezwaar tegen heeft als hij één biertje drinkt.

'Natuurlijk niet,' zegt ze. 'Ook niet tegen twee. Drink alsjeblieft waar je zin in hebt, je hoeft je niets aan te trekken van mijn beperkingen. Weet je, ik doe vandaag eens gek. Heb je witte wijn in huis? Ik mag van mezelf wel een glas drinken.' Ze kijkt om zich heen. 'Mooi huis. In wat voor soort huis woonde je toen je nog getrouwd was?'

Zijn gezicht vertrekt even.

Annebeth is direct alert. 'Je hoeft er niet over te praten, het is gewoon een vraag, ik bedoel er niets mee.'

Hij schudt zijn hoofd. 'Weet ik, je mag er gerust vragen over stellen. Ik woonde in een vrijstaand huis, maar met minder grond dan hier. We hebben dat huis gekocht toen we gingen trouwen en je wilt niet weten hoe het eruitzag. Alle kamers waren betimmerd met schrootjes, overal zaten van die gifgroene tegels en elke kamer stonk naar kattenpis. We kochten het van een vrouw die er haar hele leven had gewoond, jarenlang samen met zeventien katten. Dus je begrijpt wat we aantroffen.' Hij zet een glas wijn voor haar neer.

Annebeth lacht. 'Laat ik daar maar niet al te diep over nadenken. Dat werd dus strippen?' Als hij nu maar niet de indruk heeft dat ze dubbelzinnig wil zijn.

'Van de zolder tot de kelder,' antwoordt Bert. Ach ja, waarom zou hij in hemelsnaam zoiets denken?

'Je wilt vast nog wel een wijntje. Van witte wijn kom je volgens mij ook niet aan.' Bert lijkt even te aarzelen. 'Ben je altijd te zwaar geweest of is dat een impertinente vraag?'

'Dat mag je gerust vragen. Ik was tot vijf jaar geleden een slank opdondertje. Een meter zestig lang, zestig kilo. Ik moest altijd wel opletten wat ik at, maar ik kon gerust nu en dan eens lekker zondigen. Dat compenseerde ik daarna met een week matig eten en op die manier hield ik mijn gewicht op peil.'

'Wat gebeurde er waardoor dat veranderde?' vraagt Bert.

Annebeth kan opeens niets meer zeggen.

De stilte wordt verstoord door de mobiele telefoon die op de eettafel ligt.

'Momentje,' zegt Bert. Hij neemt op en luistert. 'Waarom bel je mij?' Zijn stem klinkt geïrriteerd. 'Dat interesseert me niet. Hou eens op, zeg. Ga iemand anders lastigvallen.'

Hij legt de telefoon weer op de tafel, loopt terug naar de keuken en haalt een paar placemats uit een kast. 'Zal ik nu maar eens iets te eten maken?'

34

Annebeth blijkt een prettige gesprekspartner te zijn, die bovendien goed kan luisteren. Bert betrapt zichzelf op de gedachte dat ze vrienden zouden kunnen worden. Platonische vrienden natuurlijk. Maar hij merkt ook dat haar omvang hem steeds minder begint te storen naarmate ze langer met elkaar praten.

Ze vertelt over haar werk en dat doet ze op een grappige en toch ook serieuze manier. Ze wil graag weten waarom hij kapper is geworden. Zulke vragen is hij niet gewend, hij weet niet goed wat hij daarop moet antwoorden. Ze doet of ze het niet merkt en begint over zijn kinderen. Heeft ze eigenlijk zelf kinderen? Dat durft hij niet te vragen. Later misschien eens, als hij haar wat beter kent.

Zijn ogen zoeken regelmatig de wijzerplaat van de grote klok.

'Verwacht je iemand? Of moet je ergens heen?' wil Annebeth weten.

'Nee, nee.' Hij voelt zich betrapt.

Annebeth drukt een hand tegen haar mond om een gaapbeweging te maskeren. 'Heel onverstandig van me om wijn te drinken,' zegt ze. 'Ik word snel slaperig van alcohol, zeker nu ik het al een tijdje niet meer drink. Maar het is wel heel lekker.'

Bert hoort zijn mobiele telefoon overgaan. Hij maakt een verontschuldigend gebaar en drukt op de groene toets.

'Ik ben op weg naar mijn nieuwe liefde,' hoort hij Tanja zeggen.

Zou Annebeth in de gaten hebben met wie hij sprak? Ze stelt geen vragen, maar kletst gezellig verder. Ze is echt een aardige meid, ze lijkt zich erg op haar gemak te voelen. Zou hij, als ze weer helemaal op gewicht is, kunnen vergeten dat hij haar ook als een dikke vrouw heeft gekend? Die gedachte staat hem niet aan.

Hij is eerst naar de plek gereden waar haar fiets stond, heeft hem in de kofferbak geladen, en is daarna doorgereden naar Annebeths huis. Toen ze afscheid namen heeft hij beloofd haar snel weer een keer te bellen om opnieuw iets af te spreken. Dat meende hij. Ze is aardig en ze is te vertrouwen, daar is hij van overtuigd.

Hij gaat naar bed, het is mooi geweest. Morgenvroeg nog een ontbijt maken voor de gasten, daarna staan er tien dagen geen boekingen gepland.

Zijn mobieltje begint kabaal te maken. Hij kijkt op de display. Onbekend nummer. Lekker laten bellen.

Zou Annebeth écht te vertrouwen zijn?

35

'Zo, daar ben ik,' meldt Megan en ze stapt direct de gang in. 'Wat is er met jou aan de hand?' Ze bekijkt Sharon van top tot teen. 'Je bent aangekomen. Hoeveel kilo?'

'Valt wel mee,' mompelt Sharon.

'Valt helemaal niet mee. Nou, hoeveel? En eerlijk zeggen.'

'Vier.'

'Hoe komt dat?'

'Gewoon, veel te veel snoepen en te weinig gesport. Ik ga morgen weer naar de sportschool.'

'Morgen, morgen, van zulke plannen komt meestal weinig terecht. En waarom snoep je dan zo veel? Weer eens tegen de verkeerde man op gelopen?'

'We kunnen niet allemaal een rijpe internist met een volwassen drieling aan de haak slaan, zus.' Sharon hoort de giftige toon in haar eigen woorden. Ze herstelt zich onmiddellijk. 'Dat bedoel ik niet zo lullig als het klinkt. Ik ben blij voor je, dat meen ik. Maar het zit mij inderdaad niet mee en ik doe serieus pogingen het tij te keren.'

'Met te veel eten?' Megan blijft maar naar Sharons buik kijken.

'Daar ben ik al mee opgehouden, geloof me maar. Je weet hoe gemakkelijk ik weer afval als ik wat te zwaar ben geworden. Ik ga heus niet door met snaaien, ik zie aan een van mijn collega's waartoe dat kan leiden.'

Megan trekt de koelkast open en tuurt naar de inhoud. Ze grijpt de grootverpakking Snickers en houdt die voor Sharons neus. 'En wat doen we hiermee?'

Sharon wordt boos. 'Zeg, je bent mijn moeder niet en zelfs die zou dit niet moeten flikken. Leg dat pak weer terug, ik bepaal zelf wat ik ermee doe.'

Megan doet wat haar wordt opgedragen en sluit de koelkast weer. 'Sorry, ik ga te ver. Maar ik ken je, Sharon, en ik weet wanneer het tijd wordt om orde op zaken te stellen. We hebben dit vaker meegemaakt. Toch?'

'Ik ben gewoon van slag door een vervelende ervaring met een man en ik wil het zelf oplossen.'

'Maar hoe dan?' Megans stem is niet meer scherp, ze raakt Sharons arm aan. 'Hoe dan, Sharon? En hoe kan ik je helpen? Je weet toch dat je altijd bij me terechtkunt? Ik ben je grote zus, weet je nog? Als het moet, vecht ik me dood voor jou. Het spijt me dat ik je de laatste tijd verwaarloosd heb, de liefde vreet tijd en energie, maar ik ben je echt niet vergeten.'

Sharon glimlacht. 'Dat weet ik ook wel.'

'Je houdt toch niets voor me verborgen, hè?'

'Nee, natuurlijk niet. Ik heb me gewoon te veel laten gaan met eten, ik moet echt snel weer aan de buikspieroefeningen en vanaf nu snoep ik niet meer.' Sharon loopt naar de koelkast en haalt het pak Snickers eruit. 'Hier! Stop in je tas en gooi het ergens in een vuilnisbak. Of geef het aan die drieling.'

Megan omhelst haar.

Sharon vraagt zich af hoe ze haar zus zo snel mogelijk weer kan laten vertrekken.

36

Annebeth wil niet de hele dag aan de ontmoeting met Bert denken, maar hij duikt overal op en soms lijkt het of ze opeens zijn stem hoort. Toen hij haar thuis afzette, beloofde hij dat hij snel zou bellen om een nieuwe afspraak te maken. Dat klonk aardig, maar ze weet dat hij dit niet zal doen. Ze heeft de indruk dat hij nog lang niet klaar is met zijn ex en daardoor ook nog geen ruimte heeft voor een nieuwe vriendin. Daar komt nog bij dat ze hem er geen enkel moment op heeft kunnen betrappen dat hij anders dan vriendschappelijk naar haar keek.

Mocht er al sprake zijn van ook maar de geringste erotische aantrekkingskracht, dan voelde alleen zíj die. Ze probeert dat gevoel voortdurend te negeren, maar ze weet heel goed dat ze hem aantrekkelijk vindt. En lief. Hij heeft iets wat bij haar de neiging opwekt hem te knuffelen. Ze wil niet aan dat gevoel toegeven, vooral niet omdat ze daardoor steeds aan Pelle denkt. En aan wie ze ook wil denken, niet aan de man met wie ze van plan was de rest van haar leven samen te zijn, maar die haar verliet op het moment dat ze hem verschrikkelijk nodig had.

Ze had gehoopt dat ze de dag na de afspraak met Bert goed gestemd zou zijn en zich in ieder geval opgelucht zou voelen. Dat ze het nare gevoel dat ontstond toen ze elkaar voor de eerste keer zagen achter zich kon laten. Ze voelt zich vandaag niet naar, maar ook niet opgelucht. Ze weet eigenlijk niet goed hoe ze zich voelt en dat is niet prettig. Ze heeft nog twee dagen vrij en ze besluit haar stiefmoeder te bellen en wat meer informatie te vragen over dat sportschoolprogramma voor dikke mensen. Misschien is het een idee om daaraan deel te nemen, ook al valt ze goed af. Toch is de spiegel nog steeds geen vriend.

Op het moment dat ze de telefoon wil pakken begint het toestel te rinkelen. Op de display ziet ze het nummer van Bert verschijnen. Ze drukt direct op de groene toets.

Eerst begrijpt ze niets van wat hij zegt. Wie is levensgevaarlijk gewond, wie ligt in coma? Zijn éx? Is er politie langs geweest om vragen te stellen over waar hij gisteravond tussen zes en negen uur was? Natuurlijk kan zij verklaren dat hij thuis was. Samen met haar. Maar waarom wil de politie dat weten?

Haar adem stokt als ze begint te begrijpen dat de ex van Bert niet zomaar een ongeluk heeft gehad, maar moedwillig lijkt te zijn aangereden. Welke idioot doet zoiets?

Hij is totaal de kluts kwijt, zegt hij. Daarna zegt hij niets meer.

'Ben je er nog?' vraagt Annebeth voorzichtig. 'Zal ik naar je toe komen?' Ze verwacht dat hij dit voorstel zal afwijzen.

Maar hij zegt direct ja.

37

Tanja is gistermiddag op de fiets naar het park gegaan dat een paar kilometer van hun huis ligt om de vriend te ontmoeten met wie ze al een paar maanden een geheime relatie had. Zelfs Leslie wist niets af van die nieuwe vriend, totdat Tanja haar vroeg of ze een paar uur op de kinderen wilde passen omdat ze die man zo graag even wilde zien. Het was niet mogelijk dat hij overdag bij haar thuis kwam en ze wilde niet vertellen om welke reden. Ze ging op de fiets, omdat er een gat in de uitlaat van haar auto zat en ze pas dinsdag terechtkon in de garage.

Leslie heeft aan de politie verteld dat Tanja een opgewonden indruk maakte. Ze deed geheimzinnig en een beetje overdreven. Ze was duidelijk niet zichzelf. Ze giechelde over de afspraak in het park en zei dat ze zich weer een tiener voelde. Ze zei ook dat stiekem vrijen in een auto toch het leukste was om te doen.

Leslie heeft dit allemaal aan Bert verteld toen ze opbelde. Dat gebeurde nadat ze had gehoord dat Bert een alibi heeft voor de uren dat Tanja in het park was met de onbekende minnaar en vooral voor het tijdstip dat ze door een auto van haar fiets werd geslingerd en met haar hoofd tegen een boomstam knalde.

Een oude man die zijn hond uitliet kwam net de hoek om en hoorde een klap, gevolgd door het geluid van een auto die plankgas gaf. Maar die man is bijna blind en dus niet te gebruiken als getuige. Je kunt je niet voorstellen dat de bestuurder van de auto niets heeft gemerkt, het lijkt er dus op dat die gewoon is doorgereden.

Leslie zei dat ze de komende dagen bij de kinderen zou blijven, omdat de moeder en de zussen van Tanja in het ziekenhuis willen zijn.

Moet hij daar ook naartoe? Hoe ernstig is dat coma? Stel je voor dat ze nooit meer wakker wordt?

Hij wil zijn kinderen zien, maar hij weet dat hij zich op dit moment niet aan ze kan vertonen. Ze zullen geschrokken zijn en verdrietig en ze hebben behoefte aan troost en goede begeleiding. Dat heeft hij nu niet in huis. Misschien morgen, maar is het dan al verstandig om ze op te halen? En zal hem dat worden toegestaan? Leslie was vriendelijk toen ze belde, maar ook afstandelijk. Ze weet precies wat er gaande was tussen Tanja en hem en hij kan erop rekenen dat ze Tanja's wensen volgt en dat betekent dat het niet vanzelfsprekend is dat hij Anna en Emily zomaar meeneemt. En als hij ze meeneemt, hoe moet hij dan voor ze zorgen? Ze zullen overstuur zijn en niet naar school kunnen, maar hij kan niet zomaar zijn zaak in de steek laten. Misschien moet hij in ieder geval een vervanger regelen of aan Lucy vragen of zij dat wil doen. Ze hebben een lijstje met namen van meisjes die stage bij hen hebben gelopen en zich later hebben aangemeld als oproepkracht. Laat Lucy maar uitzoeken of er iemand beschikbaar is, dan kan hij zich in ieder geval even terugtrekken en zijn hoofd weer helder laten worden. Wat een geluk dat hij die gedachten en verwensingen in Tanja's richting nooit in het bijzijn van anderen heeft uitgesproken. En wat een mazzel dat hij kan bewijzen dat hij de hele middag thuis was.

Bert wil nu niet alleen zijn, daarom heeft hij Annebeth gebeld. Hij heeft behoefte aan gezelschap en het liefst van iemand die kan luisteren, maar voor wie hij geen erotische gevoelens heeft. Annebeth is veilig. En ze komt. Hij wil met haar praten over de middag dat ze bij hem was. Haar verklaring is van groot belang en hij wil zeker weten dat ze zich niet van de wijs laat brengen door vragen van de politie. Ook al heeft hij niet de indruk dat ze hem ergens van verdenken, je weet maar nooit. De moeder van Tanja en haar zussen konden weleens de behoefte krijgen hem ergens voor te laten opdraaien. Hij dacht altijd dat hij een prettig contact met ze had, maar ze hebben hem na de scheiding straal genegeerd. Wie weet wat Tanja ze allemaal heeft wijsgemaakt.

Zal Tanja dit overleven? Misschien ontwaakt ze uit dat coma, maar wordt ze een kasplant. Dan heeft hij het ouderlijk gezag over de kinderen.

Niemand zal hem geloven als hij zegt dat hij dit hoopt, want niemand zal hem ertoe in staat achten om op zo'n vernietigende manier te denken. Toch hoopt hij dat Tanja nooit meer thuiskomt.

38

Een van Sharons collega's beweert dat Vigo al over drie dagen weer terugkomt. Dat heeft Lisa haar verteld en ze hoorde een van de andere chirurgen ook al iets dergelijks zeggen.

Drie dagen! Ze zal iets moeten bedenken om hem te laten weten wat er aan de hand is. Het is goed mogelijk dat hij zich toch ontzettend schuldig voelt over de manier waarop zijn vrouw is vertrokken en hij zich te pletter schaamt. Dat begrijpt ze en dat wil ze respecteren. Maar ze weet dat het niet lang meer zal duren voordat de rest van de wereld van haar zwangerschap op de hoogte is. Ze wil niet dat Vigo het ergens in de wandelgangen hoort en daardoor de indruk krijgt dat ze het hem niet zelf wilde vertellen. Dat zal hem van haar tegenvallen en ze wil juist het tegenovergestelde bereiken. Misschien moet ze hem een whatsappje sturen en hem in een paar korte zinnen duidelijk maken dat ze er voor hem is als hij zelf weer ruimte heeft. Zou dat indruk maken?

Waarom heeft hij eigenlijk geen kinderen? Die vrouw wilde ze natuurlijk niet en daarom zal de wetenschap dat hij toch vader gaat worden hem blij maken. Maar hoe blij kun je je naar de buitenwereld toe gedragen als je net van je vrouw gescheiden bent?

De snoeplust is minder geworden en van worstenbroodjes gaat ze nu over haar nek. Ze kan geen Engelse drop meer zien. Ze eet al een paar dagen supergezond en slikt allerlei vitaminepillen. Ze is een kilo afgevallen, dat zal toch geen alarmsignaal zijn? Misschien kan ze hier met Annebeth Smid over praten, als die weer werkt. Haar collega is veiliger dan haar zus of haar vriendin. Of haar moeder. O help, haar moeder. Hoe gaat die reageren? Het komt nu goed uit dat Vigo niet meer getrouwd is, Sharon had beslist niet met een gebonden man op de proppen kunnen komen. Soms verwijt ze haar moeder dat die veel te lang in haar woede en haar beledigde act blijft hangen. Maar dat zegt ze nooit hardop. Als ze heel eerlijk is tegen zichzelf, zou ze graag haar vader weer eens zien en ook de twee halfbroertjes die haar moeder en haar zus hardnekkig 'de tweede leg' blijven noemen. Maar hoe organiseert ze dat zonder dat ze tegen gevoelige schenen schopt? Ze weet zeker dat haar vader verrast zal zijn als hij hoort dat hij opa wordt. Natuurlijk was de manier waarop hij hun gezin verliet niet chic, maar hoe zou ze het zelf hebben aangepakt als ze getrouwd was geweest met een vrouw als haar moeder? Ze heeft hier nog nooit zo vaak en zo diep over nagedacht als de laatste paar weken. De tijd is er waarschijnlijk eindelijk rijp voor. Toen ze als gezin midden in de scheidingsellende zaten, kon ze nu eenmaal niets anders doen dan de emoties van haar moeder en zus volgen. Dat is haar toen duur komen te staan, maar daar wil ze beslist niet meer aan denken.

Zal Vigo een goede vader zijn? De vraag komt spontaan in haar op en veroorzaakt een pijnlijk gevoel op haar borst. Niet negatief denken! Niet piekeren! Het komt goed.

'Wat zit jij hier hemels te kijken,' zegt de voedingsassistente die opeens voor haar staat. 'Ben je soms verliefd? Er is nog chocoladegebak, wil je een stukje?'

'Donder op met die troep,' snauwt Sharon.

39

Zijn gezicht is grauw en vertrokken, zijn handen beven, hij begint direct te praten. Annebeth grijpt hem vast en geeft hem spontaan een kus. Ze loodst hem de woonkamer in en ze gaan samen op de bank zitten. Bert kan zijn tranen nauwelijks bedwingen. Hij verontschuldigt zich voor zijn emotie en zegt dat hij het zal begrijpen als ze hem daarvoor veroordeelt. Annebeth probeert hem gerust te stellen, maar ze heeft de indruk dat hij nauwelijks hoort wat ze zegt. Hij kan blijkbaar alleen spuien.

Ze luistert.

Luisteren is blijkbaar waarvoor ze geboren is. Hoe vaak is al niet tegen haar gezegd dat ze dat zo goed kan? Die opmerking en dat ze een lief gezicht heeft lijken haar al haar hele leven te achtervolgen. Door goed te luisteren veroverde ze ooit Pelle, maar toen ze hem nodig had om háár te laten praten zei hij dat hij dat niet kon opbrengen.

Maar dit gaat niet over haar, dit gaat over Bert van Meulwijk, die totaal overstuur is omdat zijn ex door een of andere idioot is aangereden en nu in coma ligt. De ellende die ze heeft veroorzaakt door hem de omgang met hun kinderen te onthouden is naar de achtergrond verdwenen. Toch was Bert daar gisteren, toen hij haar dit vertelde, heel verbolgen over en ook geëmotioneerd. Dat raakte haar, vooral omdat hij zich zo spontaan blootgaf. Nu worden de kinderen niet genoemd, het gaat alleen over de ongelooflijke klootzak die Tanja heeft aangereden en daarna spoorloos is verdwenen. Hij is gewoon weg, opgelost in het niets, blijft Bert herhalen. Maar de auto moet schade hebben, dus de politie gaat ervan uit dat ze die opsporen en dan hebben ze meteen de man te pakken die dit deed.

Annebeth vraagt zich af hoe ze weten dat de bestuurder van de auto een man was, maar ze krijgt geen gelegenheid om vragen te stellen. Bert raast maar door, hij verslikt zich in zijn eigen woordenstroom.

Ze slaat met haar vlakke hand op zijn schouderblad tot hij weer lucht heeft.

Hij staat te stuntelen bij het koffiezetapparaat. Als Annebeth aanbiedt om koffie te zetten, lijkt hij opgelucht.

Ze weet niet goed wat ze moet denken van de manier waarop hij zich gedraagt. Zijn verslagenheid en vooral zijn angst dat Tanja zal overlijden staan haaks op de toon die hij gisteren over haar aansloeg. Toen leek het hem niets te interesseren wat er met haar zou gebeuren, Annebeth proefde zelfs enige hoop dat hij voor altijd van haar verlost zou worden. En nu doet hij of haar verliezen het ergste is wat hem kan overkomen. Zou dat betekenen dat hij toch nog om haar geeft? Of voelt hij zich schuldig?

Ze zou hem tegen zich aan willen drukken en hem over zijn rug willen strelen, maar ze denkt dat hij dit niet prettig zal vinden. Hij zegt steeds dat hij blij is dat ze bij hem is, maar zijn lichaamstaal vertelt iets anders.

Ze twijfelt of ze hier wel wil zijn.

'Je gaat toch niet weg, hè?' vraagt Bert. 'Ik heb je nodig.'

Zijn verzoek haalt een herinnering tevoorschijn die ze op dit moment totaal niet kan gebruiken.

'Ga niet weg,' smeekte ze bijna. Ze klampte zich aan Pelle vast en probeerde hem een kus te geven. Hij duwde haar weg. 'Ga alsjeblieft niet weg, ik heb je nodig.'

'Je vraagt te veel van me,' zei Pelle.

Hoe heeft ze ooit van die man kunnen houden?

Bert raakt haar schouder aan. 'Ik moet nu weer een beetje normaal gaan doen,' zegt hij. 'Sorry dat ik me zo liet gaan. Ik ben erg geschrokken, maar ik zal me herstellen. Neem me niet kwalijk. Je bent opeens zo bleek, heb ik iets gezegd wat je kwetste?'

'Het is al goed,' zegt Annebeth.

Ze moet beter opletten en herinneringen aan Pelle niet zoveel ruimte geven, anders komt Benja ook weer tevoorschijn.

'Wat ga je tegen de politie zeggen, als ze je willen spreken?' vraagt Bert.

'Dat ik de hele middag en een deel van de avond bij je ben geweest, natuurlijk.'

'Ik ben zo blij dat jij er was,' zegt Bert.

Hij heeft haar nodig voor die verklaring, daarom zit ze hier nu en nergens anders om. Die conclusie maakt haar kribbig. Ze zou ook een belastende verklaring kunnen afleggen, waarom niet? Waarom zou ze iedereen altijd maar tegemoetkomen, terwijl anderen het voortdurend laten afweten als zij iets nodig heeft? Waarom zouden andere mensen altijd mogen winnen en staat zij alleen in de rij waar de verliezen worden uitgedeeld?

Ze kijkt naar haar handen. Die zijn opeens vuisten.

'Ik ben echt blij dat je bij me was,' herhaalt Bert.

40

De pers heeft zich op het ongeluk gestort. Er lijkt sprake te zijn van joyriding. In de buurt van de plek waar Tanja werd aangereden is het de afgelopen drie maanden al een paar keer voorgekomen dat jongens van een jaar of veertien erin slaagden bij inbraken autosleutels te stelen en rond te gaan rijden met de auto van degene bij wie ze hadden ingebroken. Zondagmiddag liet in diezelfde buurt iemand zijn auto even met draaiende motor op de oprit van het huis van een vriend staan, omdat hij iets wilde afgeven. Hij sprak langer dan hij had gepland met die vriend en toen hij weer buiten kwam was de auto weg. Ze zijn direct op zoek gegaan en vonden hem drie kwartier later twee straten verder terug met een nog lopende motor en met een beschadigde voorkant. De politie vermoedt dat Tanja door die auto is aangereden, maar het onderzoek van de technische recherche is nog niet afgerond. De jongens van wie bekend is dat ze zich in het verleden schuldig hebben gemaakt aan joyriding zijn uitgebreid verhoord, maar tot nu toe is er niemand aangehouden. Dat tuig dekt elkaar uiteraard tot in het oneindige, daar is Bert van overtuigd. En als ze elkaar niet dekken, dan doen de ouders het wel.

Hij is niet meer in paniek en heeft elke dag contact met Leslie. Ze belt hem zelf en hij moet toegeven dat ze hem in elk opzicht steeds meer meevalt. Ze zorgt ervoor dat Anna en Emily naar school kunnen en thuis rust en regelmaat vinden. De kinderen weten dat hun moeder in het ziekenhuis ligt en voorlopig niet thuis kan komen en Leslie heeft uitgelegd dat mama slaapt en nog niet wakker kan worden. De meisjes zijn verdrietig omdat ze haar niet kunnen zien, maar ze laten zich gelukkig wel afleiden.

Bert denkt na over een manier om zijn dochters te zien en te spreken zonder dat ze daarvan uit hun evenwicht raken. Hij weet niet wat Tanja allemaal tegen ze gezegd heeft, of ze ze misschien bang voor hem heeft gemaakt. Hij wil Leslie daar vragen over stellen, maar hij is bang dat hij de steeds beter wordende sfeer van hun gesprekken kan verzieken door een verkeerde tekst.

Er staan voor de komende tijd geen gasten gepland voor de bed & breakfast en dat komt nu goed uit. Er worden iedere dag kaarten bezorgd van klanten. Er staan hartelijke woorden op, en steunbetuigingen. Hij hoopt dat ze daar snel mee ophouden.

Zijn moeder heeft gezegd dat ze het ongeluk betreurt, maar geen medelijden heeft met Tanja. Hij had nooit verwacht dat hij dergelijke woorden uit haar mond zou horen komen. Toen hij dit tegen haar zei, antwoordde ze dat er wel meer was dat hij nooit van haar verwacht zou hebben. Ze was ongekend fel en snauwde. Een paar minuten later bood ze daarvoor haar verontschuldigingen aan. Het kwam door de schrik, beweerde ze, en door de angst voor wat mogelijk nog ging komen. Maar ook door de woede over de manier waarop Tanja hem had behandeld.

Lucy heeft een vervangster geregeld die vier weken kan blijven en dat geeft hem lucht. Toch komt hij tot niets, hij zit maar in huis en wacht op nieuws.

41

Vandaag komt Vigo weer werken en het lijkt of iedereen een beetje nerveus is omdat hij elk moment kan binnenkomen. Sharon voelt zich juist superrustig. Ze heeft zich voorgenomen het moment af te wachten dat het meest geschikt is om hem te vertellen dat ze zwanger is. Dat moment gaat er komen, al is het misschien niet vandaag. Ze vermoedt dat ze weinig kans heeft dat ze hem op de eerste dag dat hij weer werkt alleen in het kantoor treft, maar ze heeft geen haast. Over een week heeft ze een afspraak bij een verloskundige en dan wordt er een echo gemaakt. Ze zal de foto die ze dan meekrijgt op een bepaald moment naar hem toe schuiven en ze weet zeker dat hij haar dan wel wil aankijken en wel met haar wil praten. Hij zal natuurlijk schrikken, maar ook verrast zijn. Er nadert een nieuw leven, wie zou niet geraakt worden door de gedachte dat er al een heel klein mensje bestaat dat geboren wil worden?

Ze vermoedt dat ze langer in verwachting is dan ze dacht. Als ze zich niet vergist, is ze nu negen weken op weg en ze voelt zich van top tot teen zwanger. De baby heeft zich niet alleen in haar baarmoeder genesteld.

Haar taille is verdwenen en haar borsten zijn wat zwaarder. Ze wrijft iedere avond voor ze gaat slapen met haar vingertoppen over haar buik en praat tegen haar ongeboren kind. Als ze bij de verloskundige is geweest gaat ze serieus beginnen met de voorbereidingen die nodig zijn om het kindje te kunnen laten komen. Dat wil ze samen met Vigo doen. Hij heeft ook het recht het te weten te komen vóór haar moeder, haar zus en haar vriendin.

Sharon heeft spijt van haar loslippigheid tegen Annebeth Smid, maar ze heeft op het rooster gezien dat ze elkaar veel mislopen de komende tijd. Misschien zegt ze dat ze zich heeft vergist en niet zwanger is, mocht Annebeth toch vragen gaan stellen voordat Vigo het weet.

Overal lopen opeens vrouwen rond met dikke buiken of achter een kinderwagen. Sharon zou met al die vrouwen willen praten en ze vragen willen stellen. Ze denkt dat die neiging te maken heeft met de hormonen die in haar lijf dartelen. Die hormonen zorgen er waarschijnlijk ook voor dat ze de overlijdensadvertenties in de krant niet meer durft te lezen, omdat ze over de dood van een kind zouden kunnen gaan. Het komt allemaal te hard binnen, het verstoort haar geestelijk evenwicht en het is belangrijk dat ze daar de juiste balans in vindt.

Er is gebak bij de koffie. Als een van haar collega's een stel mokken volgiet en de koffiegeur haar neusgaten bereikt, kokhalst Sharon.

'Geef mij maar thee,' zegt ze.

De collega bekijkt haar en lacht. 'Zeg Sharon… nee, toch?'

'Doe niet zo raar, ik drink heel vaak 's morgens thee.'

'Neem me niet kwalijk, wat ben je snel aangebrand.'

'Ik heb hoofdpijn,' zegt Sharon. Ze hoopt dat haar collega haar aandacht snel op iemand anders richt.

De deur van het kantoor zwaait open en de andere collega's verschijnen. Als laatste komt Lisa binnen. Ze zegt iets tegen iemand die achter haar loopt.

Sharon zet haar mok met hete thee op tafel en staat op. 'Ik neem even een pijnstiller,' mompelt ze terwijl ze het kantoor verlaat. Op de gang leunt ze tegen de muur en probeert ze de duizeligheid die haar overvalt door diep ademhalen te verdrijven.

Hij keek haar één seconde aan, maar ze zag de blik in zijn ogen heel goed. Vigo bekeek haar alsof ze een vreemde was.

42

Het lijkt of iedereen erover praat, maar het is dan ook verschrikkelijk nieuws. De vrouw die twee weken geleden op zondagavond is aangereden, vermoedelijk door een joyrider, is overleden. Ze was gescheiden en moeder van een meisje van vijf en een meisje van zeven. In de krant stond dat de vader van de kinderen de zorg nu op zich heeft genomen.

Natuurlijk raakt de dood van Tanja haar, al kende Annebeth die vrouw niet en had ze ook geen positief beeld van haar. Maar je wenst toch niemand zo'n afgrijselijk lot toe? Het lijkt haar ook een verschrikkelijk idee om als familie niet te weten wie dat domme ongeluk heeft veroorzaakt en te beseffen dat ergens in de stad, misschien wel in de directe omgeving, iemand rondloopt die hiermee wegkomt. Toch zijn dat allemaal bijkomende gedachten en concentreert ze zich op steeds dezelfde zin uit het krantenbericht dat ze heeft gelezen.

De vader van de kinderen heeft de zorg nu op zich genomen.

Ze heeft niets meer van Bert gehoord en ze heeft hem zelf niet meer gebeld. Waarom zou ze ook? Ze zegt steeds tegen zichzelf dat het nu eenmaal vaak zo gaat. Je komt iemand tegen, er is een bepaalde klik, je ontmoet elkaar nog eens en dat is het dan. Je kunt niet met iedereen die je ontmoet beste vrienden worden en al helemaal niet méér. Zeker niet als je eruitziet als Annebeth. Mannen als Bert kijken niet naar haar, althans niet op de manier die ze leuk zou vinden. Zelfs niet nu haar gewichtsverlies steeds beter te zien is. Ze traint drie keer per week samen met haar stiefmoeder in de sportschool en de buikspieroefeningen bezorgden haar de eerste week veel spierpijn, maar ze is niet afgehaakt. Er is nu twaalf kilo af, ze is over de helft. Toch is ze niet zo blij als ze zou willen zijn. Ze zou Bert willen bellen en hem willen troosten. Het valt niet te ontkennen dat die man haar heeft geraakt.

'Ik doe eerst de loopband,' zegt Anneke. 'Zie je later wel bij het spinnen. Of ga je niet spinnen?'

'Dat ben ik wel van plan,' antwoordt Annebeth. 'Hoewel ik het heftig vind.'

Anneke legt de handdoek die ze bij zich heeft in haar nek. 'Je kunt het, ik zie je elke keer meer presteren. Wees gerust trots op jezelf, je vader en ik zijn het zeker!'

Ze meent het en Annebeth kan niet ontkennen dat ze de support van Anneke prettig vindt. Ze dringt zich niet op, doet niet overdreven en claimt geen recht op meer contact. Ze prijst, stimuleert, geeft aandacht en laat het aan Annebeth zelf over hoe die hierop wil reageren. Er is niets mis met die vrouw en ze heeft Annebeth ook niets misdaan. Ze is verliefd geworden op Annebeths vader toen hij al dertien jaar weduwnaar was. Toch kon Annebeth tot korte tijd geleden haar aanwezigheid slecht verdragen. Het gaat nu beter, maar alles gaat ook beter. Behalve de omgang met Bert. Ze ziet de zin overal verschijnen.

De vader van de kinderen heeft de zorg nu op zich genomen.

Hoe is dat gegaan? Zorgt hij samen met zijn schoonfamilie voor ze? Is alle ruzie voorbij nu Tanja dood is, betekent het dat ze elkaar nodig hebben? Kan hij de zorg in zijn eentje wel aan?

'Waar ben je met je gedachten?' wil Anneke weten.

Annebeth schrikt. 'O, overal en nergens. Nou, tot straks.' Ze heft haar hand op als groet en draait zich om. Ze slikt de tranen weg die tevoorschijn willen komen.

Zou hij boos zijn? Belt hij daarom niet meer? Toen de politie haar ondervroeg heeft ze precies gezegd wat ze met Bert had afgesproken. Ze was al die uren bij hem, dus hij kan onmogelijk iets te maken hebben met dat ongeluk. Ze zeiden dat het vooral routinevragen waren. Zou ze toch iets gezegd hebben wat niet goed was? Dat kan niet, ze heeft de waarheid gesproken.

Dus waarom zou hij dan boos zijn?

Of ligt het anders, of kan ze zich beter bezighouden met haar eigen woede? Want die is er nog steeds.

Altijd.

43

Het was Berts moeder die hem ervan overtuigde dat hij moest handelen. Ze kwam direct naar hem toe toen hij haar belde om te vertellen dat hij net bericht had gekregen dat Tanja was overleden.

Ze was geschokt en zei dat dit nooit had mogen gebeuren, ook al gedroeg Tanja zich niet goed. Daarna volgde haar advies. 'Luister, Bert. Iedereen begrijpt dat je Tanja deze afloop niet had gegund. Laten we eerlijk zijn: voor haar is dit het beste, want stel je voor dat ze was bijgekomen en de rest van haar leven een soort kasplantje was geworden, daar moet je toch niet aan denken? Dit is beter. Maar nu wordt het toch echt eens tijd dat jij in actie komt.' Ze verkondigde het op een toon die geen tegenspraak duldde. Op die manier praat ze tegenwoordig vaker, ze lijkt kordater en besluitvaardiger te zijn geworden sinds ze is verlost van die cyste in haar buik. Of zou er een andere reden zijn?

Bert werd vroeg in de ochtend door Leslie gebeld en hij wist nog voordat ze iets had gezegd wat er gaande was. Hij voelde het en realiseerde zich opeens dat hij deze afloop al had zien aankomen.

Tanja kreeg een hartstilstand en haar moeder en zussen hebben toen besloten haar niet te laten reanimeren, vooral omdat de prognose die de artsen hadden gegeven heel somber was. Ze waren bij haar toen Tanja stierf en op het moment dat Leslie belde waren ze nog steeds in het ziekenhuis. Tanja's moeder bleek aan Leslie gevraagd te hebben om Bert op de hoogte te stellen. Hij wilde iets zinnigs zeggen, maar er kwam niets in hem op. Toen zei Leslie iets wat hij nooit had verwacht.

Ze zei: 'Ik denk dat je kinderen je nu meer dan ooit nodig hebben, Bert.' Daarna was het stil en ontdekte hij dat ze de verbinding verbroken had. Hij belde direct zijn moeder.

Toen zijn moeder nog geen uur later zei dat het tijd werd dat hij in actie kwam deinsde hij wel even terug, maar hij herstelde zich snel. Er viel opeens iets van hem af, hoewel hij zich toch nog probeerde te verzetten. 'De kinderen krijgen al zo veel te verwerken,' protesteerde hij. 'Ze moeten nu toch niet geconfronteerd worden met ruzie?'

'Er hoeft helemaal geen ruzie te ontstaan, als jij maar duidelijk maakt dat er met jou niet te sollen valt,' meende zijn moeder. 'Denk even goed na. Jullie zijn officieel gescheiden, maar nog steeds samen eigenaar van het huis. Dat kun je om te beginnen uit de verkoop halen. Daar zul je aan de makelaar een boete voor moeten betalen, maar als dat problemen oplevert wil ik je dat geld met liefde geven.'

Bert maakte een afwerend gebaar.

'Ook goed,' ging zijn moeder verder. 'Jullie hadden een omgangsregeling, maar Tanja heeft die op eigen houtje veranderd. Toch kan niemand er volgens mij nu onderuit dat jij het ouderlijk gezag hebt over Anna en Emily, want er is voor zover mij bekend geen sprake geweest van een door de rechtbank goedgekeurde wijziging. Dat betekent dat jij niet alleen rechten hebt, Bert, maar vooral ook plichten. Of wil je toekijken terwijl Tanja's moeder of haar zussen jouw kinderen verder opvoeden?'

Hij moest een paar keer slikken. 'Ik weet dat ik het ouderlijk gezag heb,' zei hij, 'en ik wil niets liever dan mijn dochters vasthouden en voor ze zorgen.'

'Schiet dan een beetje op,' maande zijn moeder.

Pas toen drong het goed tot hem door dat hij moest zien te voorkomen dat iemand in zijn huis trok en daar niet meer uit was te krijgen of de kinderen meenam en niet aan hem terug wilde geven. Alles moest erop gericht zijn dat Anna en Emily niet de dupe konden worden van een ordinaire ruzie en daarom was snel handelen geboden. En snel handelen betekende teruggaan naar zijn eigen huis, aankondigen dat hij de regie over zijn eigen gezinsleven terugnam en zelf voor zijn kinderen ging zorgen. En dat heeft hij gedaan. Hij is gewoon naar binnen gestapt en hij heeft zijn kinderen, die op hem af vlogen, in zijn armen genomen en ze minutenlang vastgehouden. Zijn schoonmoeder en zijn schoonzussen waren totaal overdonderd, maar Leslie grijnsde. Toen iedereen van de eerste schrik bekomen was, heeft hij gezegd dat hij bleef en iedereen welkom was in zijn gezin, tenzij ze hem en de meisjes probeerden te beletten om bij elkaar te zijn.

Hij moet iets bedenken voor het huis van Tineke Daalmeyer. Dat kan hij toch niet zomaar onbeheerd achterlaten? En iemand moet ook de boekingen voor het gastenhuisje regelen. Zijn moeder heeft aangeboden hem daarmee te helpen. Ze zei dat het haar heerlijk leek om eens een paar weken alleen in een ander huis te wonen en haar eigen leven te leiden. Zou ze van zijn vader willen scheiden?

Daar zal hij haar niet van proberen te weerhouden.

44

Ze heeft al twee keer een whatsappje gestuurd met de vraag of ze hem binnenkort kan spreken, maar Vigo heeft niet gereageerd. Sharon heeft nu besloten tot actie over te gaan. Niet met een nieuw bericht, dat kan hij te gemakkelijk negeren. Ze kiest voor de confrontatie, maar wel op een rustige manier. Ze heeft onderhand goed in de gaten dat Vigo haar wil ontlopen en niet toe is aan een bekendmaking van zijn gevoelens voor haar. Dat zou ze kunnen respecteren en ze zou de tijd die nodig is om hem te laten herstellen van de manier waarop zijn scheiding is verlopen kunnen uitzitten, als er geen sprake was van een levend wezentje in haar buik dat een moeder en een vader nodig zal hebben. Ze wil en kan niet in haar eentje een kind gaan opvoeden, daar heeft ze steun bij nodig, en de enige die haar die steun kan geven is Vigo. Hij moet er voor haar zijn, hij is medeverantwoordelijk voor deze situatie. Hij is de enige die haar kan helpen.

Het is een hectische dag geweest, met een druk operatieprogramma. Er zijn al drie patiënten terug en Sharon draagt de dienst over aan de collega's die vanavond moeten werken. Ze is moe en heeft trek in een berg pittige pasta. Maar ze moet groenten eten, en fruit. Vitamines.

Goede bouwstoffen in plaats van verkeerde vetten.

Opeens is iedereen verdwenen en zit ze alleen in het kantoor. Ze is echt heel erg moe en zou haar hoofd op de tafel willen leggen en eerst een uurtje willen slapen. Op de gang lacht iemand, de lach komt naderbij. De deur zwaait open en Lisa verschijnt, op de voet gevolgd door Vigo. Verbeeldt Sharon het zich nu of kijken ze echt alsof ze zich betrapt voelen?

'Je bent er nog,' stelt Lisa vast.

'Ik wilde net vertrekken. Waar hadden jullie zo'n lol om?' Sharon probeert het op een luchtige manier te vragen.

'Lol? Dat viel wel mee, hoor. Gaat het wel goed met je?'

'Waarom vraag je dat toch steeds, Lisa?'

'Nou, steeds...'

'Heb je weer klachten over me?' Sharon wil hiermee stoppen. Haar ogen volgen Vigo. Hij is aan een van de bureaus achter een computer gaan zitten en lijkt niet naar het gesprek te luisteren.

'Ik heb geen klachten over je, Sharon, ik vraag me alleen steeds vaker af wat er toch met je aan de hand is.'

'Ik ben zwanger.' Shit, dat had ze niet moeten zeggen waar Lisa bij is.

Lisa staart haar aan. 'Zwanger? Hoelang al? Ik wist niet dat je een vriend had.'

Sharon denkt eerst even na voordat ze hierop reageert. Het is al erg genoeg wat ze er uitflapte, nu moet ze ervoor zorgen dat ze de schade zo veel mogelijk beperkt. Dit was niet de manier waarop ze het aan Vigo had willen vertellen, maar nu hij het weet, kan ze er maar beter voor zorgen dat hij voldoende hoort om snel te kunnen reageren. Hoe krijgt ze Lisa de gang op? 'Een week of negen, ik heb morgen de eerste afspraak met een verloskundige. En mijn vriend... nou ja, ik hou mijn privéleven graag voor mezelf.'

Vigo staat op. 'Ik ben weg, tot morgen.' Als hij langs Lisa loopt, raakt hij even haar arm aan. Het volgende moment is hij verdwenen.

Sharon hijst zich overeind. 'Ik ga ook. Tot over twee dagen.'

Lisa maakt een vaag gebaar met haar hand. 'Zorg goed voor jezelf,' zegt ze.

Hij is nergens meer te bekennen, maar ze weet zeker dat hij straks voor haar deur staat. Zou hij erg geschrokken zijn? Of juist heel erg blij? Sharon drukt met haar beide handen tegen haar buik. Die houdt zich gelukkig rustig.

45

Annebeth was van plan om vroeg naar bed te gaan, want de training op de sportschool heeft haar totaal gevloerd. Ze ontdekt steeds weer dat haar conditie niet optimaal is, maar ze zet door, ook omdat de steun die ze krijgt van haar vader en Anneke erg stimulerend is. Het is prettig om bij hen te zijn en niemand stelt vragen of plaatst opmerkingen over de tijd dat ze zich nauwelijks liet zien. Er wordt ook niet over andere delen van het verleden gepraat en misschien komt het wel daardoor dat ze steeds vaker ingaat op uitnodigingen om te blijven eten. Het is aardig van Anneke dat ze alleen gerechten voor Annebeth klaarmaakt die in haar dieet passen.

Ze wil net de schemerlampen uitdoen, als haar mobiel begint te rinkelen. Op de display verschijnt een naam. *Bert van Meulwijk*. Ze neemt op.

'Je lag toch nog niet in bed? Hoi, met Bert, sorry dat ik dat niet meteen zei.'

'Ik was net van plan om de lichten uit te doen,' zegt ze.

'Moe? Druk gehad op je werk?'

'Nee, ik was vrij en ik heb me verschrikkelijk uitgesloofd op de sportschool.'

'De sportschool? Daar ben ik een tijdje niet geweest, maar ik moet er toch echt weer eens naartoe. Hou jij van sporten?'

Annebeth gaat languit op de bank liggen. 'Tegenwoordig een beetje. Het moet, alleen een dieet volgen is niet genoeg. Maar het werkt, dus ik ga door. Hoe is het met je?'

'Het gaat goed. Ik woon weer in mijn oude huis en zorg voor mijn dochters. Mijn ex is overleden.'

'Dat heb ik in de krant gelezen, nog gecondoleerd.'

'Dank je.'

Het is even stil.

'Het is vooral erg voor de kinderen en voor Tanja's familie,' gaat Bert verder. 'Het is natuurlijk verschrikkelijk dat een of andere idioot je zomaar ondersteboven kan rijden en dan ook nog niet te vinden is. Mensen hebben tegenwoordig geen geweten meer, of het wordt ze niet geleerd wat dat woord betekent.'

'Ik las iets over joyriding, klopt dat?'

'Ja, dat klopt. Ik heb contact gehad met de man van wie de auto was waarmee Tanja werd aangereden, die knul was er helemaal ondersteboven van. Maar hij kon er natuurlijk niets aan doen.'

'Maar kan de politie dan echt niet achterhalen wie die auto heeft gepikt en toen het ongeluk heeft veroorzaakt?'

'Tot nu toe is er geen nieuws, hoewel ze wel beweren dat ze er nog steeds mee bezig blijven. Het kan iedere voorbijganger zijn geweest die toevallig langsliep en als degene die dit heeft gedaan in geen enkele database staat, hebben ze niets aan sporen. Ik ben bang dat we er nooit achter komen wie hiervoor verantwoordelijk is.'

'En hoe is het met je kinderen?' Annebeth merkt dat ze bang is voor stiltes. Waarom belt hij eigenlijk?

'Met mijn kinderen gaat het redelijk goed. Het is nog een beetje onwerkelijk voor ze. Opeens ligt hun moeder in het ziekenhuis, worden ze verzorgd door haar beste vriendin, krijgen ze te horen dat hun moeder er niet meer is en is hun vader weer thuis. Ze vragen aan me wanneer Tanja terugkomt en wanneer ik weer wegga. Je wilt niet weten wat er dan door me heen gaat. Ik word echt helemaal naar van die angstige snoetjes en die grote, vragende ogen. Ze kunnen de situatie nog niet overzien, maar ik moet zeggen dat ik goed geholpen word door Tanja's moeder en haar zussen. Ze zijn niet vijandig of zo, ze gaan voor het belang van de kinderen.'

Er valt nu echt een stilte.

‘Waarom bel je me, Bert?’ vraagt Annebeth.
‘Ik wil je graag zien,’ zegt hij.
Ze zou blij willen worden van dit antwoord.

46

Hij had het op een andere manier moeten formuleren. Nu lijkt het alsof hij ernaar verlangt om Annebeth te zien, wie weet wat ze zich in het hoofd haalt. Bert neemt het zichzelf kwalijk dat hij niet beter heeft nagedacht voordat hij antwoord gaf op haar vraag. Maar het is gebeurd en hij moet maar zien wat ervan komt.

Hoe maakt hij haar zonder haar het gevoel te geven dat ze gebruikt wordt duidelijk dat hij iemand nodig heeft die hem vervangt in het huis van Tineke Daalmeyer? Zijn moeder trekt het niet om de ontbijten te verzorgen, ze haakte al na een paar dagen af. Ze moet te vroeg opstaan, legde ze uit, en dat is nu precies wat haar niet lukt, omdat ze de laatste tijd zo slecht slaapt. En toen vertelde ze plompverloren dat zijn vader last heeft van een midlifecrisis en al een paar weken bij zijn broer Karel woont. Bert heeft nog steeds het gevoel dat ze het verzon. Hij vindt het te dwaas voor woorden dat zijn vader last zou hebben van een midlifecrisis. Die heb je rondom je veertigste, niet als je al vijfenzestig bent. Zijn moeder ziet spoken. Maar ze hield vol dat het gedrag van pa haar al maanden achterdochtig had gemaakt en dat hij na veel aandringen had toegegeven dat er iets gaande was geweest met een andere vrouw. Daarna pakte hij zijn kleren in en vertrok naar oom Karel.

Toen zijn moeder nog wilde uitweiden over die vrouw, heeft Bert gezegd dat hij niet in dat verhaal geïnteresseerd was.

Zou Annebeth kunnen en willen helpen? Hij heeft Tineke gemaild en toestemming gevraagd om vervanging te regelen. Ze vond het prima en meldde dat ze hem volledig vertrouwde in zijn keuze. Annebeth Smid zal geen bende maken van Tinekes huis, als ze tenminste toestemt.

Tanja's moeder belde een uur geleden en informeerde naar Anna en Emily. Niet naar Bert, maar daar maakt hij geen punt van. Hij is veel te blij dat er geen onaangename sfeer is ontstaan en vooral geen getouwtrek om de kinderen. Soms heeft hij de indruk dat Tanja's familie opgelucht is door zijn besluit om voor de meisjes te zorgen.

Bert heeft aan zijn ex-schoonmoeder verteld dat hij dinsdag weer aan het werk gaat. De kinderen zijn er gelukkig aan gewend om naar de naschoolse opvang te gaan en hij kan ze daar iedere dag, behalve op zaterdag, zelf ophalen. Voor de zaterdagen hebben Tanja's moeder, haar twee zussen en Leslie een rooster gemaakt. Ze zorgen dan om beurten voor de meisjes. Hij benadrukte nog eens dat hij heel blij is met deze hulp. Tanja's moeder ging daar niet op in. Ze had nog iets belangrijks te vertellen, zei ze. Er bleek zich een nieuwe getuige gemeld te hebben bij de politie. Het is een oude vrouw die vlak bij de plek woont waar Tanja is aangereden. Ze heeft verklaard dat ze iemand zag wegrennen die een lichtblauw jack droeg. Volgens die vrouw was het een jongen. Ze heeft toegegeven dat ze niet goed kan zien in het donker, maar weet zeker dat hij een lichtblauw jack droeg.

Tanja's moeder beweerde dat ze niet veel van deze tip verwachtte. Ze kon zich niet voorstellen dat de politie alle potentiele daders die ze in kaart gebracht heeft nu gaat bezoeken om te controleren of iemand zo'n jack heeft. Het leek haar juist aannemelijk dat iemand een dergelijk kledingstuk zo snel mogelijk liet verdwijnen als je zoiets op je geweten had. Bert heeft dat idee beaamd. Hij was blij dat het gesprek daarna was afgelopen.

Terwijl hij van alles in de woonkamer verplaatst en daarna toch weer terugzet op de plek waar het stond, probeert hij zichzelf ervan te overtuigen dat Tanja's moeder gelijk had. Zelfs al trekken ze de tip na, ze vinden nooit iets. Ontelbare mensen hebben een blauw jack, daar is niet tegenop te zoeken.

Hij zou wel een borrel lusten.

De gedachte die plotseling in hem opkomt verbaast hem. Hoe is het mogelijk dat hij zomaar, zonder een duidelijke reden, aan de vrouw met de paardenstaart denkt? Hij heeft toen het eenmaal duidelijk was dat er iets was misgegaan met het overbrengen van zijn boodschap, geen nieuwe poging ondernomen om haar te ontmoeten en zelfs niet meer aan haar gedacht, maar nu zit ze opeens in zijn hoofd.

Er wordt gebeld. Nu ophouden met aan die paardenstaart denken.

47

De verloskundige lijkt niet ouder dan achttien en Sharon zou willen vragen of er in deze praktijk ook vrouwen werken die meer ervaring hebben en van haar eigen leeftijd zijn. Maar ze moet toegeven dat dit meisje aardig is en een zelfverzekerde indruk maakt. Sharon heeft momenteel zo iemand nodig, want ze voelt zich ontzettend onzeker.

'Mirjam Arts,' stelt de verloskundige zich voor.

Sharon grinnikt. 'Je heet Arts en je bent verloskundige.'

Mirjam lacht. 'Klopt. Dat valt meer mensen op.'

Sharon heeft het gevoel dat ze wordt bekritiseerd. Ze wil hier weg.

'Ga toch zitten,' nodigt Mirjam haar uit. 'Vooral die geeft lekker steun aan je rug.' Ze wijst naar de stoel die rechts voor het bureau staat.

Sharon ploft in de linker stoel.

Mirjam heeft een lange vragenlijst en kondigt aan dat ze die eerst rustig gaan doornemen. Ze noteert Sharons persoonlijke gegevens en begint daarna vragen te stellen over alles wat met haar lichamelijke en geestelijke gezondheid te maken heeft. Ze benoemt een hele serie ziektes en vinkt alles wat Sharon niet gehad heeft af. 'Dit hoeven we gelukkig maar één keer door te nemen,' zegt ze met een zucht als ze alles heeft genoteerd.

Sharon vraagt zich af wanneer ze over de vader van het kind begint.

‘Kun je me iets vertellen over de vader van de baby?’ vraagt Mirjam.

‘Nee,’ zegt Sharon.

De vrouw tegenover haar knippert zelfs niet met haar ogen. ‘Goed,’ stelt ze vast.

Goed?

‘Weet je hoelang je zwanger bent?’ wil Mirjam weten.

‘Ik denk ongeveer tien weken.’

‘We kunnen, als je wilt, eerst een termijnecho maken,’ biedt Mirjam aan.

Dit zou ze samen met Vigo moeten doen. Is het niet een beter idee om hem gewoon te dwingen met haar te praten en hem ervan te overtuigen dat ze hem nodig heeft? Hij is de vader van dit kind en al heeft hij nog zo’n rottige tijd achter de rug, dit is een kans om alles achter zich te laten en opnieuw te beginnen. Hoe kan ze hem laten inzien dat deze zwangerschap hem blij kan maken? Dat de komst van hun kind de beste nieuwe start is die je maar kunt bedenken?

‘Ik smeer nu wat gel op je buik,’ zegt Mirjam. ‘Dat is een beetje koud. Hoeveel ben je al aangekomen?’

‘Geen idee. Mijn weegschaal is kapot. Maar ik krijg geen enkele broek meer dicht.’

Mirjam tuurt naar het scherm dat zich rechts van Sharon bevindt. Er hangt opeens een onaangename stilte in de kamer.

‘Wat is er?’ vraagt Sharon.

‘Nou, ik denk… Kijk zelf maar, je hebt als verpleegkundige vast weleens vaker gezien dat er een echo werd gemaakt. Zie je het?’

‘Ik zie niets,’ zegt Sharon.

‘Kijk nog eens goed.’

De kamer begint te draaien.

48

Hij is koel en afstandelijk. Annebeth besluit ter plekke dat ze zich deze houding niet persoonlijk gaat aantrekken. Dit heeft ongetwijfeld te maken met de schok die hij moet verwerken, want ook al was hij gescheiden, hij zal zijn ex toch echt dit afschuwelijke levenseinde niet hebben toegewenst. Daar is hij niet het type man voor, volgens haar.

Ze kijkt om zich heen. 'Leuk huis heb je, mooi ruim. En vrijstaand, dat zou ik ook wel willen.' Fout, fout, nu denkt hij misschien dat ze hem probeert duidelijk te maken dat ze hier wel wil intrekken.

'Inderdaad veel ruimte,' geeft hij toe. 'Je bent nog steeds aan het afvallen, geloof ik.'

Ze heeft de nieuwe zwarte broek aangetrokken die ze een maat te klein heeft gekocht en die sinds een paar dagen past. Dat was ook een van de tips in het artikel dat ze nu onderhand vanbuiten kent. Koop een kledingstuk dat je erg mooi vindt een maat te klein, dat kan een enorme stimulans zijn om door te gaan met afvallen. Natuurlijk wil ze de broek eigenlijk nog minstens twee maten kleiner hebben, maar dat komt vanzelf. Het strakke eetregime en het sporten zijn steeds beter vol te houden en de spiegel in haar slaapkamer is definitief onbedekt. Nu moet ze nog zover zien te komen dat ze daar iedere dag met open ogen langs loopt.

Bert vraagt of Annebeth het vervelend vindt als hij een chocoladekoek neemt. 'Mijn oudste dochter heeft ze samen met Leslie gebakken,' vertelt hij.

Wie is Leslie?

'Leslie is de beste vriendin van Tanja,' legt hij uit. 'Wás de beste vriendin, moet ik zeggen. Ik dacht altijd dat ze tot het vijandelijke kamp behoorde, maar daar moet ik van terugkomen. Ze geeft me veel steun.'

Misschien solliciteert ze juist naar de functie van stiefmoeder, denkt Annebeth.

'Ze is lesbisch,' zegt Bert. Hij glimlacht. 'Ik zie je bijna denken.'

'Neem jij maar lekker een chocoladekoek en ik vind het aardig van je dat je het vraagt. Hoe oud zijn je dochters?'

'Anna is zeven en Emily is vijf.'

Annebeth zou nu weleens willen weten waarom hij haar heeft uitgenodigd.

'Ik wil je iets vragen,' zegt Bert. 'Maar voel je alsjeblieft niet verplicht om ja te zeggen.'

Annebeths hart slaat drie slagen over.

49

Hij had de indruk dat de vraag haar onaangenaam trof, maar misschien heeft hij zich dat toch verbeeld. Bert kan moeilijk hoogte krijgen van Annebeth.

Hij had er rekening mee gehouden dat ze nee zou zeggen, eigenlijk had hij dat ook verwacht. Want waarom zou ze toestemmen als hij haar vroeg of ze tot Tineke Daalmeyer terugkomt zijn plaats in haar huis wil overnemen en alles wat met de organisatie van de bed & breakfast te maken heeft wil verzorgen? Ze heeft een baan, ze heeft zelf een huis, en ze kent hem nauwelijks. Wat levert het haar op?

Maar ze zei ja. Dat vindt hij prettig en tegelijk opmerkelijk.

Hij heeft op het punt gestaan haar te vragen hoe de collega met de paardenstaart heet, maar omdat ze op haar beurt dan aan hem zou kunnen vragen waarom hij dat wilde weten, heeft hij het niet gedaan. Hij zou zijn eigen uitleg over het misverstand van hun eerste ontmoeting dan onderuit hebben gehaald en hij wil geen onbetrouwbare indruk maken. Ze moet zich niet door hem gekwetst voelen en vooral niet boos op hem worden.

Ze zei dat ze het wel een leuk idee vond om een tijdje in een mooi vrijstaand huis te bivakkeren, maar dat de verzorging van ontbijten alleen een probleem zou zijn als ze vroege dienst heeft. Toen hebben ze afgesproken dat hij in dat geval het ontbijt zelf zou regelen.

Zijn moeder trok een bedenkelijk gezicht toen hij aan haar vertelde wat hij met Annebeth had geregeld. 'Je had het ook aan je vader kunnen vragen,' meende ze. 'Die zit daar maar bij Karel, ik denk dat hij het graag voor je had gedaan.'

Vrouwen zijn soms echt onpeilbare wezens.

Anna is hangerig en haar voorhoofd gloeit.

'Heb jij soms koorts?' vraagt Bert zich hardop af.

'Wat is koorts?' wil Emily weten.

Zijn jongste dochter stelt de hele dag vragen, die variëren van nieuwsgierigheid naar de manier waarop muggen zich voortplanten tot waarom mensen oorlog voeren. Hij had niet verwacht dat ze niet wist wat koorts was.

Bert probeert te ontdekken of Anna ergens pijn heeft, maar het kind ontkent dat. Ze wil alleen dicht tegen hem aan kruipen en slapen.

'Mag Anna wel ziek zijn?' informeert Emily.

Bert begrijpt haar vraag niet.

'Word jij dan niet boos?' gaat het kind verder.

'Stil, Emily,' maant Anna haar zusje.

'Nee, niks "stil",' zegt Bert. 'Ik wil weten wat ze bedoelt met die vragen.'

Emily strijkt met haar vingertoppen over Anna's voorhoofd. 'Niet bang zijn,' fluistert ze.

Bert heeft op allerlei slinkse manieren geprobeerd de kinderen aan het praten te krijgen, maar ze hebben blijkbaar afgesproken hun mond te houden. Toch denkt hij dat het hem zal lukken om Emily te laten uitleggen wat ze bedoelde toen ze vroeg of Anna wel ziek mocht zijn. Daar kan hij beter een keer op terugkomen als Anna niet in de buurt is. Zijn oudste dochter heeft iets te veel overwicht, zelfs als ze zich niet lekker voelt en koortsig is. Ze heeft Emily zover gekregen dat ze bij haar komt slapen en ze ligt nu te wachten tot haar zusje klaar is met tandenpoetsen. Bert zit op de rand van haar bed en kriebelt de binnenkant van haar handen. Dat vond ze als baby al fijn.

'Morgen ben ik weer beter, papa,' belooft ze.

'Komt helemaal goed, lieverdje, ga nu maar lekker slapen.'

'Ik vind het fijn dat je er weer bent.'

Hij twijfelt of hij moet vragen waarom ze dat precies fijn vindt, maar voordat hij daarover een beslissing kan nemen, huppelt Emily de kamer binnen.

'Wanneer komt opa weer eens?' wil ze weten.

Leslie is direct gekomen en ze heeft nog even de kinderen welterusten gewenst. Ze constateert dat Bert eruitziet of hij een stevige neut kan gebruiken en vraagt of ze iets voor hem moet inschenken.

'Geen drank,' zegt hij. 'Maar als jij het wilt, ga dan gerust je gang.'

'Zeg eerst maar eens wat je dwarszit,' nodigt Leslie uit.

Ze luistert zonder hem in de rede te vallen, knikt nu en dan bedachtzaam, en ze lijkt een paar keer haar wenkbrauwen op te trekken.

Bert vertelt wat hem is opgevallen en terwijl hij praat, stelt hij vast dat het vanavond niet de eerste keer was dat de kinderen iets leken achter te houden. Er zijn de afgelopen weken al eerder momenten geweest dat hij die indruk had, maar het was toen minder duidelijk vast te stellen dan vandaag. Het is hem ook opgevallen dat ze nauwelijks vragen stellen over Tanja. Hij had verwacht dat vooral Emily niet zou begrijpen dat haar moeder nooit meer terugkomt en dus zou vragen waar ze bleef. Maar geen van zijn dochters heeft een opmerking in die richting gemaakt. Ze zijn zeker niet uitbundig vrolijk, maar ook niet diepbedroefd. Ze gaan iedere dag gewoon naar school, willen graag naar Tanja's moeder en hun tantes en reageren ook iedere keer enthousiast als Leslie verschijnt. Zou dit betekenen dat ze toch niet goed begrijpen wat er precies aan de hand is? En moet hij daar met ze over praten? Na de laatste vraag valt er een stilte.

'Ik zou gewoon wachten tot ze vragen gaan stellen,' adviseert Leslie. 'Maar ik heb toch het gevoel dat er meer is waar je over piekert. Wat is er eigenlijk precies gebeurd? Hoezo heb je het gevoel dat ze iets achterhouden?'

Bert moet een paar keer slikken voordat hij het woord over zijn lippen krijgt. Hij vraagt zich af of de weerstand die hij voelt te maken heeft met ontkenning of met angst.

'Ik denk dat Emily verwachtte dat jij geïrriteerd zou zijn omdat haar zusje ziek was,' zegt Leslie. Ze kijkt hem nu recht aan. 'Tanja blonk niet uit in geduld.'

Bert heeft het gevoel dat hij stikt. 'Ze beweerde dat ze bewijzen kon overleggen van het molest dat ik volgens haar pleegde. Ze had foto's van de blauwe plekken op mijn dochters armen en iedereen geloofde haar, zelfs mijn advocaat. Ze zal de kinderen toch niet zelf...'

'Dat denk ik niet, Bert, ik heb nooit iets gemerkt van fysiek geweld. Het was meer... Hoe zeg ik dat? Ze was gewoon te ongeduldig, ze eiste te veel van de meisjes, soms leek het of ze niet goed in de gaten had hoe jong ze nog waren. En ze was ook driftig, ik kende haar niet anders. Ze kon ook slecht tegen kritiek, zeker toen ze begon te rommelen met...'

'Wat bedoel je?'

Leslie aarzelt. 'Ik weet het niet zeker...' Ze haalt diep adem. 'Hoe leg ik dit uit? Ik had de indruk dat je vader hier opeens nogal vaak was. En die middag dat ze had afgesproken in het stadspark... toen had ze gedronken. Ze ontkende het, maar ik hoorde het aan de manier waarop ze sprak. Niet lallend, maar ook weer niet helemaal nuchter. Ze was nerveus en dat wilde ze wel toegeven. Ik heb toen op het punt gestaan om vragen te stellen over jouw vader, maar ik wilde geen ruzie met haar krijgen.'

'Gedronken?' vraagt Bert.

50

Nadat ze haar het nummer van Megan had gegeven, besloot Sharon niets meer tegen de verloskundige te zeggen. Die vrouw is werkelijk mateloos irritant en vooral onbehoorlijk ondeskundig. Ze had de eerste gedachte die in haar opkwam toen ze hier binnenstapte serieus moeten nemen en om een oudere collega moeten vragen. Dit domme kind denkt dat ze alles weet. Zie haar nou eens zitten, met dat zogenaamde begripvolle gezicht en die quasi-empathische houding. Sharon zou dat stupide wicht met liefde een lel voor haar kop verkopen.

Ze verlangt opeens heel erg naar haar vader.

'Waar denk je aan?' vraagt het onnozele ding dat niet eens een fatsoenlijke diagnose kan stellen.

Er klapt ergens een deur dicht en er naderen voetstappen. Dat is Megan. Die loopt nooit, die stampt.

Er wordt geklopt en Sharon vliegt naar de deur. Ze duwt haar zus naar achteren. 'We gaan,' beslist ze.

'Maar wat is er aan de hand?' hijgt Megan. 'Ik ben me een ongeluk geschrokken. Wat doe jij hier?'

'Ik ben flauwgevallen en toen heb ik gevraagd of de verloskundige jou wilde bellen. Dat heeft ze gedaan en nu gaan we naar buiten.'

'Maar wat dóé je hier?'

'We gaan naar buiten,' herhaalt Sharon. 'Ik stik hier bijna.'

'Wacht eens even.' Megan grijpt de voordeur vast, die Sharon heeft geopend. 'Laten we nu even rustig nadenken, zus. Vertel me eens wat er is gebeurd.'

'Buiten,' zegt Sharon. 'Eerst hier weg en dan vertel ik je alles wat je weten wilt.'

Waarom zou ze aan Megan vertellen wat Mirjam Arts haar probeerde wijs te maken? Sharon heeft geen zin in een eindeloze discussie en zeker niet in een tweede gesprek met die kneus, want ze weet zeker dat Megan haar mee terug zal sleuren naar de praktijk als ze te weten komt wat zich daar heeft afgespeeld. Megan gelooft nu eenmaal nooit wat Sharon zegt, dat is bekend. Doorlopen dus. Afleiden, een aannemelijk verhaal bedenken en voorkomen dat er al te directe vragen worden gesteld. Ze zal niet kunnen verbloemen dat ze zwanger is, maar het wordt ook tijd dat ze het bekendmaakt aan haar familie en aan Zita. Ze kan het niet maken om dit nog langer geheim te houden, ook niet omdat Annebeth Smid het al weet en Lisa Karsten en Vigo Hulscher op de hoogte zijn.

Ze verlangt opeens ook heel erg naar Vigo.

'Ik ben toch veel te oud voor jou,' zei hij een keer, toen ze pas met elkaar vreeën. 'Ik kan bijna je vader zijn.'

'Verlang jij ook weleens naar papa?' vraagt ze aan Megan.

De uitdrukking die op het gezicht van haar zus verschijnt, houdt het midden tussen verbijstering en walging. 'Gaat het wel goed met jou?' wil Megan weten.

Dit is beter dan te moeten praten over de reden van haar aanwezigheid in een verloskundigenpraktijk. Het is ook een mogelijkheid om alle frustratie die ze in de afgelopen uren heeft opgelopen eens lekker te ventileren. Het is niet de eerste keer dat ze met Megan ruzie krijgt over hun vader, maar vandaag zijn de wederzijdse verwijten heftiger dan ooit. Meestal stoort het Sharon dat haar verweten wordt dat ze heeft plaatsgenomen in het verkeerde kamp, maar nu heeft ze de neiging er juist trots op te zijn. Het voelt aan als een verlossing van de tomeloze haat die haar moeder en Megan hebben ontwikkeld en die ze aan haar hebben willen opdringen. Sharon wil haar vader niet haten, ook al liet hij hun gezin in de steek voor een jonge vrouw die maar zes jaar ouder was dan zij. Ze kan hem ook niet haten, want ze begrijpt hem. Hij ging voor de liefde, net als zij. En ze weet nu definitief zeker dat ze Vigo zal krijgen, wat ze er ook voor moet doen. Ze volgt het voorbeeld van haar vader en ze gaat contact met hem opnemen. Hij wordt opa. Als ze dat aan hem vertelt, zal hij ontroerd reageren.

De ramen van Megans auto zijn helemaal beslagen door de verhitte discussie, die gepaard gaat met veel geschreeuw. Sharon weet dat deze strijd nergens toe zal leiden en alleen veel energie kost. Ze zou weleens willen weten waarom haar zus zich zo fanatiek vastbijt in haar overtuiging dat hun vader het verdiende om door iedereen totaal genegeerd te worden. Is dat alleen uit solidariteit met hun moeder of heeft dat nog een andere reden? Megan was nooit echt close met hun vader, zeker niet zoals zij. Ze had vaak kritiek op hem en ze liet geen gelegenheid onbenut om alles wat ze in dat opzicht kwijt wilde te spuien. Je zou verwacht hebben dat ze juist opgelucht was geweest toen hij vertrok. Zie haar nu zitten, met die vlammende ogen, die gebalde vuisten en die op elkaar geklemde tanden. Ze bestaat op dit moment alleen uit haat.

'Ik kan zelf wel naar huis rijden,' zegt Sharon. 'Sorry dat ik je heb lastiggevallen, ik wist niet of ik snel in staat zou zijn om weer in de auto te stappen. Laten we maar een beetje afkoelen, we spreken elkaar binnenkort wel weer.'

'Wat deed jij bij die verloskundige, Sharon?' vraagt Megan.

Sharon stapt uit.

'Ik vroeg je wat!' schreeuwt Megan.

'Ik vertel het je later wel.'

'Het kan niet,' zegt Megan.

Moet jij eens opletten, denkt Sharon.

51

Annebeth weet niet of ze er goed aan heeft gedaan om ja te zeggen tegen Bert. Ze vindt dat ze in een idiote situatie terecht is gekomen, waar ze eigenlijk zo snel mogelijk weer een eind aan moet maken.

Ze schaamt zich voor de verwarring die ze voelde toen bleek dat Bert een vraag had die puur zakelijk was. Hoe is het mogelijk dat ze iets verwachtte wat in de persoonlijke sfeer lag? Hoe kon ze denken dat hij iets zou zeggen wat te maken had met zijn behoefte aan een vrouw en aan een moeder voor zijn kinderen? De fantasie die haar overviel is echt volslagen van de pot gerukt. Dat soort droombeelden hoort bij een onervaren puber, niet bij een volwassen vrouw van dertig die al een huwelijk achter de rug heeft. En niet alleen een huwelijk.

Ze traint sinds ze ja zei tegen het voorstel van Bert fanatieker dan ooit. De weegschaal gaf gisteravond een gewichtsverlies van dertien kilo aan. Nog vijf kilo te gaan, nog twee kledingmaten te krimpen. De positieve opmerkingen van haar collega's stimuleren haar beslist. Ze merkt dat iedereen tegenwoordig met haar praat, het lijkt of iedereen pas sinds kort ontdekt heeft dat zij ook op de afdeling Chirurgie werkt. Toch vindt ze het moeilijk om spontaan te reageren op complimenten. Ze heeft voortdurend het gevoel dat ze het tegen iemand anders hebben.

Bert werd al snel na de koele begroeting wat losser en vriendelijker. Het was duidelijk aan hem te merken dat hij nog moest wennen aan de nieuwe situatie en nadat hij de vraag had gesteld en zij een positief antwoord had gegeven, begon hij spontaan van alles over zijn kinderen te vertellen. Ze keek naar zijn gezicht en zag hoe trots hij was. En hoe bezorgd, en hoe liefdevol.

Zo zou Pelle ook gekeken hebben als het mogelijk was geweest iets over Benja te vertellen.

Al traint ze tot ze erbij neervalt, al werkt ze zich op de afdeling helemaal uit de naad, al dwingt ze zichzelf de hele dag ergens anders aan te denken, sinds ze bij Bert is geweest en naar de verhalen over zijn dochters heeft geluisterd, verschijnt Benja voortdurend in haar gedachten. Ze dacht dat ze zijn gezichtje vergeten was, ze heeft nooit meer naar de foto's gekeken die Pelle vlak na de geboorte maakte. Het was te pijnlijk, ze was bang dat ze een prooi zou worden van haar eigen wanhoop. En ze had er nooit op gerekend dat ze zich, ondanks het negeren van de foto's, zo vlijmscherp zou kunnen herinneren hoe hij eruitzag.

'Wat zou je moeder dit prachtig hebben gevonden,' bleef haar vader maar zeggen. Annebeth luisterde graag naar hem toen hij in de periode dat ze zwanger was zo vaak vertelde hoe welkom ze zelf was geweest en dat haar moeder negen maanden had gestraald. 'Ze was nauwelijks misselijk, had geen last van zwangerschapskwalen, groeide precies volgens het boekje en zette je in vier uur tijd op de wereld. Let op mijn woorden: jij gaat het op precies dezelfde manier doen,' herhaalde hij eindeloos.

Alles wat hij zei klopte, tot het laatste deel. Annebeth werkte gewoon door totdat ze met zwangerschapsverlof kon, hoewel ze de laatste zes weken alleen nog dagdiensten draaide. Ze was sneller moe, maar Pelle nam haar thuis veel werk uit handen. Soms betrapte ze zichzelf op de gedachte dat haar leven bijna griezelig foutloos verliep. Later verweet ze zichzelf dat ze dergelijke dingen had gedacht.

Het gebeurde op de avond van de dag toen ze exact nog drie weken te gaan had voordat ze was uitgerekend. Het was een drukke dag geweest, ze had samen met een paar vriendinnen geluncht en daarna waren ze nog de stad in gegaan. Annebeth kreeg ergens onderweg een minuscuul babypakje van witte tricotstof aangereikt en ze schoot vol toen ze het voor zich hield. Ze zei dat het onvoorstelbaar was dat daar binnenkort een kindje in zou liggen trappelen. Op dat moment ging de baby opeens enorm tekeer en maande ze haar schuddende buik zich een beetje gedeisd te houden. Later begreep ze niet dat ze niets had gemerkt van de verandering, dat ze totaal niet gealarmeerd was geweest door de stilte die van het ene op het andere moment in haar buik was ontstaan, dat ze het signaal van haar kind niet had opgevangen. Pas 's avonds, toen ze samen met Pelle op de bank zat, realiseerde ze zich opeens dat ze al uren geen enkele activiteit van de baby had waargenomen. Ze raakte in paniek en gilde tegen Pelle dat hij haar direct naar het ziekenhuis moest brengen. Hij reed met hoge snelheid naar de eerste hulp en rende daar naar binnen, terwijl Annebeth als verlamd in de auto achterbleef. Er kwam een brancard, er holden witte jassen met haar mee, er waren stemmen die geruststellend probeerden te klinken. Iemand zei dat ze een echo gingen maken. En daarna werd er iets tegen haar gezegd wat niet waar kon zijn. Pelle kermde, zij kon alleen maar schreeuwen. Vloeken, smeken, ontkennen, het uitbrullen.

Benja was een prachtige, gave, bijna voldragen baby die zomaar was doodgegaan. Een soort wiegendood in de moederbuik, iets wat kon gebeuren en waar geen verklaring voor was te vinden.

Ze herinnert zich niets van de eerste dagen na de bevalling. Ze heeft nog altijd het gevoel van toen hij naar buiten kwam; de stilte die toen in de verloskamer viel bedwelmde haar tot ze bij het open grafje stond en toekeek hoe Pelle het witte kistje in de grond legde. Iedereen had knuffels meegenomen en die bedekten het deksel. Toen iedereen was weggegaan, gingen ze samen terug naar het kerkhof en zaten zwijgend wel een uur bij het met bloemen overladen graf. Vier weken later beweerde Pelle dat hij haar intense verdriet niet langer kon aanzien en wilde scheiden.

Die mededeling kan ze nog steeds niet begrijpen. Ze probeerde van alles om hem op andere gedachten te brengen, ze was ervan overtuigd dat hun verschillende manieren van rouwen geen reden hoefden te zijn om uit elkaar te gaan. Ze nam alle schuld voor de verwijdering die hem zo opbrak op zich, ze ging door het stof. Maar het hielp niet. Hij wilde weg.

Ze verkochten het huis, de echtscheiding werd geregeld, en Annebeth verhuisde naar het appartement waar ze nog steeds woont. Ze werkte elf maanden niet en solliciteerde daarna in een ander ziekenhuis. Toen was ze al zeven kilo aangekomen en in de daaropvolgende jaren at ze er nog elf kilo bij. Ze koesterde in die jaren haar buik, ze kon uren met haar armen om die bolle massa heen geslagen zitten en dook dan weg in herinneringen.

Ze mist haar buik.

Ze mist liefde.

Ze mist Bert, terwijl ze hem niet heeft gehad. Het wordt nooit iets tussen hen en toch heeft ze ja gezegd toen hij vroeg of ze voorlopig zijn plaats wilde innemen in het huis van Tineke Daalmeyer. Misschien moet ze haar verblijf in dit huis gewoon beschouwen als een deel van haar terugkeer naar de realiteit. En misschien moet ze de haatgedachten die haar steeds vaker overvallen beter gaan bestrijden.

52

Bert zegt minstens tien keer per dag tegen zichzelf dat hij spoken ziet en zich niet moet laten leiden door de onrust die hij voelt. Hij probeert zichzelf ervan te overtuigen dat het normaal is dat je extra gevoelig bent voor uitspraken van anderen als je in een positie terecht bent gekomen die je niet had verwacht. Wie had een paar maanden geleden kunnen bedenken dat hij nu weer in zijn eigen huis zou wonen, samen met zijn dochters? Als iemand tegen hem had gezegd dat hij ook weer volledig on speaking terms zou raken met zijn schoonfamilie en de beste vriendin van zijn ex, zou hij die persoon hebben aangeraden eens een consult bij een psychiater aan te vragen. Hij heeft tijd nodig om aan de nieuwe omstandigheden te wennen en hij moet het hoofd koel houden. Hij heeft de verantwoordelijkheid voor zijn kinderen, hij is nog hun enige ouder. Dus geen gestress, geen warboel van gedachten, geen idiote verdenkingen ten opzichte van mensen met wie hij nauwelijks iets te maken heeft. Toch kan hij er niet omheen dat het laatste gesprek met Leslie er behoorlijk in heeft gehakt. Toch is er woede die een uitweg zoekt. Maar op wie is hij eigenlijk kwaad?

Nadat Leslie zei dat ze de indruk had dat zijn vader opvallend vaak bij Tanja kwam, hebben ze het vooral over Leslies vriendschap met zijn ex gehad. Het leek of ze allebei terugdeinsden voor het idee dat ze de aanwezigheid van zijn vader in Berts huis zouden moeten bespreken.

Leslie vertelde iets wat hij niet wist en waar hij Tanja ook nooit over heeft horen praten. Het bleek dat de vriendinnen vaak met elkaar vochten toen ze pubers waren en er dan rake klappen vielen, van beide kanten. Het was volgens Leslie een manier van afreageren die ze allebei nodig hadden en van elkaar accepteerden. Toen ze eenmaal studeerden kwam het niet meer voor en vochten ze alleen nog verbaal. Dat ging er vaak ook stevig aan toe, zelfs zo stevig dat ze elkaar regelmatig na een ruzie een tijd niet zagen.

Hij luisterde naar wat ze vertelde en stelde geen vragen. Dat was ook niet nodig, want dat deed Leslie wel. Hij dacht dat zijn hart stilstond toen ze hem zomaar, zonder dat hij het voelde aankomen, vroeg of hij weleens met iemand had gepraat over de klappen die hij van Tanja had gekregen. Ze zag zijn verwarring en legde uit dat ze ervan wist. Tanja stelde haar altijd op de hoogte als het weer eens was gebeurd en die mededelingen zorgden vaak voor een discussie. Leslie keurde het gedrag van haar vriendin af, maar dat had geen effect. Ze besloot er ook geen al te zwaar discussiepunt van te maken toen Tanja haar eens vertelde dat ze beter Bert kon slaan dan haar kinderen.

Hij voelt zich nog steeds rot en vooral beschaamd. Ook al kan hij niet ontkennen dat Leslie hem duizend procent meevalt nu hij haar vaker ziet dan ooit en haar steeds beter leert kennen, het feit dat hij zich door Tanja liet slaan was altijd een privéaangelegenheid, die hij met niemand wenste te delen. Als hij eraan terugdenkt, voelt hij zich steeds weer klein en dom. Laf. Hij had haar de eerste keer dat ze uithaalde niet moeten afweren, hij had niet moeten wegduiken. Hij had haar alle hoeken van de kamer moeten laten zien. Maar dat zijn totaal irrelevante gedachten, want hij stond het haar toe en daar valt niets meer aan te veranderen. Tanja had gelijk, ze kon beter uithalen naar hem dan naar de kinderen. Toch had hij nooit verwacht dat de kinderen zich bij haar onveilig zouden voelen. Als hij daaraan denkt, komt er een waas voor zijn ogen. Hij zou haar alsnog het hele huis door willen schoppen. Hij berispt zichzelf minstens tien keer per dag voor zijn gewelddadige emoties en probeert zo veel mogelijk aan leuke dingen te denken. Er sluimert iets in hem wat hem benauwd maakt, en waar hij geen vat op kan krijgen. Dat 'iets' heeft te maken met zijn vader.

Hij zou zijn schoonmoeder willen vragen hoe het precies zit met de tip die het laatst is binnengekomen. Toen ze dat vertelde luisterde hij maar met een half oor, omdat hij dacht dat zulke tips toch nooit ergens toe zouden leiden. Er zijn altijd mensen die zich een tijdje nadat er iets ernstigs is gebeurd opeens van alles realiseren en zulke meldingen hebben volgens hem vaak te maken met behoefte aan aandacht. Toch zoekt deze tip voortdurend toegang tot zijn brein.

Een man die hard wegrende en die een lichtblauw jack droeg.

Zijn vader heeft ook een lichtblauw jack.

53

Sharon heeft van haar twee vrije dagen bijna anderhalve dag geslapen. Ze was niet alleen fysiek uitgeput, ze kon ook niet meer nadenken. De slaap heeft de spanning verdreven en haar een lichter gevoel gegeven. Voorlopig gaat ze Megan uit de weg. Het was onverstandig om haar zus te laten opdraven bij die verloskundige. Ze had beter even tot zichzelf kunnen komen en desnoods een taxi naar huis moeten nemen. Maar ze koos weer eens voor de verkeerde weg, *story of her life.* Vigo was aanvankelijk ook een verkeerde weg, maar als zij rustig afwacht tot de tijd is gekomen dat hij weer naar haar durft te verlangen komt het goed tussen hen. Ze moet niet toegeven aan de angst om hem voor altijd kwijt te zijn, ze moet positief denken en zich herinneren hoe het was tussen hen de laatste keer dat hij bij haar was. Maar juist denken aan die laatste keer wakkert een beklemmend gevoel aan, omdat ze dan ook denkt aan de spoorloos verdwenen wijnflessen en het gat in haar geheugen als het gaat om wat er precies is gebeurd.

Op de afdeling wordt niet meer over Vigo's scheiding gepraat, momenteel is de scheiding van de coassistent die pas twee maanden geleden is getrouwd het gesprek van de dag. Sharon begrijpt weinig van de opwinding die daardoor is ontstaan. Die jongen heeft zich blijkbaar gerealiseerd dat zijn huwelijk een vergissing was. Kan gebeuren. Misschien heeft hij zijn kersverse vrouw betrapt op seks met zijn beste vriend. Roept u maar! Ze grinnikt om wat ze nu denkt, nog even en ze kan lustig gaan deelnemen aan de gesprekken die haar collega's overal waar dat mogelijk is over dit onderwerp voeren.

Ze is totaal niet voorbereid op zijn aanwezigheid in het kantoor en ze staat een paar seconden verstijfd van schrik in de deuropening. Vigo zit achter een beeldscherm, met de rug naar haar toe. Ze kijkt snel om zich heen. Ze zijn alleen. 'Hallo,' zegt ze.

Hij draait zich om. 'Hallo. Ik moet even wat nakijken en ben zo weer weg. Heb je deze computer nodig?'

'Nee hoor, ga rustig je gang.'

Hij richt zijn blik weer op het scherm. 'Gaat het goed met je?'

'Dat is een gesloten vraag,' antwoordt ze. Ze houdt haar adem in. Wat is dit voor antwoord?

Hij lacht, maar blijft met zijn rug naar haar toe zitten. 'Dat klopt, daar maak ik me vaker aan schuldig. Hoe gaat het met je? Ik meende iets te horen over zwanger zijn, of...'

'Ik ben het nog steeds. Het gaat goed. Nou ja, beetje moe, maar dat hoort erbij.'

'Ik weet het,' zegt hij.

Wat weet hij daarover? Hij heeft toch geen kinderen? De twee die hij opvoerde als reden om nog niet te kunnen scheiden bestaan toch niet? Bedoelt hij soms dat hij intussen een andere vrouw heeft en die ook zwanger heeft gemaakt?

Sharon denkt snel na. Wat nu? Er kan elk moment iemand binnenkomen. Dit is haar kans om iets te zeggen, om in ieder geval iets te vragen. Ze heeft er recht op van hem te horen waarom hij nog steeds niet is langsgekomen en waarom hij zich nu gedraagt alsof ze vreemden voor elkaar zijn. Ze heeft hem in bed toegestaan wat ze nooit eerder een man toestond, ze heeft hem niet gepusht, geen pijnlijke vragen gesteld, op geen enkele manier geclaimd en zich gedeisd gehouden toen zijn vrouw hem verliet. Zou hij willen dat ze daar iets over zegt? 'Het spijt me voor je dat je vrouw niet meer bij je is,' zegt ze.

Hij draait de stoel waarop hij zit naar haar toe. 'Dank je wel.'

'Het lijkt me niet gemakkelijk om zoiets te verwerken.'

Hij kijkt haar aan. 'Dat is het ook niet, maar het is onomkeerbaar en ik zal ermee moeten leren leven.'

Er zijn stemmen op de gang. Nu moet ze snel iets zeggen. 'Waarom zei je steeds dat je kinderen had?' De vraag ontsnapt haar toch.

Vigo is duidelijk geïrriteerd. 'Hè? Wat? Dat heb ik nooit gezegd.'

'Wel tegen mij.' Er zit nu niets anders op dan door te zetten.

Hij kijkt haar aan met een kille blik in zijn ogen. 'Ik weet niet wat je bedoelt, maar de toon die je aanslaat bevalt me in ieder geval niet.'

De deur zwiept open. Lisa en Annebeth komen binnen. 'Hé Vigo,' roept Lisa. 'Jou had ik hier nu niet verwacht.' Ze is stuitend amicaal.

Vigo staat op. 'Ik ben al klaar, ik zal jullie niet langer storen.'

Lisa lacht. 'Jij stoort nooit.'

Ziet Sharon het goed, flirt ze met hem?

Vigo loopt langs haar. 'Neem eens een paar dagen vrij,' adviseert hij haar.

'Hadden jullie een onderonsje?' informeert Lisa als Vigo het kantoor heeft verlaten.

'Is dat soms verboden?' wil Sharon weten.

'Ik heb even iemand nodig die kan helpen verbinden,' zegt Annebeth. 'Wil jij dat doen, Sharon?'

Sharon loopt naar de deur. 'Laten we maar direct beginnen,' stelt ze voor.

'Die is snel aangebrand, zeg,' hoort ze Lisa zeggen, als ze de gang in stapt.

Annebeth houdt haar tegen. 'Gaat het wel goed met je?'

'Nee,' zegt Sharon.

'Heb je wat te doen vanavond?' vraagt Annebeth. 'Ik zit tijdelijk in het huis van iemand anders, een vriendin van een vriend. Vrijstaand, met een mooie tuin waar een huisje in staat dat ze gebruikt als bed & breakfast. Heb je zin om langs te komen? Dan kook ik voor je.'

Sharon slikt een paar keer. 'Goed. Ik kom. Geef me straks het adres maar.'

Zou het helpen als ze eens met iemand over Vigo praat? Zou Annebeth Smid dan de meest geschikte persoon kunnen zijn?

'Ik geloof dat Lisa het niet goed kon uitstaan dat jij iets zat te bespreken met Vigo,' zegt Annebeth.

Sharon grijpt haar arm vast. 'Wat bedoel je daarmee?'

'Niets meer dan ik zeg. Er wordt hier veel geroddeld, maar het zou me niet verbazen als die twee echt iets samen hebben. Je knijpt me.'

Sharon laat snel Annebeths arm los.

54

Annebeth had niet verwacht dat haar tijdelijke verhuizing haar zo goed zou bevallen. Ze voelde zich hier thuis vanaf de eerste dag dat ze in dit huis ging wonen. Nu de lente echt is begonnen kan ze iedere vrije dag in de tuin werken en met schoffel en grasmaaimachine aan de slag gaan. Als ze daar even genoeg van heeft, trekt ze haar loopschoenen aan en rent ze een paar rondjes extra door de buurt. Dit deel van de stad lijkt wel een dorp, iedereen groet elkaar hier op straat. Ze hoopt dat die vriendin van Bert voorlopig niet terugkomt.

Sharon komt tegen een uur of halfzeven. Annebeth heeft nog tijd genoeg om uitgebreid te douchen en de nieuwe kleren aan te trekken die ze een paar dagen geleden heeft gekocht.

Ze is net begonnen met de dressing voor de sla als de mobiele telefoon gaat die bestemd is voor de boekingen van het gastenhuisje. Annebeth neemt op. Ze vindt het nog een beetje spannend om een gesprek te voeren op deze mobiel, maar het lukt haar om zonder te haperen te melden dat men met Daalmeyer, Bed & Breakfast De Stulp spreekt.

'Goedenavond,' zegt een mannenstem. 'U spreekt met Vigo Hulscher.'

Annebeth houdt haar adem in.

'Ik wilde vragen of ik kan reserveren voor het volgende weekend, van vrijdagmiddag tot zondagmiddag.'

Annebeth denkt snel na. Moet ze nu zeggen wie zij is? Ze had er niet op gerekend dat ze iemand aan de lijn zou kunnen krijgen die ze kent. Waarom zou iemand die hier in de buurt woont een weekend het huisje willen boeken? Ze moet antwoord geven. 'U zei volgend weekend? Een ogenblik, ik kijk even in de agenda.'

Ze hoeft helemaal niet te kijken, want ze weet goed dat het huisje dit weekend beschikbaar is.

'Voor hoeveel personen wilt u boeken?'

'Voor mezelf en mijn vriendin.'

'Prima. Het kan, het huisje is dan vrij. Kent u de gang van zaken?'

'Ik heb alles gelezen op de website. Ik moet afrekenen bij aankomst, kan vanaf drie uur 's middags terecht, en het ontbijt wordt tussen halfacht en halfnegen 's morgens geserveerd. Dat is wel vroeg, zou dat ook later kunnen?'

'Dat kan alleen later op zondag.' Annebeth besluit dat ze niet gaat vertellen wie ze is en dat ze aan Bert zal vragen of hij de ontvangst en de ontbijten voor Vigo en zijn vriendin kan verzorgen. Het huisje ligt ver genoeg van het grote huis verwijderd om elkaar niet te hoeven tegenkomen. Het lijkt haar het beste als Vigo Hulscher en zijn vriendin, wie dat ook mag zijn, niet worden geconfronteerd met iemand die ze kennen. Zou hij toch iets hebben met Lisa? Ze denkt snel na of ze nog iets moet vragen. 'Hebt u speciale wensen voor het ontbijt? Is er iets wat u beslist niet eet, of waar uw vriendin misschien niet van houdt?'

Hij lacht. 'Ik vind alles lekker, maar ik kan zo snel niets verzinnen wat mijn vriendin eventueel niet eet. Ze houdt niet van champignons, dat weet ik zeker, maar die zult u waarschijnlijk niet op de vroege ochtend serveren. Maar wat ze nog meer niet eet... Ik kan het haar moeilijk vragen, want het weekend is een verrassing voor haar, ik wil pas op donderdagavond vertellen dat we naar het huisje gaan.'

'U hebt iets te vieren,' constateert Annebeth en ze heeft direct spijt van wat ze zegt. Dit is opdringerig.

Maar Vigo Hulscher maakt er geen punt van. 'Dat kun je wel zeggen. Ik weet sinds kort dat mijn vriendin zwanger is.'

Annebeth moet even diep ademhalen. 'Gefeliciteerd,' zegt ze. 'Tot volgende week vrijdag.'

Buiten is het geluid van een autodeur die wordt dichtgeklapt. Dat is Sharon, waarschijnlijk. Die is toch ook zwanger?

Annebeth legt een hand op haar buik.

Het is onverwacht gezellig, Sharon is enthousiast over het huis en als Annebeth haar ook rondleidt in het tuinhuisje roept ze dat ze hier weleens een weekend lekker zou willen wegduiken. En als ze de jacuzzi ziet, wil ze er meteen in springen. Ze is dol op dat geborrel, vertelt ze.

Annebeth moet haar bijna bij de jacuzzi vandaan sleuren.

Ze smullen samen van de kippenbouten die Annebeth in knoflookolie in de oven heeft gebraden en Sharon bewondert het gemak waarmee Annebeth de frietjes en de vette saus niet aanraakt. Ze strijkt met haar handen langs haar eigen heupen en meldt dat ze begint te merken dat ze zwanger is.

'Je ziet er nog niets van, volgens mij,' zegt Annebeth.

Sharon glimlacht. 'Niet als ik kleren aanheb. Als ik op dezelfde manier zwanger ben als mijn moeder was, zul je ook pas iets aan me zien tegen de tijd dat ik moet bevallen. Mijn moeder droeg rondom, een van haar buurvrouwen kreeg pas in de gaten wat er aan de hand was toen de verloskundige arriveerde.'

'En de vader? Je hebt een vriend, hè?'

'Ja. Maar...' Sharons gezicht betrekt. 'Het ligt moeilijk. Hij is nog niet enthousiast, dus het zou kunnen dat ik er alleen voor kom te staan.'

'Dat is niet leuk. Denk je dat de kans bestaat dat hij van gedachten verandert?'

'Ik hoop het. Maar ik ga er niet om smeken.'

'Dat doe je goed, Sharon. Maar heb je dan al nagedacht over hoe je het straks eventueel in je eentje gaat organiseren? Dat lijkt me niet eenvoudig, omdat je ook onregelmatige diensten draait.'

'Dit zal een kwestie van goed plannen worden. Ik denk dat ik mijn moeder vraag om één dag per week op te passen en misschien wil mijn zus ook wel een dag voor haar rekening nemen. Ik heb gehoord dat onze ziekenhuiscrèche nauwelijks een wachtlijst heeft, dus ik ga me daar binnenkort melden. Maar vertel eens hoe jij nu eigenlijk in dit huis bent terechtgekomen.'

'Dat is een heel verhaal, dat komt nog weleens. Weet je wie er vlak voordat jij arriveerde belde en voor het volgende weekend de bed & breakfast boekte? Dat raad je nooit. Maar misschien moet ik daar ook niet over praten, in verband met de privacy van de gasten.'

'Ik vertel het echt aan niemand door, hoor. Kom op, nu heb je me nieuwsgierig gemaakt.'

Annebeth buigt zich naar Sharon toe. 'In vertrouwen, hè?'

Sharon steekt twee vingers in de lucht. 'Ik zweer dat het onder ons blijft.'

'Het was Vigo Hulscher, hij boekte voor volgende week vrijdag en hij vertelde dat hij zijn vriendin meebracht.'

Sharon staart haar met halfopen mond aan. 'Dat meen je niet.'

'Dat meen ik wel. Hij zei ook dat het een verrassing voor haar was.' Annebeth zwijgt een paar seconden. 'En hij zei dat zijn vriendin zwanger was.'

Ze drukt twee vingertoppen tegen de onderkant van Sharons kin aan. 'Doe je mond maar weer dicht. Wat denk jij, zou hij toch iets met Lisa hebben?'

'Beslist niet.' Sharons ogen staan boos. 'Echt zeker weten van niet.'

'Het zou mij niet verbazen als het wel zo was,' zegt Annebeth.

55

De kinderen zijn een dag bij zijn moeder en Leslie helpt Bert met het opruimen van Tanja's kleren. Hij heeft eerst aan Tanja's moeder en haar zussen gevraagd of ze er iets van wilden hebben, maar die bedankten. Leslie is van mening dat Tanja zelf ook niet zou willen dat mensen die ze kende er na haar dood in zouden rondlopen. Ze heeft Bert afgeraden iets te bewaren voor de meisjes. Volgens haar zullen alleen Tanja's sieraden later betekenis voor ze hebben.

Leslie heeft al een paar keer gevraagd wat er met hem aan de hand is. Ze vindt hem afwezig en stil en ze wil weten of hij ergens over piekert. Hij probeert haar wijs te maken dat hij alleen erg moe is en dat de combinatie van werken en voor de kinderen zorgen nog een fysieke uitputtingsslag betekent. Hij doet er zo luchtig mogelijk over en hoopt dat ze deze verklaring accepteert, want hij wil met niemand bespreken wat hem werkelijk dwarszit. Leslie is na hun gesprek over de ongeduldige manier waarop Tanja met de kinderen omging niet meer op dit onderwerp teruggekomen en ze heeft ook geen verdere mededelingen gedaan over het feit dat het haar was opgevallen dat Berts vader en Tanja veel contact hadden. Hij gaat er niet naar vragen. De enige persoon aan wie hij hierover vragen kan stellen is zijn vader en hij weet nog niet hoe hij dat moet gaan aanpakken en of hij dat wel wil. De kinderen vragen regelmatig naar hun opa, dus hij zou hem gewoon kunnen uitnodigen en dan zien wat er gebeurt. Hij kan ook vragen gaan stellen aan zijn moeder, maar van dat idee krijgt hij het pas goed benauwd. Zou zijn moeder het over zijn vader en Tanja hebben gehad, toen ze beweerde dat Berts vader last had van een midlifecrisis? Die gedachte is al eerder in hem opgekomen, maar het beeld dat hij oproept als hij daaraan denkt, maakt hem kwaad. Hij wil minder kwaad worden, het kost hem te veel energie. En wat schiet hij hiermee op?

Er zweeft een hand langs zijn gezicht. 'Ik vroeg je iets,' zegt Leslie. 'Kan ik nog iets voor je doen?'

'Waarom begin ik jou steeds aardiger te vinden?' vraagt Bert zich hardop af.

'Misschien omdat ik dat ook wel een beetje ben.'

'Dat wist je dan wel goed te verbergen.'

'Je hebt gelijk, ik was nooit aardig tegen jou, en dat spijt me. Ik heb me te veel laten beïnvloeden door wat Tanja over je vertelde. Eigenlijk heb ik gewoon te veel moeite gedaan om bij haar in de smaak te vallen.'

'Was je verliefd op haar?'

'Een tijdje wel, ja. Later werd het minder, toen ik besefte dat ze er niet voor openstond. Tanja was hetero en ze had absoluut geen interesse in een seksueel uitstapje met een vrouw.'

'Hebben heterovrouwen dat dan weleens?'

Leslie lacht hard. 'Breek me de bek niet open. Zie ik het goed, verbaast je dat? Je bent bijna veertig, Bert, wordt het niet eens tijd dat je ontdekt hoe de wereld in elkaar zit?'

'Ik hoef dat allemaal niet te weten,' mompelt Bert. Hij wil dat ze weggaat. Opeens weet hij wat hij moet doen. Hij moet met zijn moeder praten en aan haar vragen of er iets speelde tussen zijn vader en Tanja. Zijn moeder is niet gek, als dat zo is heeft ze ervan geweten. Maar ze zal Berts vader in bescherming nemen, zo goed kent hij haar ook. Ze doet haar hele huwelijk al niets anders. Daarom moet hij goed nadenken over wat hij zal vragen en vooral over de manier waarop hij het formuleert. In ieder geval niet te direct, niet te confronterend. En hij kan beter niet beginnen over een lichtblauw jack.

Hoe gaat hij dit in vredesnaam aanpakken?

Leslie loopt naar het raam. 'Volgens mij krijg je bezoek en je raadt nooit wie het is,' zegt ze.

56

Sharon hinkt voortdurend op twee gedachten. De ene gedachte is ervan overtuigd dat Vigo Hulscher een smerige bedrieger is, die haar alle tijd dat ze met elkaar omgingen in de maling heeft genomen en die het niets kan schelen wat er met haar en het kind dat hij heeft verwekt zal gebeuren. De andere gedachte weet zeker dat hij haar binnenkort overvalt met een mededeling over een weekend samen in een huisje en dat hij haar dan tijdens dat weekend ten huwelijk gaat vragen. Deze gedachten bestrijden elkaar voortdurend en zorgen ervoor dat ze ontzettend moe is. Ze voelt zich uitgeput, staat wankel op haar benen en heeft de hele dag trek in chips. Dat vindt ze vreemd, want dat soort eetgedrag hoort volgens haar niet thuis in deze periode van haar zwangerschap. Haar eetlust zou onderhand weer normaal moeten zijn, ze moet zich nu toch echt eens serieus gaan bezighouden met een gezond eetpatroon. Maar ze ziet overal zakken chips liggen en ze eet er elke dag minstens één leeg. Ze kan geen strak zittende jurken meer dragen, omdat het dan zal opvallen dat ze een buikje heeft. En dat wil ze niet, want ze wil geen vragen krijgen, zeker niet zolang ze niet officieel de vriendin van Vigo is, niet zolang hij nog niet is langsgekomen om haar te vertellen dat hij een weekend met haar wil doorbrengen in een huisje.

Ze heeft spijt van de opmerkingen die ze gemaakt heeft toen ze hem trof in het kantoor. Ze begrijpt heel goed waarom hij zo bot reageerde, er had zomaar iemand kunnen binnenkomen en dan waren ze betrapt. Hij wil nog even afstand, hij is voorzichtig en daarom heeft hij haar nog niet in zijn eigen huis uitgenodigd. Daar komen natuurlijk in dit stadium na zijn scheiding nog veel familieleden en vrienden langs. Het zal zeker kritiek opleveren als men erachter komt dat hij een nieuwe vriendin heeft die zelfs al zwanger is. Je hoeft niet al te goed te kunnen rekenen om te begrijpen dat ze al iets met elkaar hadden toen Vigo nog getrouwd was. Toch kan hij haar niet eeuwig verborgen houden, maar daar gaat ze het nog wel met hem over hebben. Ze zal hem beslist niet pushen, hij mag hun relatie bekendmaken op de manier die hem het beste uitkomt.

Ze ziet helemaal voor zich hoe ze samen in het huisje zullen zijn, lekkere dingen te eten zullen maken in het keukentje, dicht tegen elkaar aan zullen liggen op de bank of in de jacuzzi en eindeloos zullen vrijen in het grote bed. Als ze daaraan denkt, krijgt ze bijna geen lucht. Het is veel te lang geleden dat hij haar aanraakte, ze knapt soms bijna van verlangen. Waarom stuurt hij haar toch tenminste niet een keer een whatsappje of spreekt hij niet een kort berichtje in? Begrijpt hij dan niet dat Sharon daar hevig naar verlangt?

Ze wil de negatieve gedachten die zich steeds proberen te manifesteren niet langer toelaten, omdat de onrust en de onzekerheid die daaraan te pas komen haar slopen. Ze moet een besluit nemen dat energie geeft en daarom kiest ze voor de positieve gedachte. Vigo gaat haar binnenkort, waarschijnlijk op het laatste moment, dus volgende week donderdagavond, vertellen dat hij een heel weekend samen met haar wil zijn op een plek waar niemand van de mensen die ze kennen hen zal zoeken. Ze is dat weekend vrij en hij heeft dat natuurlijk nagekeken op het rooster. Hij zal de vragen die ze wil stellen smoren in kussen die minutenlang duren, zijn handen zullen gretig zijn, hun opgewonden ademhalingen zullen de lucht in beweging brengen en hij zal haar zo intens bevredigen dat ze bang zal zijn om het kind te verliezen. Maar ze verliest het niet, no way. Dit kind wil voldragen en geboren worden, wat die stompzinnige verloskundige ook op die echo meende te zien. Zelfs als hij niet volmaakt is, zal ze van deze baby houden.

Ze merkt dat ze duizelig is en dat haar ademhaling pijn doet. Ze ademt in en uit in haar handen en probeert haar gedachten af te remmen. Ik moet op een rustige manier blij zijn, houdt ze zichzelf voor. Het duurt nog ruim een week, er mag nu niets meer fout gaan.

Ze is blij dat ze zich niet heeft laten verleiden om iets te zeggen toen ze bij Annebeth ging eten en ze zo werd overvallen door de aankondiging over de boeking die Vigo had gedaan. Annebeth zei later, toen Sharon op het punt stond om te vertrekken, dat het haar eigenlijk het beste leek als ze het weekend dat Vigo in het huisje zal zijn naar haar eigen huis gaat en dat de vriend voor wie ze waarneemt dan maar zelf voor de gasten moet zorgen. Dat vindt Sharon ook een goed idee.

Ze kunnen dat weekend geen pottenkijkers gebruiken. Ze gaan samen genieten, elkaar opnieuw veroveren en de toekomst uitstippelen. En als ze trouwen, wil ze Hulscher gaan heten.

57

Annebeth is voortdurend onrustig en ze vraagt zich af waar haar onrust vandaan komt. Zou het te maken hebben met Sharons zwangerschap? Toen Sharon bij haar kwam eten, merkte Annebeth dat ze steeds naar de buik van haar collega keek en ze zich afvroeg hoe groot het embryo dat daar lag te dobberen nu al zou zijn. Dergelijke gedachten kan ze zichzelf beter niet toestaan, want ze raakt er overstuur van. Tegenwoordig kan ze zich dan uitleven in hardlopen en eventueel een keer extra naar de sportschool gaan. Er is daar een nieuwe trainer, ene Gijs. Mooie man, aantrekkelijk zelfs. Als ze eerlijk is, moet ze toegeven dat hij veel aantrekkelijker is dan Bert. En waarschijnlijk even onbereikbaar. Maar waarom zou ze hiermee bezig zijn? Ze vindt dat ze zich beter kan bekommeren om Sharon, omdat die overal alleen voor lijkt te staan. Ze dwingt zichzelf voortdurend om op een aardige manier aan en over haar collega te denken. Het zal niet meevallen om zwanger te zijn zonder een vaste partner, die je kan steunen en met wie je je blijdschap kan delen. Annebeth wil Sharon deze zwangerschap gunnen en ze schaamt zich voor het stemmetje in haar hoofd dat steeds zegt dat deze situatie Sharons eigen schuld is en misschien wel haar verdiende loon. Ze vindt het een burgertruttig idee dat je geen kind moet willen krijgen als je geen vaste relatie hebt en ze neemt het zichzelf kwalijk dat ze soms hoopt dat Sharon de baby verliest. Dat is hard en gevoelloos.

En ongepast.

Toen Pelle haar verlaten had en ze na maandenlang arbeidsongeschikt te zijn geweest ging solliciteren in het ziekenhuis waar ze nu werkt, vermeed ze alles wat te maken zou kunnen hebben met zwangerschap of geboorte. Als haar op straat een zwangere vrouw tegemoetkwam, ging ze snel aan de andere kant lopen of keerde om. Zwangere collega's ging ze uit de weg, aan gesprekken over bevallingen, kinderen, technieken die tot zwangerschap konden leiden of juist methodes om niet zwanger te worden, deed ze niet mee. Als ze daarmee in aanraking dreigde te komen, verliet ze zo snel en zo onopvallend mogelijk het vertrek. Ze voelde zich het meest wanhopig als ze menstrueerde, en het overdadig eten begon aanvankelijk tijdens die dagen, tot het een dagelijkse gewoonte werd. Ze kan zich niet herinneren dat ze in de afgelopen jaren ooit één keer aan zichzelf heeft toegestaan om na te denken over de zwangerschap van iemand die ze kende, laat staan dat ze zich er druk over zou maken. Maar nu is dat veranderd en dat is minder erg dan ze had gedacht. Misschien komt het doordat ze Sharon zo kwetsbaar vindt, maar klopt dat wel? Ze maakte niet de indruk dat ze het een onoverkomelijk probleem vond dat ze haar kind misschien in haar eentje zal moeten opvoeden. Zegt Annebeths onrust en voorgevoel dan alleen iets over haarzelf?

'Je draaft door in je verdriet,' zei Pelle, toen ze zich aan hem vastklampte en hem smeekte haar niet te verlaten. 'Je bent onbereikbaar en het lijkt erop dat je niemand kunt toestaan om even erg te lijden als jij. Ik trek het niet meer.'

Annebeth heeft nooit meer aan zijn woorden kunnen denken zonder kwaad te worden, ze bleef haar woede koesteren en zelfs groter maken. Dat lukte, zolang ze in omvang groeide. Maar nu lukt dat niet meer. Haar hoofd zit te vol, de tranen zitten te hoog, het eenzame gevoel is te heftig. De behoefte om ergens mee af te rekenen is te groot.

De baby van Sharon maakt van alles in Annebeth los. Het is de eerste baby met wie ze bezig is sinds ze haar eigen kind verloor. Deze zwangerschap haalt een verlangen naar boven waar ze niets mee kan en er toont zich een woede waar ze voor terugdeinst.

Waarom krijgt Sharon een kind? Ze is veel minder geschikt voor het moederschap dan Annebeth.

Soms haat ze Sharon.

58

Als Bert ontdekt wie er voor de deur staat, schrikt hij erger dan hij had verwacht. Leslie zegt dat hij nu vooral helder moet blijven denken en verdwijnt snel door de achterdeur.

Zijn vader staat een beetje in elkaar gedoken, maar de manier waarop hij Bert aankijkt is niet anders dan hij gewend is. Die man presteert het zelfs nu hij zich duidelijk niet helemaal op zijn gemak voelt om Bert te bekijken op een manier alsof hij de minkukel van de eeuw voor zich heeft staan. Dat maakt Bert doorgaans onzeker, maar vandaag niet. Integendeel, hij is eerder geladen, geïrriteerd.

Boos.

Bert zet een kop koffie op de salontafel en gaat zelf in de fauteuil zitten die tegenover de bank staat. 'De kinderen zijn een dagje op stap met ma,' zegt hij.

Zijn vader roert in de koffie. 'Dat weet ik.'

'Dus jullie hebben nog wel contact met elkaar?'

'Zeker, maar niet elke dag. Je weet dat ik tijdelijk bij Karel woon?'

'Hoe tijdelijk is dat? Betekent het dat een terugkeer naar ma erin zit?'

'Nee. Ik ben op zoek naar een huis voor mezelf. Maar ik zit mijn broer niet in de weg, dus ik heb de tijd. Hoe is het met Anna en Emily?'

'Goed. Ze hebben minder last van de dood van hun moeder dan ik had verwacht. Maar ze vragen wel opvallend vaak naar jou. Als ik het goed begrepen heb, kwam jij hier regelmatig toen Tanja nog leefde.'

Zijn vader zet de kop en schotel op de salontafel terug. 'Ik gaf om Tanja,' zegt hij, en zijn stem klinkt opeens schor.

'Wat betekent "gaf om"?' wil Bert weten.

'Dat betekent dat ik van haar hield.'

'Je bedoelt dat je het met haar deed?'

'Ik bedoel dat ik dat graag wilde.'

'Alleen wilde?'

'Ja, verder is het nooit gekomen. Ze daagde me wel uit, ze lokte me steeds opnieuw binnen, ze beloofde van alles, maar er gebeurde niets. Ik werd knettergek van haar.'

'En omdat je haar niet kon krijgen, heb je haar dus vermoord.'

Zijn vader schrikt zichtbaar. 'Vermoord? Ik? Hoe kom je erbij? Natuurlijk niet.'

Bert zwijgt en denkt na. Hij kan nu al beginnen over een lichtblauw jack, maar hij kan er ook nog mee wachten.

'Ik vind het verschrikkelijk dat Tanja is doodgereden,' zegt zijn vader. 'Echt heel verschrikkelijk.'

'Ze is niet doodgereden,' snauwt Bert.

'Ik vind het verschrikkelijk,' herhaalt zijn vader.

'Wat kom je eigenlijk doen?' wil Bert weten. 'Ik kan me niet voorstellen dat ik jou nu opeens interesseer.'

'Ik kom vragen of ik de kinderen mag blijven zien,' zegt zijn vader.

Bert kijkt naar hem. Hij lijkt kleiner en dunner dan hij ooit was. Dit onderworpen gedrag past niet bij hem. Er klopt niets van.

'Kunnen we daar afspraken over maken?'

'Nee,' zegt Bert.

59

Het geluid van de bel maakt Sharon blij en tegelijk nerveus. Het is zover, eindelijk staat Vigo voor de deur. Hij heeft haar de afgelopen dagen heel duidelijk genegeerd en toen begreep ze pas goed hoe belangrijk het blijkbaar voor hem is dat ze hun relatie voorlopig nog geheimhouden. Maar nu is hij er, nu gaat hij haar vertellen dat hij aanstaande vrijdag een huisje heeft geboekt, nu zal hij haar buik willen zien en kunnen ze plannen gaan maken voor de toekomst. Ze moet rustig blijven ademhalen en niet laten merken dat ze gespannen is. Ze opent de deur.

'Daar zijn we,' zegt Megan. Ze duwt Sharon aan de kant en maakt een uitnodigend gebaar naar de mensen die achter haar staan. Sharon staart naar haar moeder en naar Zita. Ze grijpt de deurklink vast.

'Het wordt de hoogste tijd dat wij eens ernstig met jou praten,' kondigt Megan aan. 'Kijk niet zo onnozel en geef toe dat dit inderdaad nodig is.'

'Kun jij niet beter je nieuwe vriend gaan opfokken?' lukt het Sharon te antwoorden. De schrik slaat snel om in irritatie. Die drie moeten hier zo snel mogelijk weer weg, in ieder geval voordat Vigo op de stoep staat.

'Dat is alweer uit,' zegt Sharons moeder. 'Zie jij het voor je dat je zuster zomaar de stiefmoeder van een volwassen drieling wordt?'

'We gaan het nu niet over mij hebben,' beslist Megan. Ze loopt naar de kamer. 'Nou, hoe zit het, komen jullie nog?'

Zita raakt even Sharons schouder aan. 'Dag lieverd, kom maar mee naar binnen. We blijven echt niet lang.'

'Dat staat nog te bezien,' meent Sharons moeder.

'We maken ons bezorgd om je,' meldt Zita. 'Daarom zijn we hier. Je trekt je veel te veel terug, het lukt niemand contact met je te krijgen. Ik heb je de afgelopen weken talloze keren gemaild en ook geprobeerd te bellen, maar je reageert nergens op. Begrijp je dat ik wil weten wat er met je aan de hand is?'

'Het is volgens mij heel duidelijk wat er met Sharon aan de hand is,' zegt Megan. 'Dit gedrag kennen we en het voorspelt niet veel goeds. Luister, Sharon. Wij zijn niet je vijanden. We zijn je familie en we menen het goed. We zullen je helpen.'

'Waarmee?' Sharon probeert zo onopvallend mogelijk op haar horloge te kijken.

'Verwacht je bezoek?' vraagt haar moeder.

'Waarmee?' herhaalt Sharon.

'Met alles,' antwoordt Megan. 'We gaan je weer met beide benen op de grond zetten en alle muizenissen uit je hoofd verwijderen.'

Sharon vliegt overeind. 'Muizenissen? Hou toch eens op met dat idiote geklets.'

'Rustig maar, Sharon,' maant haar moeder. 'Ze zegt het alleen omdat ze je wil helpen.'

'Ik heb niet om hulp gevraagd, mama. Ik ben uitstekend in staat mijn eigen leven te leiden, zelfs om in mijn eentje een kind op te voeden.'

'Maar hoe kun je zwanger zijn, kind?'

'Moet ik jou gaan vertellen hoe een vrouw zwanger wordt? Dat risico loop je als je regelmatig seks hebt, weet je nog wel? Gaat er al een lichtje branden? Of denk jij soms dat ik als maagd door het leven ga?'

Haar moeder zwijgt.

'Hoe heet je vriend?' vraagt Megan.

'Ik wil dat jullie weggaan,' zegt Sharon.

'Dit is al eerder gebeurd,' gaat Megan onverstoorbaar verder. 'Dat zul jij je toch ook nog wel herinneren? Je beweerde al eerder dat je in verwachting was, om precies te zijn in de periode dat papa...'

'Ik beweer niets, ik bén zwanger!' schreeuwt Sharon. 'En zelfs al zou ik een verhoogd risico hebben op een gehandicapt kind, dan nog is het welkom. En laat papa erbuiten. Ik heb echt wel in de gaten dat ik van jullie niets hoef te verwachten, maar ik durf jullie allemaal op een briefje te geven dat mijn vader me zeker niet zal laten vallen.'

'Sharon, luister, draaf niet zo door. Je weet dat papa...'

Sharon vliegt overeind en duwt haar zus van zich af. 'Ik luister nergens meer naar en zeker niet naar jou. Je gunt mij de goede relatie niet die ik met hem heb, je bent altijd al jaloers geweest omdat hij meer van mij houdt dan van jou.'

'O Sharon,' huilt haar moeder opeens. 'O Sharon toch, lief kind van me. Waarom neem je toch geen afscheid van je vader?'

'Voor de laatste keer: ik wil dat jullie weggaan,' zegt Sharon.

60

Annebeth heeft met Bert afgesproken dat hij aanstaande vrijdag Vigo Hulscher en zijn vriendin zal ontvangen en de ontbijten van zaterdag en zondag zal verzorgen. Het lijkt haar geen goed idee om Vigo te confronteren met iemand die hij kent, als hij er een weekend tussenuit wil met de vrouw die zijn nieuwe vriendin is. Zijn zwangere vriendin, dat ook nog. Annebeth hoeft niet te weten wie dat is, al zou het haar niet verbazen als het om Lisa gaat. Ze heeft de afgelopen dagen goed opgelet als ze die twee samen zag en het viel haar op dat Vigo toch regelmatig even Lisa's hand aanraakte en zij niet uit zijn buurt was weg te slaan. Maar ze heeft er tegen niemand iets over gezegd, ze wil niet bekend komen te staan als roddelkont. Er zijn genoeg collega's die geen gelegenheid onbenut laten om voor die titel in aanmerking te komen. Het is eigenlijk best vreemd dat men het op de afdeling niet over Lisa en Vigo heeft. Hun soms wat kleverige gedrag zal toch niet alleen háár opvallen? Maar misschien laat men die twee wel met rust omdat Vigo door de scheiding van zijn vrouw kwetsbaar is. Iedereen is aardig tegen hem en als je goed kijkt, zie je dat Lisa niet de enige is die hem vaak aanraakt.

Annebeth vindt het wel een prettig idee dat ze een weekend in haar eigen huis zal zijn. Ze is dan vrij en gaat eens goed opruimen. Haar nu toch echt veel te wijd geworden winterkleren moeten worden verzameld en ingepakt, zodat ze naar de kringloopwinkel kunnen. Laat andere vrouwen ze maar dragen, vrouwen die nog een maatje méér hebben. Dat is geen aardige gedachte, maar wat voelt het fijn om zoiets te kunnen denken. Maatje meer is passé voor haar, ze komt steeds dichter in de buurt van de kledingmaat die ze had voordat ze zich tonnetjerond begon te eten. Voordat ze een speklaag aanlegde waardoor ze de wereld van zich af hield. Ze begint het doel van al dat eten steeds beter te begrijpen, daar denkt ze ook veel over na. Toch moet ze eraan wennen dat het schild dat ze heeft gecreëerd begint te verdwijnen.

Zal ze de babykleertjes die ergens in een doos zitten ook naar de kringloopwinkel brengen? Daar twijfelt ze nog over. Misschien kan Sharon ze gebruiken, maar wat vertelt ze dan aan haar over de herkomst? Het zijn allemaal nieuwe kleertjes en ze zou kunnen zeggen dat ze die ooit in een opwelling heeft aangeschaft, omdat ze hoopte zwanger te worden. De leugen doet nu al pijn.

Zou het wel goed gaan met Sharon? Annebeth heeft de indruk dat ze het moeilijk heeft. Je hoort vaak dat vrouwen onder invloed van een verstoorde hormonale huishouding psychische problemen krijgen. Zij was de eerste maanden van haar zwangerschap ook niet helemaal zichzelf. Ze herinnert zich dat onaardige woorden of gedrag van patiënten die ze verpleegde toen opeens hard binnenkwamen en ze erdoor van slag raakte. Ze huilde snel, werd misselijk van heftige berichten in de krant en maakte zich bezorgd om elk pijntje dat ze voelde. Als Pelle gekscherend iets over haar toestand zei, beschouwde ze dat meteen als stevige kritiek. Maar hij begreep het en als ze erg onzeker was, knuffelde hij haar net zo lang tot ze het allemaal weer zag zitten. Ze had bovendien ook een vader die met haar meeleefde. Wie leeft er mee met Sharon? Annebeth heeft de indruk dat ze er echt alleen voor staat. Ze wil haar helpen en een paar dagen geleden betrapte ze zichzelf op de gedachte dat ze zich zou willen aanbieden als oppas. Maar dat is niet de enige gedachte waar ze voor terugdeinsde. Ze schrok pas echt goed toen ze zich realiseerde dat ze fantaseerde over de mogelijkheid om dit kind te gaan opvoeden.

Foute, onhaalbare fantasie.

Ze kan Sharon toch niet van haar kind beroven?

Ze valt momenteel niet af en dat schijnt normaal te zijn. Anneke vertelde haar toen ze naast elkaar op de loopband renden dat het een bekend fenomeen is van een afvalproces. Het lichaam gaat even in de rust en dan is het de kunst om je daardoor niet te laten teleurstellen. Gewoon doorgaan, Annebeth zal zien dat de laatste kilo's vanzelf verdwijnen als ze maar doorzet. Ze zal zeker doorzetten. Ze wil fit worden en aantrekkelijk. Ze wil zich weer mooi voelen, ze wil tevreden zijn met zichzelf. Ze wil Benja kunnen koesteren als een lieve herinnering en openstaan voor mogelijkheden die toekomst hebben. Die te maken hebben met leven, met groeien, met ontwikkelen. Die iets toevoegen in plaats van afnemen.

Ze gaat toch die babykleertjes maar eens opzoeken.

61

Berts moeder heeft de kinderen naar bed gebracht en als ze de kamer in komt zucht ze diep. 'Ik ben helemaal gevloerd, zeg. Maar wat was het heerlijk met die meisjes. Zij hebben volgens mij ook erg genoten.' Ze ploft op de bank. 'Wat ben jij stil. Is er iets?'

'Pa is hier geweest,' zegt Bert.

Ze schrikt duidelijk, al ontkent ze dat nadrukkelijk. Als hij blijft aandringen op een verklaring wordt ze boos. 'Wat is er met jou aan de hand, Bert? Waarom probeer je me iets op te dringen wat ik niet voel? Ik schrok niet, ik was hooguit verbaasd. Je vader is nooit een regelmatige bezoeker van dit huis geweest, of wel soms? Ik moest hem altijd meeslepen als er iets te vieren viel, dus ik begrijp niet waarom hij dan nu opeens tevoorschijn komt. Daar verbaas ik me dus over. Het heeft met schrik helemaal niets te maken.'

'Je ratelt,' constateert Bert. 'En als je ratelt, voel je je niet op je gemak. Ik ken je.' Hij wacht even voor hij verdergaat. 'Ik ben erachter gekomen dat er iets gaande was tussen Tanja en hem.'

Nu schrikt zijn moeder niet. Ze haalt haar schouders op. 'Ik zei al tegen je dat hij last had van een midlifecrisis.'

'Je wist er dus niets van?'

'Waarvan?'

'Dat pa hier vaak kwam en Tanja hem steeds zat op te geilen?'

'Wat een tekst, zeg. Kan het wat minder?'

'Dat is wat hij me zelf vertelde. Hij was verliefd op haar en zij hield hem aan het lijntje. Maar hij ontkent dat hij haar heeft vermoord.'

'Ze is toch ook niet vermoord, Bert?'

'Ze is niet meteen bezweken, maar wel later. En ik denk dat ze die hartstilstand niet gekregen zou hebben als ze niet door iemand was aangereden.'

'Dat is waarschijnlijk een ongeluk geweest, en degene die het veroorzaakte heeft de benen genomen. Dat was een of andere puber die zich schuldig maakte aan joyriding, maar natuurlijk niet van plan was om brokken te maken. Dat jong is naar huis gerend en wordt gedekt door zijn ouders. Als niemand zijn mond voorbijpraat, komen ze er waarschijnlijk nooit achter wie het was. Maar je vader heeft daar echt niets mee te maken.'

'Hoe weet je dat zo zeker?'

'Omdat ik hem heel goed ken. Hij is een brompot, geen gemakkelijk mens, geen warm mens. Toch heeft hij altijd goed voor ons gezorgd.'

'Materieel gezien, bedoel je.'

'Ja, dat bedoel ik. Meer had hij niet te bieden.'

'Laten we hierover ophouden,' zegt Bert.

Hij is blij dat zijn moeder niet lang meer is gebleven, hij verdroeg haar aanwezigheid nauwelijks. Dat zal wel te maken hebben met haar betoog dat zijn vader moest vrijpleiten van elke verdenking. Bert ergert zich aan haar loyaliteit aan die man. Waarom houdt ze die toch in stand? Zoveel plezier valt er voor haar niet aan hem te beleven. Maar als hij eerlijk is tegen zichzelf, moet hij toegeven dat zijn irritatie sterk te maken heeft met de loyaliteit die hij zelf zo lang in stand hield ten opzichte van Tanja. Als zij hem niet had weggestuurd, zou hij nu waarschijnlijk nog steeds met haar getrouwd zijn en accepteerde hij ook nog steeds haar fysieke aanvallen. Dat besef treitert en minacht zijn gevoel voor eigenwaarde. Hij vindt zichzelf een onvoorstelbare klootzak dat hij zich op die manier heeft laten behandelen. En hij betrapt zichzelf steeds vaker op de gedachte dat dit secreet haar verdiende loon heeft gekregen.

Het is al een uur geleden dat zijn moeder naar huis is gegaan, maar het lukt Bert niet zich te ontspannen. Zijn gedachten blijven bezig met het gesprek dat hij met zijn moeder had. Ze was nerveus, ze ratelde aan één stuk door. Het woord 'midlifecrisis' viel verschillende keren, maar heeft ze eigenlijk wel antwoord gegeven toen hij aan haar vroeg of ze wist dat er iets gaande was tussen Tanja en zijn vader?

Hij maakt nog een bierflesje open.

Wat een zooi is dit.

62

Sharon heeft gevulde dadels en luxe kaaskoekjes in huis gehaald. Ze weet dat Vigo daar dol op is en dat hij ook prosecco rosé heel lekker vindt. Er staan twee flessen in de koelkast, dus het feest kan beginnen.

Ze heeft haar weekendtas ingepakt en op het laatste moment nog een nieuwe bodystocking gekocht van zwarte kant. Ze past niet meer in M, het werd een L. Desondanks staat het ding geweldig sexy.

Ze heeft Vigo de laatste dagen maar één keer op de afdeling gezien en toen was er geen gelegenheid om iets tegen hem te zeggen. Hij had haast en rende na een paar minuten het kantoor weer uit. Maar hij groette haar wel. Een van haar collega's vond hem erg gespannen en beweerde dat hij volgens haar veel te snel na de toestanden omtrent zijn scheiding weer was gaan werken. Sharon heeft daar niet op gereageerd, omdat ze het belachelijk vindt dat iemand zich ziek meldt vanwege een echtscheiding. Dat overkomt hele volksstammen, stel je voor dat iedereen daarom thuisblijft. Maar zulke gedachten spreekt ze niet hardop uit. Ze zorgt er liever voor dat haar collega's het niet te veel over Vigo hebben, omdat ze op geen enkele manier de indruk wil wekken dat zij meer weet dan de anderen. Volgende week zal alles anders zijn, als ze samen in het huisje zijn geweest en afspraken hebben gemaakt over de toekomst. Als ze waarschijnlijk een ring om haar vinger heeft. Als ze eindelijk bekend kan maken dat ze zwanger is en van wie. Het is niet te geloven, maar eindelijk is het toch zover. Waar blijft hij nou? Zou hij misschien ergens een tafel hebben gereserveerd? Maar hij weet dat ze zich daarvoor mooi zou willen aankleden, dus daarmee zal hij haar niet overvallen. Ze is veel te opgewonden en transpireert. Toch maar even snel onder de douche, al is het al de derde keer binnen anderhalf uur. Ze mag absoluut niet stinken, hoe voorkomt ze dat gezweet? Rustig, rustig, maant ze zichzelf. *Keep it cool, babe.*

Dat zei haar vader altijd tegen haar als ze zich ergens druk over maakte. Hij zal een van de eersten zijn aan wie ze Vigo gaat voorstellen. Hij zal zeker eerder bezocht worden dan haar moeder. Die domme heks met haar gejank en gezever wacht maar rustig haar beurt af. En haar zus en haar vriendin kunnen het helemaal schudden. Dat zijn jaloerse krengen die haar geen baby gunnen. Megan heeft al drie berichten ingesproken op Sharons voicemail, en van elk bericht droop het gefleem af. Als ze iets goed te maken heeft zet ze altijd dat irritante kleinemeisjesstemmetje op, alsof ze twaalf is. Gruwelijk!

Sharon heeft alle berichten gewist en voorlopig neemt ze niet op als een van haar drie vijanden belt. Ze bekijken het maar even, ze meldt zich wel weer als ze daar zelf zin in heeft. Als ze zeker weet dat er iets te melden valt waar de dames steil van achteroverslaan. Iets in de geest van een aanstaand huwelijk, bijvoorbeeld.

Haar ademhaling zit te hoog, ze zou minder nerveus willen zijn, ze moet ervoor zorgen dat ze niet meer gespannen is als Vigo komt. Ze wil zelfs een beetje onverschillig overkomen, een beetje afstandelijk. Hij heeft haar nu eenmaal al weken niet willen zien en niets van zich laten horen. Hij heeft gelogen over zijn zogenaamde gezin en wilde niet aanspreekbaar zijn toen ze erover begon. Ook al heeft ze hem zijn gedrag vergeven, ze gaat niet meteen overstag. Werken zal hij, zwoegen. Schuld bekennen, spijt betuigen. En daarna gaan ze los. De dadels en de kaaskoekjes zijn voor daarna, de prosecco ook.

Hoe laat zou hij komen?

Het is niet te geloven, ze is op de bank in slaap gevallen. Haar linkerarm slaapt en haar benen voelen zwaar aan. Als ze op de klok ziet hoe laat het is, kan ze haar ogen niet geloven. Halftwaalf? Al bijna middernacht?

Haar maag borrelt.

Ze zit verdwaasd aan de keukentafel en eet zonder iets te proeven de opgewarmde spaghetti. Na het derde glas prosecco begint ze zich beter te voelen. Als hij was gekomen, zou hij natuurlijk gezegd hebben dat zij beter geen alcohol kon drinken, maar hij is niet gekomen. Zou er iets met hem gebeurd zijn?

Met een volle maag kan ze beter nadenken. Het wordt tijd dat ze ophoudt met alles accepteren wat deze man met haar uithaalt, er zijn grenzen. Hij had alles goed kunnen maken door vanavond voor de deur te staan en aan te kondigen dat hij haar wilde ontvoeren naar een huisje. Ze zou niet hebben laten merken dat ze dit al wist, ze zou vrolijk zijn en verrast. De teleurstelling begint langzaam te veranderen in boosheid. Sharon heeft zin om ergens keihard tegenaan te trappen, het uit te schreeuwen, hem genadeloos te verwensen. Wat heeft haar bezield om met dat schofterige stuk ellende aan te pappen? Waarom heeft ze al niet veel eerder willen inzien dat ze niets voor hem betekende? Vigo Hulscher zou door een joyrider moeten worden aangereden en op slag dood moeten zijn.

Fuck you, Vigo! Ga lekker naar je huisje met het wijf dat je blijkbaar boven je geliefde verkiest. Neuk je een slag in de rondte met die muts en denk maar dat jou niets kan gebeuren. En denk vooral dat zij ook veilig is.

Sharon laat heet water over het lege bord stromen en zet het daarna in de afwasmachine. Ze neemt het laatste glas prosecco mee naar bed. Met dat glas zal ze toosten op Vigo en zijn scharrel.

En op haar plan.

En op hun ondergang.

63

Annebeth begrijpt eerst niet waar het geluid vandaan komt. Ze grijpt naar de wekkerradio, maar beseft meteen dat ze niet de wekker hoort. Het kabaal komt uit haar tas. Natuurlijk, haar mobiele telefoon. Wie belt haar in hemelsnaam op vrijdagmorgen om kwart over acht? Ze heeft nauwelijks kans om haar naam te noemen, want Sharon begint meteen te praten. Waar heeft ze het over? Een kapper? Welke kapper? Als Sharon verdergaat met haar verhaal, begrijpt Annebeth opeens dat haar collega naar de kapper wil en vraagt of zij met haar meegaat.

Annebeth geeuwt. 'Wanneer? Vandaag? Ik heb late dienst.'

'Ken jij een goede kapper?' wil Sharon weten. 'Die bij wie ik altijd ga is tijdelijk gesloten, er schijnt iets aan de hand te zijn met haar partner. Ik wil mijn haar kort laten knippen, maar wel bij iemand die er wat van kan maken. We kunnen toch ergens afspreken tegen een uur of elf, eerst koffie drinken en dan naar een kapper gaan? Ik wil graag dat er iemand bij me is als ik mijn haar laat knippen en ik dacht aan jou. Maar als je niet wil...'

Annebeth schrikt van de trieste klank in Sharons stem. 'Ik wil best met je meegaan,' zegt ze snel. 'En ik ken toevallig een aardige kapper in het centrum.'

Het valt Annebeth op dat Sharon er nog slechter uitziet dan de laatste keer dat ze haar zag. Ze heeft wallen onder haar ogen en een pafferig gezicht. Het lijkt of ze drie nachten heeft doorgehaald.

Ze begint meteen te praten en haar stem klinkt gejaagd. Ze

vertelt dat ze vanmorgen heeft beslist dat ze haar haren wil laten knippen, omdat ze er al weken niets meer mee kan beginnen.

Het is Annebeth niet opgevallen dat er iets met Sharons haar aan de hand was, maar het lijkt haar beter haar collega niet tegen te spreken. Terwijl ze koffie drinken, vertelt ze dat de kapper die ze kent Bert heet en dat hij een erg aardige vent is. Gelukkig vraagt Sharon niet hoe Annebeth hem heeft leren kennen.

Sharon is ongedurig en verontschuldigt zich hiervoor. Ze heeft slecht geslapen, vertelt ze. Eigenlijk slaapt ze al weken niet goed.

Annebeth weet niet goed of ze iets kan vragen over Sharons zwangerschap en vooral niet of Sharons vriend al gewend is aan het idee. En ze gaat uiteraard helemaal niet vragen wie precies die vriend is. Als Sharon heeft afgerekend en ze naar buiten lopen, komt de mededeling totaal onverwacht.

'Ik ben zwanger van Vigo Hulscher,' zegt ze.

Annebeths mond valt open.

'Dat had je niet gedacht, hè?' Sharon lacht. 'Ik zie het aan je.'

Annebeth wil meer uitleg hebben, beter begrijpen hoe het zit. Maar Sharon is op een ander onderwerp overgegaan, ze heeft het nu over haar vader, die ze al een hele tijd niet heeft gezien, maar met wie ze binnenkort weer een afspraak gaat maken. Ze vertelt het met een brede lach op haar gezicht, maar haar ogen lachen niet.

Annebeth zou haar armen om Sharon heen willen slaan en tegen haar zeggen dat ze op haar kan rekenen, wat er ook gebeuren mag. Maar die tekst lijkt op dit moment ongeschikt. Welke tekst zal beter zijn?

Ze voelt zich machteloos.

Als ze de zaak van Bert naderen, wordt ze opeens een beetje nerveus.

'Het is toch wel een goede kapper, hè?' wil Sharon weten.

'Beslist,' verzekert Annebeth haar en ze realiseert zich dat ze dit absoluut niet weet.

Ze stapt als eerste naar binnen en ziet dat Bert verrast opkijkt.

'Hé Annebeth, wat een verrassing. Hoe gaat het met je?'

Ze doet een stap opzij en wijst naar Sharon. 'Dit is mijn collega, Sharon Janssens. Ze zoekt een goede kapper om haar haren kort te laten knippen. Volgens mij moet ze dan bij jou zijn, Bert.'

De stilte die na haar woorden valt, voelt onheilspellend aan. Ze kijkt naar Bert en ziet dat hij Sharon aanstaart.

'Dat is… dat is… dat is… leuk,' zegt hij.

Sharon lacht. 'Weer eens wat anders, een kapper die stottert.'

'Hij stottert niet,' snauwt Annebeth.

64

Ze heet Sharon Janssens, is het enige wat Bert kan denken als hij haar knipt. Ze heeft in het grote kappersboek een model uitgezocht dat ze leuk vindt en daarna is ze achter hem aan gelopen naar de wasbak. Hij voelde zijn vingers tintelen toen hij haar haren waste en hij staarde onafgebroken naar de schuimende massa.

Ze heet Sharon Janssens.

Annebeth zit achter hem een tijdschrift te lezen. Hij heeft de indruk dat ze ergens boos om is, maar het interesseert hem niet veel. Wat hem interesseert is de vrouw in de stoel met wie hij nu bezig is. Hun ogen ontmoeten elkaar steeds in de spiegel, in die van haar zitten pretlichtjes. Heeft ze in de gaten dat hij van slag is geraakt door haar komst?

Zou ze een relatie hebben? Kan hij dat aan Annebeth vragen? Die ziet er niet uit alsof ze zin heeft in een praatje en het is natuurlijk ook niet mogelijk om haar nu te gaan uithoren. Misschien is ze later beter te spreken, hij kan haar natuurlijk vanavond ook bellen.

Sharon Janssens is mooi en ze heeft een prachtig lijf. Beetje mollig, maar niet dik. Net mollig genoeg om voor hem aantrekkelijk te zijn. Ze beweegt zich op een elegante manier. En als hij zich niet vergist, flirten haar ogen met hem.

'Dus jullie zijn collega's,' zegt hij, als de stilte in de zaak hem echt te veel wordt.

Sharon lacht. 'Klopt.'

'En zijn jullie ook met elkaar bevriend?'

'Min of meer. Zo kun je het toch wel zeggen, vind je niet, Annebeth?'

Annebeth reageert niet.

'Zeker een spannend blaadje, wat ze leest. Je hebt haar toch geen seksblad gegeven?' grapt Sharon.

'Ik zou niet durven. Die liggen hier overigens ook niet, het zou de klanten maar op vreemde gedachten brengen.'

'Nou, vreemd...' Ze knijpt haar ogen een beetje dicht. 'Of ben je bang dat de dames dan meer van je willen dan geknipt worden?'

Bert weet niet goed hoe hij daarop moet reageren.

'Heb je een relatie?' wil Sharon weten.

'Ik ben gescheiden,' antwoordt hij. 'En jij?' Hij is zich bewust van haar haren tussen zijn vingers. Van een vorm van contact.

'Ik heb een vriend. En we zijn zwanger.'

Bert zwijgt.

'Heb ik iets verkeerds gezegd?' vraagt Sharon.

'Ik ben klaar met knippen,' zegt Bert. 'Ik ga je nu föhnen.'

Ze moet hier zo snel mogelijk weg.

Annebeth leek wat toegankelijker toen ze vertrok. Ze raakte even zijn arm aan en bedankte hem dat hij het weekend van haar had willen overnemen. Toen zei ze dat ze het leuk zou vinden als hij binnenkort eens een borrel kwam halen.

Hij voelt zich totaal gevloerd, terwijl het geen drukke vrijdag is tot nu toe. Er staan nog twee afspraken in de agenda, maar die zijn voor Lucy. Zou ze het erg vinden als hij eerder vertrekt? Het stel dat dit weekend het huisje heeft gereserveerd komt pas na zes uur. Leslie vangt vanmiddag de kinderen op, zodat hij die mensen kan ontvangen. Wat moet hij gaan doen als hij eerder vrij is? Het is geen goed idee, dus hij blijft. Sharon Janssens is even snel uit zijn leven verdwenen als ze erin terecht is gekomen en daar valt niets aan te doen. Ze heeft een vriend en is zwanger, sinds vanmiddag met kort haar. Het stond haar goed. Vlot en tegelijk spannend. Waarom zou ze besloten hebben dat ze haar haren wilde laten knippen? Dat doen vrouwen toch vaak als hun relatie voorbij is of als ze ergens de pest over in hebben? Maar waarom zou hij zich daar druk over maken? Hij heeft andere dingen aan zijn hoofd.

Ze heet Sharon Janssens.

Hij kent haar nauwelijks, er zit geen toekomst in die vrouw, en toch mist hij haar sinds het moment dat ze de deur uit stapte.

65

Sharon haalt steeds het spiegeltje uit haar tas om zichzelf te bekijken. Het nieuwe kapsel staat haar goed, ze is blij dat ze dit heeft besloten. Het roer moet om en een nieuw kapsel is een mooi begin. Dat korte haar staat voor iets. Voor verandering, voor snelheid.

Voor uitdaging.

Kom maar op, wereld. En kom maar op, Vigo. Laat maar eens zien wat je hebt besloten, welke vrouw je voorkeur heeft. Grote kans dat het Lisa is, maar je weet het nooit bij dergelijke mannen. Hij zou zomaar tevoorschijn kunnen komen met een gloednieuw vrouwelijk exemplaar dat hij recent ergens heeft opgeduikeld en dat hij tussen de bedrijven door ook maar even zwanger heeft gemaakt. De komende drie nachten leeft hij zich met haar uit in een bed & breakfast. Er is goed weer voorspeld, dus ze zullen zeker samen in de jacuzzi kruipen die in de tuin staat.

Sharon denkt aan Vigo's lijf. Dat mooie, sterke, slanke lichaam. Oermannelijk, verleidelijk, krachtig. Ze ziet zijn opgewonden penis voor zich. Die wil ze vasthouden en in haar tekeer laten gaan. Ze wil door hem bezeten worden. Veel, vaak, heftig. Pijnlijk mag ook.

Er wordt gebeld.

Ze gaat niet te snel opendoen, heeft ze zich voorgenomen. Vigo Hulscher moet niet denken dat ze nog voor hem vliegt. Hij zal ook heel erg zijn best moeten doen om haar mee te krijgen. Vanaf vandaag heeft zij de leiding, bepaalt zij wat er gebeurt, doet hij wat zij zegt. Ze is er eindelijk achter gekomen op welke manier ze met hem moet omgaan en ze zal tegen hem zeggen: Take it or leave it. Zonder te haperen, met vaste stem. Hoopt ze.

Ze loopt naar de voordeur.

Hoe krijgt ze haar opdringerige zus haar huis weer uit?

Megans stem slaat over als ze Sharon bijna smeekt haar aan te kijken. 'Ik ben je vijand niet, ik ben je zus, die het goed met je voorheeft. Dat weet je toch wel? Kijk me aan, alsjeblieft. Ik wil je helpen.'

'Waarmee? Heb ik hulp gevraagd?'

'Sharon, je vraagt nooit hulp en je weet waartoe dat in het verleden heeft geleid. Ik heb een afspraak geregeld met dokter Hennis, ze verwacht ons over een uur. Ze kent je en jij vond haar altijd erg aardig. Dat klopt toch?'

'Wat moet ik bij die psychiater? Ben jij niet goed snik? Zoek zelf eens hulp, jij hebt het meer nodig dan ik. Komt het door je verbroken relatie? Dat kan ik me wel voorstellen. Heb je eindelijk eens een vent gevonden die iets in je ziet, gaat het weer over. Frustrerend, hè?'

'Met mij is alles in orde, maar met jou niet.' Megan bekijkt Sharon van top tot teen. 'Je bent aangekomen.'

'Dat klopt. Hoe zou het komen, denk je?'

Megan bijt op haar lip. 'Wil je zó graag een kind?'

'Hou op, Megan. Ga iemand anders lastigvallen. Zoek desnoods een nieuwe vrijer en leef je uit op hem. Maar laat mij met rust, ik ben uitstekend in staat om mijn eigen leven te leiden.'

'Dat ben je niet en dat weet je zelf ook wel. Dokter Hennis kan je een tijdje medicijnen geven waar je wat rustiger van wordt. Ze wil met je praten en er samen met jou achter komen wat er mis is gegaan. Ze is een heel goede psychiater, ik weet zeker dat ze in staat is jou hieruit te halen. Maar dan moet je wel meewerken, Sharon, dan moet je echt medicijnen nemen. Laat het alsjeblieft niet nog een keer uit de klauwen lopen. Misschien ben jij vergeten wat er toen allemaal gebeurde, maar ik niet.'

'Ik slik nu geen medicijnen, Megan. En mocht ik met iemand willen praten, dan is het met de vader van mijn kind. Of met mijn eigen vader.'

Megan grijpt Sharons arm vast. 'Ga alsjeblieft met me mee naar dokter Hennis.'

Sharon maakt zich van haar zus los. 'Ga jij zelf maar naar dokter Hennis, volgens mij kun je wel wat steun gebruiken. En maak nu dat je wegkomt, anders sodemieter ik je persoonlijk naar buiten.' Ze trekt Megan overeind en duwt haar voor zich uit. 'Opzouten! En laat me voorlopig met rust, ik kan jouw zogenaamde bezorgdheid heel goed missen. Zoek een ander slachtoffer.'

Ze opent de voordeur en wijst naar buiten.

'Ik ben al weg,' zegt Megan.

Sharon haalt haar mobiele telefoon uit haar tas en legt hem op tafel. Ze controleert of ze de pruik bij zich heeft. De kleine verrekijker zou ook van pas kunnen komen.

Het is eigenlijk nog te vroeg om te vertrekken, het is nog licht. Maar ze houdt het niet meer uit in huis.

66

Annebeth zag direct wat er gebeurde. De verbijsterde blik in Berts ogen vertelde haar wat ze al vermoedde vanaf het moment dat hij haar uitlegde hoe het briefje waarschijnlijk in haar postvak terecht was gekomen. Dat verhaal over een rossige collega die een uitzendkracht moest zijn geweest klonk niet aannemelijk, net zomin als de zogenaamde vergissing van de keukenhulp. Het briefje was bestemd voor Sharon, ze zag het aan de manier waarop Bert naar haar keek. En toen ze Sharon hoorde zeggen dat ze een vriend had en dat ze zwanger waren, wist ze het zeker. Bert werd wit om zijn neus en had duidelijk moeite met deze mededeling. Daar heeft Sharon niets van gemerkt, maar zou die ooit weleens iets merken van wat andere mensen voelen? Dat is geen aardige gedachte. Jammer dan, ze is momenteel ook niet bereid om aardig te zijn. Ze heeft zin om ergens tegenaan te trappen, iemand te beledigen, iets ongelooflijk lulligs te roepen. Als het maar een ander pijn doet, als het maar stevig binnenkomt.

Ze heeft anderhalf uur aan één stuk getraind en drinkt het vijfde flesje water leeg. Haar handen trillen, ze is een beetje duizelig. Ze heeft opeens zin in een grote zak vette patat.

Vandaag mag ze zondigen, vandaag neemt ze een vrije dag van afslanken. Geen salades, geen magere kaas, geen speltcrackers, geen gegrild vlees. En vooral geen wortels om tussen haar tanden te vermalen. Vanavond wil ze languit op de bank liggen en chilichips in haar mond horen kraken. Ze gaat straks een familiezak kopen. Dit wordt een lekkere snaaizaterdag.

Ze schrikt als ze opeens een hand op haar schouder voelt en draait zich snel om.

'Sorry,' zegt Gijs, 'het was niet mijn bedoeling je te laten schrikken. Je hebt er vandaag nogal zin in, hè? Gaat het goed? Je bent volgens mij weer meer afgevallen.'

'In totaal veertien kilo. Maar het gaat nu minder snel dan in het begin.'

'Dat is juist goed, dan begrijpt je lichaam beter wat er verwacht wordt. Heb je hulp van een diëtiste of zo?'

'Nee, ik doe het op eigen kracht.'

'Knap van je, Annebeth. Echt heel erg knap. Sterk! Dat lukt maar weinig vrouwen, volgens mij.' Hij lacht. 'Geldt trouwens ook voor mannen, ik zie je denken.'

'Ik heb besloten dat ik vandaag mag zondigen,' bekent Annebeth.

'Oei! Hoe zorgen we ervoor dat je dat besluit niet uitvoert?'

'We?' Het klinkt scherper dan ze had bedoeld.

'Ik ben over een halfuur vrij. Zullen we samen iets bedenken om je af te leiden?'

'Mag je eigenlijk wel met cliënten op stap gaan?' vraagt ze aan Gijs, als ze op een terras koffie drinken.

'Niemand heeft het me verboden, maar eerlijk gezegd is het geen gewoonte van me.'

'Waarom nu dan wel? Vond je me zo zielig?'

'Jij bent absoluut niet zielig, Annebeth. Je bent een sterke vrouw, ik bewonder je doorzettingsvermogen. En ik zou het jammer vinden als je terugviel. Ik ben zelf ook veel te zwaar geweest, in de tijd dat ik een puber was. Dat kon ook niet anders, mijn moeder werkte fulltime en hield niet van koken, dus ze stuurde me vijf van de zeven dagen naar de chinees, de snackbar of de pizzeria. Dat schoot niet op.'

'Maar dat is duidelijk voorbij,' stelt Annebeth vast.

'Klopt, maar het ging niet vanzelf. Ik heb echt moeten vechten tegen mijn overgewicht en het lukte pas om af te vallen toen ik bij de Weight Watchers terechtkwam.'

'Daar wilde mijn stiefmoeder me ook al naartoe hebben, maar daar had ik geen zin in. Dan moet je toch in een groep en word je gewogen waar iedereen bij is?'

'Je kunt tegenwoordig ook lid worden via internet. Maar ik ben wel bij een groep geweest, dat was voor mij de beste manier om het vol te houden. De confrontatie met je dikke lijf kan de juiste motivatie opleveren, als je goed wordt begeleid.'

'Ik geloof het graag,' zegt Annebeth.

'Maar je moet er niets van hebben.' Gijs grinnikt. 'Nogmaals: knap dat je het redt in je eentje. En op een dag als vandaag moet je maar gewoon een beetje hulp accepteren.'

'Waarom doe je dit?'

'Omdat ik je aardig vind.' Gijs lijkt even te aarzelen. 'En aantrekkelijk.'

Hij zal wel een bril nodig hebben, denkt Annebeth.

Ze wil niet aan Bert denken en toch duikt hij overal op. Ze moet zelfs oppassen dat ze Gijs met zijn eigen naam aanspreekt. Ze probeert de beelden die voor haar ogen verschijnen niet te zien, maar toch blijven die haar lastigvallen. Ze ziet Bert samen met Sharon, ze ziet zijn handen haar lichaam aanraken op plekken waar ze ze zelf zou willen voelen. Als zijn vingertoppen Sharons buik aanraken, kokhalst ze.

'Wat gebeurt er nu?' vraagt Gijs.

'Ik voel me niet goed, ik ga liever naar huis,' zegt Annebeth.

Hij vindt het jammer. Het is een aardige vent, die er goed uitziet. Bijzonder goed, zelfs. Hij zei dat hij haar aardig vindt en zelfs aantrekkelijk, maar dat zegt hij natuurlijk tegen elke vrouw met wie hij op een terras belandt. Laat ze zichzelf vooral niets wijsmaken. Gijs de sportleraar zal diep in zijn hart opgelucht zijn dat zij weggaat.

'Ik ga me beheersen,' meldt ze. 'Je hebt me over het dode punt heen geholpen, bedankt. Ik zal gewoon weer braaf verdergaan met de rauwkost en de lightproducten.'

Gijs haalt een kaartje uit zijn zak. 'Als je bent opgeknapt en je hebt zin om iets te ondernemen, bel me dan. Misschien kunnen we vanavond naar de bioscoop of naar het theatercafé. Ik zou het leuk vinden. Of had je al andere plannen?'

Annebeth neemt het kaartje aan. 'Mijn plannen slaan nergens op,' mompelt ze.

Als ze op weg naar huis is vraagt ze zich af of ze werkelijk zou willen dat Sharon Janssens en Bert van Meulwijk samen onder een vrachtwagen komen. Het antwoord dat ze zichzelf moet geven is onbegrijpelijk.

En toch ook niet.

67

De man is aardig, maar de vrouw verdwijnt direct in het huisje. Misschien heeft ze de hele dag gewerkt en is ze moe. Ze is toch zwanger? Tanja lag de eerste maanden van haar zwangerschappen iedere avond totaal gevloerd op de bank. Ze was zelfs te moe om te eten en daar maakte hij zich zorgen over. Bert herinnert zich dat hij eindeloos fruitsalades voor haar maakte en boterhammen roosterde en belegde met dunne plakjes gerookte kip. En dat hij opgelucht was als ze er iets van at.

Hij denkt de laatste tijd opmerkelijk veel aan Tanja, maar sinds vanmiddag ook aan Sharon Janssens. Toch wil hij Sharon niet toelaten in zijn hoofd. Ze is onbereikbaar voor hem.

De man vertelt dat ze morgenochtend en ook zondagochtend willen uitslapen en dat Bert wat hem betreft het ontbijt kan overslaan. Hij haalt zelf wel iets bij de bakker.

'Zondag wil ik u wel later een ontbijt brengen,' zegt Bert. Het aanbod komt spontaan in hem op.

De man reageert verrast. 'O, wat aardig.'

'Zegt u maar hoe laat u het wilt hebben.'

'Nou, een uur of halfelf? Zou dat lukken?'

Bert bedenkt dat hij de meisjes kan meenemen als hij hiernaartoe gaat. 'Afgesproken,' beslist hij. 'En als er iets is, kunt u mij gewoon bellen. Ik ben dan binnen een halfuur bij u.'

'Ik hoop dat het niet nodig is,' zegt de man. 'Ik zal u eerst even betalen.'

Bert weet niet meer hoe hij heet, maar dat kijkt hij wel na op het aanmeldingsformulier. Hij is een collega van Annebeth, zei ze dat niet? Of is het alleen iemand die ze kent? Het maakt ook niet uit, ze wilde hem en de vrouw in ieder geval liever niet tegenkomen. Waarom zou het hem interesseren waarom Annebeth dit stel liever niet ontvangt?

Hij heeft wel wat anders om over na te denken.

'Mijn vriendin wil vanavond nog in de jacuzzi,' meldt de man.

Bert vraagt zich af wat hem dat aangaat.

Hij controleert of er voldoende blikjes met croissantdeeg op voorraad zijn en maakt een lijst van wat hij nog moet kopen. In de koelkast staan allemaal lightproducten. Annebeth is heel erg consequent, stelt hij vast. Ze gaat er echt steeds beter uitzien, maar toch blijft het beeld van hoe ze was toen hij haar voor het eerst ontmoette op zijn netvlies staan, zij blijft voor hem een dikke vrouw. Dat is niet helemaal eerlijk, hij weet het. Maar het leven is nu eenmaal niet eerlijk. Als het eerlijk was, maakte het geen vrouw die hij zou willen hebben zwanger. Nu is het genoeg, hij maakt een boodschappenlijst en gaat zo snel mogelijk naar zijn kleine meisjes. Voorlopig maakt hij zich maar niet druk over grote meisjes.

De auto die recht op hem afkomt en pas op het laatste moment op zijn eigen weghelft gaat rijden heeft een veel te hoge snelheid. Bert drukt geïrriteerd op zijn claxon. Wat een malloot is dit. Die vent zou zijn rijbewijs moeten worden afgenomen.

Was het wel een man?

Het gezicht dat hem in een flits passeerde deed hem aan Sharon denken.

Nu echt ophouden met die vrouw, maant hij zichzelf.

68

Het huisje ligt mooi verscholen tussen de bomen. De oude lantaarnpaal die in het midden van de tuin staat produceert een zwak licht op het pad dat naar de voordeur leidt. Er is geritsel in de struiken.

Er brandt nog steeds licht in de woonkamer van het huisje, hoewel het al middernacht is geweest. Op het moment dat ze dit denkt, wordt het donker in de woonkamer en ziet ze de vrouw voor het raam van de slaapkamer verschijnen. Sharon klemt haar lippen op elkaar. Dit is de enige manier om zeker te weten met wie hij het doet, houdt ze zichzelf voor. Ze moet het weten, ze moet met haar eigen ogen zien dat hij hier met Lisa is. Daarna ziet ze wel wat ze doet.

Lisa sluit de gordijnen.

In de slaapkamer is een zwak licht. Hebben ze het gedempt, om een romantische sfeer op te wekken?

Sharon rilt. Ze trekt haar regenjack wat strakker om haar romp en beweegt haar koude voeten. Ze wil geen kramp in haar tenen krijgen.

Er is een schaduw achter het gordijn te zien. Het is Vigo, dat ziet ze aan zijn lengte. Ze kruipt dieper weg achter de struik waarachter ze zich verdekt heeft opgesteld. De schaduw verdwijnt.

Ze houdt haar adem in en kijkt onafgebroken naar het raam. Geen enkele beweging meer waar te nemen. Het licht is nog steeds aan.

Nu maar weggaan, denkt ze. Het was alleen haar bedoeling om erachter te komen met wie hij hier dit weekend is. Dat weet ze nu.

Ze draait zich om.

Ze aarzelt.

Doen of niet doen? Stel dat ze iets horen en naar buiten komen? Dan is zij snel bij haar auto. Ze draagt de pruik die ze op zolder heeft gevonden. Het ding is al een paar jaar oud, maar nog helemaal gaaf. Ze droeg hem toen ze samen met Megan en Zita een playbackshow gaf op de vijftigste verjaardag van haar moeder. Haar vader was toen een paar maanden eerder vertrokken en Sharon had met haar zus afgesproken dat ze hun moeder een knalfeest zouden bezorgen. Ze playbackten The Pointer Sisters en Sharon droeg de pruik van lang zwart haar de hele avond. Ze had nooit gedacht dat het ding nog eens van pas zou komen.

Ze doet het.

Heel voorzichtig sluipt ze in de richting van het raam. Als ze er vlakbij is, zakt ze door haar knieën en kruipt de laatste meter tot ze op haar hurken onder de vensterbank zit. Er zijn geluiden in de kamer. Bekende geluiden. Gekreun, gesmoorde kreten.

Opwinding. Lust.

Ze slaat haar armen om haar knieën en drukt haar kin tegen haar borst.

Dit kan niet waar zijn. Dit hoort niet. Dit mag niet.

Ze moet hier wat tegen doen.

69

Annebeth is al drie keer vlak bij de zaak van Bert geweest, maar heeft steeds rechtsomkeert gemaakt. Ze ergert zich aan haar eigen gedrag en vindt dat ze nu naar huis moet gaan en iets nuttigs moet gaan doen. De boel eens lekker luchten, bijvoorbeeld. Het huis rook nogal muf toen ze gisteren binnenstapte. Ze moet haar hoofd ook een frisse beurt geven. Om te beginnen kan ze de achterlijke interesse in een man die niet in haar is geïnteresseerd het beste resoluut verwijderen. Ze heeft niets te zoeken op die doodlopende weg. Gelukkig is de trek in fout eten verdwenen. Ze heeft zichzelf een paar keer in een etalageraam bekeken en vastgesteld dat haar figuur zeker niet meer aanstootgevend is, maar ook nog niet optimaal van vorm. Ze weet heel goed dat een foute dag zomaar gevolgd kan worden door een foute week. Ze is nog niet waar ze wil zijn en ze wil zeker niet meer terechtkomen waar ze was. Het eetregime mag niet veranderd worden. Dus ophouden met fantaseren over zoet snoep en chilichips. Ze haalt het laatste volle flesje water uit haar tas en drinkt het in één teug leeg. Nu moet ze wel naar huis om de flesjes weer te vullen. Dag Bert.

Misschien kan ze hem beter vanavond bellen en zo achteloos mogelijk informeren of hij zich ook zo verveelt op zijn vrije zaterdagavond. Wie weet nodigt hij haar dan uit om wat te komen drinken. Ze struikelt over een steentje en wordt ontzettend boos. Waarom ligt dat kolereding hier? Nu dimmen, denkt ze. Wegwezen! Naar huis gaan, een kop thee drinken en er desnoods een paar druppels valeriaan in doen. Dit opgefokte gedoe maakt haar doodmoe. En Bert bellen is ook geen goed idee. Ze kan beter Gijs bellen, met hem naar de bioscoop gaan, na afloop samen iets drinken en misschien in zijn bed belanden. Het wordt tijd dat ze weer eens met iemand vrijt.

De gedachte aan vrijen laat haar onverwacht aan Pelle denken. Ze hoort hem weer zeggen dat het tijd werd om te gaan vrijen. Ze draaiden al weken om elkaar heen en het was er al een paar keer bijna van gekomen, maar bijna is niets, als je het goed beschouwt. Annebeth had het in haar dromen al tig keren met Pelle gedaan. Ze vroeg zich af waarom er bij hen allebei zoveel aarzelingen waren, waarom niemand uitsprak wat er tussen hen gaande was. Bij haar eerste vriendje was ze beslist niet zo terughoudend geweest, dit leek een beetje de omgekeerde wereld.

Pelle trok haar tegen zich aan. 'Wat zijn we voorzichtig, hè?' fluisterde hij.

Annebeth drukte een kus op zijn vingers. 'Klopt. Waarom eigenlijk?'

'Omdat het iets voorstelt en omdat het niet voor één keer zal zijn. Denk ik. Weet ik.'

Ze zaten in een bruin café. 'Zullen we naar mijn flat gaan?' vroeg hij.

Twee weken later woonden ze samen.

'Vind je het leeftijdsverschil tussen jullie niet te groot?' informeerde haar vader.

'Wat wil je nou eigenlijk zeggen?' bitste Annebeth. 'Zeg gewoon wat je denkt, papa.'

'Ik vind veertien jaar verschil erg veel. Jij bent vierentwintig, je hebt net een vaste aanstelling gekregen, je woont nog thuis. Ik zou liever zien dat je eerst eens een tijdje zelfstandig gaat wonen en iets van de wereld gaat zien.'

'Ik dacht dat je Pelle aardig vond,' mokte ze.

'Daar gaat het niet om. Met Pelle is niets mis, hij is niet alleen aardig, hij is prima. Maar zijn jullie met dezelfde dingen bezig? Misschien wil hij al snel aan kinderen beginnen, wil jij dat ook?'

'Liever vandaag dan morgen,' zei Annebeth.

Vijf maanden later was ze zwanger.

Klopt het, wordt het echt tijd dat ze met iemand vrijt? Zou het helpen als ze wordt aangeraakt, zou dat kunnen betekenen dat ze minder aan de eerste maanden met Pelle denkt? De gedachte aan vrijen doet pijn. Vrijen betekent dat ze zich gaat openstellen en iemand toegang verleent tot het deel van haar lichaam waar Benja uit kwam.

Ze kan dat niet, nog steeds niet. Of wel? Zou het lukken als het Bert was? Koestert ze het verlangen naar een onbereikbare man die niet beschikbaar is om te voorkomen dat het werkelijk gebeurt? Blijft ze de rest van haar leven gesloten?

Ze schrikt van het geluid en weet even niet wat het is. Natuurlijk, haar mobiel. Ze neemt op.

'Ha Annebeth, met Sharon. Wat ben je aan het doen?'

'Ik ben op weg naar huis.'

'Heb je zin om mee te gaan naar de nieuwe James Bond? Ik trakteer.'

Annebeth aarzelt. Ze is niet dol op James Bond, maar het is wel een aantrekkelijk idee om niet de hele avond alleen te zijn. Sharon is veilig.

'Ik werd een uur geleden gebeld, of ik morgen een vroege dienst kan draaien,' gaat Sharon verder. 'We zouden naar de eerste avondvoorstelling kunnen gaan en na afloop nog even iets drinken. Ik maak het liever niet laat, dat zul je begrijpen.'

'Goed,' zegt Annebeth. 'Zeg maar hoe laat ik bij de bios moet zijn.'

James Bond op de zaterdagavond. Waarom niet? Misschien kunnen ze na afloop over de baby praten.

70

Anna en Emily rennen door de grote tuin. Bert maant ze voorzichtig te zijn, omdat ze kunnen struikelen over de takken die overal liggen. Als ze zijn uitgeraasd, willen ze helpen met het klaarmaken van het ontbijt.

Hij kijkt naar de blonde krullenkopjes en denkt aan wat zijn moeder daar recent over zei. Ze hoopte dat de meisjes hun krullen niet zouden verliezen als ze puber werden, zoals dat met hem gebeurde. Ze wilde niet geloven dat Bert erg blij was geweest toen hij rondom zijn dertiende verjaardag merkte dat zijn haar wat steiler werd en twee jaar later alleen nog wat slagen vertoonde. Tegen die tijd werd hij minder uitgescholden voor 'mietje' en 'meidenkop'. Zijn moeder dacht dat hij zich die scheldpartijen had verbeeld, omdat hij er thuis nooit iets over had verteld. Toen ze dat zei betrapte hij zichzelf op een buitengewoon onaardige gedachte over haar.

Anna kijkt hem verwachtingsvol aan. Hij weet dat ze de croissantjes wil bakken, maar hij wil eigenlijk niet dat ze in de buurt komt van de hete oven. Anna heeft de ogen van Tanja, maar hij kan zich niet herinneren dat die hem ooit verwachtingsvol heeft aangekeken. Hij háár wel.

'Gaan we ook een keer chocoladecake bakken?' vraagt Anna. 'Ik weet hoe dat moet, mama heeft het me geleerd.'

Zou ze over haar moeder willen praten? Moet hij niet veel vaker checken of ze Tanja missen? Of ze het verlies van hun moeder wel kunnen verwerken? Zou het verstandig zijn om een deskundige in te schakelen die hem kan vertellen op welke manier hij dit het beste te weten kan komen?

'We kunnen ook al brownies bakken,' vult Emily aan.

'Ik kan brownies bakken, jij niet,' zegt Anna.

'Dan kun jij Emily en mij dat mooi eens leren,' oppert Bert, en hij strijkt Emily even over haar hoofd. 'Nou, bakker Anna, zet die croissantjes maar heel voorzichtig in de oven. Wel uitkijken, want hij is heet.'

Anna giechelt. 'Jij bent een bange papa.'

'Hoe kom je daarbij?'

'Dat zei mama altijd.'

Er zit een lastige kriebel in Berts keel.

Ze lopen in optocht naar het huisje. Bert draagt het grote dienblad, Anna de bordjes en Emily het bestek.

Als ze langs de jacuzzi lopen, vraagt Emily wat dat is. Bert noemt het ding een soort grote badkuip met bubbelwater.

'Ik zie geen water,' zegt Emily.

'Dat zit onder het deksel,' legt Anna uit.

'Zijn er ook kinderen in het huisje?' vraagt Emily.

Bert kijkt naar de ramen. 'Geen kinderen, lieverd. Alleen een meneer en een mevrouw.' Hij realiseert zich opeens dat er geen auto op de oprit stond toen ze aankwamen. Zouden de gasten al vroeg ergens naartoe zijn gegaan? Maar ze hadden toch afgesproken dat hij zondagmorgen tegen halfelf het ontbijt zou brengen?

Anna klopt op de deur.

Er gebeurt niets.

Bert zet het dienblad op de zwarte vuilnisbak en kijkt door het raam van de woonkamer. Niemand. Het gordijn van de slaapkamer is open. Daar is ook niemand. Hij haalt zijn sleutel tevoorschijn en steekt hem in het slot. De deur zit op het nachtslot. Hij opent de deur een klein stukje en roept dat hij er is met het ontbijt.

Er is echt niemand in het huisje. Er zijn ook geen kleren van mensen, geen toiletspullen, geen weekendtas.

Ze smullen van de croissantjes en het verse sinaasappelsap. Er kan iets aan de hand zijn geweest met de vrouw, denkt Bert. Misschien heeft ze een miskraam gekregen en zijn ze halsoverkop naar het ziekenhuis gereden. Maar waarom zijn dan al hun spullen weg? Zou er vrijdagavond al iets zijn gebeurd en heeft de man gisteren alles opgehaald?

'We gaan dadelijk nog even naar het huisje, misschien heeft de meneer die het huurde een berichtje achtergelaten,' zegt Bert.

'Misschien is die meneer boos geworden en is hij weggegaan,' oppert Anna. 'Toen jij boos werd ben je toch ook weggegaan, papa?'

'Maar waar is die mevrouw dan gebleven?' wil Emily weten.

71

Sharon heeft veel te diep geslapen. Ze drukt haar vingertoppen tegen haar voorhoofd en masseert de huid. Ze had die vroege dienst gisteren niet moeten nemen, waarom heeft ze niet gewoon nee gezegd toen ze haar belden? En waarom heeft ze het twee avonden achter elkaar zo laat gemaakt? Ze kan niet tegen te weinig slaap en ze had in ieder geval zondagavond op tijd in bed moeten liggen. Maar toen Annebeth zondagmiddag belde om te vragen of ze zin had om bij haar te komen eten, als tegenprestatie voor de film en de gezellige nazit in het café van de vorige avond, vond ze dat een te aantrekkelijk idee. Ze kan momenteel niet goed tegen het alleen-zijn. Het maakt haar ongedurig en ze raakt erdoor uit haar evenwicht. De ontdekking dat Vigo het weekend met Lisa doorbracht in plaats van met haar is hard aangekomen.

Vandaag komt ze Vigo natuurlijk weer tegen op het werk. Zal ze dan aan hem vragen of hij leuke dagen heeft gehad? Dat is een vraag die je aan iedereen met wie je samenwerkt kunt stellen, en niemand zal daar iets achter zoeken. Hij zal er ook geen rekening mee houden dat iemand van de afdeling weet waar hij dit weekend was en met wie. En hij zal er helemaal niet op rekenen dat iemand op de hoogte is van wat hij daar allemaal heeft uitgevreten. Ze wil iets verzinnen waardoor hij argwaan krijgt en waardoor hij zich vooral niet meer op zijn gemak voelt. Het moet een schijnbaar toevallige opmerking zijn. Maar wel iets geniepigs. Iets heel erg geniepigs.

'Jij ziet er niet al te uitgeslapen uit,' verwelkomt de collega die nachtdienst heeft gehad haar. ‘Volgens mij ben je ook dikker geworden, klopt dat?’

Sharon gaat zitten. ‘Als ik goed ben geïnformeerd, hoort dat erbij als iemand een kind krijgt.’

De collega zet grote ogen op. ‘Wat vertel je me nu? Echt waar? Wat leuk voor je. Gefeliciteerd! Ik dacht eerlijk gezegd dat je geen relatie had.’

‘Heb ik ook niet,’ antwoordt Sharon zo achteloos mogelijk. ‘Is ook niet echt nodig, weet je.’

De collega trekt haar wenkbrauwen op.

‘Nog meer vragen?’ wil Sharon weten.

De deur van het kantoor vliegt open en Annebeth komt binnen. Ze probeert de klink te grijpen, maar ze is niet snel genoeg. ‘Hè, wat ben ik weer onbehouwen,’ moppert ze.

Sharon biedt haar koffie aan.

‘Waar is iedereen?’ vraagt Annebeth. ‘Of zijn wij zo vroeg? Toch niet weer ziekmeldingen?’

Er zijn stemmen op de gang.

‘Daar zal je de rest van onze maandagcrew hebben,’ roept Sharon. ‘Kijk, ze zijn er allemaal. O nee, Lisa nog niet. Die heb ik toch wel op de dienstlijst zien staan?’

‘Wat doe je druk,’ zegt Annebeth.

Sharon moet haar collega gelijk geven. Ze is druk, ze kan niet stilzitten en het kost haar moeite zich te concentreren. Er is vandaag zomaar genoeg personeel, nu kan ze misschien nog een keer een vrije middag nemen. Ze heeft het gevoel dat ze stikt in dit ziekenhuis en ze krijgt het vooral benauwd als ze eraan denkt dat ze Vigo vandaag tegen het lijf kan lopen. Ze wil hem liever niet zien, dan hoeft ze ook geen pokerface op te zetten. Binnenkort gaat ze hem gewoon een keer aanspreken, heeft ze zich voorgenomen. Daar moet ze een geschikt moment voor zien te vinden. Misschien kan ze dit het beste plannen op een plek buiten het ziekenhuis. Bij hem thuis, bijvoorbeeld. Ze mocht daar van hem nooit in de buurt komen, omdat daar een echtgenote en niet-bestaande kinderen rondliepen. Maar nu woont hij alleen en dat duurt niet lang meer, als het aan haar ligt. Het wordt nu tijd voor actie. Genoeg geaarzeld, genoeg toegegeven aan zijn grillen, genoeg afgezien.

De overdracht is voorbij en van Lisa is nog geen spoor te bekennen.

Een van Sharons collega's probeert haar telefonisch te bereiken. 'Geen gehoor, niet op haar vaste nummer en niet op haar mobiel,' zegt ze zuchtend.

'Ze is misschien heel erg moe van het weekend,' oppert Sharon met een knipoog naar Annebeth. Die haalt haar schouders op.

'Laten we maar aan het werk gaan, Lisa komt vanzelf tevoorschijn,' stelt de collega voor.

'Of niet,' grapt Sharon. Ze ziet verbaasde gezichten. 'Ik bedoel: misschien denkt ze dat ze vandaag nog vrij is. Die vergissing maken we toch allemaal weleens?' Als ze de gang op lopen, stoot ze Annebeth aan. 'Wat denk jij: zou Vigo weten waar Lisa uithangt?'

'Jij was er toch zo van overtuigd dat hij het weekend niet met háár in dat huisje was?'

'Je zegt het goed: daar wás ik van overtuigd. Nu niet meer. Ik ga het hem gewoon vragen, als hij straks verschijnt.'

'Ik zou me een beetje gedeisd houden, als ik jou was,' adviseert Annebeth.

72

Sharon is duidelijk zichzelf niet, Annebeth zag het aan de blik in haar ogen toen ze vertelde dat ze Vigo Hulscher vragen ging stellen over Lisa. Het zal natuurlijk ook niet meevallen om te moeten toezien dat de man met wie je tot korte tijd geleden een relatie had en die je zwanger heeft gemaakt, duidelijk belangstelling heeft voor een van je collega's. Annebeth hoort steeds meer gesmoes over Vigo en Lisa, misschien klopt het dat ze iets hebben samen. Maar ze vindt dat niemand daar iets mee te maken heeft en ze heeft geen zin om te participeren in de geruchten. Ze wil op Sharon letten en voorkomen dat die een rel schopt. Het lijkt erop dat haar collega een beetje tegen zichzelf beschermd moet worden.

'Ik moet echt sterke koffie hebben,' zegt Sharon geeuwend. Ze draait het deksel van de koffiekan en ruikt aan de inhoud. 'Deze is te slap. Wat dom van me dat ik twee avonden achter elkaar zo laat naar bed ben gegaan. Vanavond lig ik er om tien uur in.'

'Zaterdag was het toch niet zo laat?' meent Annebeth.

'In ieder geval te laat,' bromt Sharon. 'Ik loop even naar het restaurant, daar hebben ze espresso. Ben zo terug.'

'Zullen we nog een keer proberen of we Lisa kunnen bereiken?' vraagt Annebeth aan de collega die vanmorgen al een paar pogingen heeft gedaan. Ze grijpt de telefoon. 'Lisa vergist zich nooit in de dag dat ze moet werken,' legt ze uit. 'Op de een of andere manier vertrouw ik dit niet.'

'Misschien ligt ze nog lekker bij Vigo in bed,' zegt de collega.

'Dat zijn veronderstellingen, daar weet niemand iets van. Laten we ophouden met daarover te speculeren.'

'Het is echt meer dan een veronderstelling, ga er maar rustig van uit dat die twee het samen doen. Je hoeft niet al te scherp te kijken om te zien dat er tussen hen iets gaande is. Weleens van lichaamstaal gehoord? Nou ja, ze doen maar, vind je ook niet? Ik vind het alleen niet erg respectvol ten opzichte van Vigo's exvrouw. Het lijkt een beetje op "opgestaan, plaats vergaan", of op "nieuwe ronde, nieuwe kansen".'

'Wij hebben daar niets mee te maken,' houdt Annebeth vol.

Sharon komt binnen met een kartonnen beker in haar handen. 'Een dubbele espresso, zodat ik mijn ogen nog een paar uur kan openhouden. Wat denken jullie: zou ik een vrije middag kunnen nemen?'

'Waarom heb je eigenlijk je haar laten knippen?' vraagt hun collega aan Sharon.

'Begin van een nieuw leven,' antwoordt die plechtig.

'Wie begint er een nieuw leven?' Ze hebben Vigo niet horen binnenkomen. Hij ziet er moe uit, is het eerste wat Annebeth opvalt. Bleek, wallen onder zijn ogen.

'Wat zie jij er afgepeigerd uit, Vigo,' merkt Sharon op. 'Te veel gedronken het weekend? Of heb je hard moeten werken?'

'Ik was vrij,' mompelt Vigo. 'Waar is Lisa?'

'Lisa is spoorloos verdwenen,' zegt Sharon.

Annebeth ziet dat Vigo schrikt. Hij grijpt de rand van de tafel vast. Ze loopt snel op hem af. 'Lisa denkt waarschijnlijk dat ze vandaag nog vrij is,' legt ze uit. 'We hebben vanmorgen al geprobeerd haar te bereiken, maar ze neemt niet op. We zullen het later op de ochtend nog wel een keer proberen.'

Sharon wil wat zeggen, maar Annebeth duwt haar in de richting van de deur. 'We gaan weer aan het werk en jij neemt vanmiddag lekker vrij.'

'Ik heb mijn koffie nog niet op,' roept Sharon.

Annebeth is blij dat Sharon vanmiddag niet op de afdeling rondloopt. Ze was echt te opgefokt, ze heeft haar geadviseerd iets te gaan doen wat haar rustig maakt. Naar de sauna, bijvoorbeeld, of lekker thuis met de benen op tafel naar een mooie film gaan liggen kijken. Ze moet zich minder opwinden, dat is niet goed voor de baby.

Annebeth denkt aan het gesprek dat ze gisteravond met Sharon had. Het ging vrijwel uitsluitend over het kindje. Ze fantaseerden samen over jongensnamen, omdat Sharon ervan overtuigd is dat ze een jongen krijgt. Annebeth heeft allerlei namen opgenoemd, op één na. Ze heeft ook aangeboden om een dag per week op te passen. Het idee kwam zomaar in haar op en toen omhelsde Sharon haar spontaan.

Opeens is er een verlangen naar de geur van een baby. Naar knorrende geluidjes, naar vingertjes die zich vastklemmen om alles wat daarvoor in aanmerking komt, naar een brede tandeloze lach. Het lijkt of een gevoel dat heel diep in haar heeft liggen slapen het goedvindt dat het wordt gewekt.

Sharon is ondanks de minder rooskleurige omstandigheden op een heel blije manier zwanger.

En Annebeth nu ook een beetje.

73

Het vertrek van de gasten zit Bert dwars. Hij probeert te bedenken waarom ze zomaar zijn verdwenen en vooral of het iets te maken kan hebben met het huisje. Was het niet schoon genoeg? Zijn er apparaten kapot? Hij heeft op zijn vrije maandagmorgen alles goed gecontroleerd, maar niets ontdekt wat eventuele ontevredenheid zou kunnen verklaren. Hij zou de man die het huisje had geboekt natuurlijk kunnen bellen, hij moet zijn nummer kunnen terugvinden op de mobiele telefoon die gebruikt wordt voor de boekingen. Maar hij kan ook aan Annebeth vragen of dit soort gedrag misschien gewoon bij deze man hoort.

De kinderen zijn druk, ze kibbelen en strijden om zijn aandacht. Als ze hem helpen met de tafel afruimen, krijgen ze opeens ruzie. Anna deelt de eerste klap uit en Emily reageert woedend. Bert staat versteld van de heftigheid en vooral van de verbetenheid, die voor zijn gevoel zomaar ontstaat. Waar komt het vandaan? Doen ze dit vaker? Hij haalt de meisjes uit elkaar en merkt dat het hem moeite kost om niet tegen ze te schreeuwen. Hun gedrag haalt een gevoel naar boven dat hij liever wegstopt. Ondanks zijn interventie blijven Anna en Emily boos op elkaar en proberen ze elkaar opnieuw fysiek te raken. Hij grijpt ze vast en dirigeert ze naar boven. 'Uitkleden, tandenpoetsen en naar bed,' gebiedt hij.

Emily begint hartverscheurend te huilen. 'Zij begon ermee,' snikt ze. 'Zij begint altijd en mama gaf mij altijd de schuld.'

'Waar zijn jullie mee bezig?' vraagt Bert. 'Wat is dit voor gedrag? Ik wil niet dat jullie vechten, is dat duidelijk? Als er iets is, praten we erover en maken we het weer goed. Kunnen we dat met elkaar afspreken?'

Emily knikt en is duidelijk opgelucht.

Anna kijkt hem boos aan. 'Van mama mochten we het altijd uitvechten.'

'Van mij niet en ik bepaal hier nu de regels.' Foute tekst, denkt hij. Hoe herstel ik dit?

'Ik wou dat jij was doodgegaan,' zegt Anna.

Het is de eerste keer dat hij zich bewust is van de gelijkenis en hij vraagt zich af hoe het mogelijk is dat hij het niet eerder heeft gezien. De blik in Anna's ogen, de verbeten trek om haar mond, de dreigende houding. Het is Tanja in minivorm en hij deinst ervoor terug.

Zijn moeder zucht hoorbaar als hij haar belt. 'Ik heb het ook gemerkt,' zegt ze. 'Je zult daar iets aan moeten doen, Bert, anders heb je het volgende ongeleide projectiel in huis. Denk maar niet dat ik niets in de gaten had, de agressie spatte soms van haar af. Ik vond haar ruw en onvoorspelbaar.'

'Zag mijn vader dat ook?' Zijn hartslag is opeens duidelijk voelbaar.

'Hij zag niets, maar hij wilde het ook niet zien. Hij adoreerde die vrouw.'

'Heb je dat nu opeens wel in de gaten? Laatst deed je nog alsof ik raaskalde toen ik vertelde dat pa Tanja vaak bezocht. Wat is dit voor een vreemd spelletje?'

'Het is geen spelletje. Ik geef toe dat ik me de vorige keer wel erg van de domme hield. Wat denk je dat het voor mij betekende? Ik vond het irritant en vooral gênant. De oude bok met het groene blaadje, kan het nog walgelijker? Hij was niet alleen gecharmeerd van jouw ex, hoor. Hij flirt met alles wat jong en strak is en borsten heeft. Je vader is al een paar jaar een gekke oude man.'

'Hebben jullie contact?'

'Hij komt regelmatig op de koffie en dan hebben we het nergens over.'

'Gaat er gescheiden worden?'

'Ik onderneem niets.'

'Ik begrijp het niet,' zegt Bert.

'Houden zo, jongen,' adviseert zijn moeder.

'Heeft hij dat bl... Nee, laat maar.'

'Wat wilde je vragen?'

'Laat maar,' herhaalt Bert. 'Ik ga eens goed nadenken over hoe ik Anna moet aanpakken.'

'Wees duidelijk, hou haar kort en laat je niet omverblazen,' adviseert zijn moeder. 'Eén Tanja in de familie was wel genoeg.'

De avond die voor hem ligt benauwt hem. Hij zou nu met iemand willen samen zijn met wie hij alles wat hem bezighoudt kan bespreken. Iemand die luistert, relativeert, tegenspreekt of aanmoedigt. Iemand die hem aanvult, die bij hem hoort. Voor het eerst sinds hij weer in zijn eigen huis woont, overvalt hem een gevoel van grenzeloze eenzaamheid.

De meisjes slapen. Hij drukt een zachte kus op twee warme voorhoofdjes en trekt bij Anna het dekbed wat over haar heen. Nu ze slaapt is ze alleen Anna en is er geen spoor van Tanja te bekennen. Dit beeld moet hij vasthouden, zodat ze de kans krijgt zichzelf te zijn en niet gezien te worden als een afspiegeling van haar moeder.

Als hij languit op de bank ligt, met een flesje bier binnen handbereik, en de misdaadfilm die op de televisie is probeert te volgen, verdwijnt gelukkig het eenzaamheidsgevoel. Als hij alleen is, durft hij aan zichzelf toe te geven dat hij zich bevrijd voelt door Tanja's dood.

Ze is weg. Over. Voorbij.

Ze kan hem niets meer aandoen.

74

Sharon voelt zich opgelucht, omdat ze een vrije middag heeft genomen. Het idee dat ze Vigo weer zou kunnen tegenkomen benauwde haar. Ze wordt kwaad van de weerstand die ze ziet als hij naar haar kijkt. Wat is er toch gebeurd, wat heeft hem toch bezield om met haar te breken? Het wordt haar steeds duidelijker dat een hereniging weinig kans van slagen heeft, maar ze wil nog steeds dat er iets gebeurt waardoor het tussen Vigo en haar weer goed komt.

Ze heeft ook vrij genomen om niet meer naar de gesprekken over Lisa te hoeven luisteren. Men vraagt zich van alles af. Zou Lisa iets hebben meegemaakt waardoor ze niet kan werken? Is ze weggelopen, gevlucht? Het is niets voor haar om zonder meer niet op haar werk te verschijnen. Lisa is met afstand de meest plichtsgetrouwe teamleider die ooit op hun afdeling heeft gewerkt. Die verzuimt nooit zomaar, dus daarom is het op zijn minst vreemd dat ze vanmorgen niet is komen opdagen. Een paar collega's vonden Lisa's afwezigheid verdacht.

Ze moesten eens weten waar Lisa is.

Er komen haar twee vrouwen tegemoet die druk praten en lachen. Sharon doet een stap opzij en laat ze passeren. Ze kan haar ogen niet van hun dikke buiken af houden en is zich opeens bewust van haar eigen gezwollen buik. Wordt het niet eens tijd om aan positiekleding te gaan denken of in ieder geval een paar kledingstukken te kopen die wat ruimer zitten? Ze kijkt de vrouwen na en voelt zich alleen.

Zou Megan nog boos zijn? Zal ze haar moeder bellen en zeggen dat ze wil langskomen? Of kan ze beter naar Zita gaan? Ze moet de mensen met wie ze een goede band heeft niet van zich af duwen, maar ze wil ook niet lastiggevallen worden met vervelende vragen en kritische opmerkingen. Misschien kan ze toch beter wachten op een levensteken van een van de drie. Het zal vooral Megan niet lukken om te zwijgen, die staat waarschijnlijk binnenkort weer voor haar deur. Misschien is het verstandig om haar dan gewoon gelijk te geven in alles wat ze beweert. Wel zo rustig en vooral gemakkelijk. Het zal Megan in ieder geval van het idee af helpen dat Sharon hulp nodig heeft van weer een of andere zielenknijper. En ze went vanzelf aan de gedachte dat er wel een kind in de buik van haar zusje zit, maar niet in die van haar.

De letters zijn groot, rood, en lijken te schreeuwen. Ze maken duidelijk dat er sprake is van een opheffingsuitverkoop. Sharon vraagt zich af hoe ze opeens voor dit pand terecht is gekomen. Ze heeft blijkbaar diep in gedachten een eind door de stad gelopen, zonder precies te zien waar ze naartoe ging. Maar dit is goed, hier wil ze zijn.

Ze bekijkt de kinderkleertjes die in de etalage zijn uitgestald. Alles voor de helft van de prijs. Al zou het allemaal het dubbele kosten, dan nog ging ze hier naar binnen. Haar eigen nieuwe kleding kan nog wel even wachten. Het is tijd om alles te kopen wat Vigo junior de eerste maanden van zijn leven nodig zal hebben.

Met een brede lach op haar gezicht stapt ze de winkel binnen.

75

Annebeth heeft net gegeten als ze hoort dat er een auto het erf op komt rijden. Ze loopt naar buiten en ziet Bert uitstappen. Hij komt lachend op haar af. 'Je ziet er goed uit, Annebeth. Volgens mij ben je weer afgevallen. Klopt dat?'

Ze trekt haar buik in. 'Het gaat weer beter, ik bleef een paar weken op hetzelfde gewicht, maar nu val ik inderdaad weer af. Nog een paar kilo en ik ben waar ik wil zijn.'

'Knap van je, ik denk dat maar weinig mensen je dit op eigen kracht nadoen. Kom ik gelegen?'

Hij maakt een nerveuze indruk en ze vraagt zich af wat er aan de hand kan zijn. Is hij misschien boos omdat ze het weekend aan hem heeft overgelaten? Maar toen ze het vroeg, maakte hij geen enkel bezwaar.

'Ik ben niet zomaar hiernaartoe gekomen,' zegt Bert.

Annebeth probeert niet te laten merken dat ze zich onzeker voelt. 'Ben je ergens boos over?' wil ze weten.

'Boos? Welnee, waarover dan? Ik ben eerlijk gezegd een beetje bezorgd over de mensen die hier het weekend waren.'

'Bezorgd?'

'Jij kent ze toch?'

'Dat klopt – althans, de man. Hij heeft tijdens de boeking verteld dat hij met zijn vriendin kwam, maar ik weet niet zeker of dat onze teamleider is. Ik denk het wel, er wordt namelijk op de afdeling nogal veel over die twee gefluisterd. Hij is na een ruzie waar de politie aan te pas moest komen gescheiden, zijn vrouw heeft hem verlaten. Misschien wilde hij met zijn nieuwe vriendin even uitwijken naar een plek waar ze niet zomaar een bekende kunnen tegenkomen. Ik kan me daar wel iets bij voorstellen. Daarom leek het me niet verstandig om hier te zijn.'

'Ik begrijp het.' Bert aarzelt. 'Het leek me een aardige man.'

'Hij werkt als chirurg op onze afdeling.'

'Ik heb de vrouw alleen in een flits gezien.'

'Maar waarom maak je je precies bezorgd, Bert?'

'Ik was hier zondagochtend om het ontbijt te brengen. Ze hoefden zaterdagochtend geen ontbijt, omdat ze mijn tijd van bezorging te vroeg vonden. Dus ik was hier zondag, samen met mijn dochters. Maar ze waren weg.'

'Hoezo, weg? Een dagje uit?'

'Nee, helemaal weg. Hun spullen waren er niet meer, de auto stond niet op de oprit, er was geen spoor meer van ze te bekennen. Ik ben later nog teruggegaan om te kijken of er misschien een boodschap was achtergelaten, maar dat was ook niet het geval. Ze waren vertrokken en ik begrijp er niets van.'

'Misschien hebben ze ruzie gekregen en zijn ze eerder naar huis gegaan,' oppert ze. Dat zou de afwezigheid van Lisa kunnen verklaren, bedenkt ze. Wie weet is het in het huisje tot een breuk gekomen en kon Lisa het niet opbrengen hem maandag al direct weer te zien. Maar waarom heeft ze zich dan niet gewoon ziek gemeld?

'Heb je ze na het weekend al gezien?' Bert trekt zich duidelijk niets van haar antwoord aan.

'Alleen hem, gisteren en vandaag.'

'En was er iets aan hem te merken?'

Annebeth denkt aan het strakke gezicht van Vigo, toen hij vanmorgen hoorde dat Lisa weer niet op de afdeling verschenen was. De afdelingsmanager heeft gezegd dat ze zal gaan uitzoeken wat er aan de hand is, maar dat zei ze vanmiddag vlak voordat Annebeth naar huis ging. Het is goed mogelijk dat Lisa nu al getraceerd is en dat ze morgen wel komt opdagen. Dat kan nog spannend worden, want Vigo maakte niet de indruk dat hij vrolijk werd van die gedachte. Annebeth heeft sterk de indruk dat er tussen hun twee iets onaangenaams is voorgevallen. En misschien is Lisa ervandoor gegaan, is ze op een vliegtuig gestapt of heeft ze de eerste de beste trein genomen. Dat vindt Annebeth een opwindende gedachte, vooral omdat ze zelf zoiets zou willen durven. Heerlijk idee, gewoon weggaan en de boel de boel laten. Dag allemaal, tot later. Ik wil voorlopig geen van jullie koppen zien. *Don't call me, I'll call you.* Uiteraard pas als ik daar weer zin in heb.

'Wat is er zo grappig?' wil Bert weten.

Annebeth voelt zich betrapt. 'Binnenpretje, laat maar. Zullen we anders nog een keer door het huisje lopen om te kijken of er toch een aanwijzing te vinden is voor hun vertrek?'

Bert staat op. 'Graag.'

Ze hoopt dat hij daarna snel weer weggaat.

76

Ze staat opeens voor zijn neus en Bert kan nog net voorkomen dat hij uitschiet met de schaar.

'Hoi,' zegt Sharon. 'Ik was in de buurt en dacht: laat ik eens even gaan kijken hoe het met mijn stotterende kapper is.'

'Dat stotteren valt wel mee,' protesteert hij. 'Ben je alleen? Is Annebeth er niet bij?'

'Die moet werken en ik ben vandaag vrij. Ik had zin om te shoppen. Babykleertjes, ik koop me suf.'

'Is het niet veel leuker om dat samen met je vriend te doen?'

'Het is uit.'

'Nee toch? Laat hij je in de steek?'

'Dat kun je wel zeggen. Hij heeft een ander.'

'Allemachtig zeg, wat een kl... Nou, laat ik me maar inhouden. Wil je koffie? Er staat een kan in de keuken, net vers. Je mag jezelf bedienen, ik moet deze mevrouw eerst af knippen.' Bert ziet dat zijn klant betekenisvol glimlacht. Ze zal toch niet denken dat hij...? En wat dan nog? Hij hoeft zich toch niet te schamen voor het feit dat hij Sharon leuk vindt?

'Is je collega er vandaag niet?' informeert Sharon.

'Lucy is even een boodschap doen, ik verwacht haar elk moment terug. Hoe bevalt je korte haar?'

'Heel goed, lekker gemakkelijk. Maar iedereen denkt dat ik een hoogdravende reden had om het te laten knippen. Je wilt niet weten welke belachelijke vragen ik op me afgevuurd heb gekregen. Het lijkt of de halve wereld denkt dat een vrouw die besluit om een ander kapsel te nemen een groot psychisch lijden met zich meetorst.'

'Dat zal toch wel meevallen?' Bert moet lachen om haar betoog. Ze is fel en gepassioneerd. Haar ogen schitteren, ziet hij in de spiegel. Ze lijkt opgewonden. Of is ze kwaad op haar vriend? Waarom zou die haar laten zitten?

'Kun je er niet een paar uur tussenuit knijpen als Lucy terug is?'

Berts ogen ontmoeten die van de vrouw met wie hij bezig is. Hij meent een bemoedigende blik te zien. 'Dat is bespreekbaar,' zegt hij.

Moet hij dit wel doen? Ach, waarom ook niet?

Ze heeft, zodra ze buiten liepen, zijn arm gegrepen en nu lopen ze stevig gearmd door het winkelcentrum. Hij kan niet ophouden met naar haar kijken. Ze is vrolijk, ze danst met hem mee. Zou ze haar verdriet gewoon overschreeuwen?

'Jij denkt natuurlijk dat ik mijn teleurstelling weglach?' oppert Sharon.

'Zoiets is wel in me opgekomen. Ik kan me eerlijk gezegd niet voorstellen dat iemand in jouw positie erg vrolijk is.'

Sharon grinnikt. 'Toepasselijke uitdrukking, zeg. Ik bedoel "positie". De oma van mijn vader sprak toen ik nog een klein meisje was altijd op die manier over zwangere vrouwen. Die waren "in positie".'

'Ik ken die uitdrukking niet,' zegt Bert. 'Maar vertel eens, hoe gaat het écht met je?'

Sharon wijst naar het café dat ze naderen. 'Zullen we daar iets gaan drinken? Ik heb ook wel zin in een hartig hapje, een bittergarnituur of zo.' Ze blijft aan zijn arm hangen als ze het café binnengaan. 'Jij voelt lekker sterk aan, Bert,' zegt ze.

Ze zijn aan de tweede bittergarnituur begonnen en Bert lacht geamuseerd om de gretigheid waarmee Sharon het ene na het andere stukje warme hartigheid in haar mond stopt. 'Jij eet echt voor twee, is het niet?'

Ze schuift de schaal in zijn richting. 'Sorry, ik ben veel te gulzig en laat niets voor jou over. Neem alsjeblieft ook wat, ik ben echt onbeleefd.'

'Eet het maar lekker op, ik heb geen trek. Heb je wel ontbeten?'

'Ja hoor, ik kan de hele dag eten, maar ik probeer mezelf wel een beetje te beheersen. Behalve nu.' Ze lacht. 'Vond je het eigenlijk niet raar dat ik opeens in de zaak stond? We kennen elkaar nauwelijks.'

'Ik vond het fijn,' zegt Bert.

Sharon buigt zich naar hem toe. 'Dat dacht ik al.'

Hij zou alles van haar willen weten. Ze fascineert hem, hij kan zijn ogen niet van haar af houden. Deze vrouw maakt iets in hem los wat hij nooit eerder heeft gevoeld, zelfs niet voor Tanja. Die imponeerde hem alleen door haar kracht en Sharon raakt hem juist door haar kwetsbaarheid. Want dat ze kwetsbaar is, valt niet te ontkennen. Het straalt van haar af en het wekt bij hem de neiging op om haar stevig vast te houden en niet meer los te laten.

'Zorg je nu in je eentje voor je kinderen?' vraagt ze.

'Zo veel mogelijk, maar ik heb gelukkig hulp voor als ik zaterdags werk. En Lucy blijft de dagen dat ze werkt tot zes uur, om af te sluiten, zodat ik de meisjes kan ophalen bij de naschoolse opvang.'

'Wie helpen je?'

'Mijn ex-schoonmoeder, mijn ex-schoonzussen en de beste vriendin van Tanja.'

Sharon kijkt verrast op. 'Echt? Beschouwen die jou dan niet als de kwaaie pier?'

'Blijkbaar niet, we hebben het er niet over. Ze helpen en daar ben ik blij mee. Ze laten mijn scheiding van Tanja met rust en waarom zouden we het er ook nog over hebben? Tanja leeft niet meer.'

'Deed het jou iets? Ik bedoel haar dood.'

Bert vraagt zich af wat ze van hem wil horen. 'Ach...' zegt hij.

Het is al vier uur geweest als hij terugkomt in de zaak. Lucy stelt hem gerust, ze kon het prima in haar eentje af toen hij weg was. Ze vindt dat hij zoiets vaker moet doen, omdat het hem kan afleiden. En volgens haar is die Sharon een leuke meid, mogelijk net wat hij nodig heeft.

Bert wil het verder niet over Sharon hebben. Hij weet niet of het iets kan worden tussen hen. Die vrouw is zwanger van een vent die haar laat zitten. Wil hij een relatie beginnen met iemand die nauwelijks bekomen is van de schok die deze afwijzing onherroepelijk met zich mee zal brengen? Ze doet stoer, ze wil duidelijk de indruk wekken dat het haar niet echt raakt, maar dat gelooft hij niet. Daarom moet hij voorzichtig zijn. Waar hij ook op zit te wachten, niet op onrust in zijn leven en zeker niet in zijn gezin. Hij zal rekening moeten houden met de gevoelens van zijn kinderen en hij wil beslist voorkomen dat ze zich gaan hechten aan iemand van wie ze misschien snel weer afscheid moeten nemen. Daarom heeft hij niets met Sharon afgesproken. Laat haar maar het initiatief nemen, hij volgt als het hem goed lijkt. Toen ze afscheid namen hebben ze 'Tot ziens' gezegd en elkaars hand even aangeraakt. Er is niet gekust.

Ze heeft een prachtige kop. Ze heeft mooie borsten.

'En nu?' wil Lucy weten.

'Nu gewoon weer aan het werk,' zegt hij.

77

Sharon gaat het verstandig aanpakken. Bert is een mogelijkheid om Vigo jaloers te maken, maar hij zal niet gemakkelijk te krijgen zijn. Hij heeft recent te veel meegemaakt en zijn voorzichtigheid zal vooral gericht zijn op de twee kinderen voor wie hij moet zorgen. Ze had ook het gevoel dat hij niet kon geloven dat haar gevoelens voor de man die haar zwanger heeft gemaakt al voorbij zijn. Dat zijn ze ook niet, hoewel woede en de behoefte om wraak te nemen nadrukkelijk de boventoon voeren. Liefde en haat zijn soms nauwelijks van elkaar te onderscheiden. Ze gaan samen op, raken elkaar, vermengen zich en vormen een geheel. Ze putten haar uit.

De eerste stap van project-Bert is gezet en zodra ze afscheid van elkaar hadden genomen begon ze al aan een tweede ontmoeting te denken. Bert maakte geen aanstalten om iets af te spreken, maar ze is ervan overtuigd dat hij een tweede toenaderingspoging zal kunnen waarderen.

Hij keek steeds naar haar borsten.

'Was jij vandaag niet vrij?' vraagt Sharon aan Annebeth.

'Klopt, maar ik werd gisteravond gebeld of ik wilde waarnemen als teamleider. Iemand van het management komt vanmiddag om twee uur op de afdeling om met ons te praten.'

'Waar gaat het over, denk je?'

Annebeth kijkt Sharon met opgetrokken wenkbrauwen aan. 'Dat snap je toch wel? Over Lisa, natuurlijk. Ik denk dat het niet goed zit met haar.'

'Niet goed zit? Bedoel je dat ze dood is?'

'Dóód? Hoe kom je erbij? Ik denk dat ze zwaar overspannen is.'
'Ik denk dood,' zegt Sharon.

Er hangt een vreemde sfeer op de afdeling en Sharon merkt dat ze er nerveus van wordt. Ze zou hier niet willen zijn, maar ze zal moeten blijven. Vandaag is een geschikte eerste gelegenheid om Vigo te laten merken dat ze belangstelling heeft voor een andere man. Ze gaat het niet plompverloren voor zijn voeten gooien, ze zal het heel subtiel aanpakken. Haar actie begint met een verbale speldenprik en breidt zich daarna uit. De speldenprik zal gevolgd worden door een venijnige kras en vervolgens heeft ze een echte wond in gedachten. Er gaat psychisch bloed vloeien, iemand gaat stevig pijn lijden.

De messen zijn geslepen.

Sharon is boos. Ze kijkt naar de gezichten om zich heen en ergert zich aan de zorgelijke blikken en de nerveuze gebaren. Zie dat stel hier eens staan. De angst druipt er vanaf, de spookbeelden dansen in hun ogen. Wat een watjes zijn het allemaal, wat een schijters. Niemand durft nu hardop te zeggen dat de onverklaarbare afwezigheid van Lisa helemaal niet zo onverklaarbaar is. Niemand heeft het over de vermoedens die ze eerder tegen elkaar uitspraken over een relatie tussen Lisa en Vigo.

Waar is Vigo eigenlijk?

De manager vraagt om stilte.

Sharon hoort geroezemoes bij de deur en kijkt om. Vigo is binnengekomen en loopt naar de andere kant van de grote vergadertafel, waar nog een lege stoel staat. Ze probeert zijn blik te vangen.

'Ik heb geen goed nieuws,' begint de manager. 'Lisa Karsten wordt vermist. Ze is in de nacht van zaterdag op zondag verdwenen en tot nu toe is het niet duidelijk waar ze is gebleven. Haar ouders hebben de politie ingeschakeld.'

Die hebben dan nog niet goed gezocht, denkt Sharon.

78

Annebeth kan de stilte die is gevallen na de laatste woorden van de manager niet verdragen. 'Kunt u wat meer zeggen over wat er volgens de politie kan zijn gebeurd?' vraagt ze.

'Het onderzoek is nauwelijks gestart,' is het antwoord. 'Lisa's ouders hebben pas gisteravond aangifte gedaan, omdat toen duidelijk werd dat ze nergens te vinden was.'

'Misschien is ze overspannen en heeft ze zich ergens teruggetrokken om tot rust te komen,' oppert de collega die samen met Sharon binnenkwam.

'Ik ben van mening dat Lisa niet zulke onbezonnen dingen zou doen,' zegt de manager. 'Ik deel de bezorgdheid van haar ouders en ik wil aan jullie vragen om niet met de pers te praten, als die zich hier aandient. Dat kunnen we verwachten zodra het opsporingsbericht officieel bekend wordt gemaakt. We willen hier geen wildwesttoestanden en zeker geen indianenverhalen. Daarom doet de directie van het ziekenhuis een beroep op jullie om te zwijgen. Als iemand meent hierover iets te melden te hebben, ga dan rechtstreeks naar de politie of schakel mij of de vertrouwenspersoon in. Alle informatie die we ontvangen zal vertrouwelijk zijn.'

Annebeth ziet dat Sharon iets wil zeggen. Ze buigt zich naar haar toe. 'Stil!' gebiedt ze fluisterend.

Sharon knippert een paar keer met haar ogen. 'Ik word hier niet goed van,' sist ze. 'Waarom heeft opeens niemand het meer over Lisa en Vigo? Dat was toch zulk hot news? Wordt de dokter nu gedekt? En waarom dan?'

'Het waren geruchten, Sharon, en ik denk dat iedereen zich intussen realiseert hoe voorzichtig je daarmee moet zijn.'

'En bedenkt niemand dan dat het toch wel een beetje vreemd is dat eerst zijn vrouw hem verlaat en korte tijd later degene met wie hij duidelijk iets heeft spoorloos verdwijnt? Is het niet een beetje té toevallig dat hij in korte tijd zijn partners verliest? En moet ik degene zijn die dit aankaart? Ik, de vrouw die hij laat zitten? Laat jij dit ook zomaar gebeuren? Jij weet waar hij het afgelopen weekend was en met wie.'

'Niet met wie. Ik ben het weekend niet in het huisje geweest.'

'Maar ik weet wel met wie en ik kan geen reden verzinnen om dit niet bekend te maken.'

'Hoe weet jij dat dan, Sharon?' Annebeth voelt een rilling over haar rug glijden.

Sharons mond is vlak bij Annebeths oor. 'Dat zou jij wel willen weten, hè?'

Annebeth gaat rechtop zitten. Ze ziet dat de manager naar haar kijkt.

'Is het mogelijk ons ook te vertellen wat er te fluisteren valt?' vraagt die.

'Neem me niet kwalijk,' antwoordt Annebeth. 'Dit ging ergens anders over.'

'Als er geen vragen meer zijn, kunnen we de bijeenkomst sluiten,' zegt de manager. 'Ik beraad me op een tijdelijke waarneming van Lisa.'

Annebeth heeft het gevoel dat de fluisteractie haar kansen op een tijdelijk waarnemerschap van de teamleider drastisch heeft verminderd. Maar dat is momenteel niet belangrijk. Ze grijpt Sharon bij haar arm vast. 'Als jij denkt dat je iets kunt vertellen over Lisa's vermissing, moet je contact opnemen met de politie,' zegt ze, zacht genoeg om alleen voor Sharon verstaanbaar te zijn.

'Ik los dit liever zelf op,' fluistert Sharon.

Annebeth wil vragen wat ze daarmee bedoelt, maar ze heeft zich al omgedraaid en loopt de gang op.

Ik moet met Vigo Hulscher praten, denkt Annebeth, en het liefst voordat Sharon nog meer schade aanricht. Ze kijkt om zich heen. Vigo staat in een hoek van de vergaderkamer met een andere chirurg te praten. Ze stapt op hem af.

Hij is haar gevolgd naar een spreekkamer en gaat tegenover haar zitten. Annebeth ziet dat hij een van zijn mondhoeken steeds naar beneden trekt. 'Ik moet je iets vertellen,' begint ze. 'Ik weet waar je het weekend bent geweest. Ik was namelijk degene die je te woord stond toen je telefonisch het huisje boekte. Een vriend van me heeft het beheer ervan tijdelijk aan mij overgedragen, maar ik vond het niet wenselijk om jou en de vriendin met wie je wilde komen te ontvangen en te bedienen. Voor mijn gevoel was dat een inbreuk op jullie privacy.'

Hij staart haar aan. 'Allemachtig,' weet hij na een lange stilte uit te brengen.

Ze vertelt hem dat haar vriend zich erge zorgen maakte over het plotselinge vertrek van de gasten en dat hij vermoedde dat ze niet tevreden waren.

'Daar had het niets mee te maken,' zegt Vigo.

'Ik hoef niet te weten waar het wel mee te maken had, maar ik wil geen kat-en-muisspel gaan spelen,' antwoordt Annebeth. 'Er gaan al een paar weken geruchten op de afdeling over een mogelijke relatie tussen jou en Lisa en ik denk dat de politie daar snel achter komt. Vooral Sharon is tamelijk geladen, je begrijpt wel waarom.'

'Dat begrijp ik niet.' Vigo lijkt geïrriteerd te zijn. 'Waarom zou ik dat moeten begrijpen?'

Annebeth denkt snel na. Wat moet ze doen? Hem ronduit confronteren met de reden van Sharons teleurstelling? Ze kan het misschien toch beter in bedekte termen duidelijk maken. 'Ik wil me nergens mee bemoeien wat me niet aangaat.'

'Ik weet echt niet waar je het over hebt, Annebeth.'

'Ik bedoel: je zult toch wel begrijpen dat Sharon zich afgewezen voelt?'

'Afgewezen voelt? Door wie?'

'Door jou.'

'Door mij? Nee, dat begrijp ik niet. Ik ken haar nauwelijks en ik ben nog nooit ingegaan op haar bedekte uitnodigingen. Ik heb haar al meerdere keren duidelijk gemaakt dat haar insinuerende opmerkingen me niet aanstonden. Is ze daardoor soms teleurgesteld? Wat heeft die vrouw zich allemaal in het hoofd gehaald?'

Annebeth zwijgt. Ze weet niet goed wat ze nu moet zeggen.

'Weet Sharon ook dat ik het weekend met Lisa in dat huisje was?'

'Ik heb haar in vertrouwen verteld dat jij had geboekt. Maar ik wist niet zeker wie je bij je had, dus daar heb ik geen uitspraken over gedaan.'

'We wilden even een weekend ergens zijn waar niemand ons in de gaten kon houden,' zegt Vigo. 'Ik had dat vooral nodig, ik vond het moeilijk om zo snel na de scheiding van mijn vrouw al met Lisa tevoorschijn te komen. Dat was vooral pijnlijk voor mijn schoonfamilie, begrijp je? Daar heb ik nog steeds een prima contact mee.' Hij zucht diep. 'Ik vond op internet een bed & breakfast die vlak in de buurt was. Ik kan maar beter open kaart spelen met de politie, denk ik. Als het hier al zo gonst en als bij sommige verpleegkundigen ook bekend is dat we samen waren en op welke locatie, maakt verder zwijgen me alleen maar verdacht. Ik weet niet waar ze naartoe is gegaan, Annebeth. Ik wou dat ik het wist. We kregen ruzie over een pijnlijk onderwerp en ik ben een paar uur weggegaan om weer tot mezelf te komen. Toen ik terugkwam was ze vertrokken. Ik heb nog een tijdje zitten wachten of ze terugkwam, maar dat gebeurde niet. Toen heb ik mijn spullen gepakt en ben naar huis gegaan. Daarna heb ik haar niet meer kunnen bereiken.' Hij ziet er aangeslagen uit. 'Ik praat vandaag nog met de politie. Bedankt voor je eerlijkheid. Kan dit gesprek onder ons blijven?'

Ze staan tegelijk op.
'Natuurlijk blijft dit onder ons.'
'Dank je. Ik heb de indruk dat je nog iets wil vragen.'
'Dus er is geen sprake van een relatie met Sharon?' informeert Annebeth nog een keer. 'Ik heb er natuurlijk niets mee te maken, maar...'
'Absoluut niet. Echt niet. Nogmaals: ik waardeer je eerlijkheid. Ik denk dat we allemaal een beetje in de war zijn. Maar één ding weet ik echt zeker: er is niets tussen mij en Sharon en er is nog nooit iets geweest. Geloof je me?'
'Ik geloof je,' zegt ze.

79

Ze duikt naast hem op als Bert de deur uit komt. 'Ha, Bert, ken je me nog?'

Hij grinnikt. 'Zowaar, het is toch algauw vierentwintig uur geleden dat we elkaar zagen.'

'Zesentwintig,' corrigeert ze hem. 'Moet je de kinderen ophalen?'

'Nee, vandaag niet. Ze gaan naar een verjaardagsfeestje en de moeder van de jarige neemt ze mee naar huis.'

'Mag ik dan een paar uur bij je blijven?'

Bert grijpt haar vast. 'Wat is er, Sharon?'

Ze haalt haar schouders op. 'Het gaat even niet goed.'

'Dat zie ik. Zullen we ergens iets gaan eten? Dan kunnen we rustig praten.'

'Ik wil liever met je mee naar huis.'

'Dan doen we dat.' Hij had willen weigeren, maar hij heeft al toegestemd. Wat maakt het ook uit? Ze heeft hem nodig. Het is een fijn gevoel dat een vrouw hem nodig heeft en vooral als het een vrouw betreft over wie hij sinds hij haar in het ziekenhuis voor de eerste keer zag lopen behoorlijk vaak fantaseert. Ze rijdt met hem mee en hij brengt haar later wel terug naar de parkeerplaats waar haar auto staat. Dat moet wel gebeuren voordat de kinderen weer thuiskomen. Bert wil hen nog even niet bij zijn vriendschap met Sharon betrekken.

Hoewel, vriendschap?

Zodra ze in de auto zitten begint ze te praten. Hij begrijpt niet meteen over wie ze het heeft. Wie zijn Lisa Karsten en Vigo Hulscher? En wat is er met die mensen gebeurd? Sharon heeft het over het stel dat het afgelopen weekend in het huisje zat en opeens verdwenen was. Begrijpt hij het goed? Is de vrouw nu helemaal zoek? Vermist? Is de politie er al aan te pas gekomen?

'Ik ken hem persoonlijk heel goed,' zegt Sharon.

Hoe goed?

'Ik heb tot nu toe niet kunnen begrijpen wat hij in die vrouw ziet. Maar wie ben ik? Kun je je voorstellen dat ik de hele dag zit te denken wat er met Lisa aan de hand kan zijn?'

Bert zegt dat hij er zich wel iets bij kan voorstellen, maar als hij eerlijk zou zijn, zei hij dat hij er helemaal niets van snapt. Sharon kent die Vigo dus goed? Heel goed, zelfs. Is ze hier zo mee bezig omdat ze zich de toestand waarin deze man terecht is gekomen vanuit meer dan een vriendschappelijke belangstelling aantrekt? Hij wil zich hier niet mee bezighouden, hij heeft al genoeg aan zijn hoofd. Het gaat om mensen die hij niet persoonlijk kent en die hem ook niet interesseren. Maar Sharon interesseert hem wel, al rinkelen er bellen in zijn hoofd en weet hij dat het waarschijnlijk beter is haar met rust te laten. Hij kan het beste niet te veel naar haar kijken, want zijn lichaam reageert tamelijk snel en heftig op wat hij dan ziet. Dat leuke gezicht, die mooie borsten.

Die ontzettend lekkere kont.

Zelfs als ze alleen maar gearmd lopen, voelt ze heerlijk aan.

Hoelang is het intussen geleden dat hij seks heeft gehad?

'Laten we maar even langs de pizzeria rijden,' stelt hij voor. 'Ik heb weinig zin om te koken. Hou je van pizza?'

Ze trekt zijn hoofd naar zich toe en kust hem op zijn mond. Elke spier, elke zenuw, alles wat in zijn lijf kan reageren, reageert. De kus is vrijwel direct niet alleen meer vriendschappelijk.

Hij klemt zijn handen om haar hoofd, hij voelt haar tanden tegen zijn lippen. God, ik wil haar, denkt hij.

'Rij eerst maar naar huis,' fluistert Sharon.

80

Het overkomt haar. Sharon rent achter Bert aan naar de voordeur van zijn huis en zodra ze binnen zijn begint ze aan zijn kleren te trekken. Ze voelt dat ze wordt opgetild.

Hij draagt haar naar boven en een paar seconden beseft ze dat ze zou willen dat het Vigo was die dit deed. Nu is het een andere man, een man met wie ze, als ze eerlijk is tegen zichzelf, eigenlijk niet wil vrijen. Toch doet ze het, toch gebeurt het. Het moet ook gebeuren, goede seks is nooit weg, het is al veel te lang geleden dat ze dit beleefde. Haar lijf staat in brand, het schreeuwt erom. Als hij maar niet direct op haar duikt, als hij maar wel begrijpt dat ze eerst wil klaarkomen.

Hij legt haar neer op een bed en begint haar uit te kleden. Zijn handen zijn overal, zijn mond verkent ieder plekje van haar lijf. Ze kan gerust zijn, hij neemt de tijd voor haar. Ze hijgt, ze kermt, ze hoort haar eigen ademhaling op hol slaan. Het orgasme komt veel te snel, maar terwijl ze nog niet eens in staat is om weer gewoon adem te halen, begint hij opnieuw. Na de derde keer trekt ze hem over zich heen. Ze hapt naar lucht als hij in haar komt. De wereld om haar heen vervaagt. Ze kijkt naar Bert en denkt aan Vigo.

Ze sluit haar ogen.

Ze hebben samen gedoucht en zijn weer aangekleed. Bert lijkt verlegen, hij kijkt steeds langs haar. De pizza die hij heeft besteld wordt gebracht en ze eten er samen van.

'Vond je het fijn?' vraagt Sharon.

Hij streelt haar gezicht. 'Wat dacht je dan? Ik vond het heerlijk. Totaal onverwacht en misschien daardoor zo fijn. Wat mij betreft voor herhaling vatbaar.'

Ze neemt een hap van het grote stuk pizza dat hij voor haar heeft afgesneden en lacht breed. Lachen betekent dat ze niets hoeft te zeggen en dus ook niet hoeft te liegen.

Wat zou Vigo op dit moment doen?

'Hoe gaat het eigenlijk met...' Bert aarzelt.

'Zeg het maar,' nodigt ze uit. Er springt een stukje deeg uit haar mond.

'Met je zwangerschap. Hoe ver ben je?'

Ze steekt vier vingers in de lucht.

'Je ziet er nog niet veel van,' zegt Bert. 'Weet je al hoe je het gaat organiseren?'

Sharon knikt en neemt snel nog een hap.

Ze schrikken allebei van het geluid.

Bert springt bijna van zijn stoel af. 'Ik had de kinderen niet voor een uur of halfnegen terugverwacht. Moet ze even voorbereiden op jouw aanwezigheid.' Hij loopt snel naar de gang.

Sharon luistert. Geen kinderstemmen, wel een soort gebrom. Een stem schiet uit. Is dat Bert? Het lijkt geen gezellig gesprek.

De voordeur valt met een klap in het slot.

Bert komt weer binnen. 'Dat was mijn vader. Hij wilde de kinderen zien.'

'Hadden jullie ruzie?'

'Ach, ruzie... Het gaat nooit ergens over tussen mijn vader en mij. Sorry voor het incident.' Hij komt op haar af en slaat zijn armen om haar heen. 'Laten we nog een keer vrijen.'

Ze wordt weer opgetild en weer naar boven gedragen. En ze denkt weer aan Vigo.

81

Annebeth ziet het direct als Sharon binnenkomt. Slecht humeur. Donkere ogen, strak gezicht. Mond in een strakke streep getrokken.

'Zal ik koffie voor je halen?' biedt ze aan.

'Is Vigo al gesignaleerd?' wil Sharon weten.

'Ik heb hem nog niet gezien. We hebben vandaag een druk operatieprogramma, dus ik neem aan dat hij pas in de loop van de middag komt. Had je hem willen spreken?' Annebeth probeert de vraag zo achteloos mogelijk te stellen.

'Ja. Ik heb nieuws voor hem.'

Annebeth houdt haar adem in. 'Over Lisa?'

'Wat kan Lisa mij nou schelen? Die is verdwenen en die zien we misschien wel nooit meer terug. Het ruimt lekker op, moet je maar denken.'

'Zo denk ik niet, Sharon. Ik maak me zorgen om haar. Mensen verdwijnen niet zomaar van het ene op het andere moment. Lees jij geen kranten? Kijk je niet naar nieuwsberichten? Ze wordt intensief gezocht en ze houden rekening met een misdrijf. Haar foto is zelfs op de televisie getoond.'

'Maak je niet zo druk om Lisa, zeg. Die heeft een time-out genomen en ligt waarschijnlijk ergens lekker op een zonnig strand bruin te worden.'

'Zonder eerst vakantie te vragen? Zonder er ook maar met iemand over te spreken? Zelfs haar ouders schijnen van niets te weten. Dat klopt toch niet? Er kan iets aan de hand zijn wat te verschrikkelijk is voor woorden.'

Sharon lacht breed. 'Denk je dat Vigo haar koud heeft gemaakt?'

Er komt een collega binnen. Annebeth duwt haar terug de gang op. 'Laat ons alsjeblieft even alleen en hou iedereen nog tien minuten buiten.' Ze sluit de deur en keert zich om. 'Je reageert echt niet normaal, ik heb het idee dat je doordraaft. Misschien heb je hulp nodig. Bijt je niet vast in wat je wilt met Vigo, Sharon. Dat leidt echt nergens toe.'

'Wat ik wil met Vigo? Waar heb jij het over? Jij weet niets van onze relatie.'

'Ik heb met hem gepraat. Hij ontkende dat er iets tussen jullie was.' Ze let goed op de reactie van Sharon, maar die vertrekt geen spier.

'Volgens mij gaat het niet goed met je,' zegt Annebeth. 'Ook al gaat het me niet aan, ik zeg het toch tegen je. Ik wil je graag helpen.'

'Ik help mezelf wel en geloof me, Vigo houdt vanzelf op mij te ontkennen als hij hoort dat ik een nieuwe vrijer heb gevonden. Dat is de enige manier om een vent wakker te schudden, lieve Annebeth. Neem dat maar van mij aan. Zodra ze horen dat je met een andere man in bed hebt gelegen, komen ze in actie.'

Annebeth heeft opeens een droge keel. 'Wie is die nieuwe... vrijer?'

'Wat denk je? Bert van Meulwijk.' Sharons lach heeft iets triomfantelijks. 'En ik moet hem nageven dat hij er wat van kan.'

'Weet hij dat je een kind verwacht?'

'Er komt geen kind,' zegt Sharon. Nu zit er geen spoor van triomf meer in haar stem.

De zin galmt in haar oren.

'Er komt geen kind.'

Die vier woorden bedekken de mededeling die eraan vooraf ging. Misschien komt dat omdat Annebeth wel had verwacht dat Bert achter Sharon aan zou gaan. Of heeft zij juist het initiatief genomen? Het doet er niet toe, het feit ligt er. Of niet? Als Sharon werkelijk fantaseerde over Vigo, kan ze dat natuurlijk ook doen over Bert.

'Er komt geen kind.'

Annebeth houdt steeds haar buik vast.

Hoe is het mogelijk dat deze vier woorden de herinnering die ze zo graag zou willen vergeten ongenadig hard laat binnenkomen?

Ze is weer in het ziekenhuis, ze ziet het gezicht van de dokter die de echo heeft gemaakt, ze hoort de stilte die is gevallen. De dokter schudt zijn hoofd.

Pelle is lijkbleek, zijn ogen zijn gevuld met wanhoop.

Annebeth is de eerste die iets zegt. 'Waarom hoor ik het hartje niet kloppen? Wat is er met mijn kind?'

De dokter schraapt zijn keel. 'Het is verschrikkelijk, mevrouw. Er is geen hartslag. Uw kindje leeft niet meer.'

Ze zou moeten gaan gillen, die dokter te lijf moeten gaan, zijn ogen uitkrabben, hem wurgen. Het is zijn schuld, hij heeft het kind in haar buik vermoord. Hij deed iets verkeerd met dat onderzoek, hij heeft giftige gel op haar huid gesmeerd en anders had het echoapparaat een dodelijke straling. En die dokter heeft het niet in de gaten gehad.

Ze probeert overeind te komen, maar Pelle houdt haar tegen. 'Blijf maar even liggen, lief,' zegt hij. Ze zitten dicht tegen elkaar aan en Annebeth wacht op de beweging die iedereen duidelijk moet maken dat de ondeskundige dokter met zijn uitgestreken smoelwerk zich heeft vergist. Ze zal er persoonlijk voor zorgen dat hij voor de tuchtraad terechtkomt. Voor dergelijke charlatans is geen plaats in de geneeskunde. En hij moet hier weg. Onmiddellijk! Ze maakt een hoofdbeweging in zijn richting. 'Zorg dat "dat" verdwijnt,' gebiedt ze Pelle. Nu houdt hij haar zo stevig vast dat ze bijna wordt gesmoord.

'Het lijkt me het beste als we u zo snel mogelijk inleiden,' zegt de dokter.

'Er komt geen kind.'

Annebeth loopt het kantoor uit.

'Wat is er opeens met jou aan de hand?' hoort ze Sharon nog roepen voordat ze de deur achter zich dichtknalt.

Sterf, denkt ze. Nu! Hier! Snel!

De manager zegt dat ze not amused is door Annebeths verzoek. Gelukkig neemt ze genoegen met haar uitleg dat ze acuut naar huis moet in verband met privéomstandigheden en begint ze direct collega's te bellen met de vraag of ze een vervanger beschikbaar hebben voor de afdeling Chirurgie. Bij het derde telefoontje heeft ze beet. De vervanger blijkt de afdeling zelfs redelijk goed te kennen.

'Morgen ben ik er weer,' belooft Annebeth.

'Daar reken ik wel op,' antwoordt de manager.

Als Annebeth terugkomt op de afdeling is iedereen al aan het werk gegaan. Ze besluit even te wachten op haar aflossing en ruimt de gebruikte koffiekopjes op. De deur vliegt open en Sharon komt binnen. 'Heb je Vigo al gezien?'

Annebeth voelt zich verschrikkelijk moe. Haar benen zijn loodzwaar, ze kan nauwelijks meer praten. 'Ga toch weg,' weet ze uit te brengen.

'Wat is er opeens met jou aan de hand?' wil Sharon weten. 'Een kwartier geleden zag je er nog fris uit en nu... Wat is er gebeurd?'

'Ik voel me niet goed en ik heb gevraagd of ik naar huis kan. Er komt iemand van een andere afdeling om me te vervangen. Ga maar aan het werk, je collega's hebben je nodig.'

'Ik moet me eerst even een beetje opfrissen,' zegt Sharon. 'Ik ruik mezelf.'

'Moet je niet onderzocht worden door een gynaecoloog?'

'Waarom? Ik moet me alleen opfrissen. Maak jij je maar niet bezorgd om mij, je kunt je beter bezighouden met hoe je je zelf voelt. Je ziet eruit als een uitgewrongen dweil, sorry voor de uitdrukking.'

Annebeth grijpt zich vast aan de leuning van de stoel die het dichtst bij haar in de buurt staat.

'Wat zeg ik verkeerd?' Sharon haalt haar schouders op en draait zich om. 'Ik ben al weg,' zegt ze.

82

Bert ziet de hele dag Sharons naakte lijf voor zich. Hij heeft al een paar keer geprobeerd haar te bellen, maar krijgt steeds de voicemail. Tot nu toe heeft hij nog geen bericht ingesproken. Wat moet hij zeggen? Kom naar me toe, ik wil je kleren van je lijf rukken en je neuken tot we allebei geen lucht meer hebben? Dit soort gedachten heeft hij nooit gehad toen hij net samen was met Tanja. Maar toen lagen de zaken ook anders, toen werd hij zelf gebeld en vergast op vunzige praatjes.

Hij denkt te vaak aan Tanja, ze duikt veel te veel op in zijn herinneringen. En de beelden die zich dan aan hem opdringen staan hem helemaal niet aan.

Het was een drukke dag en hij wil alleen nog met een pilsje op de bank liggen en naar een film kijken. Het geluid achter hem veroorzaakt een merkwaardige tinteling in zijn onderlijf. Zonder op de display te kijken, neemt hij op. Als ze vraagt wat hij aan het doen is zegt hij gewoon dat hij net naar een film wilde gaan kijken, maar liever met haar iets zou gaan doen.

Aan de andere kant kucht iemand. 'Met je vader. Ben je alleen?'

Als Bert nu even had nagedacht zou hij gezegd hebben dat hij niet alleen was, maar zijn antwoord komt te snel. 'Ja.'

'Kan ik naar je toe komen? Ik wil graag met je praten.'

Wil hij alwéér praten? Waarover dan? Hij heeft hier absoluut geen zin in, zeker niet vanavond.

'Bert, ik wil echt graag met je praten.'

Zijn vader noemt hem zelden bij zijn naam, soms vraagt Bert

zich zelfs af of hij nog wel weet hoe zijn zoon heet. Zijn stem klinkt alsof hij net heeft gehuild. Ach, kom nou, halvegare die hij is. Zijn vader kan niet eens huilen. Toch is er iets in zijn stem wat Bert raakt.

'Ik wil vanavond wel op tijd naar bed,' zegt hij.

Hij heeft een paar extra flesjes bier koud gezet. Het feest kan beginnen.

Waarom zou zijn vader hem opeens willen spreken? Wat het ook is, hij laat zich niet beledigen, laat zich niets aanpraten en vooral niets gebieden. En hij gaat vragen stellen over zijn vaders lichtblauwe jack. Hij wil weten waar het is, hij wil het hebben. En misschien licht hij de politie wel in over het feit dat zijn vader zo'n jack heeft. Dan kan hij er eens achter komen hoe het werkt als je bij iemand een grens overschrijdt.

Anna en Emily zijn bij elkaar in bed gekropen. Dat doen ze tegenwoordig regelmatig en soms liggen ze als hij 's morgens wakker wordt ook wel bij hem. Volgens Leslie zoeken ze steun bij hem en betekent dit dat ze hun moeder erger missen dan ze willen toegeven. Toch vraagt Bert zich af of dit klopt. Als hij met ze over Tanja probeert te praten, beginnen ze direct over iets anders. Over hun opa, bijvoorbeeld. Vooral Emily vraagt veel naar zijn vader. Ze wil steeds spelletjes doen die opa met ze speelt. Bert haat spelletjes. Leslie heeft tegen hem gezegd dat hij aan zijn vader zou kunnen vragen of die twee keer per week de meisjes uit school wil halen om als opvang te fungeren totdat Bert thuiskomt. Dat scheelt ook weer in de kosten. Zou zijn vader dit nu zelf aan hem komen voorstellen? En wat zegt hij dan? Wil hij die man twee keer per week over de vloer hebben? Zijn dochters zullen het idee toejuichen.

Hij trekt het dekbed wat hoger over de meisjes heen en raakt met zijn lippen twee warme voorhoofdjes aan.

‘Toen je bezoek had, konden we natuurlijk niet praten,’ begint zijn vader. ‘Was het soms een meisje?’

Bert deinst even terug voor die vraag. Zijn vader had dus in de gaten dat er iemand bij hem was toen hij voor de deur stond. Maar hij gaat hem niets vertellen. ‘Wat heb je op je lever?’ informeert hij.

Zijn vader grijnst. ‘Heb je een pilsje voor me?’ Als hij twee grote slokken heeft genomen, zet hij het flesje voor zich op tafel. ‘Ik vind dat ik je een verklaring schuldig ben, al lost het niets meer op en kun je er weinig mee. Ze raakte me, weet je. Door haar is er iets in me veranderd. Ik hield echt van Tanja.’

Dit zou een mooie gelegenheid zijn om hem op zijn bek te slaan.

83

Het is de schuld van Bert van Meulwijk. Hij heeft haar de tweede keer dat ze seks hadden zo uitgewoond dat ze niet meer zwanger is. Ze is het contact met wat er in haar buik zat verloren.

Sharon voelde dat het te wild ging, dat hij veel te diep in haar kwam. Ze probeerde zich te verzetten, maar hij leek een dolle, op hol geslagen stier, die zijn grenzen niet kon bewaken. Hij heeft haar droom aan gort geramd. Ze haat hem.

Dit is niet alleen onwerkelijk, het is vooral niet te bevatten. Ze wordt gek van woede, maar ze moet zich beheersen. De eerste keer dat ze dit meemaakte, raakte ze volledig buiten zichzelf en belandde ze een paar weken in de crisisopvang. Dat zal haar niet nog een keer overkomen, maar dan moet ze wel haar hoofd koel houden, goed blijven nadenken en vooral niet te veel praten over wat ze voelt en wat er in haar hoofd allemaal gebeurt. Ze zoekt dit zelf wel uit en ze rekent zonder hulp van wie dan ook wel met dat mislukte kappertje af.

Het is eindelijk vier uur, er leek geen einde aan deze dagdienst te komen. Sharon werd flauw van het gemekker over Lisa, dat is iedere dag hetzelfde liedje. Houdt dat nooit op? Er gaan allerlei wilde verhalen rond en daardoor wordt Lisa veel interessanter gemaakt dan ze daadwerkelijk ooit is geweest.

Annebeth heeft het vandaag beter bekeken, die ging er vanmorgen gewoon vandoor. Sharon heeft geen idee waarom ze zo opeens weg wilde. Het interesseert haar ook niet. Misschien word je wel een beetje gek als je in relatief korte tijd veel gewicht verliest. Maar wat maakt het uit? Ze zijn de dag ook doorgekomen zonder de niet meer dikke Annebeth, die het waarschijnlijk ergens moeilijk mee had. Laat ze maar iemand opzoeken met wie ze daarover kan praten, Bert bijvoorbeeld. Laat hem maar eens over háár heen gaan op een manier dat ze daarna niet meer kan lopen, dan weet ze wat er te janken valt.

Ze weet dat ze haar woede niet moet laten ontsporen, niet voordat ze de kans heeft om daadwerkelijk en vooral risicoloos af te rekenen. Ze heeft nu nog geen goed plan, dat moet ze eerst maar eens gaan bedenken. Bert van Meulwijk moet ergens geraakt worden waar het pijn doet.

De hete douche werkt ontspannend. Ze strijkt over haar borsten en heupen. Ze gaat voorlopig uitkijken met wat ze eet, ze wil haar platte buik terug. Later kan er écht een kind in haar groeien, als Vigo zijn verzet opgeeft. Als hij toegeeft dat Lisa weg is en niet terugkomt. Als hij zichzelf toestaat zich te herinneren hoe goed hij en Sharon het samen hadden. Die tijd komt, daar is ze van overtuigd. En tot het zover is gaat ze zich bezighouden met de vraag hoe ze Bert betaald kan zetten wat hij haar heeft aangedaan.

84

Annebeth heeft drie avonden stevig getraind in de sportschool, samen met Anneke. Haar stiefmoeder vroeg zich al af waarom ze haar zo vaak misliep en of Annebeth misschien was opgehouden met sporten.

'Ik ga tegenwoordig vaak direct na mijn werk,' heeft ze uitgelegd. 'Als ik eenmaal thuis ben heb ik niet veel zin meer om er nog uit te gaan.' Ze weet dat haar vader en Anneke het fijn zouden vinden als ze wat vaker langskwam en ze is zeker van plan dat ook weer meer te gaan doen, maar ze wil zich nergens op vastleggen. Ze is te onrustig om een hele avond sociaal te doen en ze is ook bang dat ze vragen gaat krijgen die ze niet wil beantwoorden. Het gedoe met de baby van Sharon heeft haar dieper geraakt dan ze ooit had kunnen denken. Ze is er niet aan toe dit met iemand te delen, het is te intiem en het zou haar te kwetsbaar maken. Kwetsbaarheid kan leiden tot veel te veel eten en dan begint alles weer opnieuw. Ze heeft nog twee kilo te gaan en nu valt het iedereen eindelijk op dat ze is afgevallen. Ze wordt weer gezien, weer bij gesprekken betrokken, weer om haar mening gevraagd. Ze lijkt weer te bestaan.

Ze moet het alleen zelf nog gaan geloven.

'Gijs vraagt vaak naar je,' zegt Anneke. 'Hij werkt momenteel tot drie uur, omdat hij de eigenaar van de sportschool vervangt. Die schijnt aan een of andere duistere ziekte te lijden.'

'Je bent goed op de hoogte,' hijgt Annebeth. Ze heeft de zware route van de loopband ingesteld en is nu begonnen aan het beklimmen van een steile heuvel.

'Ik vind hem aardig. Jij toch ook?'

'Natuurlijk, wie vindt Gijs niet aardig? Hij is zelf tegen iedere cliënt correct en vriendelijk, dus hij ligt bij iedereen goed.'

'Hij is volgens mij erg op jou gesteld.'

'Hoe weet je dat?'

'Dat denk ik, omdat hij steeds naar je vraagt.'

'Ik ben niet verliefd op Gijs.'

'Wel op iemand anders?'

Annebeth holt nu echt.

De twee vrouwen die sinds vanmiddag hun intrek in het huisje hebben genomen vertelden toen ze aankwamen meteen dat ze op huwelijksreis waren. Annebeth heeft daarna snel een fles champagne gekocht en is die voordat ze naar de sportschool vertrok gaan aanbieden. Ze reageerden erg verrast en riepen tegelijk dat de fles het einde van de avond niet zou halen.

Als ze het erf op rijdt vraagt ze zich af of de dames hem al leeg hebben gedronken. Er zijn stemmen bij het huisje. Gelach. Gilletjes. Geproest.

Champagnegeluiden.

'Ik ga het eerst in onze jacuzzi,' hoort Annebeth iemand roepen. 'Ik ben al uitgekleed. Denk je dat ze ons kunnen zien?'

'Ik wil het eerst,' roept een andere stem.

Annebeth loopt snel naar het grote huis en steekt de sleutel in het slot van de achterdeur. Ze wil niet de indruk wekken dat ze de dames bespiedt.

Dit zal waarschijnlijk het laatste koppel zijn dat ze hier treft, want Tineke Daalmeyer heeft gisteravond gebeld om te zeggen dat ze over een week terugkomt. Haar zus is overleden en ze heeft alle zaken die moesten worden afgehandeld nu afgerond. Annebeth zal dus binnenkort weer teruggaan naar haar eigen huis en daar heeft ze ook zin in. Ze heeft behoefte aan rust en aan haar eigen spullen. Dit was leuk, maar nu heeft ze het wel gezien met het grote huis, de enorme tuin en de bed & breakfast. Ze duwt de deur open.

De gil moet tot in de verre omtrek te horen zijn. Annebeth staat stijf van schrik. Ze klemt haar hand om de deurknop.

Het gillen houdt aan, wordt zelfs sterker en luider. Ze beseft opeens dat één persoon niet zo'n keel kan opzetten.

Ze moet naar die vrouwen toe.

Iemand die blijkbaar ergens op de weg loopt, maar vanuit de tuin niet zichtbaar is door het dichte struikgewas, roept of ze hulp nodig hebben.

De vrouwen blijven maar gillen, ze rennen in hun blote lijf dwars door de tuin, van voor naar achter, met opengesperde ogen, hun handen om het hoofd geklemd. Een van hen wijst naar de jacuzzi.

Annebeth kijkt over de rand.

Het wordt opeens donker. Haar hoofd klapt ergens tegenaan. Het doet pijn, maar dat maakt niet uit. Pijn is minder erg dan te moeten zien wat er in de jacuzzi ligt. Ze probeert haar wang aan te raken. Wat is er aan de hand met haar vingers? Zijn ze verlamd?

De geluiden om haar heen vervagen.

85

Bert had hem beter niet binnen kunnen laten.

Toen zijn vader eerst aan hem vertelde dat hij van Tanja had gehouden en als het aan hem had gelegen de rest van zijn leven met haar samen had geleefd en vervolgens aankondigde dat hij serieus overwoog terug te keren naar Berts moeder, reageerde Bert zo afwijzend dat het gesprek direct voorbij was. Zijn vader deed nog een poging om opnieuw uit te leggen dat hij het allemaal niet verkeerd had bedoeld en dat hij Berts moeder zeker niet aan haar lot zou hebben overgelaten als Tanja was blijven leven, maar Bert was er klaar mee. En vanaf dat moment stond het ook voor hem vast dat hij ervoor ging zorgen dat zijn vader zou hangen. Wég met die man! Hoogste tijd om af te rekenen, desnoods via een onfrisse actie.

Toen zijn vader weg was, heeft hij de film weer aangezet en iets te veel bier gedronken.

Het is geen jaloezie. Bert weet zeker dat het hem geen ruk kan schelen met wie Tanja het deed nadat ze uit elkaar waren. Het interesseert hem zelfs niet met wie ze voosde toen ze nog getrouwd waren. Hij begint steeds beter te beseffen dat hij haar haatte en dat haar dood hem niet raakt. Toch is hij de hele dag in een geladen stemming en heeft hij steeds zin erop los te beuken.

Het komt door zijn vader. Bert heeft geen controle meer over de opgekropte woede die al jaren in hem zit. Die man maakt al Berts hele leven alles kapot met zijn beledigingen, afwijzingen, aanvallen en sarcastische opmerkingen. En nu is hij te ver gegaan.

‘Je moet er niet zo zwaar aan tillen,’ meent zijn moeder. ‘Ik zei al eerder dat hij last had van een midlifecrisis en die is nu voorbij. We kunnen gewoon weer samen verder.’

‘Gewoon,’ herhaalt Bert. ‘Doe mij dan toch maar liever iets gecompliceerds.’

‘Je bent boos omdat hij zo bezig was met jouw ex, is het niet?’

‘Je vergist je, mam. Het maakt mij niet uit met wie mijn vader het doet of deed. Het interesseert me meer hoe jij je hierbij voelt en wat het jou oplevert als hij terugkomt.’

‘Minder eenzaamheid, jongen. Voor iemand kunnen zorgen, aanspraak hebben. En voor alle duidelijkheid: hij heeft “het” niet met Tanja gedaan. Ze hield hem tot aan de middag dat ze werd aangereden aan het lijntje. Ze had die dag met hem afgesproken op de parkeerplaats in het stadspark. Hij was met de auto, zij op de fiets. Ze maakte hem helemaal gek, maar zei op het laatste moment dat ze het toch niet in een auto wilde doen. Toen spraken ze af dat ze naar huis zou rijden en je vader een uur later zou volgen. Maar ze werd aangereden door een of andere idioot die zo nodig een auto moest pikken en een dollemansrit begon.’

Bert staart zijn moeder aan. ‘Waarom vertel je me dit? En hoe weet je dat?’

‘Je vader heeft het me verteld. Hij heeft alles verteld, alle bezoeken, alle gesprekken, alle zinspelingen, alle beloftes, alle fantasieen. Ik wilde het weten. Ik moest het weten, omdat ik anders ziek zou worden van de onwetendheid. Begrijp je dat?’

‘Ik begrijp er niets van en ik wil het ook niet begrijpen. Het zal wel liefde zijn, maar dan toch het soort liefde waar ik niets mee heb. Doe me een plezier, laat mij hier verder buiten. En nu nog iets anders. Heeft hij dat lichtblauwe jack nog?’

‘Nee, dat heb ik in de kledington voor goede doelen gedaan. Ik vond het te shabby worden.’

‘Dus mogen arme mensen erin rondlopen,’ stelt Bert vast.

‘Wat ben je narrig. Is het niets geworden met het meisje over wie je vader het had?’

'Er is geen meisje.'

'Echt niet? Jammer. Waarom vroeg je eigenlijk naar dat jack?'

Bert aarzelt.

'Nu maak je me echt nieuwsgierig. Vertel op!'

'Ik hoorde dat een getuige iemand in een lichtblauw jack heeft zien wegrennen nadat Tanja was aangereden.'

'Wat heeft dat met je vaders jack te maken?'

'Hij kan het zijn geweest. Hij was in de buurt, weten we nu. Hij werd niet prettig behandeld door Tanja. Ze speelde met zijn gevoel en we weten allebei heel goed hoe heftig hij kan reageren als iets hem niet aanstaat.' Hij denkt even na. 'Tanja verweet mij dat ik haar telefonisch lastigviel. Ze werd steeds gebeld door iemand die niets zei en daar reageerde ze furieus op. Ze was ervan overtuigd dat ik het was, maar het zal me niets verbazen als hij zijn frustratie op die manier botvierde.'

Zijn moeder schrikt zichtbaar. 'Dat meen je toch niet? Hoe kom je erbij? Zoiets hoor je niet eens te denken. Ik mag hopen dat ik de enige ben tegen wie je dit allemaal zegt.'

'Nog wel.'

'Wat bedoel je daarmee?'

'Wat ik zeg en niet meer. Ik heb hier nog niet met iemand anders over gepraat, maar ik sluit niet uit dat ik het ga doen. Ook al was ik weg bij Tanja en ook al heeft ze me rottig behandeld, als het geen ongeluk was wil ik dat de zaak wordt uitgezocht.'

'Maar hoe moeten we dan weten of het wel of niet een ongeluk was?'

'Door vragen te stellen, na te denken en conclusies te trekken.'

'Vragen stellen aan wie?'

'In dit geval aan mijn vader, bijvoorbeeld. Hij had een motief.'

'Je bent jezelf niet, Bert. Klopt het toch dat je een vriendin hebt? Heeft ze je teleurgesteld?'

Bert is blij dat zijn mobiele telefoon overgaat. Hij hoopt dat zijn moeder snel vertrekt, hij heeft het voorlopig helemaal gehad met haar.

Eerst begrijpt hij niet met wie hij spreekt. Politie?

Hij luistert.

Zijn moeder maakt vragende gebaren. Hij keert zijn gezicht van haar af. 'Ik kom eraan,' zegt hij.

'Wie was dat?' wil zijn moeder weten.

'Kun jij hier blijven? Ik moet naar het huisje.'

'Natuurlijk kan ik blijven, maar wat is er dan aan de hand daar in dat huisje?'

'Ze hebben een lijk gevonden in de jacuzzi,' zegt Bert.

86

Ze hebben ruzie. De stem van Lisa slaat over, ze roept iets wat Sharon niet kan verstaan. Vigo schreeuwt ook. 'Dat kun je me niet aandoen, je weet hoe blij ik was met ons kind. Dit had je niet zomaar mogen beslissen.'

Lisa's stem klinkt minder opgewonden. 'Ik was er niet aan toe, het ging te snel. We hebben pas een halfjaar een relatie, het is nog te vroeg om samen zo'n verantwoordelijkheid aan te gaan.'

Nu smeekt hij. 'Luister naar me, Lisa, alsjeblieft! We hadden dit samen heel goed aangekund. Ik was eraan toe, je had op mij kunnen vertrouwen. Waarom heb je dit besloten zonder mij erin te kennen? Het kind was toch niet alleen van jou?'

Lisa's stem is opeens in de buurt van het raam. Sharon duikt dieper weg in de struik. 'Ik had geen behoefte aan een discussie, mijn besluit stond vast. En ik heb je bespaard erbij te moeten zijn. Wees blij, in plaats van boos. Het was echt geen pretje.'

Het wordt stil in het huisje. Nu is er toch weer een geluid. Wat is dit?

Allemachtig, hij huilt. Sharon drukt haar handen tegen haar oren, maar bedenkt dat ze op deze manier niet in de gaten kan houden waar die twee zijn. Ze had misschien toch beter niet nog een keer hiernaartoe kunnen komen. Maar de film die ze samen met Annebeth heeft gezien en zelfs het napraten in de kroeg hebben haar nieuwsgierigheid naar wat die twee hier zouden doen niet kunnen bedwingen.

'Zeg, doe mij een lol en beheers je een beetje. Ga een eindje rijden en kom tot jezelf. De wereld vergaat niet van een abortus, vele vrouwen gingen me voor en nog velen zullen me volgen. Als we bij elkaar blijven komt er heus wel een ander kind. Maar nu niet. Ik ben er niet klaar voor.'

Er komt geen antwoord.

Sharon zit dicht tegen de muur, opgerold als een slak in zijn huisje. Ze hoort voetstappen naderen, maar kijkt niet op. Iemand rent de tuin uit en even later wordt de motor van een auto gestart.

Binnen is het stil.

Ze neuriet. Sharon kent de melodie niet. Waarom is Lisa zo vrolijk?

Waar gaat ze naartoe?

Heel voorzichtig heft Sharon haar hoofd op en ze probeert te ontdekken wat er in de tuin gebeurt. Het licht van de maan maakt mogelijk dat ze de schim ziet die zich in de richting van de jacuzzi begeeft. Ze komt langzaam overeind.

Lisa heeft iets in haar hand, ze zet het op de grond en schuift het deksel van de jacuzzi. Ze kleedt zich uit.

Sharon sluipt dichterbij. Het maanlicht is een lamp die zich richt op de vrouw in het water. Ze drinkt uit een glas.

Hij huilde. Het was verschrikkelijk om aan te horen en Sharon hoort het nog steeds. Lisa niet, die ligt lekker in het warme, bubbelende water en trekt zich niets aan van wat ze heeft aangericht.

Lisa zou moeten huilen, bij háár zouden de tranen over de wangen moeten stromen, zíj zou de zoute smaak van haar lippen moeten likken.

Sharon nadert haar van achteren. Ze luistert scherp. Er komt een auto aan.

De dobberende vrouw in het water heeft het blijkbaar goed naar haar zin. Nu zingt ze echt, een bekend nummer. Dat songfestivallied van Anouk. Ze kan zowaar mooi zingen.

Hoe zou het zijn om zingend te sterven?

Sharon heeft een droge strot, haar mond staat wijd open. Wat hoort ze toch? Ze spert haar ogen open en ziet waar ze is. Dit was een verschrikkelijke droom, die ze maar snel moet vergeten. Vooral de afloop.

Ze grijpt om zich heen, waar is haar mobiel? Het is het geluid van de mobiel, maar waar heeft ze dat verdomde ding nu weer gelaten? En wie belt haar zo laat op de avond?

Ze kijkt op de display. Het zal niet waar zijn, alweer Bert van Meulwijk. Die heeft er blijkbaar zin in. Sharon niet. Ze schakelt het geluid uit en kruipt diep onder het dekbed.

Slapen lukt niet. De droom blijft door haar hoofd spoken, ze kan het geluid van een huilende man niet uitzetten. Het is misschien beter om een uurtje televisie te kijken. Er is vast wel ergens een saai praatprogramma, daar krijgt ze altijd slaap van. Zou Bert nog iets hebben ingesproken? Ze constateert met een grote grijns dat dit het geval is. Wat zal hij te melden hebben?

Ze houdt haar adem in. Het is een kort bericht, ze denkt eerst dat ze hem niet goed verstaat, daarom luistert ze het nog een keer af.

En nog een keer.

Lisa is gevonden. Het moest een keer gebeuren en het duurde al langer dan ze had verwacht. Het werd ook tijd, ze merkte dat ze moe werd van dingen bedenken waarvan ze wist dat ze niet klopten. Nu hoeft ze niets meer te verzinnen om zichzelf gerust te stellen. Nu kan ze onder ogen zien wat er is gebeurd. Weet Vigo dit al? Hoelang duurt het voordat de politie met hem zal willen praten? Ze rilt als ze denkt aan welke conclusies ze zullen trekken.

Dit is het moment om te handelen. Het is nu of nooit.

Ze moet naar hem toe.

87

Overal zijn mensen. Mannen en vrouwen in donkere en fluorescerende uniformen.

Annebeth begint langzaam te begrijpen waar ze is, wie ze is en wat er is gebeurd. Ze zit op de grond en voor haar knielt een vrouw die vertelt dat ze ambulanceverpleegkundige is en Simone heet.

Annebeth probeert iets te zeggen, maar haar lippen voelen verlamd aan.

'Probeer eerst iets te drinken,' adviseert Simone. Ze reikt haar een glas water aan. 'Doe maar, het lukt wel.'

Annebeth merkt dat haar handen hevig trillen. Ze wil naar binnen, ze is nog veel te dicht bij die jacuzzi. 'Kan ik… hier weg?' Haar stem trilt ook al zo erg.

'Wilt u naar binnen? Bent u de eigenaresse van het pand?'

Annebeth schudt haar hoofd. Ze moet uitleggen hoe het zit, maar hoe vindt ze de juiste woorden?

'Moeten we iemand voor u bellen?'

Dat is een beter idee. Het lukt haar het nummer van Bert te vinden op haar mobiel. Daarna wordt ze, zwaar leunend op de armen van Simone en een andere ambulanceverpleegkundige, naar het huis gebracht.

Waar zijn de twee vrouwen gebleven? Er gaan voortdurend telefoons over, mensen praten door elkaar. Simone zit nu samen met een politieagent naast haar. Ze zeggen dat Annebeth rustig moet nadenken en goed moet aangeven hoe ze zich voelt en waartoe ze wel of niet in staat is. De agent wil weten of ze enig idee heeft wie de vrouw die in de jacuzzi lag kan zijn.

'Ik denk dat het Lisa Karsten is,' zegt Annebeth.

De twee zijn duidelijk verrast.

'Weet je dat zeker?' vraagt de agent.

Annebeth wil antwoorden, maar haar mond is weer verlamd.

'Ze is in shock,' hoort ze Simone zeggen.

Ze hebben haar blijkbaar op de bank gelegd. Buiten is het donker, maar niet stil. Er zijn allerlei geluiden, vooral stemmen. Wie zijn al die mensen in de tuin?

Haar gedachten vliegen alle kanten op. Ze probeert ze te ordenen, maar het opgeblazen gezicht van Lisa is voortdurend de storende factor. Annebeth wil er niet aan denken dat ze hier al ruim een week heeft gewoond, is weggegaan en thuisgekomen en in de tuin heeft gelopen, terwijl haar collega daar in het water onder het deksel lag. Het is te bizar, te walgelijk voor woorden. Simone zit nog steeds naast haar, die houdt haar goed in de gaten. Zouden ze bang zijn dat ze wegloopt? Denken ze dat zij hier iets mee te maken heeft? 'Ik heb hier niets mee te maken,' zegt ze. Maar waar is haar stem?

Simone raakt haar arm aan. 'Je bent er weer, wil je iets drinken? Of wil je even douchen? Ik kan je helpen, dat maakt niet uit. Je hebt je sportkleren nog aan.'

Ik stink, denkt Annebeth. Het wordt nu echt tijd dat ik me na afloop van het sporten gewoon, net als de andere vrouwen, even douche in de sportschool. Ik hoef me niet meer druk te maken over hoe ik eruitzie.

'Ik wil graag douchen,' zegt ze. 'Maar ik kan het wel alleen.'

'Ga eerst rechtop zitten,' adviseert Simone.

Er is een bekende stem bij de deur. 'Waar is ze? Ik vind het wel, ik weet de weg.' Bert is in een paar stappen bij haar en klemt zijn armen om haar heen.

'Ik stink,' probeert ze tussen het snikken door uit te leggen.

'Ik kwam uit de sportschool en ik heb me nog niet kunnen douchen.'

'Valt wel mee,' sust Bert.

Annebeth heeft aan verschillende mannen verklaringen afgelegd en ze hoopt dat iedereen nu eindelijk weggaat. Het lichaam van Lisa is nog steeds niet afgevoerd, er schijnen nog allerlei sporenonderzoeken te moeten worden gedaan. Gaat dat de hele nacht duren?

Bert heeft met de vrouwen die op huwelijksreis waren gesproken. Die reis is meteen afgelopen, vertelde hij. Ze zijn naar een hotel gebracht en vertrekken morgen weer naar huis.

Annebeth weet niet of Lisa's ouders al zijn ingelicht. Ze vraagt zich ook steeds af of het Lisa wel was die ze in de jacuzzi zag liggen. Het lichaam was zo gezwollen dat het elk moment uit elkaar leek te kunnen spatten. Niet aan denken.

88

Bert heeft zijn moeder gebeld om te vragen of zij wilde blijven slapen. Hij heeft een paar keer geprobeerd om Sharon te bellen, en kreeg steeds de voicemail. Hij wil haar bij zich hebben, tegen haar aan liggen, met haar praten over de gruwelijke vondst in de jacuzzi. Hij heeft behoefte aan iemand die naar hem luistert en hem geruststelt. Iemand die tegen hem zegt dat het leven vanzelf weer overzichtelijker wordt.

De vrouw die in de jacuzzi lag is een collega van Sharon en Annebeth en ze was hier met een chirurg van hun afdeling. Hij gaat daar geen vragen over stellen. Het interesseert hem niet, hij heeft andere dingen aan zijn hoofd. Vermoedens, twijfels, irritaties.

Hunkering.

Is dit wat hem altijd zal overkomen als hij iemand leert kennen op wie hij verliefd wordt? Zal het altijd gepaard gaan met grenzeloze onzekerheid en zal hij zich altijd een speelbal voelen in de handen van de vrouw om wie hij geeft? Wil hij dit?

Het voelt niet goed en toch laat hij het gebeuren. Het is een bekend en daardoor een vertrouwd gevoel.

Hij heeft uitgebreid aan een rechercheur uitgelegd van wie het perceel is en wat zijn rol hier is en ook hoe Annebeth hier terecht is gekomen. De hele tuin is afgezet met rood-witte linten en er is een team mensen in witte pakken bezig met sporenonderzoek. De ouders van het slachtoffer zijn ingelicht, maar niemand heeft toegang tot het terrein. Een rechercheur heeft hem verteld dat de familie pas later het lichaam mag zien om het definitief te identificeren.

Annebeth wil niet alleen zijn, maar ze moet hier wel weg. Hij heeft op het punt gestaan haar aan te bieden met haar mee te gaan naar huis en bij haar te blijven, maar toen zei ze dat ze haar vader wilde bellen om te vragen of hij haar kon komen ophalen. Dat is beter, dan kan Bert gewoon naar zijn eigen huis. Of eventueel naar Sharon, als het lukt haar te bereiken en haar te vragen of hij bij haar mag zijn. Misschien denkt ze dat haar zwangerschap hem tegenstaat, of dat hij terugdeinst voor een verantwoordelijkheid waar hij niet om heeft gevraagd. Misschien ontwijkt ze contact om te voorkomen dat ze wordt teleurgesteld. Hoe overtuigt hij haar van het tegendeel?

Hij wil seks met haar, de hele nacht die voor hem ligt. Hij wil samen met haar verdwijnen uit wat er gaande is, alle vragen en verdenkingen vergeten, alleen nog denken aan passie, haar laten genieten zoals de eerste keer dat hij haar mocht aanraken. Hij zal voorzichtiger zijn dan de laatste keer, toen was hij te ruw en te heftig. Grote kans dat ze terugdeinst voor een herhaling. Daar moeten ze over praten, hij wil haar geruststellen.

Hij besluit haar nog één keer te bellen en als ze nu niet aanneemt gaat hij naar huis. Hij schrikt als hij haar stem hoort. Ze is niet vriendelijk. Kortaf. Ze wil weten waarom hij haar steeds belt.

'Ik wil graag naar je toe komen,' stamelt hij.

'Dat kan niet. Ik ben bij mijn vriend,' zegt ze.

89

Het is goed dat hij zo afgelegen woont. De tuin is onverlicht, het huis is ook bijna helemaal donker. Alleen door het raam van de kamer die links van de voordeur ligt brandt een zwak licht.

Als Sharon op de bel drukt, schrikt ze van het harde geluid. Ze laat de knop direct los en wacht.

Als ze maar wel op tijd is, als hij maar niet al is opgehaald door de politie. Annebeth heeft Lisa gevonden, vertelde Bert. Die wordt dus ondervraagd en die gaat zeker vertellen dat Vigo samen met Lisa in het huisje was in het weekend dat Lisa verdween. Natuurlijk zullen alle blikken op Vigo zijn gericht. Maar niemand verwacht wat Sharon hem kan bieden. Een alibi. Ze rilt van opwinding.

Er zit een klein raampje in de deur en daarachter verschijnt een gezicht. Hij is het. Het raampje gaat open.

'Wat kom jij hier doen?' vraagt Vigo.

'Lisa is gevonden en ik kom jou helpen,' antwoordt ze.

Hij staart haar aan. 'Gevonden? Waar?'

'Laat me alsjeblieft binnen, Vigo, dan kunnen we praten. We hebben nu geen tijd te verliezen.'

'Ga weg,' zegt hij.

'Luister vijf minuten naar me,' smeekt ze.

Hij is duidelijk op zijn hoede en houdt haar op afstand. Sharon doet of ze zijn afwerende houding niet opmerkt. Ze praat op een rustige manier, kijkt hem niet onafgebroken aan en maakt geen onverwachte bewegingen. Hij moet naar haar luisteren en wat vooral belangrijk is: haar aanbod accepteren. Hij mag niet worden opgepakt.

Ze staan nog steeds in de gang, vlak achter de voordeur. Hij lijkt niet van plan te zijn om haar uit te nodigen verder te komen.

'Ik kan me voorstellen dat je schrikt van dit bericht,' zegt ze. 'Het is dan ook afschuwelijk. Lisa heeft dit niet... Laten we het even niet hebben over wat Lisa is overkomen. Ik neem aan dat het niet lang zal duren voordat de politie bij je op de stoep staat en voor het zover is moeten wij samen duidelijke afspraken hebben gemaakt.'

'Waarover?'

'Over jouw alibi voor de nacht dat Lisa werd vermoord. Daar kan ik voor zorgen.'

'Waarom zou jij mij een alibi verschaffen?'

'Omdat ik de enige ben die ervoor in aanmerking komt.'

'Dat begrijp ik niet.'

'Ik zal het je uitleggen. Kunnen we niet ergens zitten?'

'Zeg maar wat je te zeggen hebt, de vijf minuten zijn al bijna om.' Er zit een zenuwtrekje bij zijn rechtermondhoek. 'Ik begrijp nog steeds niet wat je hier komt doen,' zegt hij.

'Jij was bij mij, de nacht dat Lisa werd vermoord. Je kwam naar me toe omdat je het met haar niet meer zag zitten toen ze je vertelde dat ze haar zwangerschap had laten afbreken en jij niet de vader van haar baby kon zijn geweest.'

Zijn mond valt open.

'Luister goed naar mijn idee over hoe we dit samen kunnen oplossen,' adviseert Sharon.

90

Annebeths vader en Anneke hebben veel moeite gedaan om haar ervan te weerhouden vandaag aan het werk te gaan, maar Annebeth wil haar collega's niet in de steek laten. Ze heeft de manager beloofd te komen werken en dat gaat ze doen, ook al wist ze toen ze die belofte deed niet dat ze op de avond van dezelfde dag het lichaam van een van haar collega's in een jacuzzi zou aantreffen. Wat ze toen zag, zal ze nooit vergeten en als ze eraan denkt begint haar maag te draaien. Het is dus beter dat ze ergens anders aan denkt en zich concentreert op haar werk. Dat zal haar afleiden. Haar vader wilde haar graag wegbrengen, maar Annebeth heeft ervoor gekozen zelf te rijden. Het komt nu goed uit dat Anneke gisteravond ook mee was naar de plek des onheils en Annebeths auto kon meenemen.

De vondst van Lisa's lichaam wordt gemeld op het nieuws van zeven uur. Er wordt ook gemeld dat de politie bezig is met het onderzoek naar haar dood. Annebeth schakelt de radio uit. Ze vraagt zich af of ze Vigo al hebben aangehouden en probeert zich te herinneren wat hij precies zei over zijn relatie met Lisa. Hij ontkende niet dat hij samen met haar in het huisje was geweest. Maar wat zei hij nog meer? Iets over dat ze ruzie hadden gekregen. Ja, dat zei hij. Hij was een paar uur weggegaan en toen hij terugkwam was ze verdwenen. Daarna wist niemand waar ze was gebleven en deden haar ouders aangifte van vermissing. Vigo zou zich toch melden bij de politie? Heeft hij dat toen ook gedaan?

Annebeth probeert te bedenken wat er gebeurd kan zijn, nadat hij kwaad wegging en Lisa achterliet in het huisje. Lisa zal misschien gedacht hebben dat ze zich lekker kon ontspannen in de jacuzzi. Is ze toen onwel geworden en verdronken? Maar wie heeft dan het deksel op de jacuzzi gedaan? En wie heeft haar kleren en de rest van haar spullen meegenomen? Die theorie gaat niet op. Ze is echt vermoord. Maar door wie? Was er een insluiper in het huisje? Of heeft iemand zijn kans waargenomen op het moment dat die zich voordeed? Zijn kans of haar kans?

Annebeth rijdt het parkeerterrein van het ziekenhuis op en zet de motor uit. Ze zit doodstil achter het stuur en slaat haar hand voor haar mond.

Toen de manager bekendmaakte dat Lisa verdwenen was, beweerde Sharon dat ze wist met wie Vigo in het huisje was geweest, maar toen Annebeth vroeg hoe ze dit kon weten deed Sharon opeens heel geheimzinnig. Ze was kwaad omdat ze door Vigo was gedumpt, maar hij vertelde later dat hij niets met Sharon had of had gehad. Daar was hij heel stellig over. Wie van die twee liegt? Liegen ze allebei? Samen?

Ze stapt uit. Zo is het wel genoeg. Dit is een zaak voor de politie, daar moet zij zich buiten houden. Ze kan haar mond opendoen als haar vragen worden gesteld en dan zegt ze wat ze weet en niet wat ze vermoedt. Ze weet niets zeker, maar ze weet donders goed dat ze Sharon momenteel niet kan uitstaan en dat dit weinig te maken heeft met haar gewauwel over Vigo. Het heeft te maken met het kind dat niet komt en de manier waarop ze dit hoorde. De achteloze manier, de kwetsende manier.

'Er komt geen kind.'

Ze kijkt om zich heen. De parkeerplaats ziet er precies hetzelfde uit als andere dagen. Het ziekenhuis is ook niet veranderd. Toch lijkt niets hetzelfde te zijn.

Alles is anders. Haar lijf, haar gevoel, haar omgeving. Het is allemaal minder bekend dan voorheen. Ze kijkt omhoog. De lucht is strakblauw, geen wolk te bekennen.

Ze staat doodstil naast haar auto en probeert te begrijpen waar ze aan denkt. Waarom ze het denkt. Hoe het mogelijk is dat ze nu, vandaag, de dag nadat ze een gruwelijke ontdekking deed, zo overdonderend overvallen wordt door een intens verlangen naar een nieuw kind. En vooral hoe ze op het idee komt dat ze ook zonder een partner moeder kan worden.

Ze loopt snel naar de ingang. Ze gaat vandaag hard werken en nergens meer over nadenken.

Sharon zit met een strak gezicht achter een van de bureaus. Ze kijkt niet op als Annebeth binnenkomt. De collega die vlak achter haar loopt begint meteen te praten over Lisa. 'Of zou het iemand anders zijn?' vraagt ze aan Annebeth. 'Ik vraag me af of iemand nog te herkennen is als hij ruim een week in het water heeft gelegen. Hoe ziet zoiets eruit, denk je?'

Annebeth haalt nog net het toilet.

De manager is er en er blijkt extra personeel te zijn opgetrommeld. Iedereen wordt opnieuw dringend verzocht niet met de pers te praten en zich beschikbaar te houden voor eventuele vragen van de politie.

Annebeth let op Sharon. Die vertrekt geen spier.

De manager vertelt dat het operatieprogramma van vandaag is gewijzigd. Dokter Hulscher zal niet opereren, drie operaties kunnen worden waargenomen door dokter Hettich.

Sharons mond vertrekt. Annebeth ziet dat haar buik nog is opgezet.

Ze kijkt snel de andere kant op.

Ze lopen samen het kantoor uit. 'Ik neem de A-kant, goed?' zegt Sharon.

Achter hen is rumoer. De manager komt aangelopen. Ze wijst naar Sharon. 'Er is een rechercheur, die je wil spreken.'

Lijkt Sharon alleen opgelucht of is ze het ook?

Haar mond is niet langer strak. Ze glimlacht. 'Dat dacht ik al,' zegt ze.

Annebeth kijkt haar na als ze op de rechercheur af loopt.

91

Bert heeft aan Lucy gevraagd of ze vandaag alleen in de zaak zou willen staan. Hij heeft behoefte aan rust en stilte.

Het is hem gelukt de kinderen zonder problemen naar school te brengen, maar Anna merkte wel dat er iets aan de hand was. Ze klemde zich aan hem vast toen ze afscheid namen en begon te huilen. Ze zei dat ze bang was dat er ook iets met papa zou gebeuren. Bert was bijna zelf ook aan het janken geslagen, maar gelukkig redde Anna's juf de situatie. Het lukte haar zijn dochter rustig te krijgen en mee de klas in te nemen.

Hij moet weer terugkomen op aarde. Zijn hormonen hebben te veel ruimte gehad en de enige die hem weer in de juiste balans kan krijgen is hij zelf. Sharon is exit, ze heeft een vriend. Dat is natuurlijk de gozer die haar zwanger heeft gemaakt. Hij zal wel spijt hebben gekregen dat hij haar in de steek had gelaten en nu is hij terug. Zoiets moet het zijn, maar wat dondert het? Hij moet haar vergeten. Zijn dochters hebben aandacht en een stabiel gezinsleven nodig, laat hij zich daar maar wat meer druk om maken. Het wordt ook tijd om eens goed op te ruimen in huis. Anna klaagde een paar dagen geleden dat ze te weinig schone kleren had en Emily trok vanmorgen een vies gezicht toen ze de koelkast openmaakte.

De stilte in huis voelt prettig aan. Hij wil geen geluid om zich heen.

Eerst maar die koelkast uitmesten en schoonmaken. Hij valt aan.

Tanja droeg altijd een groot schort als ze schoonmaakte, hoewel hij het haar zelden heeft zien dragen. De kinderen vertelden erover als ze aan tafel zaten. Ze noemden het mama's werkjas. Waar is dat ding gebleven? Maar het is eigenlijk al te laat om iets aan te trekken wat zijn kleding kan beschermen. Bert kijkt naar zijn overhemd en spijkerbroek. Overal spetters, ze druipen van hem af. Het kan hem niet schelen, hij merkt dat het goed is om zich een beetje uit te leven. Als er geen vrouw beschikbaar is, dan maar een koelkast.

Hij schiet overeind van het harde geluid dat opeens het huis vult. Er staat iemand bij de voordeur. Wat doet hij? Gewoon doorwerken, het zal wel een of andere sukkel zijn die komt vertellen dat Jezus de wereld alsnog zal redden, of zoiets.

Het geluid herhaalt zich, nu op een manier die het midden houdt tussen dwingend en geïrriteerd. Zo bellen mensen die blijde boodschappen komen brengen niet. Bert hijst zich overeind en loopt naar de gang. Hij ziet er niet uit, maar het is niet anders.

Weer die bel. 'Rustig, rustig,' moppert hij.

Er staan twee mannen voor de deur, ze melden dat ze van de politie zijn en reiken hem legitimatiebewijzen aan.

Ze willen met hem praten over Lisa Karsten.

Who the fuck is dat nou weer?

Opeens herinnert hij zich die naam. Maar waarom wil de politie met hem over die vrouw praten?

Het antwoord dat hij krijgt op deze vraag verbijstert hem.

92

Macht is een lekker gevoel.

Sharon heeft de vragen die door haar collega's op haar werden afgevuurd met een achteloos gebaar van zich af gehouden en gezegd dat iedereen zou begrijpen dat haar gesprek met de heren strikt privé was. Ze heeft de meiden die nog ondervraagd gaan worden wel geadviseerd alleen feiten te melden en geen vermoedens.

Haar verhaal stond als een huis. Ze was totaal niet nerveus toen ze het aan de twee mannen vertelde. Ze zorgde ervoor dat ze voortdurend oogcontact had en dat ze dit zorgvuldig verdeelde.

De mannen hingen aan haar lippen.

Het was heerlijk om de glinstering in hun ogen te zien toen ze zo achteloos mogelijk enige intieme details van de relatie met Vigo prijsgaf. Dat deed ze perfect, maar daar had ze ook goed over nagedacht. Het was een kwestie van doseren, de juiste toon te pakken krijgen en ruimte openlaten voor vragen.

Ze weet dat het verhaal klonk als een soap, maar worden juist soaps niet het beste bekeken? De rechercheurs die haar uithoorden raakten niet uitgevraagd en na de smeuïge details wilden ze vooral veel horen over de vriendschap die Lisa en zij hadden gehad. Alles over het dubbelspel. Alles over waar Vigo geen notie van had. En alles over de andere vriend van Lisa, de zeer geheime minnaar die haar had bevrucht.

Bert van Meulwijk.

Die hengst zal weten wie hij van een mooie droom heeft beroofd. Natuurlijk gaat hij tegensputteren, betogen dat hij er niets mee te maken had, de duvel en zijn ouwe moer erbij halen om alles wat tegen hem pleit te weerleggen. En natuurlijk is de race nog niet gelopen. Vigo en zij zullen stand moeten houden en hun verklaringen niet alleen logisch, maar vooral overtuigend moeten brengen. Ze zullen een gesloten front moeten vormen. Dat gaat lukken, de afspraken zijn goed en doordacht. Laat ze maar proberen te bewijzen dat Vigo iets met Lisa's dood te maken heeft. Ze komen Sharon Janssens tegen en die kun je soms toch beter niet tegenkomen, zeker niet als ze vecht voor de liefde van haar leven. Hij heeft grote fouten gemaakt, gelogen en bedrogen, ontkend wat ze samen hebben, maar ze houdt van hem. Ze wil hem hebben, ze gaat hem krijgen.

Zij alleen.

Hij was koel en afwerend en stelde opvallend weinig vragen. Sharon probeerde hem aan te raken, maar hij dook opzij. Ze deed of ze het niet merkte en vertelde waarom ze was gekomen. 'Luister goed, Vigo. Het zal niet lang duren voordat de politie hier op de stoep staat. Lisa is vermoord aangetroffen in een jacuzzi en die staat in de tuin van het huisje waar jullie samen waren tot het moment dat ze spoorloos verdween. Heb jij een probleem of niet?'

'Misschien,' gaf hij toe. 'Maar ik heb niets met haar dood te maken. We kregen ruzie, ik ben weggegaan en toen ik terugkwam was ze verdwenen.'

'Waar ging die ruzie over?'

Hij maakte een afwerend gebaar.

'Was er een andere man met wie ze iets kan hebben gehad?'

'Dat weet ik niet. En jij hebt daar niets mee te maken. Jij weet niets van mij en Lisa.'

'Lisa en ik waren collega's, we hadden het weleens over het een en ander. Ik weet meer van Lisa's liefdesleven dan jij zult vermoeden.'

'Dat geloof ik niet, ik heb Lisa nooit horen zeggen dat ze met jou privézaken besprak.'

'Toch deed ze dat. Niet uitgebreid, meestal in bedekte termen. Maar voor mij was het duidelijk dat ze twee vrijers had.'

Hij werd kwaad. 'Dat lieg je. Je verzint het volgens mij ter plekke. Ga weg, laat me met rust.'

Sharon bleef kalm. 'Fout antwoord, Vigo. We kunnen beter samenwerken, als jij gered wilt worden.'

'Ik hoef door niemand gered te worden,' snauwde hij. Maar ze zag dat hij zijn handen niet stil kon houden.

Hij is nog niet op het werk verschenen, maar Sharon maakt zich geen zorgen. Hij zit ongetwijfeld ergens op een politiebureau en ze laten hem wel gaan als hij wat ze hebben afgesproken overeind houdt. En dat doet hij zeker. Hij zal alles doen om te bewijzen dat hij niets met Lisa's dood te maken heeft, zelfs verklaren dat hij bij Sharon was en dat ze een innige relatie hebben. Het is een slimme man, die gesteld is op zijn vrijheid. Dat zei hij letterlijk, toen hij eenmaal in de gaten kreeg dat haar aanbod serieus was. Hij werd opeens toegankelijker en zelfs vriendelijk.

Sharon strijkt met haar vingers over haar heupen. De satijnen slip zit lekker. Ze moesten hier eens weten dat zij vandaag rondloopt in een slip van Lisa en dat er nog drie andere exemplaren in haar kast liggen. Ze zijn allemaal wit en allemaal van satijn en ze hebben een uitstekende pasvorm. De slip voelt aan als een buit.

Of misschien meer als een erfenis.

93

Het kan niet waar zijn. Annebeth kan niet geloven dat Bert iets te maken heeft met de moord op Lisa. Sharon kletst uit haar nek en ze moet zich niet druk maken over wat die allemaal uitkraamt. Ze is natuurlijk opgefokt omdat Vigo een verdachte is in deze zaak. Wat ze precies heeft met die man is Annebeth nog steeds niet duidelijk, maar ze is er ook niet in geïnteresseerd. Ze wil eigenlijk dit gesprek met Sharon niet voeren en toch kan ze zich niet omdraaien en weglopen.

'Het raakt je,' stelt Sharon vast. 'Je had niet gedacht dat jouw vriend de dameskapper het deed met Lisa, hè?'

Annebeth haalt diep adem. 'Jij had toch iets met Bert?'

'Iets hebben is nogal overdreven, bij iets hebben hoort gevoel en ik voel niets voor Bert.'

'Je zei dat je met Bert had gevreeën om Vigo jaloers te maken.'

'Het was geen vrijen, het was alleen seks. Recht op en neer zonder passie, begrijp je wel? Maar waarom maak jij je druk om wat ik doe en met wie? Ben je jaloers of gewoon een beetje in de war? Je reageerde ook al zo vreemd toen ik zei dat er geen kind kwam. Denk maar niet dat ik het niet in de gaten had. Ik heb altijd alles in de gaten.'

Annebeth weet niet wat ze hierop moet antwoorden.

'Ik zag direct dat Bert niet deugde,' zegt Sharon. 'Ik heb Lisa ook voor hem gewaarschuwd.'

Waar heeft ze het nu in vredesnaam weer over?

'Lisa en ik hadden regelmatig vertrouwelijke gesprekken,' gaat Sharon verder. 'Toen ik mijn haar had laten knippen vroeg ze naar welke kapper ik was geweest en toen ontdekte ik dat ze Bert kende. Ik heb nog meer ontdekt en dat heb ik ook aan de politie verteld.' Ze kijkt om zich heen. 'Lisa was zwanger van Bert en heeft zich laten aborteren. Maar dat is vertrouwelijke informatie, dus mondje dicht. Vind je het niet net een B-film?'

Annebeth bekijkt haar collega van top tot teen. 'Het gaat helemaal niet goed met jou,' zegt ze. 'Kun je niet beter een paar dagen vrij nemen?'

'En alles missen wat hier wordt gezegd? Ik kijk wel uit. Ik moet hier zijn, al was het maar om te voorkomen dat het onderlinge geklets Vigo nog verder in de problemen brengt. Hij heeft niets met die moord te maken, Annebeth.'

'Hij heeft volgens mij ook niets met jou te maken, Sharon.'

Annebeth ziet het nog net, voordat Sharon zich van haar afkeert. Het is een flits, maar het ontgaat haar niet. Koude ogen, harde, koude ogen.

Vreemde ogen.

Iemand stoot haar aan. 'Jouw beurt,' zegt de collega die naast haar staat. 'Het zijn aardige rechercheurs, ze stellen je echt op je gemak. Ga maar naar binnen.'

Wat moet ze zeggen? Wie zal haar geloven als ze haar twijfels over Sharon uitspreekt? Het gaat hier ook niet om Sharon, het gaat om de moord op Lisa en om duidelijkheid over haar relatie met Vigo. De mannen die haar vragen willen stellen weten waarschijnlijk nog niet wat het verhoor van Bert heeft opgeleverd. Is Bert eigenlijk officieel aangehouden? Klopt het wel wat Sharon over hem vertelde? De politie zal toch niet iemand arresteren als alleen zijn naam valt tijdens een verhoor? Maar als ze Sharon mag geloven verliet een van de twee rechercheurs die haar ondervroegen vrij snel nadat ze begon te vertellen wat ze wist over de relatie van Lisa en Bert de kamer en heeft het haar nauwelijks moeite gekost om te weten te komen dat Bert zou worden verhoord. Ze beweerde dat ze die kerels helemaal plat had, vooral toen ze tamelijk gedetailleerd begon te vertellen wat Vigo en zij zoal uitspookten in bed.

Annebeth voelt steeds meer weerstand als Sharon haar iets vertelt. Ze wil helder blijven nadenken, maar het lukt Sharon iedere keer opnieuw haar uit haar evenwicht te brengen. Nu weer door te beweren dat ze vertrouwelijke gesprekken had met Lisa en dat ze wist dat die zwanger was van Bert. Dat is toch niet te geloven? Het klopt gewoon niet, maar hoe bewijst ze dat? Ze weet ook niet wat ze moet denken van Sharons mededeling over vrijen met Bert. Recht op en neer, zonder passie. Wat klinkt dat banaal. Heel anders dan een eerdere uitspraak die Annebeth zich over dit onderwerp herinnert.

'... ik moet hem nageven dat hij er wat van kan.'

Wat gebeurt er allemaal in het hoofd van die vrouw? En is Annebeth de enige die ziet dat Sharon zich vreemd gedraagt?

De rechercheurs willen graag weten hoe goed ze Lisa kende en of ze ook privécontact met haar had. Ze antwoordt dat ze maar met één collega privécontact heeft en Lisa niet privé kende. Nu moet ze iets zeggen over het vreemde gedrag van Sharon. Maar ze kan het niet. Het voelt te erg als verraad.

Ze wil weten waar Bert nu is, of hij vastzit, of hij hulp nodig heeft. Bert wordt ergens in geluisd, daar is ze van overtuigd. Maar hoe kan ze dat bewijzen? Ze moet eerst eens goed nadenken, op dit moment zijn haar gedachten één grote chaos.

Het kantoor is leeg en de telefoon rinkelt. Ze neemt op.

'Goedemiddag, met Megan Janssens. Ik ben de zus van Sharon Janssens. Is Sharon er nog?'

Annebeth klemt haar hand om het toestel. 'Je spreekt met een collega van Sharon. Ik... Zou je...' Annebeth slikt een paar keer. 'Ze is waarschijnlijk nog ergens op de afdeling, ik weet niet waar.'

'Zou je aan haar willen vragen of ze me terugbelt? Ik wil vandaag nog met haar praten, zeg dat er maar bij.'

Annebeth denkt snel na. De stem van Megan Janssens klinkt enigszins ongerust. Of verbeeldt ze zich dit?

'Megan, ik denk dat het niet goed gaat met je zus. We zijn een beetje met elkaar bevriend en ik maak me zorgen over haar. Ik heb de indruk dat ze niet… weet wat ze zegt. Soms. De laatste dagen. Zou ik daarover met je kunnen praten?'

Als ze naar haar auto loopt realiseert ze zich dat Megan Janssens niet verbaasd was. Integendeel, ze stelde direct voor elkaar over een halfuur te treffen in Grand Café Lion.

94

Bert heeft alles beschikbaar gesteld waar de rechercheurs naar vroegen. Hij heeft zijn telefoon afgegeven, zodat ze konden controleren met wie hij de afgelopen tijd gebeld heeft en wie met hem, welke personen er op zijn telefoonlijst staan, welke berichten zijn ingesproken en hoe zijn whatsappverkeer eruitziet. Ze hebben nergens een spoor van Lisa Karsten ontdekt. Natuurlijk niet, want hij heeft die vrouw alleen in een flits gezien en nooit gesproken. Hij heeft ook zijn computer beschikbaar gesteld en zelfs gezegd dat ze die wat hem betrof rustig konden meenemen naar het bureau.

De mannen behandelden hem welwillend, dat moet hij ze nageven. Maar ze wilden toch graag dat hij meeging voor een officieel verhoor.

Het is te gek voor woorden dat je als gewone burger zomaar kunt worden opgehaald door de politie, omdat een of andere onverlaat je naam genoemd heeft met betrekking tot een moordzaak. Een moordzaak! En aanvankelijk wilde niemand hem vertellen wat er precies over hem was gezegd en in welk verband hij de vragen moest zien die op hem werden afgevuurd. Door die vragen begon hij langzaam te begrijpen dat ze wilden weten of hij iets met Lisa Karsten had gehad. Eerst dacht hij dat ze het vroegen omdat Lisa is gevonden in de jacuzzi bij het huisje waarvoor hij tijdelijk de verantwoordelijkheid droeg, maar hij begreep niet hoe ze op het idee kwamen dat hij die vrouw gekend had. Daar stelde hij vragen over en na uren op het bureau te hebben gezeten kwam hij erachter dat iemand de politie over zijn vermoedelijke relatie met de vermoorde vrouw had getipt. Iemand. Wie dan? En waarom?

Hij mocht zijn moeder bellen om te regelen dat zijn kinderen werden opgevangen. Ze schrok zich een ongeluk toen ze hoorde dat hij op het politiebureau zat en werd verhoord. Ze drong erop aan dat hij een advocaat inschakelde.

Wat moet hij met een advocaat? Hij heeft niets met die moord te maken, hij kende die vrouw niet eens. Als nergens uit blijkt dat ze ooit contact hadden zullen ze hem toch wel geloven?

De rechercheur die hem verhoorde was zakelijk, soms scherp, maar correct. Hij legde uit dat de politie tips als deze altijd heel zorgvuldig en vooral heel uitgebreid natrok. Er was niet uit zijn gezicht op te maken wat hij dacht van de antwoorden die Bert gaf.

Ze dringen je leven binnen en halen het totaal overhoop. Ze willen iedereen spreken die jij kent om te verifiëren of de naam Lisa Karsten ooit door jou is genoemd. Ze nemen je gevoel van eigenwaarde in beslag en bezoedelen het. Ze beschadigen je trots en je onafhankelijkheid. Ze presteren het je in een paar uur tijd het gevoel te geven dat je een nietszeggend, waardeloos stuk vreten bent. En dan zeggen ze opeens dat je kunt gaan, maar je beschikbaar moet houden voor een eventueel tweede verhoor.

Hij kan nog steeds niet bevatten wat er is gebeurd. Hij heeft nog steeds het gevoel dat hij de eerste de beste persoon die hem op welke manier dan ook belaagt, totaal verrot zal schoppen.

Toen Tanja was aangereden verliep het gesprek dat de recherche met hem wilde voeren veel gemoedelijker, toen had hij veel minder het gevoel dat ze hem serieus ergens van verdachten. De manier waarop hij vandaag werd verhoord heeft niet alleen zijn zelfvertrouwen stevig aangetast, maar hem vooral woedend gemaakt.

Dit was voor de tweede achtereenvolgende keer één stap te ver.

95

Hij staat plotseling voor haar neus, als ze bijna klaar is met het bijwerken van een verpleegstatus. Iedereen die dagdienst had is al naar huis, maar Sharon heeft gewacht tot hij kwam. Ze wist zeker dat hij zou komen en ze begroet hem met een brede lach. 'Je bent er. Eindelijk! Waar ben je de hele dag geweest? Toch niet op het politiebureau?'

'Ik heb de hele middag met mijn advocaat gepraat,' zegt hij.

'Vind je dan dat je een advocaat nodig hebt? Denk je dat mijn verklaringen niet genoeg zijn?'

'Nee, Sharon, dat denk ik niet.'

Hij is koel en dat staat haar niet aan. Maar ze gaan geen ruzie maken, zeker niet hier.

'Ik ga naar huis,' zegt hij.

Ze staat op. 'Dan kook ik voor je.'

'Dacht het niet.' Hij loopt weg.

Sharon vliegt achter hem aan, maar hij slaat de deur voor haar neus dicht. Ze klemt haar lippen op elkaar om te voorkomen dat ze gaat schreeuwen. Rustig blijven! Er lopen hier collega's rond en ook patiënten. Die moeten niet in de gaten krijgen dat er spanning is tussen Vigo en haar. Iedereen moet juist kunnen zien dat ze goed met elkaar omgaan en geloven dat ze al maanden een relatie hebben. Ze heeft daar vanmiddag tegen een paar collega's iets over gezegd. Losse opmerkingen, maar toch duidelijk in de richting van meer dan vriendschappelijke gevoelens tussen hen. Dat veroorzaakte opschudding en ongeloof. Ze zal iets moeten verzinnen om het geloof te laten landen en spanning hoort daar niet bij.

Ze sluit het programma waarin ze zat te werken af en loopt naar de kleedruimte. Het is niet moeilijk te bedenken wat ze nu moet doen. Eerst naar de slager en de groenteman in het winkelcentrum dat tegenover het ziekenhuis ligt. Ze weet al wat ze gaat koken. Voor het yoghurtijs met slagroom dat ze als dessert heeft bedacht, moet ze even naar Albert Heijn. Ze staat over een uurtje gewoon voor zijn deur en dan eist ze meteen een sleutel. Vigo zal hevig protesteren, maar ze weet zeker dat hij zich bedenkt als ze hem vertelt dat ze weet hoe Lisa is vermoord en door wie.

Ze heeft de hele dag niet in de gaten gehad dat het zulk mooi weer was. De zon schijnt nog volop en er staat een lekker briesje, waardoor het niet te warm is. Ze eten in de tuin, beslist ze.

Ze gaat ook een fles champagne kopen.

Zijn auto staat niet op de oprit, maar waarschijnlijk heeft hij hem direct in de garage gezet.

Sharon staat even stil om tot zichzelf te komen. De nieuwe situatie is iets te overweldigend en als ze niet oplet, schiet ze haar doel voorbij. Rustig worden, rustig, rustig. Schouders ontspannen, alle ledematen even bewegen, gezichtsspieren samentrekken en weer loslaten.

Stralen en aantrekkelijk zijn.

Ze drukt op de bel en wacht. Ze zet de boodschappentas op de grond. Het ijs is nog bevroren, maar met deze warmte zal het snel gaan smelten. Het moet in de vriezer. Waar zit hij nu? Ze belt nog een keer. Er verschijnt niemand.

Ze kijkt om zich heen. De vorige keer dat ze hier stond heeft ze weinig gezien, omdat het donker was. De oprit bestaat uit wit grind met in het midden een rozenperk. Ze houdt van rozen.

Ze loopt om het huis heen en komt op een enorm terras terecht. Er schiet een kat langs haar voeten, hij rent over het grasveld en verdwijnt in de struiken die daaraan grenzen.

Dit is een prachtige tuin, waarschijnlijk onder architectuur aangelegd. Wel een beetje strak en netjes. Het zou van haar wat wilder mogen, wat natuurlijker. Dat wordt een project.

Ze loopt naar de grote glazen pui en tuurt naar binnen. Nergens geluid, nergens beweging. Ze staat doodstil en probeert tot zich te laten doordringen dat Vigo er niet is. Er nóg niet is, bedenkt ze. Misschien is hij ook boodschappen gaan doen en kan hij elk moment thuiskomen. Ze glimlacht. Zo gaat dat als je geen goede afspraken maakt over zoiets banaals als wie kookt en wie naar de supermarkt gaat. Maar het hindert niet, dan hebben ze ook al voor morgen eten in huis. Ze hoopt dat het ijs nog te redden zal zijn.

Hoort ze een auto? Ze rent weer naar de voorkant van het huis en ziet Vigo uitstappen. Zijn gezicht staat donker.

Maar Sharon lacht. Sharon straalt. Hij is er en zij is er. Dit is goed.

Ze loopt met gespreide armen op hem af. 'Wat je het eerst moet weten is dat ik je alles vergeef,' zegt ze.

96

Megan Janssens lijkt niet op Sharon, is het eerste wat Annebeth opvalt. Niet fysiek en ook niet qua type mens. Maar dat kan ze natuurlijk nog niet echt weten, ze kent die vrouw niet eens. Toch is ze anders.

Het zijn haar ogen. De ogen van Megan ontwijken Annebeths blik niet, terwijl Sharon vaak langs haar kijkt. Maar het grootste verschil zit in wat ze communiceren, dát ze communiceren. Ze maken écht contact.

Ze gaan bij het raam zitten, daar is het rustig. Megan wenkt een ober en vraagt wat ze wil drinken. Als ze heeft besteld, richt ze zich weer op Annebeth. 'Vertel me alles,' zegt ze.

'We gaan nog maar een paar maanden met elkaar om, dus "alles" is een groot woord. Ik was volgens mij de eerste aan wie ze vertelde dat ze zwanger was.'

'Ze was niet zwanger,' zegt Megan.

Annebeth kan zich niet herinneren dat ze ooit zo'n bizar verhaal heeft gehoord. Als ze Megan moet geloven heeft Sharon zich ingebeeld dat ze zwanger was en wilde ze die gedachte niet loslaten, zelfs niet toen een echo uitwees dat er geen kind kwam.

'Maar ze werd dikker,' protesteert Annebeth.

'Dat werd ze ook de eerste keer dat het gebeurde. Ze at in die tijd de hele dag, dus het was goed te verklaren dat ze aankwam. Dat zal ze nu ook wel weer gedaan hebben.'

Annebeth neemt nu en dan een slokje wijn. Ze hebben na het glas frisdrank wijn besteld en er staat nu ook een mandje stokbrood met kruidenboter en rode pesto op tafel. Megan besmeert een stukje brood en praat gewoon door terwijl ze kauwt. Het lijkt of ze haast heeft. 'Ik ben veel te onrustig,' stelt ze vast. 'Neem me niet kwalijk, het komt doordat ik bang ben dat mijn zus weer doorslaat.'

'Doorslaat? Hoe bedoel je dat?'

'We hebben dit al een keer eerder met haar meegemaakt en toen is het behoorlijk uit de klauwen gelopen. Het gebeurde in de periode dat mijn vader ons gezin in de steek liet en een vriendin bleek te hebben die maar een paar jaar ouder was dan Sharon. Toen beweerde ze opeens dat ze zwanger was van een vriend die niemand kende. Ze werd dikker en steeds drukker, maar weigerde naar een dokter te gaan. Het gebeurde in de periode dat ze eindexamen voor de havo moest doen en mijn moeder en ik wilden dat ze in ieder geval haar diploma haalde, dus we vielen haar niet lastig met al te confronterende vragen en probeerden haar het gevoel te geven dat ze werd gesteund. We wisten dat ze niet zwanger kon zijn, maar we spraken met elkaar af geen confronterende opmerkingen te maken.'

'Hoe wisten jullie dat dan?'

'Sharon werd toen ze veertien was ziek. Buikpijn, enorme bloedingen, terwijl ze nog maar net menstrueerde. De huisarts vertrouwde het niet en stuurde haar door naar een gynaecoloog. Ze bleek baarmoederhalskanker te hebben. We schrokken ons helemaal kapot. Ze was veertien, dat kon toch niet? Het schijnt maar heel zelden voor te komen. Ze hebben toen haar baarmoeder verwijderd.'

'Wat? Was er dan geen andere behandeling mogelijk?'

'De artsen zeiden van niet. Je begrijpt dat ze dit niet zomaar doen bij een meisje van veertien, maar het moest. Het was een verschrikkelijke tijd, maar de kanker bleek verder niet te zijn uitgezaaid. Ze herstelde ook redelijk snel, veel sneller dan we hadden verwacht. Maar ze wilde er niet over praten. En toen beweerde ze dus opeens dat ze zwanger was.'

'Ze wist toch zelf ook dat dit niet kon?'

'Natuurlijk wist ze dat, maar wat we ook zeiden, hoe goed we het ook uitlegden, niets hielp. We probeerden haar op allerlei manieren duidelijk te maken dat ze zich iets inbeeldde, wilden haar geruststellen en rust geven, maar we bereikten vooral het tegendeel. Ze sliep nauwelijks meer, versleepte voortdurend meubels en wilde het huis verbouwen. Ze was niet te stuiten en viel ons aan als we in de buurt kwamen. Mijn moeder belde ten einde raad de huisarts en die liet haar opnemen in een psychiatrisch ziekenhuis.'

'Jeetje, echt waar? Hoelang heeft ze daar gezeten?'

'Een maand of drie. Eerst gedwongen, later vrijwillig. Ze was in die tijd een zombie door de medicatie die ze kreeg. Volgens ons was die veel te zwaar, maar je wilt niet weten hoe moeilijk het was om dat tot haar behandelaars te laten doordringen. We voelden ons superschuldig, omdat we haar hadden laten opnemen.'

Annebeth schudt langzaam haar hoofd. 'Vlak nadat ze zei dat er geen kind kwam, heb ik haar gevraagd of ze niet naar een dokter moest gaan. Ik heb echt nooit iets in de gaten gehad. Ik vond het wel vreemd dat ze niet naar een verloskundige ging of naar haar huisarts. Als ik vragen in die richting stelde, begon ze over iets anders. En ze wilde ook niet vertellen wie de vader was, alleen dat hij nog moest wennen aan het idee. Totdat...' Ze aarzelt. Wat moet ze vertellen en wat niet?

Megan buigt zich naar haar toe. 'Ik kan me voorstellen dat deze ontmoeting verwarrend is voor je. Maar je kunt me vertrouwen. Ik ben heel erg blij dat ik jou aan de telefoon kreeg, vooral omdat je volgens mij de enige persoon bent die met Sharon samenwerkt en haar ook privé kent.'

'Nou, kent...' Annebeth aarzelt. 'Ze wordt eerlijk gezegd een steeds groter raadsel voor me. Je zei dat ze zich dingen inbeeldt, maar niemand had dat in de gaten.'

'Jij merkte toch iets, Annebeth? Jij zei toch tegen me dat je je zorgen maakte om haar?'

Annebeth voelt zich betrapt.

Megan raakt even haar hand aan. 'Het is goed dat je met me wilde praten, geloof me. Volgens mij willen we allebei het beste voor Sharon. Ze heeft geen slecht karakter, alleen een veel te grote fantasie. Dat werd al duidelijk toen ze nog een kind was. Ze fantaseerde de hele wereld aan elkaar en we konden haar vaak niet volgen in haar op hol geslagen gedachten. Als Sharon iets vertelde wist je nooit of het een verzinsel of werkelijkheid was. Mijn moeder zei vaak dat kinderen hun fantasie nodig hadden om zich te ontwikkelen en dat het ontkennen van de realiteit kon dienen als zelfbescherming. Daar kregen mijn ouders dan ruzie over. Maar ondanks die ruzies heeft iedereen veel te licht gedacht over de ernst van haar gedrag, ze is beslist te weinig gecorrigeerd. We kwamen er pas achter dat ze psychisch iets mankeerde toen het gillend uit de klauwen liep en ze moest worden opgenomen. Dat hakte er behoorlijk in en ik wil haar behoeden voor een herhaling.'

Annebeth schudt vertwijfeld haar hoofd. 'Hoe heeft ze dan toch de opleiding tot verpleegkundige kunnen doen? Volgens mij word je nooit toegelaten als je in een psychiatrisch ziekenhuis opgenomen bent geweest.'

'Je denkt toch niet dat ze daar iets over heeft losgelaten? Ze wilde er later nooit meer over praten en wij gingen ervan uit dat het een incident was geweest en dat ze er iets van had geleerd. Maar we zijn er inmiddels wel achter dat dit een erg naïeve gedachte was. Vertel me alsjeblieft alles wat je weet, wat je is opgevallen en wat in jouw beleving niet klopt. Ik wil voorkomen dat ze het slachtoffer wordt van haar eigen vreemde ideeën.'

'Ik ben bang dat ze juist een slachtoffer heeft gemaakt,' zegt Annebeth.

97

Berts moeder heeft de meisjes net naar bed gebracht en zegt dat ze eten voor hem apart heeft gehouden. Ze wil het opwarmen, maar hij houdt haar tegen. Hij hoeft geen eten, hij heeft alleen zin in sterkedrank.

'Maar dan word je dronken,' protesteert zijn moeder.

'Nou en?' schreeuwt hij opeens. 'Mag ik in mijn eigen huis ook al niet meer dronken worden wanneer ik wil?'

Zijn moeder duwt hem in de richting van de bank. 'Ga eens rustig zitten en neem eerst een kop koffie.'

'Ik wil geen koffie. Ik heb de hele dag al koffiegedronken.'

'Eet dan iets, zodat je wat in je maag hebt.' Haar stem klinkt smekend.

Bert loopt naar de keuken. Misschien houdt ze op met zeuren als hij een boterham maakt. Hoe krijgt hij haar op een fatsoenlijke manier de deur uit?

'Je vader is onderweg,' zegt zijn moeder.

Bert draait zich om. 'Waarom?'

'Hij wil je zien.'

'Ik hem niet.'

'Hij is je vader, Bert.'

'Heb je nog meer overbodige informatie voor me?'

'Was het een zware dag? Hebben ze je niet goed behandeld? Je hebt toch niets met die moord te maken, hè?'

Hij is zo moe, zo bekaf, zo volslagen plat geluld. En nu wordt hij ook nog even getrakteerd op een overbezorgde moeder die hem meent te moeten vertellen wie zijn vader is. Bert leunt met zijn hoofd tegen de deursponning. 'Mam, wil je alsjeblieft naar huis gaan? Ik ben heel blij dat je hier vandaag wilde zijn en dat je de meisjes hebt opgevangen, maar ik moet nu echt alleen zijn. Ze hebben me fatsoenlijk behandeld en me laten gaan omdat ze geen enkele reden konden bedenken om me vast te houden. Daar is ook geen reden voor, ik heb niets met die jacuzzimoord te maken. Iemand heeft geprobeerd me ergens in te luizen en dat is niet gelukt. Soit! Doorgaan met ademhalen en het achter ons laten, zou ik zeggen.'

Er is een geluid bij de voordeur. Bert loopt naar de gang en ziet zijn vader binnenkomen.

'Je bent weer terug,' zegt zijn vader.

'Hoe kom jij aan een sleutel van mijn huis?' wil Bert weten.

Dit is een bekend patroon en hij weet het. Zijn autoritaire vader spreekt en zijn moeder licht tussendoor toe wat hij bedoelt en dat doet ze op een manier alsof ze de zwakbegaafde van het jaar voor zich heeft.

Bert luistert. Hij luistert altijd, hij verzet zich niet, sputtert hooguit tegen. En normaliter stapt hij op als hij zijn grens heeft bereikt. Hij gaat nooit over die grens heen, hij laat de zaak nooit escaleren.

Zeg nooit nooit.

Hij hoort zijn vader uitleggen dat zijn moeder een sleutel van de voordeur van Berts huis heeft laten bijmaken, omdat hij nu eenmaal hun hulp nodig heeft en zij hem allebei graag terzijde willen staan. Dan is het handig als ze ieder hun eigen sleutel hebben, zeg nou zelf. De toon en de strekking van het verhaal dulden geen tegenspraak.

Nu zou Bert weg moeten gaan, maar hij is in zijn eigen huis. Hij voelt zich verpletterd, maar ook woedend. Het lijkt of zijn hele leven in een flits voorbijkomt en hij ernaar moet kijken, of hij wil of niet. Hij is even geen volwassen man van negenendertig jaar, vader van twee kinderen, zelfstandig ondernemer en single man.

Hij is een jongetje dat zich niet gewenst voelt door zijn vader.

De lippen van zijn vader bewegen, maar Bert heeft het geluid uitgeschakeld. Hij hoort niets, kan alleen wat zien. Angst, verdrukking, ontkenning.

Afwijzing.

De woorden zijn er opeens. Hij bedenkt ze niet, overweegt niet of hij ze zal uitspreken, houdt ze niet tegen. Ze zijn er, ze eisen een plaats op en overvallen hemzelf waarschijnlijk het meest. 'Hou je bek!' schreeuwt hij tegen zijn vader.

Ze staren elkaar aan. De afkeer in de ogen van zijn vader is even nadrukkelijk als beledigend. Zijn moeder slaat een hand voor haar mond.

Berts vader strekt zijn rug. 'Wil jij soms het woord?' De minachting druipt van hem af.

Bert wijst naar een stoel. 'Zitten,' gebiedt hij. 'Ik wil inderdaad het woord en ik wil door niemand in de rede worden gevallen tot ik klaar ben.'

'Showtime,' zegt zijn vader grinnikend.

Bert heeft recent nog ergens gelezen dat de draagkracht van een mens altijd een grens heeft. Als emoties elkaar te snel opvolgen kan dat een stapelingseffect krijgen en bereikt iemand zo'n grens. Hij heeft op dit moment het gevoel dat het afgelopen halfjaar als een tank over hem heen dendert. Al zou hij het willen, hij ontkomt niet aan de confrontatie met de onmacht die Tanja's houding teweegbracht, het gemis van zijn dochters, de irritatie over de leugens van zijn ex, de vernederende positie waarin hij terechtkwam. Hij wil er blijkbaar ook niet aan ontkomen; hij beseft het niet alleen, hij laat het toe. De grens is er en moet er ook zijn. Hij heeft hem nodig.

Hij gaat voor zijn vader staan. 'Ik ben vandaag beschuldigd,' zegt hij.

'Die beschuldiging sloeg nergens op. Maar nu ben jij aan de beurt om je te verantwoorden. En dit gaat wel ergens over.'

98

Ze heeft hem zover gekregen dat hij haar binnenliet, maar hij wil niet dat ze de champagne in de koelkast zet, de boodschappen uitpakt en het ijs in de vriezer legt. Hij staat voor haar en de weerstand spat van hem af. 'Waarom ben je hier?' vraagt hij.

'Ik wil doorgaan met waar we gebleven waren en dat wil jij ook.'

'Sinds wanneer bepaal jij wat ik wil?'

'Dat hoef ik niet te bepalen, Vigo, dat zie ik. Dat weet ik. Voor mij ben jij een open boek.'

Hij kijkt haar strak aan. 'Wat bedoel jij eigenlijk met dat doorgaan waar wij gebleven zouden zijn?'

Sharon merkt dat ze moe is. Haar benen trillen, ze moet gaan zitten. Ze trekt een stoel onder de keukentafel vandaan en ploft erop. 'Ik ben nog niet helemaal hersteld van moeten toegeven dat ik geen kind krijg,' zegt ze.

Hij zwijgt.

'Ben je nu opgelucht?'

'Waarom zou ik daar opgelucht over moeten zijn?'

'Omdat je nu geen verantwoordelijkheid hoeft te nemen voor je vaderschap. Je had je wel even in de nesten gewerkt, is het niet, Vigo? Twee liefjes tegelijk zwanger gemaakt, lekker slim. Maar alles is nu opgelost. We kunnen dus opnieuw beginnen.'

'Hoe kom je erbij dat ik de vader van jouw kind zou zijn?'

'Omdat jij de enige man was met wie ik neukte, Vigo.'

Weer die intens kille blik in zijn ogen.

'Schrik je van mijn duidelijkheid? Klinkt het je niet beschaafd genoeg in de oren? Vind je dat je het verdient om wat omzichtiger behandeld te worden? Maar waarom dan? Hoe zou jij zelf reageren als jou maandenlang allerlei leugens werden verteld?'

'Leugens? Wat voor leugens? Waar gaat dit over?'

'Over die zogenaamde kinderen van je, door wie je voorlopig niet kon scheiden. Weet je nog wel? Ze moesten eerst naar de middelbare school gaan, want dan kon je ze pas uitleggen dat papa niet meer van mama hield en wel heel veel van Sharon. Maar er waren helemaal geen kinderen, je verzon ze om mij aan het lijntje te houden. Gaat er al een lichtje branden in die leugenachtige hersenmassa van jou?'

Ze is te aanvallend, te kwaad, ze doet precies wat ze niet van plan was. Ze moet dimmen.

'Ik weet niet waar je het over hebt.'

Ze haalt een paar keer diep adem. 'Je stuurde me een bericht met de mededeling dat je vrouw het wist. Dat kun je je zeker ook niet meer herinneren?'

Vigo gaat ook zitten.

'Ach, eigenlijk hoef ik dat ook niet te weten. Je hebt me de laatste keer dat je bij me was gedrogeerd. Was dat echt nodig? Had je niet iets anders kunnen bedenken waardoor je stiekem mijn huis kon verlaten? Laat ook maar, ik wil niet omkijken in wrok, ik wil je ook geen verwijten maken. Je was in paniek, volgens mij, en mannen die in paniek zijn doen soms vreemde dingen. Lisa verleidde jou, niet jij haar. Ze spon haar web en liet jou erin vliegen. Zoiets was het toch? Ik weet heel goed hoe het voelt om vast te zitten in een situatie die je eigenlijk niet wil, maar waaruit moeilijk te ontsnappen valt. Dan kan het gebeuren dat je gebruik moet maken van onorthodoxe middelen. En dan kan het ook gebeuren dat je iemand nodig hebt om je te dekken. Dat ben ik, in dit geval, en je kunt op me rekenen, Vigo. Ik dek je, ik lieg de hele wereld voor jou aan elkaar. Ik ben jouw alibi tot het einde der tijden. Ik ben je vrouw.'

Vigo opent zijn mond, maar sluit hem weer. Sharon vindt dat

hij er aandoenlijk uitziet. Ze steekt haar hand uit om hem over zijn wang te strelen.

Hij mept haar weg. 'Wie ben jij?' vraagt hij.

Sharon glimlacht toegeeflijk.

Vigo staat op. 'Ik wil dat je weggaat. Je hebt hier niets te zoeken, ik word beroerd van je.'

Ze blijft zitten. 'Ben je vergeten dat wij allebei aan de politie hebben verteld dat jij in de nacht dat Lisa werd vermoord bij mij sliep? Je weet toch wel dat het nodig is om onze relatie nieuw leven in te blazen en zeker voorlopig in stand te houden? Denk na, en prent jezelf in wat we hebben afgesproken. Lisa speelde dubbelspel, er was naast jou een andere man, van wie ze mogelijk zwanger was. Die man wist dat ze met jou in dat huisje was, bespiedde jullie en kreeg zijn kans om af te rekenen toen jij met een kwade kop aftaaide. Dat is het verhaal, dat weet je toch nog wel? Laat ze maar lekker verdergaan met Bert van Meulwijk verhoren. Dat is echt een van de meest geschikte verdachten die we kunnen opvoeren. Zijn ex-vrouw is nog niet lang geleden aangereden en degene die dat ongeluk veroorzaakte is nog steeds niet gevonden. Denk jij ook niet dat de politie het vreemd zal vinden dat Bert nu opeens iets te maken zou kunnen hebben met de dood van Lisa? Dat bedoel ik met dat hij een heel geschikte verdachte is. Bert van Meulwijk is geen frisse gast en daar moeten ze bij de politie wat meer van doordrongen raken. En als ze toch te weinig bewijzen tegen hem hebben, zoeken ze gewoon verder. Ik heb nog een paar namen op de lijst staan die via een anonieme tip genoemd kunnen worden. Wij zijn safe.'

'Wij? Moet jij ook safe zijn dan?'

Sharon denkt snel na. Wat suggereert hij nu?

'Jij was degene die ons de eerste avond dat we in het huisje waren bespiedde,' zegt Vigo. 'Dat vertelde je me toch? Jij kunt in de ogen van de politie ook wraak hebben genomen.'

Ze had nooit iets over dat bespieden moeten zeggen. 'Daar gaat het niet om. Het gaat erom dat jij vrijuit gaat, dat jij geen verdachte meer bent, dat jou niets te maken valt.'

'En dan?'

'Wat ik net zei, dan word jij niet meer verdacht van het plegen van een moord.'

'Ik ben ook geen moordenaar.'

Die koele ogen, die vlakke stem. Is hij dan helemaal niet bang?

'Dat ben je wel, Vigo.'

Er hangt opeens een dreigende stilte in de keuken.

'Ik wil dat je weggaat en voorlopig zwijgt,' zegt Vigo.

Sharon raakt snel met haar wijsvinger het puntje van zijn neus aan. 'Ik blijf nog even en zwijg alleen over jouw rol als je me toelaat in je leven.'

99

Megan wil weten wat Annebeth precies bedoelde toen ze zei dat ze bang was dat Sharon een slachtoffer had gemaakt. Annebeth heeft spijt van die woorden en probeert onder een verklaring uit te komen door juist zelf vragen te stellen over het vreemde gedrag van Sharon. Ze moet meer weten over dat fantaseren, dat idiote liegen. Ook al noemt Megan het inbeelding, voor Annebeth is het ordinair gelieg.

Ziek gedrag.

'Is het een ziekte?' wil ze weten. 'Ik bedoel: een psychische ziekte? Vertel me er alsjeblieft eerst wat meer over, dan leg ik je later uit wat ik bedoelde met die opmerking over een slachtoffer.'

Megan lijkt te aarzelen. 'Nou, goed dan,' geeft ze toe. 'Wat wil je precies weten?'

'Is het een ziekte?' herhaalt Annebeth.

'Daar zijn de geleerden het niet over eens.' Nu glimlacht Megan, maar het is een wrange lach. 'Ik heb haar behandelaars echt bestookt met vragen, alles wat er te lezen viel gelezen, conclusies voorgelegd, discussies gevoerd, zelfs ruziegemaakt. Aanvankelijk was iedereen ervan overtuigd dat Sharon waandenkbeelden had, maar daar kwam men van terug toen ze door een behandelaar met wie ze goed kon opschieten te corrigeren bleek in de ideeën die ze had. Een echte waan valt niet te corrigeren, weet je. Later viel de term "pathologische leugenaar" en ten slotte is Sharon gediagnosticeerd met *pseudologia fantastica*. Dat is een ziektebeeld waarover in de medische wereld geen consensus bestaat. Het wordt nog steeds enerzijds weggezet als een psychiatrische stoornis en anderzijds als een persoonlijkheidsstoornis. Waar het op neerkomt, is dat Sharon dwangmatig liegt of fantaseert, hoe je het ook wilt noemen. Fantaseren is voor haar een primaire levensbehoefte en haar fantasieën monden vaak uit in complexe verhalen die ze zelf als waarheid beleeft. Ik ben er persoonlijk van overtuigd dat wat ze verzint voor haar een middel is om de werkelijkheid te ontvluchten. Ik denk dat ze bijvoorbeeld verlangde naar een kind en dat ze toen een relatie heeft verzonnen waardoor ze kon denken dat ze zwanger was.'

Annebeth heeft het opeens koud.

Megan kijkt naar haar armen. 'Het is niet eng,' legt ze uit.

'Het is erg,' zegt Annebeth.

Allemaal fantasie, denkt ze. Allemaal bedenksels, gebaseerd op verlangen. Kun je echt zo doorslaan als je ergens heel erg naar verlangt? Het beeld dat deze vraag oproept wil niet verdwijnen, hoe ze ook haar best doet om het niet te zien. Het heeft zich een plek toegeëigend en laat zich niet verwijderen.

Er staat een wieg vlak naast haar. Het ding schommelt een beetje. Nu en dan verschijnt er een handje in de lucht. De vingertjes spreiden zich en bewegen van voor naar achter. Ze grijpen een voetje vast.

Haar ademhaling doet pijn.

Megan raakt haar aan. 'Wat bedoelde je met een mogelijk slachtoffer?'

Annebeth denkt snel na. Wat doet ze nu?

'Zeg alsjeblieft iets,' smeekt Megan.

Annebeth staat op. 'Ik moet nadenken en dat lukt niet als ik hier blijf zitten. Laat me maar even met rust, ik bel je als ik mijn gedachten weer op een rijtje heb. Goed? Geef me je nummer maar.' Ze toetst Megans mobiele nummer in en steekt daarna haar hand uit. 'Ik bel je echt,' belooft ze. Dan draait ze zich om en loopt snel naar de deur.

Ze rent naar de fietsenstalling en ze is blij dat ze vanmorgen besloten heeft om de auto te laten staan. Ze kan nu een eind gaan fietsen en de wind door haar haren laten wapperen. Daar heeft ze behoefte aan. Stevig doortrappen, niet om zich heen kijken, alleen op de weg letten en alles en iedereen voorbijvliegen. Vooral dat beeld van die wieg, vooral het geluid van een brabbelende baby. Ze moet het zien kwijt te raken. De tranen blijven over haar wangen stromen, ze haalt steeds haar neus op. Toch blijft het beeld haar lastigvallen. Wat moet ze doen? Hoe kan ze hiervan af komen? Dit slaat toch nergens op? Hoe kan ze nu toch zoveel verdriet voelen omdat het kind dat blijkbaar nooit heeft bestaan niet geboren gaat worden? Ze moet zichzelf beter in de hand houden, ze laat zich te veel meeslepen door wat er met Sharon aan de hand is. Bij die vrouw kan ze beter uit de buurt blijven.

Iemand roept haar naam en ze kijkt op. Het is Gijs. Ze is zonder dat ze het in de gaten had naar de sportschool gereden. Maar ze wil helemaal niet sporten.

Hij grijpt haar arm vast, neemt de fiets van haar over, plaatst hem tegen de muur en strekt zijn armen naar haar uit. 'Kom maar hier,' zegt hij.

100

Zijn vader is niet meer zo zeker van zichzelf en heeft het niet meer over showtime. Hij kijkt nu en dan tamelijk schichtig naar Berts moeder, die strak voor zich uit blijft staren en doet of ze er niet is.

De vragen die Bert op hem afvuurt, beantwoordt hij zo veel mogelijk met ja en nee, maar Bert vraagt dóór. Hij moet het horen, hij eist openheid van zaken. Zijn vader moet door het stof, Bert wil hem vernederen en belachelijk maken. Laat hem niet denken dat het normaal is om als vent van vijfenzestig op je exschoondochter van net veertig te jagen. Was ze al wel ex toen hij ermee begon? Het antwoord op die vraag voelt aan als een klap in Berts gezicht.

Taferelen als deze horen thuis in een soap. Daar kijkt niemand op van geile oude lullen die zich in allerlei bochten wringen om in de gunst te komen bij een jongere vrouw en zich er niets van aantrekken dat die vrouw toevallig is getrouwd met hun zoon. Het is onvoorstelbaar dat Bert er niets van heeft gemerkt, dat het bijna onder zijn ogen gebeurde. Het is smakeloos en gênant en hij zou er geen woord meer aan willen vuilmaken. Dat was gelukt als deze ultieme kans om wraak te nemen zich niet had aangediend. Is hij postuum jaloers? Maar waarom dan? Heeft Tanja's dood hem niet verlost van een situatie die hem stikbenauwd maakte? Het zou hem nooit gelukt zijn haar op andere gedachten te brengen zodat ze hem het contact met zijn kinderen zou gunnen en dat weet hij goed. Ze was te sterk voor hem, te slim, ze had een veel te hoge dosis gluiperigheid tot haar beschikking. Wat haatte hij haar! Dus het maakt toch niet uit wie haar aanreed en waarom? Wat voegt het nog toe als de rol die zijn vader in Tanja's leven speelde in aanwezigheid van zijn moeder wordt besproken, toegelicht en uitgediept? Het is pijnlijk en indiscreet, het maakt meer kapot dan nodig is.

Toch blijft Bert vragen stellen en antwoorden eisen. Toch vertelt zijn vader alles wat Bert wil weten. Toch loopt zijn moeder niet weg.

Wat zegt zijn vader nu? Is hij echt blij dat hij eindelijk eerlijk kan vertellen wat er gaande was? Wil hij niet langer toneelspelen? Vertelt hij werkelijk in het bijzijn van zijn vrouw dat hij de rest van zijn leven samen wilde zijn met Tanja en de kinderen? Lijdt hij eronder dat hij de meisjes zo weinig ziet?

Het is te banaal om over na te denken.

Ze wilde hem niet, kwijlt Berts vader. Tanja speelde met zijn gevoel, misbruikte zijn aandacht voor haar en had geen respect voor hem. Ze geilde hem op en hield hem aan het lijntje. Het was om krankzinnig van te worden.

Zijn vader had natuurlijk graag een punt gezet bij de moeder van zijn kleinkinderen, hij wilde niets liever dan haar bespringen en plat neuken, net zoals Bert dat deed bij Sharon. Dat zegt hij niet, maar Bert weet zeker dat hij wel in die termen denkt.

Opeens mengt Berts moeder zich in het gesprek. 'Hou nou maar eens op,' adviseert ze haar man. 'Nu weten we het wel.'

Er valt een stilte die weinig goeds voorspelt.

Bert is de eerste die weer iets zegt. 'Hoe zit het precies met dat blauwe jack?'

'Welk blauwe jack?' wil zijn vader weten.

'Dat van jou, het hing altijd aan de kapstok en opeens besloot mama het in de zak voor de arme mensen te stoppen omdat het zomaar versleten was.'

'Heb je dat jack weggedaan?' richt Berts vader zich tot zijn vrouw. 'Waarom dan? Het was helemaal nog niet versleten. Je zei toch dat het naar de stomerij was?'

'Er zaten vlekken op een van de mouwen die er niet meer uit gingen met het stomen en toen heb ik het weggedaan.'

'Dat lieg je,' zegt Bert. 'Ik weet zeker dat je dit liegt. Dat jack moest weg omdat het een aanwijzing zou kunnen zijn naar de dader, is het niet? Zodra jij hoorde dat iemand had verklaard dat ze een persoon in een blauw jack had zien wegrennen, wist jij genoeg. Je moest het mannetje beschermen, ook al liep hij nog zo hard zijn lul achterna. Alles moet altijd perfect zijn bij jou, er mag nooit iets misgaan in jouw leven, dus alle rimpels worden gladgestreken. Hoe word je eigenlijk iemand als jij, mama?'

Kijk dat stel eens samen zitten. Ook al raken ze elkaar niet aan, de eensgezindheid druipt ervan af. Het is om te kotsen! Ze vormen een front dat door niemand kan worden aangetast, zeker niet door hun zoon. Zo is het altijd geweest en zo zal het ook altijd blijven. Ook al wringt zijn moeder zich eindeloos in allerlei bochten om zowel haar man als haar zoon te pleasen, als het erop aankomt kiest ze voor die man. Altijd, onvoorwaardelijk.

Bert voelt zich leeg, afgewezen, eenzaam. Maar de woede overheerst toch zodanig dat er geen ruimte is voor verlamming en zeker niet voor acceptatie. Hij staat op en loopt naar de plek waar de telefoon staat.

'Wat ga je doen?' vraagt zijn moeder.

'Ik ga de politie bellen, wat dacht je anders? Ik ga melden dat het volgens mij de moeite waard is om mijn vader eens goed te verhoren. Er zijn ook getuigen te vinden die kunnen en zeker zullen willen verklaren dat hij Tanja opmerkelijk vaak bezocht. Ik heb het over Leslie, Tanja's vriendin. Maar het lijkt mij vooral interessant om eens goed uit te pluizen waarom dat blauwe jack moest verdwijnen.'

'Ik heb niets met Tanja's ongeluk te maken,' zegt Berts vader. 'Ik zweer het je, echt helemaal niets. Ik hield van haar, dat kun je afkeuren of zelfs veroordelen, maar ik meen het. Van mijn kant was het een zuiver gevoel. Waarom laat je het niet rusten? Waarom maak jij je druk over de manier waarop ze is doodgegaan? Ze gaf niets om jou en dat weet je.'

'Nu ga je te ver.' Bert schreeuwt de woorden uit. 'Ook al ben ik eraan gewend dat jij je niets aantrekt van wat je teweegbrengt en denkt dat je het recht hebt om alles te doen wat jou goeddunkt, dit is de limit. Jij lijkt echt te denken dat je alles tegen me kunt zeggen, omdat ik nu eenmaal nooit tegengas geef. Zo is het toch? Je had mij het leven nooit aan moeten doen. Niet dit leven, niet dit gevoel dat ik illegaal ben, zoiets verdient geen enkel menselijk wezen.'

'Ik wilde ook geen kind,' antwoordt Berts vader.

'Maar ik wel,' zegt zijn moeder. 'Ik heb ervoor gezorgd dat je kwam en daar heb ik geen seconde spijt van gehad, ook al verwijt je vader het me tot op de dag van vandaag en verwijt ik hem de manier waarop hij al die jaren reageerde. Het is gebeurd, jongen, en het valt niet terug te draaien. Laat je vader en mij ons eigen leven leiden, alsjeblieft. Doe geen dingen die het allemaal nog erger maken. Tanja is dood, ook dat valt niet terug te draaien. Laat het allemaal met rust. Strijd past niet bij jou, jij bent iemand die evenwicht nodig heeft. Jij bent geen vechter.'

Bert toetst een nummer in.

'Doe het niet,' smeekt zijn moeder. 'Laat ons met rust. Alsjeblieft, Bert.'

'Ons?' Bert legt het toestel neer. 'Zeg je óns? Wil jij werkelijk de rest van je leven samen zijn met hem, terwijl je net zo goed als ik begrijpt wat hij heeft gedaan?'

'Ik zeg het voor de laatste keer, ik heb niets met het ongeluk te maken.' Nu schreeuwt zijn vader ook, maar er zit nauwelijks boosheid in zijn stem. Bert hoort angst.

Dit voelt goed, dit moet gebeuren, hij heeft het nodig. Hij grist het toestel weer naar zich toe en toetst opnieuw een nummer in.

Zijn moeder komt langzaam overeind. 'Leg neer,' gebiedt ze. Haar stem klinkt laag en kil.

Bert kijkt haar aan en weet niet wat hij moet doen. Op deze

manier heeft ze nog nooit tegen hem gesproken en ze heeft hem ook nog nooit met deze blik in haar ogen aangekeken. Hij deinst voor haar terug.

Zijn moeder neemt het toestel van hem af. 'Het is nu genoeg. Je vader heeft hier niets mee te maken.'

'Als jij hem de hand boven het hoofd wilt blijven houden, moet je dat vooral doen,' snauwt Bert. 'Ik weet niet wat hij je allemaal heeft wijsgemaakt en wat jullie samen hebben afgesproken, maar ik wil er ook graag buiten blijven. Ik stel voor dat we het aan de politie overlaten om erachter te komen wie er iets te maken heeft met Tanja's ongeluk.'

'Daar komen ze niet achter, want ik ben de enige die precies weet wat er is gebeurd.' De stem van zijn moeder klinkt weer als anders.

Bert heeft zin om haar uit te lachen. 'Echt waar, ben jij de enige? Was je erbij dan?'

'Ja. Ik heb haar aangereden.'

101

'Ik heb hier genoeg van,' zegt Vigo.

'Waarvan?' wil Sharon weten. Ze heeft ondanks zijn protest een fles witte wijn uit de koelkast gepakt en voor zichzelf een glas ingeschonken. De fles staat als een soort trofee op tafel.

'Van dit hele circus, van dit stompzinnige liegen, maar vooral van jou.'

'Ik ben juist degene van wie jij niet genoeg zou moeten kunnen krijgen.'

Hij buigt zich een stukje voorover. 'Jij gaat me toch niet vertellen dat je werkelijk denkt dat wij samen iets hebben gehad? Dat geklets over kinderen die ik beweerde te hebben en die zogenaamde ontmoetingen in jouw huis slaan toch nergens op? Ik weet niet eens waar je woont.'

'Jij zegt het,' antwoordt Sharon.

'Ja, ik zeg het. Ik ben namelijk de enige aanwezige hier die geen wartaal spreekt en in staat is helder na te denken. Luister naar me, Sharon, en laat wat ik zeg goed tot je doordringen. Ik heb nooit met jou in bed gelegen, je geen enkele belofte gedaan, je geen berichten gestuurd, je niets voorgelogen. Vandaar dat ik uit de grond van mijn hart tegen je kan zeggen dat dit afgelopen moet zijn. Je hebt aangeboden te fungeren als mijn alibi en ik ben daarop ingegaan. Ik was in paniek, ik wist op dat moment niet wat ik het beste kon doen en vooral niet hoe ik de politie er ooit van zou kunnen overtuigen dat ik niets met Lisa's dood te maken heb. Iedereen kan bedenken dat ik niet bepaald in de meest gunstige positie zit. Maar ik heb inmiddels nagedacht en kom tot de conclusie dat ik de zaak fout heb aangepakt. Ik had nooit moeten verklaren dat ik naar jou ben gegaan nadat ik ruzie had gekregen met Lisa. Ik had gewoon moeten zeggen dat ik thuis was, dus de waarheid moeten spreken. Ik wil mijn verklaring herzien en daar ga ik zo snel mogelijk met mijn advocaat over praten.'

'Je kunt er beter met mij over praten, Vigo.'

'Ik dacht het niet. Jij neemt alles wat je gekocht hebt weer mee en gaat naar huis. Ik wil je hier niet meer zien en ik wil zeker niet merken dat je rondbazuint dat wij samen iets hebben. Er circuleren al genoeg praatjes, het wordt tijd voor een radiostilte rondom mijn persoon.'

'En dan? Hoe denk jij weg te komen met je schuld?'

'Met welke schuld, Sharon?'

Sharon denkt snel na. Hij lijkt heel zeker van zijn besluit en hij is echt niet bang. Het wordt dus tijd dat hij ergens achter komt.

'Ik heb je niet alleen de eerste avond dat jij met Lisa in het huisje zat bespied,' zegt ze.

Nu heeft ze opeens zijn volle aandacht.

'Wat nou weer?' Zijn stem is net iets te hoog, zijn ogen te onrustig.

'Je hoort het goed, Vigo. Ik heb jullie niet alleen vrijdagnacht bespied. Toen hadden jullie seks, Lisa kwam twee keer klaar. Kijk me aan als ik tegen je praat. Luister goed. Ik was er zaterdagavond ook en toen heb ik gehoord dat jij erachter kwam dat ze zich had laten aborteren. Hoe zou ik dit kunnen weten als ik het haar niet zelf heb horen zeggen? Ik zal je vertellen wat ik zag, de tweede avond dat ik jou en Lisa bespiedde. Je werd kwaad en liep weg. Lisa besloot toen in de jacuzzi te gaan zitten. Ik ben heel dicht bij haar in de buurt geweest, ik hoorde haar dat songfestivallied van Anouk zingen. Als jij niet was teruggekomen had ík het gedaan.'

'Wat gedaan?' Hij praat weer gewoon en schenkt haar glas nog een keer vol.

‘Dan had jij haar niet onder water hoeven duwen, had jij haar niet hoeven verdrinken. Ik vind het nog steeds jammer dat je terugkwam, want ik had het echt zelf willen doen. Nu kon ik alleen toeschouwer zijn.’

‘Heb jij haar kleren en de rest van haar spullen meegenomen, Sharon?’

Sharon had een heel andere vraag verwacht. Ze kijkt naar zijn gezicht. Dat verraadt nu geen enkele emotie. Zou hij niet begrepen hebben wat ze hem net heeft verteld? Ze besluit die vraag niet op dit moment te stellen.

Hij raakt haar arm aan. ‘Ik vroeg je iets.’

‘Sorry, ik luisterde niet goed. Wat vroeg je?’

Hij herhaalt de vraag.

Sharon glimlacht. ‘Natuurlijk heb ik dat gedaan. Wie anders?’

Vigo staat op. ‘Laten we daar allebei eens goed over nadenken. Ik breng je naar huis, je hebt te veel gedronken om nog te rijden.’

‘Ik slaap hier.’

‘Nee, je slaapt in je eigen huis. We hebben nu allebei rust nodig. Waar woon je?’

‘Je praat opeens op zo’n aardige manier, waar heb ik dat aan te danken?’

‘Ik wil geen ruzie, Sharon. Ik ben moe, in de war, voel me rot. Ik moet nadenken. Later praten we verder.’

‘En hoe zit het met je voornemen om met je advocaat te overleggen?’

‘Dat is misschien toch geen goed idee.’

Sharon merkt dat ze niet al te stevig op haar benen staat. ‘Nou, goed dan. Breng me maar naar huis.’ Ook al weet hij waar ze woont, ze noemt toch haar adres. Even geen strijd meer, besluit ze.

Ze is ook moe, ze is ook in de war, ze voelt zich ook rot. Misschien helpt het om een nacht goed te slapen. Daarna praten ze verder. Ze heeft het gevoel dat hij weer een beetje geïnteresseerd in haar is. Dat ziet ze aan de manier waarop hij naar haar kijkt.

‘Hoe krijg ik mijn auto weer thuis?’ vraagt ze aan hem als ze naast hem in zijn auto zit. ‘Ik heb morgen late dienst, dan wil ik niet op de fiets naar mijn werk.’

‘Ik zorg ervoor dat je auto morgenochtend weer bij je voor de deur staat,’ belooft Vigo.

‘Dat is lief van je. Wat kan ik voor je terugdoen?’

‘Je hoeft niets terug te doen, Sharon. Echt niet.’

‘Ik draag al dagen haar slips. Hoe vind je dat?’

Ze ziet zijn verbijstering. Hij is lief, en hij beseft eindelijk dat hij zijn verzet moet opgeven. Het komt goed.

Haar oogleden voelen zwaar aan. Ze is doodmoe. Dat laatste glas had ze moeten laten staan, maar ze vond het zo aardig van hem dat hij het voor haar inschonk. Het is heerlijk als iemand aardig voor je is.

De sfeer tussen hen is veranderd. De kaarten zijn geschud. Ze zijn partners in misdaad en in liefde. Het is nu zij samen tegen de rest van de wereld. Toch klopt er iets niet. Ze probeert erachter te komen waarom ze dit denkt, maar ze is een beetje te dronken om nog goed te kunnen nadenken.

102

Het lijkt of het allemaal met iemand anders gebeurt. Annebeth kan zich nauwelijks voorstellen dat zij het was die in de auto van Gijs zat, nadat hij haar fiets in de achterbak had gehesen. Ze weet niet wat hij tijdens de rit tegen haar gezegd heeft, of hij wel iets gezegd heeft. Opeens staan ze voor haar huis en even later zitten ze samen in de woonkamer.

Annebeth vindt het niet eens vreemd dat Gijs aanbiedt om koffie te zetten. Ze vindt alles goed, als ze dat beeld van die wieg, die vingers en het voetje maar niet meer terugkrijgt.

Gijs gaat tegenover haar zitten. 'Wil je me vertellen wat je dwarszit?'

Annebeth kijkt hem aan. 'Ik zou niet weten waar ik moet beginnen.' Eigenlijk wil ze zeggen dat ze niet met hem wil praten, omdat ze hem nauwelijks kent. Maar is dat voldoende reden?

'Je hoeft niets te zeggen als je dat niet wil,' zegt Gijs.

Misschien kan hij beter weggaan.

'Zal ik weggaan?' vraagt hij. 'Ik wilde me niet aan je opdringen, maar alleen helpen. Je was zo overstuur toen je aan kwam fietsen, het leek me niet verstandig je alleen te laten.'

Het was fijn om zijn armen om haar heen te voelen, herinnert Annebeth zich. Veilig, vertrouwd. Toch is dat ook verwarrend, maar wat gebeurt er met haar als hij vertrekt? Ze wil nu niet alleen zijn.

'Blijf alsjeblieft nog even,' zegt ze. 'Ik ben bang dat ik nog meer in de war raak als er niemand bij me is.' Ze wil niet huilen, alsjeblieft niet. Ze heeft echt genoeg gehuild en daarna is ze gaan eten. Ze heeft haar lichaam gevuld met troost die gekauwd en doorgeslikt kon worden. Dat gaf voldoening, haar strakke lijf werd er zachter van. Maar ze kreeg daardoor ook een hekel aan haar eigen spiegelbeeld en vereenzaamde door gebrek aan contact met zichzelf. Ze strijkt met haar handen langs haar heupen.

'Val je nog steeds af?' vraagt Gijs.

'Ik geloof het wel. Ik heb me de laatste twee weken niet meer gewogen.'

'Mag ik daar iets over zeggen? Volgens mij moet je nu stoppen. Je ziet er prima uit, je kunt trots zijn op jezelf. Ik ken weinig mensen die zoiets presteren zonder hulp, maar jij deed het gewoon helemaal op eigen kracht. Chapeau, Annebeth. Maar nu ophouden.'

Ze wil niet huilen.

'Hou ook maar op met dat gevecht tegen je tranen,' zegt Gijs.

Ze huilt al minstens een kwartier zonder op te kunnen houden en ze heeft al minstens één pakje papieren zakdoekjes vol gesnotterd. Gijs blijft de zakdoekjes aanreiken en haar over haar rug strelen. Nu en dan raakt hij ook even haar achterhoofd aan. Ze wil hiermee stoppen, maar dat lukt niet. Ze wil hem uitleggen wat het betekent om steeds aan haar dode baby te denken, maar er komt geen woord over haar lippen. Toch moet ze praten en daarom moet ze ophouden met dat gejank. Ze snuit nog een keer stevig haar neus en veegt de tranen van haar wangen. 'Zo is het wel genoeg,' besluit ze. 'Het is fout gegaan toen mijn collega me vertelde dat ze zwanger was en ik besloot haar te gaan steunen. Ik heb ook een baby gehad, maar hij is dood geboren.'

'Dat weet ik,' zegt Gijs. 'Anneke heeft het me verteld.'

Annebeth kijkt hem verbaasd aan. 'Dat weet je? Nou ja, dat is ook wel goed. Ik praat er nooit meer over met anderen, omdat ik het wil afsluiten. Dat zal toch een keer moeten gebeuren, denk je ook niet?'

'Dat vraag ik me af. Kun je zo'n ingrijpende gebeurtenis ooit afsluiten? Hoort het niet gewoon bij je en gaat het er juist niet om het een plaats te geven in je leven?'

'Ik dacht dat jij sportleraar was, toch geen psycholoog?'

'Ik denk niet dat je psycholoog hoeft te zijn om dit te kunnen vaststellen. Iedereen krijgt vroeg of laat te maken met gebeurtenissen die verwerkt moeten worden. Dit gaat over hoe jij het trauma dat je hebt opgelopen verwerkt. Over de manier waarop je probeert te overleven. Klopt het dat je besluit om af te vallen een keerpunt was?'

'Dat denk ik wel. Ik was helemaal klaar met mijn eigen zelfmedelijden en met het vadsige lijf dat daar het gevolg van was. De knop ging opeens om. Zomaar. Er gebeurde niet iets speciaals, het was meer een opeenstapeling van onaangename prikkels. Van hoe mannen naar me keken, bijvoorbeeld.'

'En je hield het vol, dus je was op de goede weg. Wat heeft je dan zo uit je evenwicht gebracht?'

Annebeth aarzelt. 'De collega die zei dat ze zwanger was. Ze heet Sharon, en ik ben bang dat ze niet goed bij haar hoofd is.'

103

Haar stem is kleurloos als ze vertelt dat ze alle vrouwen die voorbijkwamen heeft genegeerd, geen moeilijke vragen stelde en iedere keer wachtte tot de verliefdheid van haar man weer voorbij was. Vaak duurde het maar een paar weken, een paar keer wat langer. Maar hij maakte nooit echt serieus werk van zo'n dame, het ging hem blijkbaar niet om een relatie, alleen om de seks. De eerste keren was ze van slag, maar later wende ze eraan. En als hij weer terug was gingen ze gewoon verder met hun huwelijk en alles wat erbij hoorde.

Bert moet een paar keer goed slikken als zijn moeder dit zegt.

Ze spreekt nu rechtstreeks tot Berts vader en legt uit wat volgens haar liefde is. Het komt in haar beleving neer op heel veel geven en weinig nemen. Maar het werkt alleen als dat voor beide partijen geldt en dat was niet het geval in hun huwelijk. Nog steeds zonder enige zichtbare emotie volgt het ene op het andere verwijt en ze hebben allemaal te maken met veel geven en weinig nemen. Ze ontziet ook haar eigen verantwoordelijkheid niet en noemt zichzelf een partner die geen grenzen stelde en in die zin veel te veel ruimte gaf om belogen en bedrogen te worden. Ze was ervan overtuigd dat zijn overspelige gedrag minder zou worden als hij ouder werd en ze leek gelijk te krijgen, totdat ze erachter kwam dat hij meer dan normale belangstelling had voor zijn schoondochter. Daar heeft ze nooit iets over gezegd, maar ze volgde als het mogelijk was elke stap die hij deed en wist vrij nauwkeurig wanneer hij bij Tanja was.

Bert wil dat ze nu stopt. Hij heft zijn hand op. 'Moeten we dit echt horen?'

'Ik zal niet veel uitweiden,' belooft zijn moeder. 'Maar je moet toch wel weten hoelang het al aan de gang was en welke invloed hij volgens mij op haar had.'

'Geen invloed,' snauwt Berts vader. 'Hou op met dat gewauwel, mens. Ik wilde van alles met haar, eigenlijk alles. Ik wilde met haar samenleven en de kinderen mee opvoeden. Ik was blind van die vrouw en liet me eindeloos aan het lijntje houden. Voor haar was het een spel, meer niet.'

'Je hebt geen enkele moeite gedaan om haar ervan te overtuigen dat Bert de kinderen moest kunnen zien,' antwoordt zijn moeder. 'Je omarmde de mogelijkheid om die jongen nog eens extra dwars te zitten. Hij ging eraan kapot, ik zag het en kon niets voor hem doen. Op één ding na. Ik kon haar uitschakelen.'

Bert drukt zijn handen tegen zijn oren. Hoe krijgt hij die twee hier zover dat ze opstappen? Hij loopt naar de keuken en sluit de deur achter zich. Misschien begrijpen ze nu wat zijn bedoeling is.

Hij hoort zijn ouders met elkaar praten. Zijn vader verheft zijn stem, zijn moeder maakt sussende geluiden. Er knalt een deur dicht. Iemand opent de keukendeur. Hij kijkt op en ziet dat het zijn moeder is.

'Je vader is weg,' zegt ze.

Ze denkt blijkbaar dat het hem interesseert waar zijn vader is.

'Hij is naar huis om wat spullen op te halen. Daarna gaat hij weer naar zijn broer. Hij wil voorlopig even afstand nemen.' Ze zucht diep. 'Dat had ik wel gedacht. Ik zou het nooit hebben verteld als jij niet had beweerd dat je de politie wilde bellen.'

'Hoor ik het goed? Is het nu opeens mijn schuld?' Bert maakt een gebaar om haar duidelijk te maken dat ze uit zijn buurt moet blijven.

'Dat bedoel ik niet. Ik zeg het verkeerd. Ik werd bang toen je zo boos werd en ik wilde niet dat de boel zou escaleren. Waarom zouden wij de aandacht op ons willen vestigen? Niemand heeft er wat aan als naar buiten komt wie Tanja aanreed. Ze wordt er niet meer levend van.'

'Je haatte haar,' stelt Bert vast.

'Uit de grond van mijn hart,' zegt zijn moeder. Ze probeert oogcontact met hem te krijgen, maar hij kijkt van haar weg. 'Zeg eens wat je denkt,' nodigt ze hem uit.

Bert dwingt zichzelf haar aan te kijken. 'Ik denk dat je liegt,' zegt hij.

104

Heel voorzichtig heft Sharon haar hoofd op en ze probeert te ontdekken wat er in de tuin gebeurt. Het licht van de maan maakt mogelijk dat ze de schim ziet die zich in de richting van de jacuzzi begeeft. Ze komt langzaam overeind.

Lisa heeft iets in haar hand, ze zet het op de grond en schuift het deksel van de jacuzzi. Ze kleedt zich uit.

Sharon sluipt dichterbij. Het maanlicht is een lamp die zich richt op de vrouw in het water. Ze drinkt uit een glas. Wijn?

Hij huilde. Het was verschrikkelijk om aan te horen en Sharon hoort het nog steeds. Lisa niet, die ligt lekker in het warme, bubbelende water en trekt zich niets aan van wat ze heeft aangericht.

Lisa zou moeten huilen, bij háár zouden de tranen over de wangen moeten stromen, zíj zou de zoute smaak van haar lippen moeten likken.

Sharon nadert haar van achteren. Ze luistert scherp. Er komt een auto aan.

De dobberende vrouw in het water heeft het blijkbaar goed naar haar zin. Nu zingt ze echt, een bekend nummer. Dat songfestivallied van Anouk. Ze kan zowaar mooi zingen.

Hoe zou het zijn om zingend te sterven?

Ze is nu zo dicht bij de jacuzzi dat ze het hoofd van Lisa kan aanraken. Lisa beweegt haar benen, er komen tenen naar boven, die direct weer worden ondergedompeld. Lisa maakt tevreden geluiden.

Opeens hoort Sharon iets achter haar. Ze sluipt zo snel ze kan naar de struik die het dichtst in de buurt staat en verschuilt zich daarachter. Ze maakt zich zo klein mogelijk en zoekt tussen de bladeren naar een ruimte om te zien wat er bij de jacuzzi gebeurt.

Ze houdt haar adem in als ze ziet wie er nu achter Lisa staat.

De stilte in de tuin is geen normale stilte. Sharon wil hier weg. Ze komt overeind en beweegt haar benen. De kramp in haar kuiten verdwijnt langzaam. Ze slaat het zand van haar knieën.

Het deksel op de jacuzzi staart haar aan.

Ze sluipt naar het huisje en kijkt goed uit waar ze haar voeten zet. Ze moet natuurlijk geen geluid maken. Stel je voor dat Vigo hier nog is en hij er nu al achter komt dat ze heeft gezien wat hij heeft gedaan. Dan zou hij in paniek kunnen raken en loopt zij de kans dat ze ook in die jacuzzi terechtkomt. Hij was zo kwaad en hij is zo groot en sterk, ze zal fysiek niet tegen hem op kunnen.

Er is niemand in het huisje. Ze loopt rond en kijkt om zich heen. Er liggen nergens spullen die van een man kunnen zijn, alleen wat duidelijk van een vrouw is. Op de slaapkamer staat een weekendtas.

Sharon grijnst.

Ze begint Lisa's spullen in te pakken.

Ze loopt nog een keer door het huisje om te controleren of ze alles heeft. Op het laatste moment realiseert ze zich dat er ook nog iets bij de jacuzzi moet liggen. Dat moet ze ook nog meenemen.

Iedereen zal naar Vigo wijzen, naar wie anders? Maar zij gaat hem redden, want zij is de enige die dat kan. En die dat wil. Hij zal voor altijd van haar zijn.

Ze schrikt van een hard geluid en zit rechtop in bed. Ze kijkt om zich heen. Waar is ze? Wie is ze? Welke dag is het? Wat is er aan de hand?

Ze droomde het weer, terwijl ze zich nog zo had voorgenomen

dat niet meer te doen. Het is gebeurd en het is niet terug te draaien. Ze moet ervoor zorgen dat die droom verdwijnt.

Nu begrijpt ze welk geluid ze hoort. Het komt van beneden. Er wordt gebeld en op de deur gebonsd. Welke idioot staat zich daar zo aan te stellen? Het zal haar zus wel zijn, of haar vriendin. Of haar moeder.

Sharon heeft geen zin in betuttelende toespraken en empathisch geouwehoer. Ze stampt haar de deur uit, wie van de drie het ook mag zijn, zelfs als het ze alle drie blijken te zijn.

Er staan twee mannen op de stoep, ze hebben iets in hun handen wat zij vooral schijnt te moeten zien. Legitimatiebewijzen? Wat heeft dit te betekenen? Wie wordt aangehouden en moet mee naar het politiebureau?

Ze hebben bij het verkeerde huis aangebeld. Wat een blamage! Waarom gaan ze niet weg? Ach, nu beginnen ze het ook nog opnieuw uit te leggen.

Haar hersenen weigeren iets te begrijpen. Ze is nog niet goed wakker. Dat zal het zijn.

105

'Ik begrijp niets meer,' zegt Annebeth. 'Ik kom er niet meer uit. Waar gaat dit allemaal over? Ik had toch veel eerder in de gaten moeten hebben dat er iets niet in orde was met Sharon?'

Gijs probeert haar gerust te stellen. 'Ik denk dat jij het een en ander hebt gemist door de emoties die de fake zwangerschap van je collega bij jou teweegbrachten. Dat is logisch, want dat is jouw zwakke punt. Daardoor kunnen andere elementen je zijn ontgaan.'

Annebeth is moe van het praten. Ze heeft alles wat Megan haar vertelde herhaald en ook verteld wat haar is opgevallen aan het gedrag van Sharon. 'Kun je het verhaal nog volgen?' vraagt ze.

'Ik denk het wel, maar ik vraag me wel af wat je bedoelde toen je zei dat iets wat Sharon beweerde volgens jou niet klopte. Het ging over haar uitspraak dat ze het twee avonden te laat had gemaakt.'

Annebeth haalt haar schouders op. 'Wat maakt het nog uit? Sharon beweerde van alles en er klopte achteraf gezien nauwelijks iets van. Ze zal hier dus ook wel iets verzonnen hebben.'

'Maar over welke avond ging dit, Annebeth?'

'Dit ging over de tweede achtereenvolgende avond die we samen doorbrachten. Ze ging toen vroeg weg, omdat ze de volgende dag al om halfacht moest beginnen en ze niet twee avonden achter elkaar wilde doorhalen.'

'Sharon ging dus wel degelijk vroeg weg en later beweerde ze dat ze veel te laat naar bed was gegaan. Wat deed ze dan nadat ze was weggegaan? Wat is er die avond gebeurd?'

Annebeth heeft het gevoel dat haar keel wordt dichtgeknepen. 'Ik geloof niet dat zij er iets mee te maken heeft.'

'Met wat?'

'Met... Die avond is Lisa waarschijnlijk vermoord. Maar daar kan zij niets mee te maken hebben.'

'Denk je dat echt of wil je dat denken?'

Annebeth klemt haar lippen op elkaar.

'Ik denk dat je met de politie moet gaan praten,' zegt Gijs.

106

De kinderen waren vanmorgen tamelijk druk en lieten zich nauwelijks corrigeren. Bert zit daardoor om halftien al uitgeteld achter een kop koffie en belt Lucy om haar te vragen of ze vanmiddag alleen wil werken. Het is nooit te voorspellen hoe de maandagmiddag verloopt, maar hij biedt aan om te komen helpen als ze het te druk krijgt. Hij wil ruimte hebben om een beetje bij te komen. Maar vooral om na te denken over wat hij nu gaat doen.

Natuurlijk zal hij zijn moeder niet aangeven, want hij weet dat ze de schuld voor het ongeluk van Tanja alleen op zich nam om haar man te dekken. Ze had gelijk toen ze zei dat Tanja niet terugkomt als bekend wordt wie haar heeft aangereden. Toch voelt het niet goed om te zwijgen. Hij zou hier met iemand over willen praten, maar dat kan niet.

Het wroet, het steekt, het treitert. Hij had dit niet moeten horen, omdat hij hierdoor nooit meer op een onbevangen manier naar zijn moeder kan kijken. Ze is blijkbaar tot alles bereid om te voorkomen dat ze haar man kwijtraakt. Dat voelt aan als verraad.

Bert begrijpt niets meer van de relatie die zijn ouders met elkaar hebben. Waarom zijn die mensen eigenlijk al die jaren bij elkaar gebleven? Ze hebben nooit de indruk gemaakt dat ze het samen gezellig hebben.

Hij weet dat ze op die noodlottige middag Berts vader niet in haar eigen auto is gevolgd, daarna Tanja achterna is gegaan, haar auto gewoon in de straat heeft geparkeerd waar de auto met een lopende motor op de oprit stond, die heeft gepakt en daarmee op

Tanja is ingereden. Er klopt niets van. Toch beweerde ze het met een stelligheid die iedereen zou geloven. Hoe ziek kun je zijn?

Er stopt een auto voor zijn huis, hij loopt naar het raam. Als het zijn moeder is, stuurt hij haar weg. Als het zijn vader is, schopt hij hem weg. Hij wil de sleutels van zijn huis terug, ze bellen voortaan maar gewoon aan. Op dit moment maakt het hem niet uit dat hij ze nodig kan hebben als oppas. Tanja's familie wil ook altijd bijspringen, daar moet hij dan maar weer meer gebruik van maken.

Hij ziet Leslie uitstappen. Die was toch drie weken naar Wenen? Zijn die al om? Ze zwaait. Ze ziet er goed uit. Bert probeert ontspannen te glimlachen.

'Wat is er met jou aan de hand?' vraagt ze zodra ze binnen is. 'Man, je ziet eruit of je elk moment van de brug kunt springen.'

Het is eruit voordat hij er erg in heeft. 'Mijn moeder heeft me iets verteld.'

Ziet hij het goed, is ze opgelucht? 'O, gelukkig, je weet het,' zegt ze. 'Ik zat er echt mee in mijn maag en ik heb al een paar keer op het punt gestaan het tegen je te zeggen. Ik vond het namelijk nogal overdreven om het voor jou geheim te houden. Het gaat toch nergens over?'

'Wat bedoel je?' wil Bert weten. Hij loopt voor haar uit naar de woonkamer en biedt haar koffie aan.

Leslie haalt een platte doos uit haar tas. 'Ik heb Mozartkugeln, die vind jij vast lekker.'

Hij heeft zichzelf weer beter onder controle. Dit was op het nippertje, dit moet hij maar beschouwen als een waarschuwing. Nu moet hij er alleen nog even achter komen wat het geheim inhoudt dat volgens Leslie nergens over gaat.

'Je moet het haar niet kwalijk nemen,' zegt Leslie. 'Neem een Kugel, ze zijn goddelijk lekker en als je niet oppast vergrijp ik me ook aan de rest van de doos en blijft er niets voor je over. Ze miste de kinderen echt heel erg, dat begrijp je toch wel?'

Bert neemt ook een Kugel en bekijkt de afbeelding van Mozart.

Leslie glundert. 'Ik heb tien dozen meegenomen.'

'Waarom vertelde je het me niet, als je het eigenlijk onzin vond om erover te zwijgen?' Bert stopt de Kugel in zijn mond.

'Ze eiste van me dat ik zweeg. Ik denk dat ze dacht dat ze jou ermee zou belasten, omdat jij de kinderen niet mocht zien. Ik belde haar steeds als ik oppaste, dat had ik haar beloofd. Je weet dus ook dat ze de middag van het ongeluk hier was?'

Bert slikt de chocolade door. 'Ja,' zegt hij.

'En heeft ze verteld waarom jij daar niets over mocht weten?'

Hij haalt diep adem. 'Nee, maar daar ga ik ook niet naar vragen. Zeg maar niet tegen haar dat wij het hier samen over hebben gehad, mocht je haar binnenkort spreken.'

Leslie vist nog een Mozartkugel uit de doos. 'Oké. Hoe gaat het met de meisjes? Hebben ze naar me gevraagd?'

Bert glimlacht. 'Ze hebben de dagen afgeteld. Vertel eens wat over Wenen, moet ik daar ook naartoe?'

Leslie begint uitgebreid te vertellen over wat ze allemaal heeft gezien en hoe mooi dat was. Ze is enthousiast en lacht veel. En ze eet achter elkaar alle Mozartkugeln op.

107

Sharons moeder heeft een advocaat geregeld, een jonge man met een lichtgetinte huid. Zou hij een donkere vader en een blanke moeder hebben? Of omgekeerd? Wat maakt het uit? Je gaat over de meest onbelangrijke dingen nadenken als ze je hebben opgesloten in een politiecel. Ze kan zich beter bezighouden met de vraag hoe ze hier zo snel mogelijk weer uit komt.

De advocaat wil dat ze niet met de politie praat als hij er niet bij is. Ze kan dan gebruikmaken van haar zwijgrecht. Hij heeft haar dringend gevraagd niet eigenwijs te zijn. Toen ze vroeg hoe hij erbij kwam dat ze eigenwijs zou kunnen zijn, zei hij dat hij van haar moeder en haar zus had gehoord dat ze soms die neiging had.

Wat zitten ze verdomme allemaal achter haar rug te bespreken? Of te bekokstoven? Volgens haar advocaat helpt het niet zich daarover op te winden. Er zullen allerlei mensen worden verhoord van wie men de indruk heeft dat ze iets aan de tenlastelegging kunnen toevoegen. Toen ze vroeg om dat eens uit te leggen hoorde ze dat ze beschuldigd wordt van moord c.q. doodslag.

Die idioten schijnen werkelijk te denken dat zij Lisa Karsten heeft vermoord.

Het is de schuld van Vigo. Die gluiperd heeft de politie gebeld en het is hem blijkbaar gelukt die lui ervan te overtuigen dat Sharon een soort gevaarlijke gek is en hij de onschuld in eigen persoon. Volgens de advocaat heeft hij een uitgebreide verklaring afgelegd, die erop neerkomt dat zij hem al tijden stalkte. Hij heeft beweerd dat ze dreigende taal uitsprak die op Lisa was gericht, maar waar hij en zijn vriendin geen acht op sloegen, omdat ze het beschouwden als uit de hand gelopen jaloezie. Negeren leek hun de beste remedie tegen dit gedrag. Hij heeft ook beweerd dat Sharon tegen hem heeft gezegd dat ze hem en Lisa twee avonden heeft begluurd toen ze in het gastenhuisje waren en later aan hem heeft bekend dat ze Lisa heeft beslopen toen die in de jacuzzi lag en haar heeft verdronken. Het was zijn woord tegen dat van haar geweest als er niet nog een ander belangrijk bewijsstuk van haar zogenaamde schuld was aangetoond. Maar dat is wel gebeurd. De politie heeft in haar huis de kleren en spullen van Lisa gevonden en haar advocaat is er niet van overtuigd dat de rechter zal geloven dat Vigo dat daar allemaal heeft neergelegd, zeker niet omdat er tot nu toe geen enkel spoor van hem in haar huis is aangetroffen. Als hij echt zo vaak bij haar was geweest als zij heeft verteld, zouden die sporen er moeten zijn. Sharon weet zeker dat ze beter moeten zoeken. En ze weet ook zeker dat de waarheid vanzelf tevoorschijn komt. Zij heeft Lisa niet vermoord, dat heeft Vigo gedaan. Ze heeft het gezien, ze was in de buurt, ze kon hem bijna aanraken toen hij die daad pleegde.

Toch was het verstandiger geweest als ze zichzelf had beheerst en ze had toen Lisa eenmaal dood was beter niet dat huisje kunnen binnengaan. Maar ze was zo opgewonden, zo blij. Het was zo'n heerlijk gevoel dat Vigo de weg had vrijgemaakt voor hun toekomst. Dat blije gevoel is weg en heeft plaatsgemaakt voor afkeer. Dat heeft ze nodig omdat ze anders weer kan worden meegesleurd door de beklemmende verliefdheid die nog steeds ergens in haar zit. Daar moet ze vanaf zien te komen.

Ze is niet bang. Waar zou ze bang voor zijn?

Is iedereen zo dom of lijkt dat maar zo? De politie moet het toch op zijn minst vreemd vinden dat Vigo eerst verklaarde dat hij op het moment dat Lisa werd vermoord bij Sharon was? Iemand zal toch wel op het idee komen dat die verklaring haaks staat op wat hij nu allemaal vertelt?

De advocaat zegt dat Vigo al snel nadat Sharon hem voor de eerste keer thuis bezocht in de gaten had dat zij iets met de moord op Lisa te maken had en hij haar aanbod om hem een alibi te verschaffen aangreep omdat hij ervan overtuigd was dat hij daardoor precies te weten zou kunnen komen wat ze had gedaan. Daar gaat toch geen enkele rechter in trappen? Toch stelt deze gedachte haar niet echt gerust. Hij is sluw, dat heeft ze nu wel ontdekt. Doortrapt. Hij is een groot gevaar voor haar geworden.

Ze heeft mensen nodig die kunnen verklaren dat ze absoluut niet in staat zal zijn om iemand te vermoorden. Megan zal willen getuigen, en haar moeder, en Zita. Zij zullen vertellen wie Sharon is. Ook al heeft ze een iets te grote fantasie, ze is geen moordenaar. Ze vertrouwt erop dat die drie vrouwen haar gaan redden.

Ze vindt het warme eten in de gevangenis niet te vreten. Ze eet vrijwel alleen brood en drinkt liters water. Haar buik is weer plat. Soms denkt ze opeens aan Bert en dan schopt ze tegen de celdeur.

108

Het hele ziekenhuis gonst ervan, iedereen heeft het erover. Sharon Janssens is opgepakt, op verdenking van de moord op Lisa Karsten. Er wordt tot in de poliklinieken over gepraat.

Annebeth heeft er een dubbel gevoel over. Als ze alles wat ze de afgelopen maanden met Sharon heeft beleefd op een rijtje zet, kan ze alleen vaststellen dat er iets goed mis was met haar. Toch kan ze niet geloven dat Sharon een moord heeft gepleegd. Iets in haar zegt dat het niet klopt, maar ze denkt dat niemand gevoelig zal zijn voor een dergelijke bewering. In dit geval gaat het om feiten en er schijnen voldoende bewijzen te zijn gevonden om haar aan te houden en vast te zetten.

Ze heeft Vigo al een paar dagen niet gezien. Hij schijnt even vrij te zijn om te bekomen van de enerverende gesprekken die hij met de politie heeft moeten voeren. Er wordt gefluisterd dat hij zich in allerlei bochten heeft moeten wringen om vrijuit te kunnen gaan. Sommige collega's twijfelen aan zijn onschuld, maar zulke dingen zeggen ze niet hardop. Men schijnt echt heel overtuigende bewijzen te hebben om Sharon te kunnen aanklagen en vervolgen. Over Sharon fluistert niemand, die wordt gewoon hardop als een leugenaar en een ongeleid projectiel bestempeld. Annebeth zou weleens willen weten waarom iedereen zich opeens zo tegen haar keert. Zij zou ook wel een paar dagen vrij willen zijn om zich te kunnen onttrekken aan al dat hatelijke gegons.

'Telefoon voor je,' zegt een collega, en ze reikt Annebeth het toestel aan.

'Dag Annebeth, met Vigo Hulscher. Zouden wij elkaar kunnen spreken?' Hij praat zo zacht dat ze hem nauwelijks kan verstaan.

Haar collega staat nog in haar buurt en Annebeth heeft de indruk dat ze meeluistert. Ze loopt de gang op. Wat moet ze hiervan denken? Wat wil hij van haar?

Ze aarzelt. 'Ik weet het niet. Wat zouden wij te bespreken kunnen hebben?'

'Dat leg ik je liever uit als ik je zie. Zou je naar mijn huis toe willen komen? Maar als je liever wilt dat ik naar jou toe kom...'

Niet in mijn huis, denkt ze.

'Geef me je adres,' zegt ze.

Zou het een goed idee zijn om Gijs te vragen met haar mee te gaan?

Als ze op weg is naar Vigo's huis probeert ze voor de zoveelste keer Bert te bereiken. Ze krijgt al dagen de voicemail als ze hem belt en ze heeft al drie keer een bericht ingesproken. Waarom zou hij niet terugbellen? Hij schijnt dezelfde dag dat hij werd aangehouden alweer te zijn vrijgelaten, een van haar collega's heeft dat in de krant gelezen. Nu Sharon is opgepakt zal hij niet meer bang hoeven te zijn om opnieuw te worden gearresteerd. Zou hij denken dat Annebeth iets met zijn aanhouding te maken had, omdat zij contact had met Sharon? Reageert hij daarom niet op haar ingesproken berichten?

Misschien is het ook maar beter dat hij niet reageert. Toch zou ze hem nog graag een keer spreken, alleen maar om te horen dat het weer goed met hem gaat. Die man heeft iets in haar geraakt, al zal dit nooit ergens toe leiden. Zelfs het idee van alleen vriendschap heeft ze laten vallen sinds de middag die ze wil vergeten.

Maar ze zou wel graag even van hem horen dat het goed met hem gaat.

De stem van de routeplanner meldt dat ze haar eindbestemming heeft bereikt. Annebeth ziet dat ze voor een groot vrijstaand huis staat met een enorme voortuin. Vigo woont hier fantastisch. Maar wel alleen. Die gedachte slaat in als een bom. Hij woont hier alleen en zij komt in haar eentje naar hem toe. Is dat verstandig? Klopt dit wel?

Het klopt niet.

Ze ziet hem bij de voordeur staan. Hij lijkt magerder te zijn geworden en hij maakt een vermoeide indruk. Ze vindt hem er kwetsbaar uitzien.

Ze aarzelt. Hij wenkt haar.

Ze geeft gas en rijdt door.

109

'Er staat iemand naar je te zwaaien,' zegt Lucy. 'Daar, bij de lederwarenzaak. Ken je die man?'

Bert kijkt naar de plek die Lucy aanwijst en ontdekt zijn oom. 'Ja, die ken ik. Dat is de broer van mijn vader. Ik loop even naar hem toe.'

Karel komt met uitgestoken hand op hem af. 'Je hebt het druk, daarom wilde ik niet binnenkomen. Hoe gaat het, kerel?'

'Het gaat, kon beter.'

'Hoezo, beter? Verdien je niet genoeg?'

Bert lacht. Zijn oom zal het eens niet over geld verdienen hebben. 'Ik verdien genoeg, maak je daarover geen zorgen. Maar er is de afgelopen maanden wel het een en ander gebeurd. En jij zit intussen mooi opgescheept met mijn vader.'

'Welnee, die is toch allang weer terug? Weet je dat niet? Die vader en moeder van jou zijn me een stel, zeg. Die kunnen niet met maar vooral niet zónder elkaar. Ik heb tegen je vader gezegd dat hij nu niet meer om onderdak moet komen vragen, ik word horendol van dat draaideurgedoe met die relatie. Hoe ouder, hoe gekker, lijkt het wel.'

'Terug? Sinds wanneer dan?'

'Dat is toch algauw een paar weken geleden, volgens mij. Wat raar dat jij dat niet weet.'

'Ik zie ze momenteel niet vaak, moet er nodig weer eens langs. Kom even binnen, wil je koffie?'

Karel zegt gelukkig dat hij verder moet.

'Slecht nieuws?' wil Lucy weten. Ze is hem gevolgd naar het keukentje achter de kapsalon.

'Nee, hoezo?'

'Je kijkt niet echt blij. Maar als je er liever niet over wil praten...'

'Er valt nergens over te praten. Wil jij even nieuwe koffie zetten? Dan spoel ik de twee dames die bij de wasbak zitten.'

'De mevrouw die links zit moet eerst,' zegt Lucy.

Bert heeft Leslie gebeld om te vragen of zij de kinderen wil ophalen van de naschoolse opvang en of ze ook kan koken. Dat was gelukkig geen probleem. Hij heeft gezegd dat hij dringend met zijn ouders moest praten en ze stelde verder geen vragen. Hij weet niet meer waarom hij ooit zo'n hekel had aan Leslie. Ze staat altijd voor hem en de kinderen klaar, dat mag hij weleens tegen haar zeggen.

Het is hem gelukt om de klanten die vanmiddag in de zaak waren op een fatsoenlijke manier te helpen en zelfs te woord te staan. Het waren gelukkig allemaal bekenden, dus hij hoefde niet al te scherp op te letten bij wat ze vertelden. De meeste verhalen kent hij, er komt eens een detail bij, er gaat er eens een vanaf, maar het draait uiteindelijk altijd om hetzelfde. Lastige kinderen, moeilijke mannen, problemen met ouders die te oud worden en bedelen om complimenten over het uiterlijk.

Soms zou hij wat meer jongere klanten willen hebben. Maar vanmiddag kon hij juist door het vertrouwde patroon tijdens zijn werk nadenken over zijn ouders. Toch heeft dat nadenken hem onzeker gemaakt, vooral wat de rol van zijn moeder betreft. Die begrijpt hij niet, daar loopt hij voortdurend op stuk. Ze was de middag dat Tanja werd aangereden bij Leslie, dus ze heeft tegen hem gelogen. Dat had hij al in de gaten, maar nu kan hij haar met die leugen confronteren.

Het maakt hem niet uit dat zijn moeder vaak bij de kinderen

was als Tanja werkte en daarover een bondje had gesloten met Tanja's beste vriendin. Hij begrijpt dat wel en het stelt hem gerust dat de meisjes toch ook hun oma in die tijd regelmatig hebben gezien. Dat compenseert de aandacht die zijn vader op ze losliet, want als Bert daaraan denkt krijgt hij zin om iets te vernielen.

Maar waarom wil ze een schuld op zich nemen voor iets wat ze niet heeft gedaan? Er is maar één antwoord mogelijk en dat wil hij uit háár mond horen.

Ze is verrast, maar er zit ook direct een waakzame blik in haar ogen. 'Wat fijn dat je komt, jongen. Waarom heb je de kinderen niet meegenomen?'

'Die zijn thuis, bij Leslie. Je weet wel, de vrouw met wie jij bepaalde geheimen hebt.'

Zijn moeders mond staat direct strak.

'Ben je alleen?' vraagt Bert.

Zijn moeder aarzelt.

'Ik hoorde van Karel dat mijn vader alweer een paar weken terug is. Is hij eigenlijk wel ooit echt weg geweest?'

Zijn moeder sluit de deur achter hem. 'Wat kom je doen, Bert?'

'De waarheid even achterhalen. Dat kan toch niet moeilijk zijn? Waar is hij?'

'Op zolder. Hij maakt een kast onder de schuine dakwand aan de voorkant.'

'Begin jij dan maar eerst te vertellen. Nu de waarheid, graag. Jij hebt Tanja niet aangereden, want je was de hele middag met Leslie bij de kinderen. Die leugen is dus opgelost. Nu de vraag: wie heeft het dan wel gedaan?'

Zijn moeder gaat bij de keukentafel zitten. 'Ik weet wat je denkt en ik denk dat het weinig zin heeft je tegen te spreken. Probeer je alsjeblieft eens in te denken wat er gebeurde, Bert. Je vader is in wezen een goed mens, maar hij kan niet omgaan met tegenslag. Het lijkt een sterke man, maar dat is hij in werkelijkheid niet. Geloof me, hij was helemaal de weg kwijt. Ik weet dat het niet klopt, dat hij een grote fout heeft gemaakt door toe te geven aan zijn gevoelens voor Tanja, maar ik weet zeker dat die gevoelens zuiver waren. Hij heeft haar goed behandeld, haar nergens toe gedwongen. Hij is ook eerlijk tegen mij geweest, ik wist vanaf het begin wat er speelde. Maar ze hield hem aan het lijntje, ze heeft hem maandenlang getart, zijn aandacht misbruikt. Hij was kapot en ik kon het niet aanzien. Geloof me, hij wist niet wat hij deed.'

Bert gaat ook zitten.

'Hij praat niet meer tegen me,' gaat zijn moeder verder. 'Maar dat komt wel weer, als hij inziet dat het zo het beste is. We moeten als gezin een streep zetten onder Tanja's dood, vind je ook niet?'

'Wij zijn geen gezin,' zegt Bert. 'Nooit geweest ook.'

110

Sharon heeft besloten dat ze tegen niemand meer praat totdat ze haar hebben vrijgelaten. Ze is alle vragen en verhoren spuugzat en zolang ze de indruk heeft dat het er iedereen alleen maar om gaat haar zogenaamde schuld te bewijzen, houdt ze haar lippen op elkaar. Laat ze verder maar raden naar wat er gebeurd is, laat ze elkaar maar lastigvallen met analyses, discussies en conclusies, zij past. Ze zegt ook niets meer tegen de aardige psychiater die ze op haar hebben afgestuurd, hoewel er met die man niets mis is. Hij lijkt op haar vader, dat schept een band. Het is jammer dat ze elkaar niet zijn tegengekomen toen ze nog vrij rondliep, maar wat niet is kan nog komen. Reden te meer om nu te zwijgen, dan kan er later niets tussen hen in staan.

Haar advocaat heeft een paar dagen geleden tegen haar gezegd dat het beslist noodzakelijk is om mee te werken aan een psychiatrisch onderzoek. Als vast komt te staan dat ze in de dagen rondom de moord heel erg gestrest was en zelfs behoorlijk in de war, kunnen ze het op verminderde toerekeningsvatbaarheid gooien en dat zou dan weer positief van invloed kunnen zijn op de strafmaat. Hij denkt zeker dat zij niet in de gaten heeft dat haar in dat geval vrijwel zeker tbs te wachten staat. Ze heeft niet op zijn woorden gereageerd. Ze is er voorlopig niet.

Ze droomt iedere nacht van de jacuzzi en hoort steeds de geluiden van de worsteling die Vigo met Lisa had. Hij moest veel kracht gebruiken om haar onder water te houden, ze verzette zich enorm. Dat songfestivallied dwaalt ook voortdurend door

Sharons hoofd. Een van de bewaaksters vroeg gisteren of ze het ook zo'n mooi nummer vond. Toen besefte ze dat ze de melodie waarschijnlijk hardop neuriet. Daar moet ze mee ophouden, want daar wil ze geen vragen over krijgen. Dat lied is iets tussen Vigo, Lisa en haar.

Het hoort alleen bij hen.

Er zullen allerlei personen als getuige worden opgeroepen bij het proces. De advocaat blijft erop hameren dat het belangrijk is om de rechters een zo compleet mogelijk beeld te geven van wie Sharon is en waarom ze zo is.

Zo is.

Hoe is?

Die man is zo dom dat hij waarschijnlijk zelf niet eens begrijpt wat hij zegt. Dat heeft zij weer als advocaat. Hij zal wel een prettig tarief rekenen, daar is haar moeder gevoelig voor. Die geeft liever geld uit aan mooie dingen voor zichzelf dan er een degelijke advocaat voor in te huren. Het is Sharon maar, zal ze gedacht hebben. Die praat nog steeds over haar vader alsof hij nog leeft en die blijft ook maar denken dat ze nog kinderen kan krijgen, dus dat komt nooit meer goed. Waarom dan veel geld uitgeven aan de verdediging van een zaak die vanaf het begin een gelopen race is?

Tot nu toe heeft Sharon nog niemand ontdekt die in haar onschuld gelooft. Er heeft ook niemand een brief of een kaart gestuurd, of op een andere manier contact gezocht. Zelfs Megan en Zita laten niets van zich horen en ze had ook wel een bericht verwacht van Annebeth. Ze zitten allemaal in het Vigo-kamp, dat is haar nu wel duidelijk.

Laat ze barsten, laat ze doodvallen.

Ze knapt dit zaakje wel in haar eentje op. De kudde jaknikkers die achter de verkeerde partij aan loopt zal nog opkijken van wat zij in de rechtszaal te melden heeft. Pas als ze daar staat gaat ze praten, heeft ze zich voorgenomen. Als ze daar ooit komt te staan. Ze weet vrijwel zeker dat Vigo voor die tijd zijn mond voorbijpraat en er voor hem niets anders op zal zitten dan schuld bekennen.

Het is een kwestie van een lange adem hebben, niet in paniek raken en afwachten. Sharon kan wachten.

Birds falling down the rooftops
Out of the sky like raindrops
No air
No pride

Misschien gaat ze Anouk een brief schrijven en haar om hulp vragen.

111

Annebeth tuurt naar de cijfers op de weegschaal. Negenenvijftig kilo, negentien kilo afgevallen in vijf maanden tijd. Haar buik is weer plat, ze voelt zich oneindig veel lichter als ze loopt, ze durft weer naar haar naakte lijf te kijken. Alle oude kleren zijn naar een kringloopwinkel gebracht en ze heeft haar spaargeld aangebroken om een hele nieuwe garderobe te kopen. Ze zou onderhand een beetje gewend moeten zijn aan alle complimenten die ze krijgt, maar ze wordt er toch nog steeds verlegen van. Ze zou het ook fijn vinden als ze weer eens iets van de vriendinnen van de eetclub hoorde, maar die hebben nadat ze op geïrriteerde toon meldden dat ze het allebei een bezopen idee vonden om de gezamenlijke etentjes aan te passen aan Annebeths wensen, niets meer van zich laten horen. Toen Annebeth veertien kilo was afgevallen kwam ze een van hen tegen in het centrum. Ze bekeek haar en zei dat ze haar mooier vond toen ze dikker was. Dat stak. Dat deed zelfs pijn. Volgens Anneke is het pure jaloezie en tonen de dames wat hun vriendschap werkelijk waard is: weinig tot niets. Dat had Annebeth zelf ook al bedacht, maar toch heeft ze heimwee naar de gezellige avonden die ze samen doorbrachten, zelfs al gingen de gesprekken hoofdzakelijk over lekker eten. Dat had ze toen nodig, die avonden fungeerden als vluchtmogelijkheid en sinds Sharon is opgepakt heeft ze weer de behoefte om ergens naartoe te vluchten. Maar niet meer naar je volproppen met eten en pas stoppen als je oprispingen krijgt. Dat nooit meer, heeft ze zich voorgenomen.

Het proces tegen Sharon begint over tien dagen. Annebeth ziet er erg tegen op om als getuige gehoord te gaan worden, ook al weet ze dat ze gewoon de waarheid zal spreken en beseft ze dat het belangrijk is dat Sharons schuld onomstotelijk komt vast te staan. Ze heeft na de eerste ontmoeting nog twee keer met Sharons zus Megan gesproken en ze hebben samen uitgebreid geanalyseerd wat ze individueel met Sharon in de periode rondom de moord op Lisa hebben meegemaakt. Door de openhartigheid van Megan begrijpt Annebeth nu beter wat er allemaal met Sharon aan de hand was en hoe het kwam dat ze zo doorschoot in haar gedrag, ook al vindt ze het nog steeds heel moeilijk om te geloven dat Sharon een moordenaar is. Of is het juist moeilijk om toe te geven dat ze niet in de gaten had hoe Sharon functioneerde en ze het gevaarlijke element in haar karakter heeft gemist? Als ze daar te diep over nadenkt, wordt ze verdrietig en voelt ze zich dom. Het is misschien het beste als ze gewoon accepteert wat er is gebeurd en zichzelf geen schuldgevoel aanpraat. Voor Sharon wordt nu gezorgd, ze zal lange tijd onder psychiatrische behandeling blijven en daardoor heeft ze de kans om inzicht te krijgen in haar eigen gedrag en er iets aan te veranderen.

Dat prent Annebeth zichzelf voortdurend in en meestal helpt dat om niet van slag te raken. Meestal, niet altijd. Soms slaat opeens de twijfel toe en voelt ze zomaar de blijdschap die ze deelden over de baby die ging komen. Op zulke momenten maakt het niet uit dat het babyverhaal volslagen fake was. Voor Annebeth heeft het grote waarde gehad en daar is ze Sharon, hoe gestoord ze die ook mag vinden, dankbaar voor. Het was achteraf gezien voor Annebeth de mogelijkheid om onder ogen te zien wat er met haar was gebeurd en dat ze iets moest afsluiten. Het gewicht verliezen was alleen een begin, de confrontatie met een nieuwe zwangerschap die dicht in haar buurt kwam en waar ze onverwacht afscheid van moest nemen gaf ruimte om de onthechting te voltooien. Annebeth heeft deze wijsheid niet helemaal in haar eentje vergaard. De gesprekken die ze met Gijs voert zijn steeds intenser geworden en ze begint na iedere ontmoeting steeds sneller uit te kijken naar de volgende keer. Gisteren hebben ze voor de eerste keer gekust. Als ze daaraan denkt, strijkt ze even met haar vingertoppen over haar lippen.

Ze heeft niet aan Gijs verteld dat Vigo Hulscher met haar wilde praten, alleen dat ze hem heeft gegoogeld. Dit heeft een opmerkelijk resultaat opgeleverd. Opmerkelijk, omdat Vigo tegen haar heeft gezegd dat hij al heel lang in zijn huis woont. Als het cv dat ze op internet heeft gevonden klopt, werkt Vigo pas zes jaar in het huidige ziekenhuis en hopte hij daarvoor van de ene naar de andere baan als chirurg. Annebeth heeft zijn loopbaan zorgvuldig genoteerd en vastgesteld dat hij in het zuiden van het land heeft gestudeerd, in het zuidoosten is gespecialiseerd en daarna in het noordoosten, het noordwesten en het midden van het land heeft gewerkt, en pas zes jaar geleden in het ziekenhuis is terechtgekomen waar zij ook werkt. Het is natuurlijk mogelijk dat hij eerder in zijn huidige huis woonde, terwijl hij nog ergens anders in dienst was. Misschien had zijn vrouw hier een baan en hebben ze besloten dat een van hen zou moeten reizen.

Annebeth heeft nadat ze Vigo's loopbaan had nagetrokken een paar dagen lopen nadenken over haar achterdocht. Ze vertrouwt hem niet helemaal, maar ze weet niet hoe dat komt. Ergens in haar brein zit een reden verborgen, maar waar? En waarom reed ze door en besloot ze niet met hem te praten?

Er is iets met hem, hoe aardig hij ook is, hoe attent hij ook overkomt. Hoe kundig en betrokken iedereen hem ook vindt.

Er klopt iets niet met Vigo Hulscher.

112

Het ongeluk heeft op de voorpagina van het regionale dagblad gestaan. Bert kent de tekst vanaf de kop van het verhaal uit zijn hoofd.

Huiselijk ongeval eindigt noodlottig

Gisteravond is de 65-jarige Mariëtta van M door een val van een ladder om het leven gekomen. Van M werd onwel toen ze op de ladder stond om het raam van de zolderverdieping te zemen en viel naar beneden. Ze kwam met haar hoofd op de betonnen vloer van het terras terecht en werd in comateuze toestand naar het ziekenhuis vervoerd, waar ze een paar uur na aankomst is overleden.

Niemand heeft vragen gesteld die de indruk wekten dat men het verhaal van de val niet geloofde. De arts die op de EHBO-afdeling aanwezig was vertelde dat men daar heel regelmatig patiënten binnenkreeg die een ongeluk hadden gehad in of rondom hun eigen huis en dat dit veel vaker voorkwam dan de meeste mensen in de gaten hadden. Hij vertelde ook direct dat de toestand van Berts moeder zeer zorgelijk was.

Zijn vader sprak de uren dat ze in het ziekenhuis waren en wachtten op uitslagen van allerlei onderzoeken geen woord. Hij zat als een ijspegel op zijn stoel, de kaken stijf op elkaar geklemd, met een woedende blik in zijn ogen. Pas toen een arts kwam vertellen dat Berts moeder was overleden, boog zijn vader zich diep voorover en begon te huilen. Toen is Bert een kwartier buiten gaan lopen. Later gebood zijn vader hem de uitvaartonderneming te bellen en de crematie te regelen. De crematie mocht niet op vrijdag plaatsvinden, omdat ze op een vrijdag waren getrouwd. Zijn oom Karel, die naar het huis van Berts ouders was gekomen, tikte toen even met een vinger tegen zijn voorhoofd.

Bert heeft alles geregeld, van de tekst op de rouwkaart tot de belegde broodjes na afloop van de crematie toe. Hij heeft twee avonden naast de gesloten kist gestaan om de condoleances in ontvangst te nemen, terwijl zijn vader in elkaar gedoken op een bank niet aanspreekbaar zat te zijn. Toen ze de tweede avond naar huis gingen heeft hij de sleutel van zijn huis teruggevraagd. Zijn vader haalde de sleutel met een verbijsterde blik in zijn ogen tevoorschijn en Bert zag dat zijn vingers trilden toen hij hem overhandigde.

Karel was de enige spreker tijdens de crematie. Hij hield een emotionele toespraak, die veel tranen en gesmoorde geluiden in de aula opleverde.

Bert troostte zijn kinderen.

Het is een onwerkelijke gedachte, een niet te begrijpen besef, en hij weet nog niet of hij er iets over gaat zeggen en zeker niet tegen wie. Het is een vermoeden dat hem iedere dag meer het gevoel geeft dat het ergens op is gebaseerd en aandacht vereist. Hij ziet opeens meer dan anders films en reportages op de televisie die over wraak nemen en afrekenen gaan. Zou zijn vader daar ook naar kijken?

Ze hebben elkaar na de crematie pas één keer gesproken. Zijn vader belde op om te vragen hoe het met de kinderen ging. 'Je zou ook eens kunnen vragen hoe het met mij gaat,' verweet Bert hem. 'Mijn moeder is dood, en ik weet niet wat ik daarvan moet denken.'

'Jij hoeft daar niets over te denken,' was het antwoord. 'Het was een ongeluk.'

'Bedoel je dat ze echt zomaar van de ladder viel? Waarom liet je haar daar eigenlijk op klimmen?'

'Ik was ontzettend kwaad op haar toen ze stierf,' antwoordde zijn vader. 'Vraag jij je nooit eens af hoe het voor mij is?'

'Nooit,' zei Bert. Hij voelde geen medelijden, geen verbondenheid, geen enkele verwantschap. 'Je geeft geen antwoord,' voegde hij eraan toe.

'Ze wilde dat raam altijd zelf zemen,' zei zijn vader, en toen verbrak hij de verbinding.

Heeft het zin om er een onderzoek op los te laten? Schiet iemand er iets mee op als zijn vader wordt beschuldigd en misschien zelfs veroordeeld? Bert is ervan overtuigd dat die man al bij het eerste verhoor waar hij mee te maken krijgt door het ijs zal zakken. En dan?

Hij slaapt slecht en dat komt vooral doordat dit soort gedachten hem niet met rust laat. Hij droomt ook steeds dat zijn vader een enorme trap tegen de ladder geeft waar zijn moeder op staat. En elke keer als hij wakker wordt na die droom, ziet hij het gezicht van zijn vader voor zich toen ze na de crematie naar huis reden.

Hij leek opgelucht.

113

De aardige psychiater heeft tegen Sharon gezegd dat ze echt niet de enige persoon is die haar eigen fantasieën gelooft. Veel mensen hebben behoefte aan een soort schijnvertoon om de realiteit van het leven te kunnen aanvaarden. Toen hij dat zei moest ze aan Bert en Annebeth denken. Zouden die daar ook last van hebben?

De aardige psychiater vindt het geen heel ernstige kwaal, omdat er met haar over te praten valt en ze voor rede vatbaar is. Ze heeft besloten om voor hem een uitzondering te maken en alleen tegen hém te praten. Dat besluit heeft er vooral mee te maken dat hij niet alleen qua uiterlijk op haar vader lijkt, maar ook dezelfde stem heeft. Soms sluit ze haar ogen als hij iets tegen haar zegt en dan lijkt het of papa dicht in de buurt is.

De aardige psychiater mag vragen stellen over haar vader. Tegen hem heeft ze eindelijk eens durven zeggen hoe ontzettend boos ze diep in haar hart nog altijd op papa is, omdat hij eerst hun gezin in de steek liet, daarna gewoon nieuwe kinderen maakte en ten slotte doodging door een dom ongeluk te veroorzaken. Ze heeft ook durven huilen om die boosheid en uitgeschreeuwd dat het haar speet. Je mag toch niet boos zijn op je vader omdat hij dood is gegaan? Wel omdat hij wegliep en ook omdat hij die nieuwe kinderen kreeg, maar niet om zijn dood. De aardige psychiater geeft haar zakdoekjes die naar pepermunt ruiken. Die werken verkoelend.

Ze hebben het nauwelijks over de moord. Sharon is ervan overtuigd dat haar behandelaar weet dat zij onschuldig is, maar niet in de positie verkeert om dit aan te tonen. Het doet er ook niet toe, ze ontdekken vanzelf wel dat Vigo's verhaal niet klopt. Tot dat moment blijft zij in gesprek met de man die haar begrijpt en die erin geslaagd is haar te laten toegeven dat Vigo niet meer was dan een ideaalbeeld dat door haar fantasie buitenproportionele afmetingen kreeg. Ook al weet ze dat hij haar nooit heeft aangeraakt, ze nooit lichamelijk intiem zijn geweest, de gesprekken die ze voerden nooit echt hebben plaatsgevonden en ze nooit een kind van hem gedragen heeft, ze beleefde het allemaal wel degelijk en dat was goed. Ze had deze verzonnen liefde nodig, ze genoot ervan en heeft de pijn van het verlies ook echt gevoeld. Maar nu wil ze verder met haar leven en moet ze haar vrijheid terug zien te krijgen. Het is noodzakelijk dat de rechters die ze straks tegenover zich krijgt begrijpen wie ze is en daarom werkt ze mee aan het onderzoek. De aardige psychiater zal uitleggen hoe zij omgaat met situaties die ze niet aankan en aan iedereen duidelijk maken dat ze misschien een vreemde indruk maakt, maar geen gevaar is voor de samenleving. Hij zal benadrukken hoe graag ze voor mensen zorgt en hoe goed ze altijd heeft gefunctioneerd in haar vak. De enige berisping die ze ooit kreeg kwam van Lisa, maar die kan niet meer getuigen. Het zal heel belangrijk zijn dat de rechters gaan twijfelen aan de verhalen die Vigo vertelt.

Sharon beseft nu meer dan ooit hoe onverstandig het was om de kleren van Lisa mee te nemen en in haar huis te bewaren. Maar dat is niet meer terug te draaien en ze zal ervoor moeten zorgen dat haar verklaring overtuigend genoeg is.

Ze droomt ook als ze overdag in slaap valt. Het is elke keer dezelfde droom, ze ziet steeds opnieuw hoe Vigo Lisa onder water duwt en daarna wegloopt. Ze had een foto moeten maken met haar mobieltje.

De advocaat heeft verteld welke personen zullen getuigen in de rechtszaal. Het stelt Sharon gerust dat haar moeder, Megan en Zita daar ook bij zijn. En Annebeth. Dat zijn allemaal mensen die om haar geven en dus niets zullen zeggen wat tegen haar pleit.

Nog een paar dagen, en dan is ze weer vrij.

En dan kan Vigo bezoek verwachten.

114

Natuurlijk had niemand verwacht dat Sharon zou worden vrijgesproken. De bewijzen tegen haar waren te overtuigend en dat betrof niet alleen de vondst van Lisa's kleren in haar huis en de sporen die gevonden werden bij de jacuzzi. Het waren zeker ook de verklaringen van mensen die haar goed kenden en die aantoonden dat ze al haar hele leven bekendstaat als een leugenachtig persoon, waardoor de rechtbank tot de conclusie is gekomen dat haar verklaring over de moord nergens op sloeg. Toch heeft Annebeth nog steeds moeite met de uitspraak. Zou het vriendschapsgevoel toch dieper zitten dan ze voor mogelijk hield? Dat beweert Gijs en hij probeert haar er ook steeds van te overtuigen dat deze trouw haar siert. Het komt volgens hem veel vaker voor dat mensen iemand de rug toekeren als dat gevoel te ingewikkeld wordt.

Annebeth wil hem graag geloven en iedere keer als de twijfel haar dreigt lastig te vallen, repeteert ze in gedachten de woorden van Gijs. Het zou helpen als het beeld dat zo nadrukkelijk op haar netvlies heeft plaatsgenomen eindelijk verdwijnt, of in ieder geval vervaagt.

Sharon keek steeds om toen ze in de rechtszaal zaten, en ze leek voortdurend oogcontact te zoeken met Annebeth. Er lag een smekende blik in haar ogen, waar Annebeth onzeker van werd. Toen Megan als getuige werd bevraagd door de advocaat die optrad namens het Openbaar Ministerie kromp Sharon helemaal in elkaar. En toen haar moeder en haar beste vriendin hun verklaringen aflegden, drukte ze haar handen tegen haar oren. Het publiek fluisterde erover, de rechter eiste stilte. Er hing een sfeer van ongeloof en afgrijzen en Annebeth was het liefst de zaal uit gelopen. Maar Sharons ogen dwongen haar te blijven.

Annebeth wil verlost worden van dat erbarmelijke beeld, van die smekende ogen, van de verwarring die van Sharon af straalde, van de wanhoop.

Van de gruwelijke eenzaamheid.

Ze wil de herinnering wissen aan Sharons reactie toen de officier van justitie de bevindingen van haar psychiater voorlas. Ze kan niet verdragen dat ze nog steeds voor zich ziet hoe Sharon door vier mannen in bedwang moest worden gehouden toen ze uit de rechtszaal werd weggeleid en iets riep wat ze niet kon verstaan.

Bij de uitspraak is rekening gehouden met verminderde toerekeningsvatbaarheid, maar dat heeft wel tot gevolg dat Sharon onder psychiatrische behandeling gesteld wordt. Ze is opgesloten in een psychiatrisch ziekenhuis. De eerste berichten die Annebeth hieromtrent van Megan ontving waren niet bepaald positief. Sharon verzet zich tot nu toe tegen alles en iedereen met wie ze te maken heeft en krijgt gedwongen medicatie. Bezoek is voorlopig niet toegestaan.

Op de afdeling wordt nauwelijks meer over Sharon gesproken sinds bekend is geworden dat Vigo een nieuwe vriendin heeft. Het is een vrouw die in opleiding is voor chirurg en iedereen vindt haar aardig. Annebeth heeft de indruk dat niemand het nog over de moord op Lisa en het proces tegen Sharon heeft om de vriendin te beschermen. Zo gaat dat blijkbaar. De negatieve sfeer wordt weggepoetst en maakt plaats voor nieuwe kansen op nieuwe roddels. Want geroddeld wordt er zeker, vooral over het feit dat Vigo wel erg gemakkelijk van het ene in het andere bed duikt.

Ze lopen tegen elkaar op als Annebeth het kantoor verlaat en hij er net wil binnengaan.

'Jij nog hier?' vraagt hij. 'Heb je overgewerkt?' Hij slaat een hand voor zijn ogen. 'Erg knalgeel, jouw regenjack. Je geeft bijna licht.'

Ze was van plan direct door te lopen als ze hem zou tegenkomen op een moment dat er niemand in de buurt was. Ze had zich voorgenomen hem niet te confronteren met waar ze mee bezig is geweest en zeker niet met de vragen die dit heeft opgeroepen. Maar nu het zover is, loopt ze niet weg. Ze sluit de deur en gaat er met haar rug tegenaan staan. 'Ik heb je gegoogeld,' zegt ze.

Vigo gaat achter een computer zitten en toetst zijn wachtwoord in. 'Interessante dingen gevonden?' vraagt hij, met zijn rug naar haar toe.

'Zo kun je het noemen. Je hebt zo'n beetje in elke provincie van het land gewerkt, is het niet?'

'Ik heb mijn vleugels inderdaad breed uitgeslagen. Zint dat jou niet?'

'Waarom doe je zo vijandig, Vigo?'

Hij draait de stoel waarin hij zit in haar richting. 'Wie doet hier precies vijandig, Annebeth?'

'Ik heb nog meer ontdekt.' Nu moet ze stoppen.

'Dat klinkt alsof er stinkende lijken uit de kast gaan rollen.'

'Laat ook maar,' zegt ze.

Op hetzelfde moment staat hij naast haar. 'Vertel me daar eens alles over, Annebeth.'

Het is de klank in zijn stem, de kilte in zijn ogen, het laatdunkende in zijn houding. Annebeth ziet in een flits hoe Sharon werd weggeleid en opeens weet ze wat Sharon toen riep.

Ze riep om hulp en ze noemde háár naam.

'Nou, zeg je nog iets?' wil Vigo weten.

'Ik heb een schema gemaakt,' zegt Annebeth. 'Een soort overzicht van jouw werkgebieden en de daarbij behorende periodes. Toen ben ik gaan zoeken naar informatie over onopgeloste misdrijven in die gebieden en in die periodes. Ik vond er vier.'

'Merkwaardig. Wat dreef je ertoe dat op te zoeken?'

'Sharon. Haar angst, haar wanhoop, en alles wat ze nog meer bij me opriep.'

'Viel je soms op Sharon?'

'Ik had het over iets anders, Vigo.'

'O ja? Waarover dan?'

'Ik zei dat ik vier onopgeloste misdrijven vond.'

'En wat wil je daarmee zeggen?'

'Dat ik dit een beetje toevallig vind. Maar toeval bestaat volgens mij niet.'

'Als toeval niet bestaat, waarom is er dan een woord voor? Die heb ik niet zelf bedacht, het is een citaat. Misschien moet jij eens een paar weken ziekteverlof nemen, Annebeth. Je maakt een overspannen indruk op mij. Ik zal er eens met je manager over praten.'

'Je zei toch dat je al heel lang in je huidige huis woont?' Nu gaat ze door, wat er ook van komt.

'Ja. En?'

'Het zou mij niet verbazen als dat niet klopt. Het is natuurlijk heel gemakkelijk te achterhalen.'

'Ik zou als ik jou was mijn onbedwingbare nieuwsgierigheid op iemand anders richten. Op iemand die wél belangstelling voor je heeft.'

Annebeth kijkt hem recht aan. De grijns op zijn smoel is niet om aan te zien. Toch lacht hij niet echt.

'Ik zou alles wat me is opgevallen natuurlijk ook eens aan de politie kunnen vertellen,' zegt ze.

Nu is er geen grijns meer te bekennen. 'De zaak is volgens mij gesloten, meisje. Er is rechtgesproken, weet je nog?'

'Over Sharon, over de aanklacht tegen haar. Dat betekent niet automatisch dat de echte dader is veroordeeld.' Nu moet ze echt stoppen, maar het lukt niet. De man die tegenover haar staat wekt een onstuitbare woede op, ze moet en zal dit winnen.

Vigo komt heel dicht bij haar staan. 'Ik waarschuw jou. Maak mij niet kwaad en val me al helemaal niet lastig. Dat is nog nooit iemand goed bekomen.'

Annebeth kijkt hem strak aan. 'Je hoort nog van me, Vigo,' zegt ze, terwijl ze de deur opent en de gang op loopt.

In de hal zwaait iemand naar haar. Het is een van haar collega's, ze wijst naar Annebeths gele regenjack. 'Zie je dat? We hebben precies hetzelfde jack. Krijg jij er ook zoveel commentaar op?'

'Ja,' mompelt Annebeth. 'Maar ik viel gewoon op die grote capuchon.'

Ze lopen samen naar buiten. Het regent.

'Ik stap snel op mijn fiets,' zegt de collega. Ze heft haar hand op en rent naar de fietsenstalling.

Annebeth kijkt naar de lucht. Dat belooft niet veel goeds, misschien kan ze beter nog een kwartiertje wachten. Ze loopt naar het restaurant en als ze aan een van de tafeltjes gaat zitten, ziet ze Vigo Hulscher voorbijkomen. Zijn gezicht is strak, hij beent met driftige stappen in de richting van de deur.

Annebeth haalt haar mobiele telefoon tevoorschijn en toetst een nummer.

'Gijs.'

'Met Annebeth.'

'Hé, hallo. Waar ben je?'

'Ik zit in het restaurant van het ziekenhuis. Heb net een tamelijk onaangenaam gesprek gehad met Vigo Hulscher. Hij bedreigde me.'

'Wát zeg je? Waarom?'

'Dat kan ik niet even snel uitleggen, maar ik denk dat ik nog een keer met de politie wil praten.'

'Nu? Direct?'

'Ja. Wil je met me mee?'

'Natuurlijk. Moet ik je even komen ophalen?'

Annebeth ziet een zwarte Mercedes wegrijden van de parkeerplaats. Vigo zit achter het stuur.

'Kom me alsjeblieft snel halen,' zegt ze.

'Ik ben al onderweg, wacht maar in de hal.'

Ze moet hier weg. Ze stikt bijna in deze ruimte. Buiten regent het nog harder dan een paar minuten geleden. De donkere wolken veroorzaken vandaag een vroege schemering.

Ze houdt het binnen niet uit.

Er staan twee mannen te roken onder het overdekte deel van de ingang. Ze zijn druk in gesprek. Annebeth gaat zo ver mogelijk van ze af staan.

De klap doet iedereen verstijven. Alle ogen zijn direct gericht op de plek waar het geluid vandaan komt.

Annebeth staart met open mond naar de gele vlek in de lucht, die even later met een enorme klap op de grond terechtkomt.

Er schreeuwen mensen.

Een ambulance rukt met gillende sirene uit.

'Dat kan niet goed aflopen,' zegt een van de mannen op de rookplek.

Hij dooft zijn sigaret.

115

Berts vader leest voor, de meisjes zijn dicht tegen hem aan gekropen. Ze volgen met grote ogen het verhaal, soms maken ze opgewonden geluidjes. Zijn vader leest goed, daar valt niets op af te dingen. Zijn stem pakt precies de juiste toon en het juiste volume op het juiste moment. Hij heeft Bert nog nooit een verhaal voorgelezen.

Het is de derde keer na de dood van Berts moeder dat zijn vader hier is, maar hij heeft al dertien keer moeten vragen of hij langs mocht komen. Dat houdt Bert bij. De volgende keer voert hij het aantal keren dat zijn vader moet opbellen voordat hij hem binnenlaat nog meer op.

Volgens Leslie probeert Berts vader zijn ongemakkelijke gevoel over zijn liefde voor Tanja te compenseren door aandacht te schenken aan haar kinderen. Bert spreekt haar niet tegen, maar hij is ervan overtuigd dat het anders zit. Zijn vader compenseert zijn verdriet en het gemis van de vrouw op wie hij stapelgek was, maar die hij niet kon krijgen, door haar kinderen te koesteren. Hij zoekt haar in deze meisjes, daar is Bert van overtuigd. Het is puur een kwestie van eigenbelang.

Na de laatste keer dat ze het over het ongeluk van zijn moeder hadden, heeft Bert geen vragen meer gesteld over de toedracht. Hij zorgt ervoor dat Leslie zijn vader niet ontmoet, want hij wil niet het risico lopen dat ze iets loslaat over zijn moeders aanwezigheid in zijn huis op de middag dat Tanja door de auto werd geschept. Zijn vader geloofde zijn vrouw, toen ze de schuld op zich nam voor dat ongeluk, en dat moet zo blijven. Hij moet de rest van zijn leven kwaad op haar zijn, omdat hij denkt dat ze ingreep en de vrouw op wie hij verliefd was uitschakelde. Bert weet zeker dat hij die woede tot zijn dood zal koesteren en eigenlijk maakt het niet uit of hij de ladder nu wel of niet een duw gaf. Zijn moeder zal er niet minder dood om worden en Berts schuldgevoel zal er ook niet door verdwijnen.

Er is nog iets wat Bert bezighoudt en dat is de middag dat Tanja verongelukte. Als hij aan die middag denkt, lijkt het of hij naar een film kijkt waarin hij zelf de hoofdrol speelt. Hij ziet dat hij twee keer door Tanja wordt gebeld en hoort het treitertoontje waarop ze hem vertelde dat hij beslist moest weten dat ze voor het eerst seks ging hebben met haar nieuwe liefde en dat deze man familie van hem was. Toen ze voor de tweede keer belde, zei ze net voordat hij de verbinding verbrak dat ze met haar lover had afgesproken in het stadspark, op de parkeerplaats bij het oorlogsmonument, en dat ze op de fiets ging. Bert meende aan haar stem te horen dat ze gedronken had.

Hij nam zich voor niet meer op te nemen als ze nog een keer belde en stelde aan Annebeth voor om iets te eten te maken. Toen vroeg Annebeth of hij het goedvond dat ze even op de bank ging liggen, omdat ze slaperig was geworden door de wijn. Vijf minuten later lag ze te snurken.

Op welk moment besloot hij in de auto te stappen? Wat dreef hem ertoe naar dat park te rijden? Had hij een plan?

Hij had geen plan, dat weet hij zeker. Maar hij weet ook dat er iets in hem knapte op het moment dat hij zijn kinderen in het winkelcentrum recht in de armen van zijn vader zag hollen en de afgrijselijke grijns op het gezicht van Tanja ontdekte. Hij weet dat hij toen besloot dat hij haar zou uitschakelen. Hij wist alleen nog niet hoe en waar. En wanneer. Hij had geen plan, het gebeurde gewoon op het meest geschikte moment.

Er stond één auto op de parkeerplaats en Bert herkende direct het nummerbord. Tanja's fiets stond tegen een boom. De ramen van de auto waren beslagen.

Er zat vogelpoep op het monument.

Hij wilde daar niet blijven staan en reed weg. Toen keek hij in zijn achteruitkijkspiegel en zag Tanja uit de auto stappen, haar kleren rechttrekken en naar haar fiets hollen. Vanaf dat moment heeft de film een hoofdrolspeler die niets met hem te maken heeft.

Hij herinnert zich flarden van wat er gebeurde. Hij zag Tanja in de verte komen aanrijden, ze was op weg naar de uitgang van het park. Ze zou rechts afslaan en langs het bos rijden en daarna zou ze op de stille weg terechtkomen die naar de wijk leidde waar ze woonde. Ze ging terug naar het huis dat ze zich had toegeëigend, naar de kinderen die ze van hem af wilde nemen. Elk detail van hun onfrisse huwelijk en hun verbeten scheiding doemde voor zijn ogen op. De beelden van Tanja die seks had met zijn vader waren tergend en smakeloos.

In de straat waar hij reed parkeerde iemand een auto en stapte uit. Het was een man, hij liet de deur openstaan en de lichten van de auto branden.

Het volgende moment zat Bert in die auto, reed achteruit en scheurde weg. Even later zag hij Tanja fietsen.

Het miezerde een beetje en er was geen ander verkeer in de buurt.

Haar achterlicht deed het niet.

Waarschijnlijk schrok hij harder van de klap dan zij. De tweede klap was doffer, dat was toen haar schedel de boomstam raakte.

Hij liet de auto ergens achter en holde naar de straat waar zijn eigen auto stond. Toen hij die naderde, liep hij weer op een normale manier. Hij stapte in, startte de motor en reed rustig weg.

Zijn blauwe overhemd was nat en toen hij thuiskwam verwisselde hij het voor een wit hemd. Toen hij de woonkamer weer binnenkwam, werd Annebeth net wakker. Hij zei dat hij even een ander hemd had aangetrokken, omdat hij geknoeid had met de dressing.

Later sprak hij met haar af dat ze allebei zouden zeggen dat ze de hele middag en een groot deel van de avond samen waren geweest, maar niet zouden melden dat Annebeth een uurtje had liggen slapen. Ze vond het logisch om dat achterwege te laten, zei ze. Het was geen relevante informatie.

Ze smulde van de maaltijdsalade.

Hij ook.

Bert vindt zichzelf een normaal functionerend mens, met normale ideeën en normale gevoelens. Toch vraagt hij zich soms af of het normaal is dat hij geen spijt heeft over wat er met Tanja is gebeurd. Toch houdt hij er rekening mee dat er ooit ergens iets van wroeging tevoorschijn kan komen. Zolang het niet zover is, voedt hij zijn dochters op en staat hij zijn vader toe om minimaal aanwezig te zijn. Hij weet dat de meisjes dol op hem zijn en hij weet ook dat ze in de nabije toekomst steeds meer hun eigen gang zullen gaan en steeds minder behoefte gaan hebben aan de affectie van hun opa. Er komen straks jongens en daarna mannen, die hun aandacht krijgen en die de belangrijkste personen in hun leven gaan worden. Als het eenmaal zover is heeft zijn vader geen reden meer om langs te komen en zal hij een andere manier moeten verzinnen om zijn teleurstelling en woede te ventileren. Daar hoeft Bert geen getuige van te zijn.

Hij heeft Annebeth nadat Sharon was opgepakt niet meer gesproken. Dat is beter, op die manier hoeft ze hem geen vragen te stellen die pijnlijk zouden kunnen zijn en hoeft hij geen antwoorden te geven die de waarheid geweld aandoen.

Hij zou nooit naar de politie zijn gegaan om zijn zogenaamde vermoedens over de rol van zijn vader bij het ongeluk dat Tanja trof te melden. Hij wilde hem alleen ongerust maken en hem een opgejaagd gevoel geven. Hij gunde hem achterdochtige vragen van zijn vrouw, ruzie met haar en slaapstoornissen. Maar hij wilde vooral dat zijn moeder op die man zou afknappen en eindelijk voor haar zoon zou kiezen.

Dat is niet gelukt.

Sommige nachten droomt hij vier keer van zijn moeder. In die dromen kijkt ze hem alleen maar aan.

116

Het verweer van Vigo's advocaat was heftig. Hij pleitte nadrukkelijk voor een noodlottig ongeval door roekeloos rijgedrag, maar bleef erop hameren dat er geen sprake was geweest van opzet. Annebeths getuigenis werd door hem uitgelegd als wraakgevoel, omdat Vigo zich niet ontvankelijk had verklaard voor haar pogingen om hem te verleiden. Als Annebeth daaraan terugdenkt, gaat ze spontaan over haar nek.

Er werden getuigen opgevoerd die vurige betogen hielden ten gunste van Vigo. Hij werd door hen neergezet als een aimabele man, een gedreven collega en een goede vriend. De tegengeluiden van getuigen die vertelden dat hij vaak een kort lontje had, leken te worden ondergesneeuwd door de meute die hem de hand boven het hoofd hield. Vigo's advocaat stuurde aan op een voorwaardelijke straf, een tijdelijke ontzegging van zijn rijbevoegdheid en een geldboete. Hij leek de indruk te willen wekken dat hij de hele bevolking daarmee een dienst bewees.

Annebeth had er totaal niet op gerekend dat de familie van de collega die door Vigo werd doodgereden in de loop van het proces zo heftig en doortastend in de aanval zou gaan en de rechtbank die wending zo geïnteresseerd zou volgen. Er kwamen getuigen tevoorschijn die heel andere verhalen vertelden en uit die verhalen bleek dat het eerder genoemde korte lontje een tamelijk eufemistische beschrijving was van zijn karakter. De ene na de andere getuige verklaarde onder ede dat Vigo Hulscher in alle dienstverbanden die hij had gehad kritiek had gekregen op zijn agressieve gedrag en niet ontvankelijk was geweest voor corrigerende suggesties. Er kwamen drie vrouwen aan het woord die door hem waren mishandeld, maar onder druk van diverse directies geen aangifte tegen hem hadden durven doen. Zijn ex-vrouw legde daarna een zeer belastende verklaring af over zijn gewelddadige gedrag en zij verweet de rechtbank en de politie dat men zich bij eerdere incidenten te veel had laten beïnvloeden door de maatschappelijke status van iemand die ze een doortrapte psychopaat noemde. Na haar verklaring wilde de rechter Annebeth opnieuw horen. Toen legde haar verhaal en vooral het gesprek dat ze met Vigo voerde voordat hij inreed op haar collega die hetzelfde gele regenjack had als zij opeens veel meer gewicht in de schaal. Ze zal nooit de uitdrukking op zijn gezicht vergeten toen hij de openbare aanklager drie jaar gevangenisstraf hoorde eisen. Ze zou ook zijn gezicht hebben willen zien toen hem werd verteld dat de zaak van de moord op Lisa Karsten heropend zal worden omdat het Openbaar Ministerie van mening is dat zijn rol in deze kwestie onvoldoende is onderzocht.

In de krant werd de veroordeling van Sharon Janssens een rechterlijke dwaling genoemd.

Gijs is ervan overtuigd dat Vigo wordt gestraft. Volgens hem grijpt het leven zelf in als je je ernstig misdraagt en heeft dit niets met het wel of niet bestaan van een God te maken. 'Het leven trekt zijn eigen grens,' zegt hij steeds.

Annebeth hoopt vurig dat hij gelijk heeft.

Ze kan overal met Gijs over praten. Ze heeft nog nooit een man ontmoet die zo gemakkelijk zijn gevoel kan en wil laten zien en die zo goed aanvoelt wat er met andere mensen aan de hand is. Hij is open, direct, gevoelig en warm. Hij heeft een prachtig lijf.

En hij vindt haar de mooiste vrouw van de wereld.

Anneke zei een paar dagen geleden tegen haar dat ze hen een goed koppel vindt en dat ze blij wordt als ze naar hen kijkt. Toen bromde Annebeths vader iets wat op een steunbetuiging leek.

Ze praat graag met Gijs, maar ze weet zeker dat ze het met hem nooit over een bepaalde middag zal hebben. Ze wil niet riskeren dat hij haar pusht om haar verklaring over die middag te herzien. Ze wil blijven geloven dat Bert in huis was toen ze lag te slapen en wachtte tot ze wakker werd. Ze zou niet kunnen verdragen dat mede door een verklaring van haar weer iemand wordt opgesloten die niet in de gevangenis thuishoort. De smeekbede van Sharon overvalt haar nog te vaak, ze hoort haar eigen naam nog veel te regelmatig door de rechtszaal galmen. Ze heeft nog te veel spijt van haar eerlijkheid.

Het grafje is mooi verzorgd. Het witte steentje met alleen BENJA en daaronder een datum die Annebeth nooit zal vergeten, glinstert in de zon. Er zit een bruine teddybeer met een oranje sjaal om zijn hals tegen het steentje aan geleund. Hij maakt een tevreden indruk.

'Iemand houdt het grafje bij,' zegt Annebeth.

Gijs streelt haar arm. 'Weet je niet wie?'

'Nee. Het zou Pelle kunnen zijn, maar ook mijn vader.'

'Hoelang is het geleden dat je hier was?'

'Veel te lang.' Annebeth zakt door haar knieën en raakt de aarde van het grafje aan. 'Ik ga hier witte bloemetjes planten.' Ze wijst naar het deel dat ze bedoelt. 'Er is nog ruimte, zie je wel?'

Ze gaat weer staan en voelt de armen van Gijs om haar heen. 'Ik ben blij dat je mee wilde.'

'Natuurlijk wilde ik mee, daar heb je toch niet aan getwijfeld? Ik wil graag zien waar hij ligt en ik wil ook graag dat hij weet dat wij samen zijn.'

'Denk je dan dat hij dit kan weten?'

Gijs drukt een kus op haar voorhoofd. 'Ik denk dat er veel meer om ons heen is dan wij in de gaten hebben.'

Ze kan niet ophouden met naar het grafje te kijken. Gijs trekt haar steviger tegen zich aan. 'Ik wil iets zeggen, maar ik weet niet of dit het goede moment is.'

Annebeth wacht.
'Ik wil graag kinderen.'
Er valt een stilte die haar adem lijkt in te houden.
'Je had geen mooier moment kunnen kiezen,' zegt Annebeth.

In november 2021 verschijnt de nieuwe Loes den Hollander:

Je bent aan de beurt

Het kan met elke vrouw gebeuren.
Denk nooit dat het jou niet treft. #MeToo

Wij kregen er ook mee te maken en zwegen erover. Maar nu is de tijd gekomen om actie te ondernemen. De namen zijn bekend, de locaties worden voorbereid, de data staan in onze agenda's.

Er lopen een paar mannen rond voor wie het leven binnenkort drastisch gaat veranderen. Ze zijn aan de beurt!

Tessa

1

Hij sluit de deur en fluistert iets.

'Waarom fluister je?' vraagt Tessa.

'Stem opeens weg.' David kijkt verschrikt en wrijft langs zijn keel. 'Raar gevoel.'

Het lijkt of ze bevriest. Niet weer, denkt ze, niet nog een keer.

David maakt een geruststellend gebaar. 'Gebeurt wel vaker, gaat vanzelf over. Goed drinken.' Hij vult een glas met water en drinkt het in één teug leeg. 'Welkom,' zegt hij met een heldere stem. 'We gaan er een onvergetelijk weekend van maken.'

Hij ligt naast haar in een diepe slaap en ze kijkt naar zijn ademhaling. Het onbehaaglijke gevoel dat ontstond toen ze binnenkwamen is na de seks naar de achtergrond verplaatst.

Toch is het nog niet helemaal verdwenen.

Het maanlicht belet haar te slapen en ze overweegt om heel zachtjes op te staan en de gordijnen te sluiten. David wilde dat ze openbleven, omdat ze dan morgen als ze wakker worden vanuit het bed de appelbomen kunnen zien. Hij werd emotioneel toen hij eraan toevoegde dat hij en zijn vrouw ook altijd naar de appelbomen keken als ze hier wakker werden en dat die herinnering hem nog steeds gelukkig maakt. Zijn emotie raakte haar. Maar nu stoort het maanlicht haar en ze bedenkt dat het een kleine moeite is om de gordijnen te sluiten en ze morgenochtend weer te openen voordat David wakker wordt. Ze sluipt naar het raam en trekt ze heel voorzichtig dicht, steeds achteromkijkend om zeker te weten dat David niets merkt. Ze vist haar T-shirt en haar slip van de grond en trekt ze aan, omdat ze het een beetje koud heeft. Daarna gaat ze zo zachtjes mogelijk weer naast hem liggen en sluit haar ogen.

David beweegt.

Tessa houdt haar adem in. Is hij wakker? Als hij maar niet boos wordt. Ze kan geen boze man meer naast zich hebben.

Hij ademt rustig.

Ze wil slapen, mooi dromen en opnieuw vrijen als ze allebei weer wakker worden. Het schuldgevoel dat voortdurend op de loer ligt moet ze laten verdwijnen. Dat zal zeker lukken als ze het consequent gaat negeren. Wat is er belangrijk aan een schuldgevoel? Dat zal haar mantra worden.

Haar oogleden voelen zwaar, ze wil wegglijden in een droom waar ze blij van kan worden. Ze probeert positieve herinneringen op te halen. David die met zijn neus langs haar wangen en haar hals streek en fluisterde dat hij gelukkig wordt door het parfum dat ze gebruikt, omdat die geur hem herinnerde aan de tijd dat hij honderd procent gelukkig was. Ze fluisterde terug dat het Anaïs Anaïs heette, maar verder kwam ze niet omdat hij haar bijna smoorde in de meest intense kus die ze ooit had gekregen. Later beloofde ze hem dat ze nooit meer een ander parfum zou gebruiken.

David beweegt weer. Zijn lichaam schokt een beetje. Zou hij een nare droom hebben? Zou hij willen dat ze hem wakker maakt?

Het schokken neemt af, hij murmelt een paar woorden en ligt weer stil.

Ze haalt opgelucht adem.

2

Ze wordt wakker en ontdekt dat hij boven op haar ligt. Zijn handen drukken die van haar op het kussen, zijn neus raakt haar neus, maar dat is niet waar ze zo heftig van schrikt. Het komt door zijn ogen, die alle zachtheid en vriendelijkheid verloren hebben. Ze staan hard en dreigend. 'De gordijnen hadden open moeten blijven,' zegt hij.

Tessa probeert zijn handen weg te duwen. Ze vraagt wat er aan de hand is, waarom hij boos is geworden en ze legt uit dat ze niet kon slapen door het maanlicht. Ze biedt aan om de gordijnen weer open te doen. En ze denkt: als hij me loslaat, pak ik meteen mijn weekendtas en dan ren ik naar buiten.

David klemt zijn lippen op elkaar en hij drukt haar polsen nog steviger op het kussen. Ze probeert overeind te komen maar ze is niet voorbereid op de klap. En op de tweede en op de derde.

Hij slaat me dood, is haar laatste gedachte voordat ze verdwijnt.

Er fluit iemand een melodie die ze kent. Het gefluit is niet dicht bij haar, maar ze kan het toch goed horen. *Yesterday, all my troubles seemed so far away.*

Het lievelingsliedje van Levi. Tessa kan hem zien staan met een afwasborstel in zijn hand die een microfoon moest voorstellen. Hij had een mooie stem en de tweeling wilde altijd dat hij ging zingen tijdens de afwas. Dat alleen al was een reden om nooit een afwasmachine te kopen, beweerde hij. De meisjes zouden hun leven lang goede herinneringen overhouden aan samen zingen met een afwasborstel. Verder vond hij een afwasmachine een uitvinding voor luie huisvrouwen. Als hij zulke dingen zei dacht Tessa vaak dat zijn mening zo van die van haar verschilde omdat hij twintig jaar ouder was dan zij.

Why she had to go, I don't know, she wouldn't say.

Het fluiten is opeens dichtbij.

Tessa opent haar ogen.

David staat naast het bed en hij kijkt op haar neer.

Ze voelt dat haar handen geboeid zijn en haar voeten lijken ook vast te zitten. 'Ik moet plassen,' zegt ze.

Hij lacht. 'Dan zullen we iets regelen.' Hij loopt de kamer uit en komt even later terug met een stalen po.

Tessa probeert haar hoofd op te heffen, maar ze wordt direct duizelig. Wat is er met haar gebeurd? Ze hoort een schuifelend geluid en het lukt haar wel om naar rechts te kijken. Daar is David en hij tilt iets op. Het lijkt op een deksel.

'We gaan op de rand van het bed zitten, dan heel voorzichtig staan, even wachten en daarna laten we ons netjes op de po zakken. Wat goed van mij, hè, dat ik hem heb bewaard?'

Alles aan hem is vriendelijk, zijn ogen, zijn stem, de gebaren die hij maakt. Dit gebeurt niet echt, denkt Tessa.

'Kom maar, je zei toch dat je moest plassen?' Hij trekt haar overeind bij haar schouders en zet haar behendig op de rand van het bed. 'We hebben je broekje al uitgedaan,' voegt hij er nog steeds vriendelijk aan toe.

Nu pas dringt het tot Tessa door dat ze naakt is.

Er zit een vrouw op een po te plassen, terwijl er tranen over haar wangen rollen die heel behoedzaam door iemand worden afgeveegd. Het gaat om anderen, om mensen die Tessa niet kent, want het is onmogelijk dat zij hier iets mee te maken kan hebben. Ze heeft gewoon een nare droom en het lukt haar weer eens niet om daaruit te stappen. Er komt vanzelf een moment dat de situatie gevaarlijk wordt, dan gaat ze schreeuwen en daar zal ze wakker van worden.

Levi was altijd superlief als ze overstuur was na een nachtmerrie. Hij hield haar eerst stevig vast, streelde met zijn vingertoppen over haar rug en fluisterde lieve woordjes. Soms verlangde ze naar een nare droom, vooral als hij kwaad op haar was en haar vernederde. De woorden die hij dan gebruikte sneden door haar ziel en bleven dagenlang aanwezig in haar oren. Hoe vaak heeft ze hem niet gesmeekt om niet meer gemeen tegen haar te zijn? Hoe vaak heeft ze als ze gingen slapen niet gehoopt dat ze iets verschrikkelijks zou dromen?

'Je hoeft niet te huilen,' zegt iemand. 'Ben je uitgeplast?'

Tessa kijkt naar haar trillende handen die gevangen zitten in een blauw stuk ijzer. Dit is geen droom, er valt niets wakker te worden. Ze ziet een stuk wit toiletpapier tussen haar bovenbenen verdwijnen en weer tevoorschijn komen.

'Dit doen we in de afvalbak,' zegt David. Klopt het dat hij de woorden zingt?

'Waarom zeg je steeds "we"? Is hier iemand die je helpt?' Ze heeft direct spijt van haar kribbige vraag.

Zijn neus is dicht bij haar gezicht, ze ruikt knoflook. Hij ademt luidruchtig uit door zijn neusgaten. 'Josefien zal hier altijd zijn, dat begrijp je toch wel?'

Tessa draait haar hoofd wat opzij om de knoflookgeur te vermijden. 'Maar ze is toch dood, dan kan ze hier toch niet meer zijn?'

Zijn ogen lichten op. 'Dat begrijp je niet als je het niet zelf hebt meegemaakt. Toen ze ziek werd, wilde ze in dit huisje sterven en hier heb ik haar verzorgd. Toen ze slechter ging lopen, hebben we deze po gebruikt. Beschouw het maar als een eer dat je erop mag zitten.'

Tessa buigt haar hoofd. Het is onmogelijk dat dit echt gebeurt.